Dedico este livro a alguém
que desejo que seja muito feliz!

____

Jamais desista das pessoas que você ama!
Lute sempre pelos seus sonhos!
Seja profundamente apaixonado pela vida!
Decifre os códigos da felicidade!
Pois a felicidade sustentável não pertence aos que
não se estressam,
Mas aos que transformam seus invernos em primaveras
E aos que fazem da vida um espetáculo único e imperdível!

_________________________ ___/___/___

Augusto Cury

O Homem mais Feliz da História

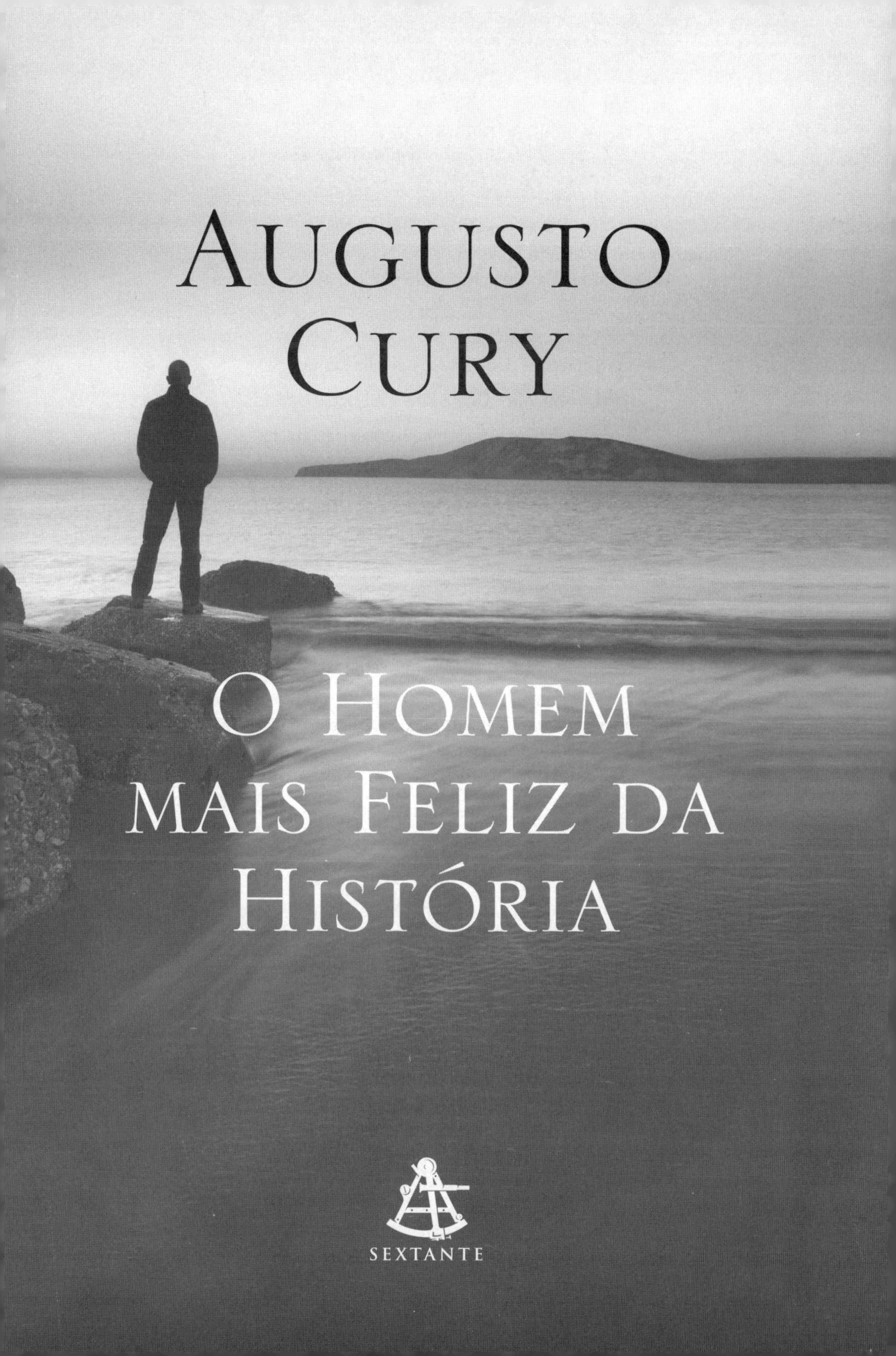

Sextante

preparo de originais: Rafaella Lemos

revisão: Alice Dias e Luis Américo Costa

projeto gráfico e diagramação: Valéria Teixeira

capa: Raul Fernandes

imagem de capa: Andy & Michelle Kerry/ Trevillion Images

impressão e acabamento: Associação Religiosa Imprensa da Fé

CIP-BRASIL. CATALOGAÇÃO NA PUBLICAÇÃO
SINDICATO NACIONAL DOS EDITORES DE LIVROS, RJ

C988h Cury, Augusto

O homem mais feliz da história/Augusto Cury;
Rio de Janeiro: Sextante, 2017.
336 p.; 16 x 23 cm. (O homem mais inteligente da história; 2)

Sequência de: O homem mais inteligente da história
ISBN 978-85-431-0527-7

1. Ficção brasileira. I. Título. II. Série.

CDD 869.93
17-45004 CDU 821.134.3(81)-3

Todos os direitos reservados, no Brasil, por
GMT Editores Ltda.
Rua Voluntários da Pátria, 45 – 14º andar – Botafogo
22270-000 – Rio de Janeiro – RJ
Tel.: (21) 2538-4100
E-mail: atendimento@sextante.com.br
www.sextante.com.br

SUMÁRIO

PREFÁCIO

O *homem mais feliz da história* é um romance psiquiátrico e psicológico protagonizado pelo psiquiatra Marco Polo, um pensador ateu e mundialmente reconhecido que ousa estudar as faces complexas da mente de Jesus sob o ângulo da ciência. Ele conclui que tanto as universidades quanto todas as religiões falharam em não estudar sua personalidade, desvendando um Jesus muito diferente do que foi filmado, pintado ou descrito por teólogos. Descobre que ele foi o Mestre dos mestres, o carpinteiro da emoção, um ser humano superinteligente, superfeliz, superalegre, supersociável.

Neste livro, o pensador da psiquiatria procura desvendar os misteriosos códigos da felicidade contidos no mais famoso discurso de Jesus: o Sermão da Montanha. Pouco a pouco Marco Polo fica perplexo, atônito, assombrado! Nunca um ateu tão crítico se abalou tanto. Ao mesmo tempo que fica fascinado com suas descobertas, ele sofre uma perseguição implacável. Forças ocultas querem, dia e noite, silenciar a voz de Marco Polo.

Para o complexo homem Jesus, ser feliz não era estar alegre sempre, mas se reinventar na dor; não era ficar imune aos vales das frustrações, mas gerenciar seus pensamentos; não era deixar de atravessar crises, mas escrever os capítulos mais importantes da vida nos momentos mais difíceis de sua história.

O que você faz com suas dores e frustrações? A educação moderna forma mentes frágeis, que não sabem chorar, se reinventar, reciclar sua ansiedade, ter autocontrole. Mas o homem mais feliz da história formava mentes saudáveis, livres, resilientes, emocionalmente protegidas.

O homem mais feliz da história é a continuação da saga que começou com *O homem mais inteligente da história*, mas os livros podem ser lidos separadamente, sem nenhum prejuízo para o leitor. O próximo livro da série se chamará *O maior líder da história*. Diretores de cinema estão interessados em transformar essa saga num seriado.

A grande maioria das pessoas em todo o mundo falhou em desvendar os códigos da felicidade. Ricos quiseram comprar a felicidade com seu dinheiro, mas ela bradou-lhes: "Não estou à venda." Celebridades quiseram seduzi-la com sua fama, mas ela soprou-lhes aos ouvidos: "Me encontro nas coisas simples e anônimas." Generais quiseram dominá-la com suas armas, mas ela expressou categoricamente: "Sou indomável." Jovens quiseram capturá-la com o prazer rápido, mas ela, sem meias palavras, proclamou: "Sonhos sem disciplina produzem pessoas frustradas, e disciplina sem sonhos produz pessoas fracassadas." Os seres humanos sempre procuraram a felicidade como o sedento procura a água, como o ofegante busca o ar, como o cientista explora o desconhecido, mas muitos deles morreram como mendigos emocionais, ainda que tenham morado em belas residências.

Quem poderia imaginar que Jesus ensinava gestão da emoção, o treinamento dos treinamentos, para os humanos serem felizes? Quem poderia imaginar que ele chamou alunos que só lhe davam dores de cabeça, como o ansioso Pedro, o instável João, o paranoico Tomé, o corrupto Mateus, para esvaziarem seus egos, serem empáticos, líderes de si mesmos e pacificadores da própria mente e da dos outros?

Marco Polo se convence de que bilhões de pessoas que admiram Jesus desconhecem as ferramentas de gestão da emoção que ele amplamente usou. Milhões são infelizes e adoecem emocionalmente com facilidade. Eu fiquei abalado com todas essas descobertas. Elas são tão sofisticadas que as escrevi em forma de romance, para melhor explicá-las. Espero que você se surpreenda também.

– Augusto Cury

1

As equações que tiram o sono em Jerusalém

Jerusalém era um museu a céu aberto, o pulmão dos acontecimentos mundiais. Nenhuma outra cidade do planeta – Nova York, Xangai, Tóquio, Paris, São Paulo – produzia tantas informações para as agências de notícias. Pelas suas artérias circulavam asiáticos, europeus, americanos, latinos, africanos, todos desesperados para respirar o oxigênio da história. Milhões de pessoas afluíam para os locais por onde passou, há dois milênios, um carpinteiro que abalou o mundo.

"Ele andou por aqui", diziam alguns guias turísticos, comovidos, acompanhando grupos de japoneses, chineses, coreanos.

"No Jardim das Oliveiras ele foi traído", proclamavam outros guias, acompanhando grupos de franceses, alemães, italianos.

"Eis o Santo Sepulcro", falavam ainda outros guias, com entusiasmo, acompanhando norte-americanos, latinos, africanos.

As pessoas se emocionavam ao descrever seus comportamentos, mas não tinham a menor ideia de que Jesus foi a mente mais complexa que pisou nesta Terra. Não entendiam que, com uma das mãos, o carpinteiro entalhava madeiras, com a outra, a personalidade humana. Ele usou códigos de gestão da emoção únicos que objetivavam revolucionar a história da humanidade.

Os códigos de Jesus ficaram encobertos aos olhos não apenas dos cientistas, mas também de bilhões de religiosos que o admiraram ao longo da história. Jamais um homem tão elogiado foi tão desconhecido. Todavia, um ousado pensador da psiquiatria, Dr. Marco Polo, ateu declarado, pesquisador determinado, estava em Jerusalém, em pleno século XXI, não para visitar sítios arqueológicos, mas para realizar algo impensável, uma jornada épica que as ciências e as religiões não tiveram coragem ou habilidade de fazer: estudar a sofisticada mente de Jesus sob o prisma da ciência.

"Se tivesse vivido nos tempos da Inquisição, Dr. Marco Polo, você seria o primeiro a ser atirado na fogueira", diziam as pessoas que o encontravam.

Marco Polo procurava ansiosamente encontrar incoerências nas teses de Jesus, debilidades em seus pensamentos e fragmentações em sua personalidade. Mas, quanto mais pesquisava, mais ficava atônito, perplexo, assombrado. Tal qual o aventureiro veneziano que há muitos séculos explorou o mundo antigo, Marco Polo era também um explorador, só que de outro mundo, mais complexo e mais acidentado: o intelecto humano. Nunca um ateu tão famoso e destemido se abalou tanto. Suas análises sem viés religioso desse enigmático personagem o levavam a mapear as insanidades da humanidade, bem como as próprias fragilidades e "loucuras".

"Tenho caído do pináculo do meu orgulho", dizia para seus amigos íntimos.

Certa noite de lua minguante, fria, silenciosa e aparentemente sem surpresas em Jerusalém, o audacioso psiquiatra teve uma crise de terror enquanto dormia. Marco Polo acordou desesperado, taquicárdico, ofegante, pingando suor. Tivera pesadelos sobre algo incomum: o futuro da família humana. Nesses pesadelos viu o assassinato da infância das crianças, uma epidemia de suicídios, violência nas escolas, discriminação de todas as ordens, a ditadura da beleza, a solidão tóxica na era digital...

"O que está acontecendo com a espécie humana? A humanidade está se tornando inviável!", disse assombrado para si mesmo ao despertar. Seus olhos estavam embebidos em lágrimas. E completou: "Estamos aprendendo a nos odiar, a nos distanciar, a nos alienar, quando deveríamos aprender a amar, abraçar, incluir..."

O grande pensador da psiquiatria parecia estar sendo devorado por predadores. Suas ideias o consumiam por dentro. Seu pânico era alimentado por duas equações emocionais que afetavam o futuro de nossa espécie e que estavam lhe perturbando o sono.

"Por que estamos diante da geração mais triste de todos os tempos se temos a mais poderosa indústria para financiar o prazer da história?" Assim, angustiado, elaborou a primeira equação. Em seguida, proferiu a segunda: "Por que toda a humanidade está adoecendo emocionalmente se a medicina, a psiquiatria e a psicologia deram saltos surpreendentes?" Era uma tarefa dificílima compreender as causas que entristeciam a humanidade e que nutriam altos índices de ansiedade, esgotamento cerebral, depressão, suicídios e violência social. Poucos enxergavam ou se importavam com essas duas questões. O *Homo sapiens* da era digital era egocêntrico, lutava por seus países, partidos políticos, universidades, religiões, enfim, por seus currais ideológicos, mas raramente pensava como humanidade e chorava por ela. Diante disso, apesar das próprias imperfeições, Marco Polo vertia lágrimas pela família humana.

Passado o susto, procurou desacelerar seus pensamentos, fazer uma prática de *mindfulness*, relaxar, recostar a cabeça no travesseiro e mergulhar no oceano do sono. Adormeceu. Mas suas águas emocionais ainda estavam agitadas. Duas horas depois, novamente acordou, porém agora não assombrado, mas admirado. Sonhara com o homem que estava investigando. Quase sem voz, sentou-se na cama outra vez e balbuciou algumas palavras tentando organizar suas ideias:

"Que homem é esse que, na infância, com 2 anos, foi perseguido de morte; na adolescência, trabalhou com as mesmas ferramentas que um dia iriam matá-lo – madeira, martelos e pregos?" E, colocando as mãos na cabeça, completou sua perplexidade: "Ele tinha todos os motivos para ser ansioso e depressivo... Mas espantosamente proclamou os códigos da felicidade. Que mente é essa que trabalhava as ferramentas de gestão da emoção muitos séculos antes do nascimento da psiquiatria e da psicologia?"

Para Marco Polo, chefe do departamento de psiquiatria de uma importante universidade da Califórnia, a gestão da emoção era fundamental, era o treinamento dos treinamentos para que o Eu, que representa a capacidade de escolha, se tornasse autor da própria história. Mas a educação mundial era racionalista. Formava seres humanos livres por fora, mas aprisionados por dentro. Trêmulo, pegou uma caneta e, depois de respirar profundamente para se acalmar, escreveu algumas perguntas inquietantes:

"Por que a emoção de crianças e adultos, religiosos e ateus, tem sido frequentemente uma terra de ninguém, sem proteção? Por que universidades se omitiram em estudar as ferramentas do homem mais complexo da história? Que preconceito mordaz é este que nos controla?" De fato, o preconceito em relação ao homem Jesus era atroz e paradoxal. Pessoas no mundo todo comemoravam seu nascimento, mas suas ideias não podiam entrar no meio educacional. Era quase impossível falar sobre seu intelecto em qualquer universidade ou escola de ensino médio sem que pensassem que se tratava de discurso religioso. Era possível falar de Pitágoras, Sócrates, Platão, Descartes, Spinoza, Kant, Hegel, Sartre ou qualquer outro pensador, ainda que intelectualmente débil, sem qualquer constrangimento, mas falar do Mestre da emoção era um problema. A Inquisição acadêmica era terrível.

O erro não era apenas das universidades, mas sobretudo das próprias religiões que o seguiam, pois achavam que seria uma heresia estudar a inteligência de Jesus Cristo. Para elas, o psiquismo dele era insondável; os seres humanos não tinham a mínima capacidade de analisá-lo. Por fim, Marco Polo escreveu uma última pergunta, que era uma tese seríssima:

"A recusa em estudar a mente de Jesus asfixiou a evolução da humanidade?"

Adormeceu novamente. Três horas depois os pássaros começaram a cantar. Iniciava-se uma das mais intrigantes manhãs da vida de Marco Polo. Iria debater ao ar livre – diante de centenas de pessoas presencialmente e de milhões on-line – os códigos do mais famoso discurso da história, o Sermão da Montanha, no mesmo local onde a tradição dizia que ele fora proferido.

Sofia, sua assistente, uma psiquiatra jovem, inteligente e culta, o acompanhava. Michael Herman, um neurocientista corajoso e determinado, ateu convicto, pesquisador da Universidade de Jerusalém, iria participar do debate com Marco Polo. O Dr. Alberto Mullen, uma das mentes mais brilhantes do Vaticano, e o Dr. Thomas Hilton, um notável pensador protestante de Harvard, completavam a equipe. Era um time de ouro, crítico, intrépido, que aprendera a desnudar-se de seus preconceitos.

As análises de Marco Polo seriam debatidas sem freios ou medos.

Marco Polo e Sofia foram pegar um táxi, pois o local ficava distante de onde estavam hospedados. Eufórica, Sofia indagou de seu chefe:

– Poderia adiantar algumas das suas teses sobre o Sermão da Montanha, Marco Polo?

– Controle a sua ansiedade, Sofia! – brincou ele. – Você se surpreenderá.

Enquanto se dirigiam ao local, o veículo em que estavam sofreu uma fechada brusca, o que levou o experiente taxista a fazer uma curva rápida para impedir a colisão, quase se chocando contra um poste. Em seguida pegou um atalho. Ofegante, olhou para o retrovisor, preocupado.

– Estranho! Parece que estamos sendo seguidos – afirmou o motorista para o casal de psiquiatras.

Seu olhar continuava fixo no retrovisor. Sofia engoliu em seco e, com a voz embargada, exclamou, tensa:

– De novo não!

Já haviam passado por diversos episódios perigosos. Mas ela não conhecia os motivos que estavam por trás do ódio a Marco Polo. Afinal de contas, ele era um homem generoso, afetuoso, embora destemido.

Ao ouvir a declaração de Sofia, o taxista ficou ofegante. Tenso, indagou de Marco Polo:

– Quem é o senhor?

Marco Polo contraiu a musculatura da face. Não disse nada.

– Diga, por favor. Quem é o senhor? O que faz?

– Sou apenas um psiquiatra – respondeu Marco Polo, tentando aliviar o clima.

– O senhor é americano? Tem cargo no governo? – perguntou novamente o motorista.

– Sou americano, mas apenas um cientista – disse Marco Polo, sucinto.

O taxista acelerou, perturbado. Depois de alguns minutos de uma perseguição sem tréguas, seu carro foi vencido pelo Mercedes de quatro cilindros, que rapidamente o bloqueou. Dois homens com a cabeça raspada e vestidos de preto desceram do veículo. Portavam pistolas automáticas com silenciadores. Pareciam criminosos profissionais. Foram logo gritando para os ocupantes do táxi:

– Saiam! Saiam! Mãos para o alto!

Marco Polo, Sofia e o taxista cumpriram a ordem rapidamente, saindo com as mãos levantadas. Todos ficaram de costas para os agressores.

– Vire-se de frente, Dr. Marco Polo! – ordenou um dos perseguidores.

Ao ouvir seu nome, Marco Polo tremeu. Era um crime encomendado. O psiquiatra se virou e viu um homem alto, musculoso, de pele clara, face raivosa, sem expressão de que pretendia conduzir qualquer negociação. O outro era um pouco mais baixo, pele escura, face tensa. Este, sem dar explicações, deu um forte soco no rosto de Marco Polo. O cientista caiu ao solo, atordoado. O canto esquerdo de sua boca começou a sangrar.

Sofia entrou em estado de choque. Virou-se e caiu em prantos.

– Não, por favor... não atirem, não atirem – bradava ela desesperadamente.

Marco Polo se levantou com dificuldade e colocou a mão esquerda no ombro direito de Sofia.

– Acalme-se, Sofia! O medo nos mata antes das armas.

Sabia que estava nos últimos instantes de vida. Todavia, quando parecia que o mundo iria desabar sobre ele, lembrou-se de uma das síndromes que descobrira, a síndrome predador-vítima. Num foco de tensão, o circuito da memória se fecha, o *Homo sapiens* se torna *Homo bios*, um predador, e as pessoas que o contrariam se tornam suas vítimas. Nesse momento, teve um grande insight. Sua mente foi iluminada. Rapidamente recordou alguns códigos que Jesus usou para desarmar o cérebro de seus predadores. Atuava no inconsciente deles sem que percebessem, rompendo o cárcere da síndrome predador-vítima. Lembrou-se da passagem do apedrejamento da "mulher adúltera".

Ficou cônscio de que, caso se intimidasse, seria a vítima e seus algozes se tornariam seus predadores. Se, ao contrário, os enfrentasse, seria o predador e os seus desafetos seriam as vítimas. Nesse caso, também dispurariam suas armas. Teria de mudar a estratégia. Era necessário desarmar a mente dos agressores para desarmar suas armas. Mas como? Não se intimidou nem enfrentou seus algozes – surpreendeu-os, exaltou-os. O notável ateu usou as armas do Mestre da emoção que estudava.

– Por trás dessas armas há seres humanos que passaram por perdas, lágrimas e desertos emocionais? Não tenho dúvidas! Vocês sonham, amam e pensam criticamente? Também não tenho dúvidas! Não sei quem são, mas, ainda que me matem, eu os respeito.

Ele nos respeita?, pensaram os agressores, entreolhando-se, abalados. Em seguida, gargalhadas ecoaram de suas bocas, mas, mesmo debochando de Marco Polo, fenômenos inconscientes tinham sido acionados. Sem que percebessem, a âncora da memória estava se deslocando das fronteiras da agressividade para as raias da reflexão. Porém logo depois retornaram aos seus cárceres mentais, retomando seu projeto de assassinar Marco Polo.

– Você vai morrer! – disse o de pele clara, que parecia o líder, e apontou sua arma para a cabeça do psiquiatra. Antes de puxar o gatilho começou a explicar difusamente o motivo do assassinato: – Sua ousadia será silenciada. Suas ideias não contagiarão mais milhões de pessoas. O vírus será eliminado!

Os debates de Marco Polo viralizaram no mundo todo através da internet. Mas ele desdenhava de sua fama. Seu prazer era ensinar a pensar, era formar mentes livres. No entanto, o preço estava sendo caríssimo.

– Desculpem-me, senhores – surpreendeu-os Marco Polo mais uma vez. – Vocês podem silenciar meu corpo, mas jamais as minhas ideias!

Os homens ficaram abalados, e Marco Polo aproveitou para se infiltrar no inconsciente deles:

– E, por falar em me silenciar, ouçam a voz que grita na mente de vocês. O que ela proclama? Que são assassinos ou seres humanos que amam a vida? Que são mentes livres ou mentes adestradas que só cumprem ordens de superiores? Tenho certeza de que são mentes livres!

– Cale-se! – esbravejou o agressor de pele escura.

Parecia que os pensamentos de Marco Polo penetravam como ondas no cérebro dos predadores, retardando o momento de abocanharem a garganta das vítimas. Queriam puxar o gatilho, mas não conseguiam.

– Feche essa boca! – bradou o agressor de pele clara.

Sofia e o taxista estavam igualmente abalados com a ousadia de Marco Polo. Ele era como um malabarista se equilibrando sobre uma corda entre dois edifícios altíssimos – só que sem proteção e sem vara de apoio. A qualquer momento poderia morrer. Percebendo a hesitação dos agressores, o psiquiatra completou seu raciocínio:

– Os inteligentes usam as ideias, os frágeis usam as armas. Tenho certeza de que estou diante de pessoas inteligentes, que valorizam mais a vida do que a morte.

O mais novo foi desarmado emocionalmente. Trêmulo, disse:

– Eu não consigo puxar o gatilho!

O homem de pele clara também tremia. Em seguida ouviram os sons dos carros de polícia.

– Quem quiser executar você é melhor não lhe dar ouvidos! Muitos querem a sua cabeça. Na próxima vez não terá a mesma sorte! – disse o mais alto.

Recolheram as armas e rapidamente entraram em seu veículo. Quando se viraram, Marco Polo notou que havia uma espécie de cruz tatuada na nuca de ambos. Achou estranho. Os agressores saíram cantando pneus. Sumiram tão misteriosamente como apareceram.

– Quem são esses homens? – questionou o taxista, perturbadíssimo.

– Sinceramente, não sei – disse Marco Polo abraçando Sofia, tentando acalmá-la.

– Eu nunca ouvi falar de alguém que desarmou agressores com palavras – comentou o taxista.

Marco Polo fez uma pausa e afirmou:

– Nem eu. Apenas segui as técnicas de um homem cuja mente estou estudando.

– Que homem é esse?

– Um garimpeiro da mente humana – disse Sofia, abrindo um leve sorriso em meio ao caos.

– Garimpeiro do quê? – indagou, atônito, o taxista. – Como você evitou o assassinato?

– Um garimpeiro que removia as pedras para exteriorizar o ouro que até os sociopatas possuem! – concluiu Marco Polo poética e metaforicamente.

– Não entendi nada...

Era difícil entender os fenômenos que transformavam o *Homo sapiens* em *Homo bios*, o ser pensante em animal.

– Melhor nos protegermos num hotel, avisar à polícia – solicitou Sofia, ainda temerosa.

De fato, seria mais prudente adiar ou interromper os debates ao ar livre sobre a mente de Jesus. A jornada estava ficando perigosa demais.

– Pior do que a morte é estar morto estando vivo. O ser humano pode fugir de tudo e de todos, mas nunca da própria consciência! Se me esconder entre as montanhas, minha consciência estará gritando: "Os penhascos não podem me silenciar!" Se me refugiar em minha casa, minha consciência continuará bradando: "Estas paredes me escutam!" Não posso calar meus sonhos, Sofia, ainda que corra risco de vida. Mas respeito sua decisão de retornar ao hotel.

Ela olhou firmemente em seus olhos e, depois de hesitar por alguns instantes, sua voz alçou voo:

– Eu vou acompanhar você. A sede e a fome de contribuir para a humanidade me inquietam também.

Marco Polo já havia passado por perdas dramáticas. Perdera sua esposa, Anna, que amava muitíssimo, vítima de uma doença autoimune rápida e dramática. Seu sogro, um bilionário e inescrupuloso empresário, o odiava e o condenava pela morte da filha. Além disso, seu filho, Lucas, quase morrera algumas vezes de overdose de drogas. Para completar, por ser um cientista admirado que pensava fora da caixa, era alvo do ciúme atroz de alguns de seus pares na universidade. Agora corria o risco de morrer em Jerusalém sem saber os reais motivos. O único problema é que desistir não fazia parte do dicionário de Marco Polo. A morte silencia o coração, o medo paralisa a emoção. Detestava ser um paralítico mental.

2

Risco de vida

Logo entraram no carro. Passados alguns minutos de silêncio, surgiu outro contratempo – agora mais brando, mas não menos impactante. Parecia que aquele era um dia para ser esquecido. Marco Polo recebeu a ligação de um psiquiatra da Universidade de Oxford, um intelectual notável, um amigo honesto, transparente:

– Marco Polo, como está, amigo? É o Marc MacDonald!

– Como está, Marc? Bom ouvir sua voz.

– Desculpe ser direto. Seus debates em Israel estão repercutindo em muitas universidades de todo o mundo. Consegue perceber as gravíssimas consequências disso?

– Bem, eu quase fui morto há poucos minutos... – disse, com uma pitada de bom humor.

– Não estou brincando, Marco Polo – continuou seu colega de profissão. – Você é respeitado mundialmente. Não percebe que vai enterrar a sua reputação acadêmica! – advertiu de forma dramática.

– Todos são enterrados quando estão mortos, mas muitos, devido à sua preocupação neurótica com o que os outros pensam deles, são sepultados quando ainda estão vivos. Você já foi sepultado? – questionou Marco Polo, recordando o que havia pouco dissera a Sofia.

– Seu bom humor sempre me impressionou, Marco Polo. Mas o que está fazendo é uma verdadeira loucura... um suicídio acadêmico...

– Entrar numa seara que os religiosos negligenciaram é loucura?

Estudar, sem viés religioso, a mente do personagem mais famoso da história é suicídio? No passado, a religião fazia a Inquisição, colocava inocentes na fogueira; hoje as universidades se tornaram a religião do conhecimento, colocando na fogueira os que pensam fora da curva – refletiu o psiquiatra da Califórnia.

Debater com Marco Polo, um especialista em implodir sofismas e esfacelar falsas crenças, era uma tarefa árdua. Marc MacDonald engoliu em seco. Ainda fez investidas, porém mais amenas:

– Mas, Marco Polo, pense comigo... Jesus como objeto de estudo é um campo minado. Ele é polêmico. A religião é polêmica!

– Mas quem disse que estou discorrendo sobre religião? Dentro das minhas enormes limitações, estou estudando a mente de Jesus, sua personalidade, suas habilidades.

– Mas a comunidade científica não vai entender isso.

– As religiões falharam e as ciências também, Marc! Dois mil anos se passaram e ninguém se atreveu a avaliar as ferramentas que esse homem usou para proteger a própria emoção.

– Como assim? Ele sabia proteger a própria emoção? – indagou curioso Marc MacDonald. – Eu sempre pensei que Jesus tivesse sido alguém depressivo, combalido emocionalmente.

Sofia e o taxista ouviam atentos o que Marco Polo falava ao celular. Ele comentou com seu amigo:

– Ainda estou analisando suas ferramentas. Pode ser que me decepcione, me frustre, mas até o momento estou perplexo, Marc.

– Por acaso você está querendo ganhar o prêmio Nobel? – debochou o amigo de Oxford.

– Veja a sua incoerência, Marc. Há alguns minutos você me disse que eu seria execrado no meio acadêmico, agora que eu quero ganhar o prêmio Nobel. Não estou entendendo.

Depois de uma pausa, Marc MacDonald questionou-o:

– Você me perturba, Marco Polo. Diga-me: o que pretende com essa pesquisa?

– Tentar responder a estas perguntas! Jesus teve uma mente complexa ou apequenada? Suas teses eram brilhantes ou opacas? Ele formou repetidores de informações ou mentes livres e criativas? Geria sua emoção nos focos de tensão ou tinha um Eu frágil, com baixo limiar para suportar frustrações? Ele desenvolveu os códigos da felicidade ou era uma pessoa angustiada?

A abordagem de Marco Polo levou seu colega psiquiatra a quase perder a voz:

– Esses questionamentos são surpreendentes! Sei que você é um cientista sério, criterioso e honesto. Temo que suas análises possam levar a conclusões seríssimas! Você pode concluir que Jesus foi uma... uma fraude, um psicótico. Milhões de católicos, protestantes e de membros de inúmeras religiões que o admiram poderão se abalar.

– Talvez – admitiu Marco Polo. – Ou então minhas pesquisas podem...

– Podem o quê? – indagou o psiquiatra inglês.

– ... levar à conclusão de que Jesus foi uma das mentes mais surpreendentes da história, se não a maior delas. Enfim, podem levar à conclusão de que ele, o personagem mais famoso do mundo, é o menos conhecido em sua mente.

– Você está inferindo que as ciências foram omissas em não estudá-lo?

– Estou. Foi uma omissão infantil. Posso ter de reconsiderar meu pensamento, mas, até onde tenho analisado, me parece que ele estava muito avançado no tempo, que realizava há mais de dois milênios o mais fantástico treinamento para formar mentes livres, criativas, ousadas, proativas... A educação clássica racionalista está na idade das cavernas comparada a seu treinamento.

– Mas... mas... – O amigo de Marco Polo estava pasmo, com dificuldade de se expressar.

Marc MacDonald sabia que, na Europa, palco de atrocidades inimagináveis, milhões de pessoas não conseguiam ouvir falar do personagem Jesus sem atrelá-lo à religião. E as religiões tinham uma reputação débil, pois não impediram, por exemplo, as atrocidades nazistas – algumas até as apoiaram. Milhões de religiosos haviam construído em sua mente um personagem que não correspondia ao Mestre histórico, gerenciador da mente, ousado e perspicaz treinador da emoção.

Marco Polo havia escrito mais de oitocentas páginas sobre o processo de formação da personalidade de Adolf Hitler, o ambiente social estressante patrocinado pelo Tratado de Versalhes, a fragmentação política, a crise econômica, bem como as técnicas de marketing de massa que os nazistas usaram para devorar o inconsciente coletivo da Alemanha.

– Uma educação racionalista, que despreza gestão da emoção, não desenvolve mentes livres e autônomas – completou Marco Polo. Em seguida, lançou um questionamento perturbador: – Estamos formando pensadores ou repetidores em nossas universidades?

Marco Polo estava convicto de que, se a Alemanha, que já fora o lar de Kant, Hegel e Schopenhauer, que tinha, na época, a melhor educação cartesiana de seu tempo, foi seduzida pelo psicopata Hitler – um líder histriônico, rude e tosco, mas extremamente eloquente –, nenhuma outra nação racionalista que não forma mentes livres em massa estaria vacinada contra a sedução de outros psicopatas semelhantes se fossem reproduzidas as mesmas condições sociais. Hitler era paradoxal: vegetariano, não queria que os animais sangrassem, mas conduziu milhões de inocentes, inclusive crianças, à morte nos campos de concentração.

O psiquiatra de Oxford ficou abalado com a possibilidade de as universidades não estarem formando pensadores.

– Mas é difícil estudar o passado de alguém que morreu há 2 mil anos.

– Mas estudamos Sócrates, que jamais escreveu um livro. Estudamos Platão, Aristóteles, que não têm uma biografia detalhada. Mas o homem Jesus, que teve pelo menos quatro biografias aceitas mundialmente, não foi estudado. Raramente alguém tão biografado foi tão desprezado.

– Estou estarrecido, Marco Polo! Quero analisar o seu material!

– Ouça meus debates.

Antes de desligar, Marc MacDonald fez uma pergunta que não saía da sua cabeça:

– Eu não entendo... Você é dos ateus mais céticos e críticos que conheço. Deixou de ser ateu?

Marco Polo fez uma breve pausa antes de responder:

– Sou apenas um ser humano em construção, um pensador que caminha no teatro do tempo em busca do mais importante endereço.

– Que endereço?

– Dentro de mim mesmo! – afirmou Marco Polo.

Marc MacDonald respirou lenta e profundamente. Humilde, comentou:

– O vírus do preconceito está em nossa circulação. Vou começar a acompanhar seus debates. – E, depois de mais uma pausa, encorajou o amigo: – Sucesso, Marco Polo. Mesmo se o mundo desabar sobre você, seja fiel ao que você pensa. Ah, queria ter a sua coragem!

E assim terminou essa inusitada ligação. Dez minutos depois, chegaram ao local onde ocorreria o debate. Havia uma plateia de centenas de pessoas de origem multiétnica, sedenta por ouvir o psiquiatra. As pessoas se apinhavam num pequeno espaço. Sofia ficou preocupada.

– Como falará sem microfone? E ainda mais com o rosto inchado e com edemas? Pior ainda: será que o entenderão?

Marco Polo sorriu para ela e comentou:

– O homem que estamos estudando falou neste mesmo lugar para um público pelo menos dez vezes maior, inclusive sob o risco de morrer! Por que eu, um simples pensador, não me atreveria a alçar a minha voz? O fantasma da crítica me espanta, mas o da omissão me assombra.

Era uma tarefa árdua falar sem microfone, ao ar livre, sobre um assunto tão polêmico. Assim era o cardápio diário de Marco Polo: amigos próximos, críticos ao redor e inimigos à espreita. Porém seus maiores desafios não eram físicos, mas intelectuais: dissecar os intrigantes códigos socioemocionais do discurso mais enigmático da história. Eram códigos que abalariam milhões de mentes, inclusive as dos intelectuais e religiosos!

3

1º Código da Felicidade: "Felizes os que esvaziam seu ego, porque deles é o reino da sabedoria."

Marco Polo percorreu a plateia com os olhos como se fossem lentes de uma câmera. Viu chineses, indianos, europeus, africanos, norte-americanos, latinos, todos ávidos por conhecimento. Ao seu lado esquerdo estavam os debatedores Dr. Alberto e Dr. Thomas. Ao seu lado direito, Dra. Sofia e o neurocientista Dr. Michael.

Começou a falar de pé, circulando entre as pessoas mais próximas. Câmeras de celulares o acompanhavam, agências de notícias estavam de plantão, blogueiros tomavam notas. Para esse professor de psiquiatria, educar não era dar respostas prontas, mas suscitar a dúvida; não era formar espectadores passivos, mas produzir protagonistas. A sala de aula não podia ser um cemitério onde reinava o silêncio: deveria ser um ambiente onde imperava a inquietação, onde todos tinham liberdade de questionar.

– Hoje vamos iniciar a discussão sobre o mais famoso discurso da história. Alguns arqueólogos creem que ele foi proferido neste local. Todavia, não importa o local; o que importa são suas teses. Foram teses superficiais ou surpreendentes? Foram ferramentas vazias ou bombásticas?

Marco Polo comentou que não usaria a biografia escrita pelo Dr. Lucas para analisar as mensagens do Sermão da Montanha, mas a escrita por Mateus – o que era uma surpresa, pois considerava o médico grego detalhista e imparcial. Entretanto, ao fazer análises comparativas entre as biografias escritas pelos biógrafos Mateus, Marcos e João e aquela de Lucas, percebeu que elas eram coerentes, não infladas nem direcionadas para produzir um herói social ou religioso. Elas descreviam um ser humano complexo, uma mente que passara como um vendaval sobre a sociedade e que abalara tudo e todos, inclusive seus alunos. Suas teses ímpares o colocavam em situação de risco constantemente.

Logo veio o primeiro questionamento:

– Por que optar pelo relato de Mateus, se você sempre valorizou a biografia do médico, o Dr. Lucas? – indagou Berta, uma professora de línguas da Polônia.

– O relato de Mateus sobre esse discurso é muito mais detalhado do que o do Dr. Lucas. Muito provavelmente porque Mateus era um agente da alfândega de Roma. Ainda que tivesse fama de corrupto, escrevia com todas as minúcias. E, pela riqueza de pormenores, Mateus deve ter tomado nota das teses do Sermão da Montanha no exato momento em que Jesus as discursava.

Foi uma das raras vezes em que a ciência especulou que as biografias de Jesus – os chamados evangelhos –, que apareceram organizadas décadas depois de sua morte, tenham sido escritas de forma fragmentada em tempo real por alguns discípulos. Esses fragmentos depois foram reorganizados.

Depois dessa explicação, Marco Polo começou a fazer uma exposição que abalou de imediato a plateia de médicos, psicólogos, psiquiatras, sociólogos, educadores, estudantes e líderes das mais diversas religiões, inclusive não cristãs:

– O mais famoso discurso da história é, na realidade, um treinamento complexo de gestão da emoção, cujas ferramentas são expostas em seu preâmbulo. Jesus se colocou ousadamente como o Mestre dos mestres da emoção. Queria, de forma clara, trazer à luz os códigos universais do desenvolvimento da felicidade sustentável e da promoção da saúde emocional.

Animada, Dra. Sofia completou com fineza intelectual o raciocínio de Marco Polo:

– A felicidade é o fenômeno que tanto procuram os seres humanos, dos bebês aos idosos, dos intelectuais aos iletrados, dos ricos aos miseráveis, das celebridades aos anônimos, dos poetas aos romancistas.

Porém o pensador da psiquiatria alertou:

– Mas infelizmente somos traídos pela complexidade da vida, uns pelo seu passado traumático, outros por serem workaholics, e ainda outros por serem seus próprios algozes. A felicidade real com frequência não é sustentável. Ela está nas páginas dos romances e dos dicionários, mas não nas páginas da personalidade humana. Ela está nas páginas de vocês? – disse, provocando a plateia.

Pegas de surpresa, as pessoas fizeram um silêncio cálido. Muitas que o ouviam estavam ansiosas, depressivas, com o cérebro esgotado.

– O discurso do Sermão da Montanha contém códigos da felicidade e da promoção da saúde emocional? Como assim? – indagou o Dr. Helmut, alemão Ph.D. em filosofia. – Mas ele não trouxe uma proposta para um reino futuro, o reino dos céus? O senhor não está delirando, Dr. Marco Polo?

– Espere aí, amigo. Dr. Marco Polo nem começou a sua abordagem e você já o julga? – disse Michael Herman, censurando Helmut.

Michael era um neurocientista, amigo de Marco Polo, mas não tinha papas na língua – fosse para defendê-lo, fosse para criticá-lo. Com baixo limiar para frustração, sua temperatura emocional estava sempre alta.

Marco Polo sorriu.

– Não preciso que me defenda, Michael. Os questionamentos são combustíveis para uma mente livre. – Em seguida fitou o filósofo alemão e lhe disse: – Senhor, obrigado por seu questionamento. Mas não discutirei religião aqui nem sou especialista nessa área. Quanto ao reino futuro ou à espiritualidade, não pergunte a mim, e sim aos teólogos. Como cientista, abordarei o discurso de Jesus da perspectiva da sua humanidade. A precisão das ferramentas desse discurso não me deixa dúvidas de que, há dois milênios, passou por aqui um homem que tinha um projeto psicológico ousadíssimo, e não apenas religioso. Na terra do estresse, ele corajosamente falou dos códigos de proteção da emoção e de uma emoção livre e feliz. Se suas ferramentas são eficientes, é outra questão. É o que discutiremos aqui.

– Você está dizendo que o Sermão da Montanha é um corpo de códigos misteriosos muito mais complexo do que bilhões de cristãos imaginaram ou estudaram ao longo das eras? – perguntou o ilustre Dr. Alberto Mullen, um dos intelectuais mais brilhantes do Vaticano, que acompanhava Marco Polo.

– Estou afirmando isso com todas as letras – disse Marco Polo. – No início do discurso, Mateus relata que os jovens que seguiam Jesus passaram a ser chamados de discípulos, *mathêtai*, em grego. Prestem atenção nestas palavras: "Vieram ter com ele seus discípulos e, abrindo a sua boca, passou a ensiná-los." O Sermão da Montanha era, portanto, uma grande sala de aula. Jesus não era um líder religioso falando para fiéis, mas um mestre treinando seus alunos.

Em seguida comentou que a expressão "bem-aventurados" também pode ser traduzida como "felizes". Marco Polo usaria essa segunda tradução.

– Para o homem que discursou nesta montanha, o ser humano não nasce feliz, mas treina sua emoção para ser feliz – afirmou Marco Polo. – É um pensamento revolucionário. As castas dos famosos, dos milionários, dos intelectuais não têm uma linha direta com a felicidade. Há muitos ricos emocionalmente miseráveis, há muitas celebridades profundamente entediadas, há muitos intelectuais deprimidos, há muitos líderes religiosos sem encanto pela vida. Decifrar os incríveis códigos da felicidade que Jesus proclamou no Sermão da Montanha é vital.

– E quais são esses códigos? – indagou o Dr. Helmut, com a testa franzida e os ouvidos atentíssimos à resposta de Marco Polo, que citou de forma muito sintética os códigos que debateria:

– Felizes os que esvaziam seu ego, os empáticos, os que gerenciam sua ansiedade, os sedentos por transformar a sociedade, os solidários, os transparentes, os pacificadores da mente e os resilientes.

Era possível ver o rosto fascinado das pessoas diante dessas ferramentas.

– Mas essas ferramentas estão no Sermão da Montanha? Eu já li esse texto dezenas de vezes e nunca enxerguei nada disso – comentou atônito o Dr. Thomas Hilton, o intelectual de Harvard.

– Você está dizendo que o Sermão da Montanha é um tratado sobre o tratamento dos traumas humanos? – indagou o Dr. Alberto, o teólogo do Vaticano.

– Não, Dr. Alberto. Não confundam prevenção com tratamento, algo que as religiões fazem muitíssimo – afirmou Marco Polo, antes de completar: – Quem deveria tratar transtornos psíquicos são os psiquiatras e psicólogos. O discurso de Jesus é o conjunto de códigos para promover a prevenção dos transtornos emocionais e sociais.

– Que conclusão chocante! Muda tudo o que as religiões pensaram sobre esse tema ao longo da história – disse a psiquiatra Dra. Sofia. – A prevenção é vital para termos sociedades, empresas, universidades e religiões saudáveis, e não doentias.

– Gestão da emoção é a mesma coisa que inteligência emocional? – perguntou a Dra. Sarah, professora de psiquiatria da Inglaterra.

Esse era um termo muito novo, que estava ligado ao programa desenvolvido pelo próprio Marco Polo.

– Gestão da emoção é mais penetrante e aplicável que inteligência emocional – explicou Marco. As pessoas tinham muitas dúvidas sobre o assunto. – A emoção não pode gerir a si mesma nem amadurecer a si mesma. A emoção é completamente inconsciente. Por ser inconsciente, inspira, anima, motiva, mas nunca vai passar de um bebê.

– Estou mais por fora que joelho de escoteiro! – comentou Nádia, uma aluna de psicologia da Holanda que havia praticado escotismo na infância. Muitos sorriram diante da sinceridade da jovem.

Na realidade, quase todos ficaram ainda mais confusos com a explicação de Marco Polo, inclusive alguns profissionais de saúde mental. Desconheciam o universo da emoção que todos os dias utilizavam.

– A emoção, por ser inconsciente, necessita dos pensamentos para ser canalizada. Sem os pensamentos, não se ama ou odeia alguém, pois não se tem consciência do objeto amado ou odiado. E, além disso, por ser inconsciente, a emoção precisa do Eu, que representa a consciência crítica e a capacidade de escolha, para ser gerida – afirmou Marco Polo, que era um pesquisador dessa área.

As imensas nuvens das dúvidas começaram a se dissipar.

– Então a gestão da emoção vem antes da inteligência emocional. Nesse caso, até um sociopata tem inteligência emocional, embora não a desenvolva, pois seu Eu não foi educado para gerir a emoção e ser autor da própria história – concluiu de maneira inteligente Dr. Michael, o neurocientista.

– Sem gestão da emoção não há inteligência emocional. Não trabalhamos perdas e frustrações, não filtramos estímulos estressantes, compramos estímulos estressantes que não nos pertencem – completou Sofia com perspicácia.

Marco Polo explicou que a inteligência emocional pode ser comparada a uma montanha. A gestão da emoção, por sua vez, são as ferramentas necessárias para implodir essa montanha, extrair as pedras e usá-las para construir os mais diversos projetos arquitetônicos. Entre as ferramentas que a gestão da emoção desenvolve estão: ser líder de si mesmo, pensar antes de reagir, colocar-se no lugar dos outros, tolerar as frustrações, saber fazer higiene mental, contemplar o belo, se reinventar no caos... Animado com os questionamentos, ele concluiu:

– Vocês entenderam. Gestão da emoção é o trabalho do Eu como autor da própria história. Quem não faz uma gestão mínima da própria emoção, mesmo que intuitivamente, será um menino diante das perdas e frustrações. E há muitos meninos vestindo terno e gravata, ainda que sejam cientistas, empresários ou primeiros-ministros. Reitero: sem gestão da emoção a inteligência emocional é uma utopia.

– Como psiquiatra, tratei de líderes religiosos que se achavam deuses e de políticos que tinham certeza de que o eram! – afirmou de forma lúcida a Dra. Sarah, a professora de psiquiatria britânica.

As pessoas deram mais risadas. Começaram a perceber que o Sermão da Montanha trazia ensinamentos de altíssima complexidade.

– As ferramentas propostas pelo homem Jesus estão de acordo com essas técnicas de gestão da emoção? – indagou o Dr. Robert, um professor de sociologia da Califórnia.

– Talvez vocês se surpreendam. A primeira ferramenta de gestão da emoção que o Mestre de Nazaré ensinou é simplesmente bombástica: "Felizes os que esvaziam seu ego, porque deles é o reino da sabedoria" – interpretou Marco Polo.

Comentou ainda que algumas versões das Escrituras diziam: "Felizes os que empobrecem em seu espírito." Segundo ele, Jesus não fazia a apologia da pobreza, da miséria material, mas de um esvaziamento de si mesmo.

– Ele treinava seus alunos para desinflarem o ego, desocuparem a mente dos preconceitos e desobstruírem o próprio intelecto das falsas crenças, das verdades absolutas, da arrogância e da autossuficiência. É impossível libertar a criatividade sem essa primeira ferramenta de gestão da emoção.

– Surpreendente! Jamais analisei a primeira tese do Sermão da Montanha por esse ângulo – afirmou o Dr. Alberto. – É esclarecedor saber que todo ser humano deveria esvaziar o próprio ego para se reinventar e ter maturidade. Mas que escola ou universidade ensina os alunos a se esvaziarem de si mesmos?

Profundamente inspirado, Marco Polo acrescentou:

– Sentimento de vingança, crises de ciúme, homicídios, violência contra as mulheres, atrocidades contra as crianças e *bullying* nas escolas são frutos de egos inflados de si mesmos. Quem discrimina tem um ego doente. Quem desinfla o ego de suas ideologias radicais corrige a própria miopia emocional, percebe que, antes de sermos brancos, negros, cristãos, muçulmanos, ateus, somos seres humanos. Devemos fazer parte de uma tribo só: a humanidade. Vocês são míopes ou enxergam bem?

As pessoas começavam a entender que o Sermão da Montanha continha códigos bombásticos. Como a língua oficial do debate era o inglês, o primeiro código já impactou a juventude mundial. Cerca de 5.230 jovens da Europa e dos Estados Unidos que acompanhavam os debates ao vivo e que tinham o hábito de praticar *bullying* escreveram nas redes sociais que enxergaram a própria loucura e mudaram de comportamento. Eles humilhavam seus colegas, enviavam mensagens discriminatórias, debochavam das atitudes dos outros, inclusive dos trajes de jovens muçulmanas. Alguns se uniram e criaram um canal no YouTube chamado "*Bullying* Nunca Mais". Só com essas ações, mais de um milhão de atos de *bullying* foram prevenidos e mil suicídios anuais foram evitados. Os códigos da felicidade estavam produzindo efeitos.

Marc, de 17 anos, um jovem da Filadélfia que fazia parte de grupos da supremacia branca - que proclamam que os anglo-saxões são a raça superior, destinada a dominar o mundo, e que têm ódio a negros e muçulmanos -, chegou à escola vestindo um casaco preto com os bolsos repletos de objetos. Ele foi à frente da classe com um ar penetrante nos olhos. Todos ficaram assustados, pois achavam que ele estava portando armas.

Mas quando Marc mostrou o que tinha nos bolsos, todos ficaram mais espantados: não eram armas; eram bombons. Antes de distribuí-los, pediu desculpas publicamente a todos que havia ofendido. Perplexo, John, um jovem de pele negra, indagou:

- Por que está pedindo desculpa, Marc?

- Porque desinflei meu ego, John. Eu estava doente.

E se abraçaram. Marc beijou outros colegas negros e abraçou jovens muçulmanos. Todos começaram a fazer parte da tribo da humanidade. Foi um momento inesquecível.

No alto da montanha, os debates continuavam a abalar a mente dos presentes. De repente, Hiro, um jovem japonês marcadamente tímido, falou em inglês, com muito sotaque e gaguejando:

- Até as pessoas tímidas estão... estão... infladas de sentimento de inferioridade! Eu preciso me... me... esvaziar.

- Treine seu Eu para não se diminuir, treine-o para ser livre do julgamento social - encorajou-o Sofia.

Animado, Hiro elevou o tom de voz e falou com uma segurança que nunca teve:

– Eu treinarei, doutora. Não quero mais ser escravo do que os outros pensam e falam de mim. Ei, espere! Não gaguejei dessa vez.

Muitos o aplaudiram.

– Quem pensa em suicídio está inflado de autocobrança e autopunição! – comentou, iluminada, Paola, uma jovem italiana que já tentara o suicídio duas vezes. – Todos os dias vou lutar para me desinflar dos pensamentos que entulham a minha mente!

O Dr. Thomas, o pensador de Harvard, sensibilizado com as intervenções de Hiro e Paola, comentou:

– As escolas, por não ensinarem esse código, frequentemente contribuem para formar um Eu defeituoso, que não se recicla, não se protege, que tem dificuldade de se tornar autor da própria história.

– Concordo! – comentou o Dr. Alberto. – Sem desinflar o ego, os conflitos se aninham no psiquismo humano. Meu Deus, esse exercício é fundamental para produzir mentes saudáveis, criativas e felizes! Por que até hoje a educação não descobriu esse código de gestão da emoção? Ele é uma vacina mental!

E de fato esse código era uma vacina contra transtornos emocionais que ficara encoberta por 2 mil anos.

Marco Polo comentou que cada código expresso de forma rápida no preâmbulo do Sermão da Montanha é explicado ao longo do discurso. Também explicou que o reino dos empreendedores pertencia não aos ególatras, os que adoram a si mesmos, mas aos que se empobrecem do próprio egoísmo, aos que se esvaziam de suas falsas verdades e da autossuficiência. Sem isso, seriam míopes, teriam uma trave em seus olhos, não enxergariam o mundo com outras possibilidades e, portanto, não criariam, não ousariam, não sairiam do lugar. Destruiriam o próprio potencial.

– Para o Mestre dos mestres, quem praticar o primeiro código com disciplina deixará de ser um ser humano insípido, frágil ou que passa despercebido e se tornará o sal da terra, tanto para matar germes de sua estupidez e de seus pensamentos tolos quanto para dar sabor à vida, ou seja, para encantar e influenciar a sociedade. Vocês têm sabor ou são insípidos?

As pessoas refletiam sobre as palavras de Marco Polo. Muitas eram insípidas, morreriam sem deixar um legado social até mesmo no coração de quem amam. Mesmo intelectuais passavam despercebidos, não inspiravam seus alunos e seus filhos. O instigante pensador ainda acrescentou:

– Os alunos que também praticarem com disciplina o primeiro código, que todos os dias esvaziarem o próprio ego, criarão tantas ideias que se tornarão a luz do mundo. É algo muito poderoso ser luz para alumiar os que estão em suas casas, empresas, escolas. O homem mais inteligente e feliz da história queria que seus alunos fossem positivamente ambiciosos. Por isso ele conclamou: "Brilhe vossa luz diante dos homens!" Os tímidos pescadores do mar da Galileia começaram a ser pescadores de homens, a contribuir para o bem-estar social, a abraçar a humanidade, a fazer a diferença no rol da história.

– Surpreendente! – exclamou Sofia. – Nunca imaginei que Jesus conclamasse seus alunos e as multidões que o ouviam a deixarem de ser conformistas, de enxergarem apenas o próprio umbigo, os próprios problemas e derrotas; a serem ambiciosos, não para nutrir o ego, mas para serem felizes, altruístas; a darem o melhor de si para a sociedade. Que mestre era esse que inspirava as plateias a serem o sal da terra e a luz do mundo?

– Estou perplexo – afirmou o Dr. Alberto. – Eu sou líder no Vaticano, mas me entristece ver que centenas de milhões de jovens hoje são conformistas, destituídos de sabor, vivem só por viver, não têm propósito de vida, não lutam pelos próprios sonhos, não se reinventam, não batalham para ser os melhores profissionais, cientistas, intelectuais, empresários, políticos.

– Eu também estou atônito com o projeto de Jesus para formar mentes brilhantes há dois milênios – afirmou o pensador de Harvard, Dr. Thomas. – O suicídio está entre as dez maiores causas de morte nos Estados Unidos. Jovens e adultos estão perdendo o sabor de viver, estão intoxicados pelo consumismo. Faltam-lhes garra, propósito, sentido existencial, paixão pela vida e pela humanidade. Precisamos ser instigados a ter ambições legítimas.

– Jesus disse para seus alunos que não colocassem a própria luz debaixo do alqueire. Ele queria dizer que o ser humano não podia ser uma máquina de trabalhar, não podia viver com ansiedade pela sobrevivência, mas devia brilhar de alguma forma no teatro social. O Eu que não aprende a se esvaziar de si mesmo torna-se um escravo das janelas Killer, um prisioneiro dos próprios traumas, ancorando o processo de leitura da memória em arquivos doentios. Deslocar a âncora da memória é fundamental para ser livre. Você é livre ou um servo do seu passado? – indagou Marco Polo olhando para os ouvintes e para as telas dos celulares que o filmavam.

Pegos de surpresa, muitos foram honestos:

– Sou escravo do meu pessimismo. Acho que o pior sempre vai acontecer! Influencio os outros negativamente – confessou Jean-Paul, um padre aposentado da Nigéria que vivera as atrocidades da guerra civil.

– Minha luz está escondida debaixo da preocupação excessiva com a opinião dos outros. Não consigo ser espontânea. Vendo minha paz por um preço vil – disse Joana, uma mulher de meia-idade de Israel.

Era surpreendente a coragem das pessoas ao fazerem suas catarses naquela intrigante montanha!

– Eu tenho crises de ciúmes. Acho que sufoco o brilho de quem amo. Frequentemente penso que minha namorada vai me abandonar, que ela está olhando para outros homens, me traindo – revelou Bill, um jovem advogado americano.

Sua namorada, Elisa, estava ao lado dele com lágrimas nos olhos. Bill fazia tratamento psiquiátrico e psicoterapêutico, mas era um paciente resistente. Seu Eu era incapaz de mapear seus fantasmas mentais. Para ele, o problema sempre estava nela. Elisa deveria tê-lo abandonado, mas tinha uma relação maternal com ele, tinha medo de que não sobrevivesse sem ela. As pessoas não ficam viciadas apenas em drogas, mas também umas nas outras.

A síndrome predador-vítima produzia cárceres sofisticados em que um pode se tornar prisioneiro do outro. Havia milhões de casais que brigavam a vida toda, que viviam num inferno emocional, mas não conseguiam se separar. Se estavam distantes um do outro, eram lúcidos, mas, juntos, torpedeavam-se até pelo tom de voz. Detestavam a paz, amavam a guerra. E, infelizmente, colocavam seus inocentes filhos no centro dela.

Marco Polo penetrou nos olhos do jovem advogado e lhe disse:

– Sinto muito, mas quem o está traindo é você mesmo: traindo sua saúde emocional, seu sono e sua inteligência. Quem está se abandonando é você mesmo: abandonando sua autoestima e sua paz. – E, depois, observando a face triste de Elisa, comentou: – Você acha que é fácil suportar um gerente de banco cobrando dívidas diariamente?

– Não – disse Bill, impactado, percebendo o que fazia à namorada.

– Mas, no banco da emoção, muitos casais são cobradores atrozes e bárbaros um do outro. Cobram dívidas que só estão na cabeça deles. Isso não é amor: é tortura mental.

Bill ficou perplexo e quase desmaiou com as palavras de Marco Polo. Não apenas ele, mas milhões de pessoas que participavam de sua aula on-line também se abalaram.

– O que fazer? Como resolver minhas loucuras? – indagou Bill.

Marco Polo o orientou:

– Falarei de muitas ferramentas de gestão da emoção nos próximos códigos, como a Mesa-Redonda do Eu, a técnica do DCD e a higiene mental, mas, por enquanto, considere essa técnica baseada no primeiro código: emagreça o seu Ego, pois o problema não é a doença do doente, mas o doente da doença.

– Como assim? – perguntou Bill, confuso, mas interessado.

– O problema não é a dimensão da doença emocional, mas a atitude do Eu de querer ou não reescrever a própria história. A obesidade emocional é séria. Seu Eu tem de emagrecer. Para isso, todos os dias você deve treinar se desinflar das falsas crenças, questionar suas verdades, colocar em xeque suas ideias. Conhece a técnica de gestão da emoção do Mestre dos mestres de "amar o próximo como a si mesmo"?

– Claro!

– Tem certeza? Essa técnica produz um grito inteligentíssimo, mas ninguém ouve sua voz.

– Que grito? – indagou Bill, intrigado.

– Antes de namorar alguém, namore a vida.

– Mas... mas... nunca ouvi falar sobre isso.

– Se você não aprender a namorar a si mesmo, nunca saberá namorar alguém de forma saudável – explicou Sofia.

– Se não amar a si mesmo, seu amor por sua parceira será doentio, controlador, predador – afirmou Marco Polo.

Bill ficou assombrado. Teve múltiplos insights. Pela primeira vez se aproximou de Elisa e disse, emocionado:

– Desculpe, Elisa, por ser um cobrador voraz, um predador da sua emoção. Você tem toda a liberdade de me deixar, mas me dê uma nova chance. Vou me tratar de verdade. Você é a melhor coisa que aconteceu na minha vida.

E se abraçaram. Alguns que estavam próximos verteram lágrimas ao contemplar a cena.

Marco Polo sabia que quem não aprende a mapear os próprios vampiros emocionais, como o ciúme, a inveja, o pessimismo, a autopunição, a dificuldade de perdoar e de se autoperdoar, será sangrado por eles a vida toda. E a maior parte da humanidade – bilhões de seres humanos – sangrava silenciosamente nos porões de suas mentes, minando a própria segurança, asfixiando seu ânimo, esgotando sua alegria.

4

Continuação do 1º Código da Felicidade: A era da obesidade emocional e do padrão tirânico de beleza

Durante a intervenção de Marco Polo na história de Bill e Elisa, uma das modelos mais fotografadas e mais bem pagas da atualidade estava presente. Seu nome era Kate Lenan. Um termo que Marco Polo usou não saía de sua cabeça: obesidade emocional. Não conseguiu se conter. Indagou:

– Dr. Marco Polo, sou modelo fotográfica. Estou em Israel por causa de alguns projetos na minha área, mas pedi uma pausa nas sessões de fotografia. Deixei mais de vinte profissionais para poder assistir à sua aula. Era por curiosidade, confesso. Mas estou abalada. Percebo que estou aqui por mim, pela minha saúde mental. Seu termo "obesidade emocional" me tocou muito. Já estive em mais de sessenta países, mas jamais ouvi essa expressão.

Marco Polo não tratava as celebridades de forma diferente dos anônimos. Sem meias palavras, perguntou:

– Você se cobra demais?

– Sim, vivo me punindo, sou altamente exigente!

– Coloca defeitos em seu corpo?

Quando Marco Polo fez essa pergunta, muitos deram risadas. Parecia estupidez perguntar a uma modelo belíssima, cortejada a cada momento, se via defeitos no próprio corpo. Todos esperavam uma resposta negativa. Mas Kate foi lacônica:

– Todos os dias vejo meus defeitos. Vivo depressiva...

As pessoas estavam incrédulas. Marco Polo deu um leve suspiro e, fitando primeiro a modelo e depois a plateia, comentou um dado alarmante:

– Anualmente, em todo o mundo, quatro milhões de pessoas morrem em consequência da obesidade física. Um fenômeno dramático. Mas a obesidade emocional destrói tanto ou mais que a obesidade física e, no entanto, ninguém fala sobre isso.

– Quais são os sintomas da obesidade emocional? – perguntou Kate.

– Você deve viver alguns deles: cobrar-se demais, punir-se com frequência, reclamar muito, ser escravo dos padrões tirânicos de beleza, sofrer pelo futuro, chafurdar na lama das preocupações.

– As pessoas comem as próprias emoções? – perguntou Sofia, para instigar o debate.

– Sem dúvida. Uma pessoa emocionalmente obesa come de acordo com seu estado emocional. A dieta emocional é algo vital para você ser líder de si mesmo, autor da própria história. Sem essa dieta, algumas pessoas desenvolvem anorexia ou bulimia, outras assaltam a geladeira e ganham peso.

Profundamente emocionada, Sofia comentou:

– O padrão tirânico de beleza constrói cárceres mentais. Apenas 3% das mulheres se veem belas. Mais de um bilhão delas sofrem pelos defeitos que elas mesmas colocam em seus corpos. Neste exato momento, há milhares de garotas pensando em desistir da vida porque seu corpo não está de acordo com o padrão insano imposto pela indústria da moda, dos comerciais.

Marco Polo apontou que até uma parte significativa da indústria cinematográfica discrimina as mulheres:

– Você conhece algum filme em que dois gordinhos têm um romance? Só comédia. Se há "cheinhos", o filme é comédia. Até nos desenhos, como *Shrek*.

Muitos sorriram, mas tinham vontade de chorar.

– O que fizeram conosco? Estamos emocionalmente obesos – afirmou Kate com os olhos cheios de lágrimas. – Várias das minhas amigas modelos são infelizes, não poucas doentes. Antes de desfilarmos, ficamos seis, sete horas sem comer para não termos nenhuma saliência no abdômen. Somos objetos descartáveis nesta sociedade de consumo. O que fazer, Dr. Marco Polo?

O pensador da psiquiatria recomendou:

– Mudanças na psique não são miraculosas nem rápidas, dependem do treinamento do Eu, da formação de uma plataforma de janelas light, ou saudáveis. Mas é possível virar o jogo! Diariamente, grite no silêncio de sua mente que você é livre, bela, fascinante! Proteste! O povo que não se manifestar nunca se livrará do ditador! A mulher que não protestar nunca se livrará da ditadura da beleza! – E lembrou a tese do Mestre dos mestres, de "amar o próximo como a si mesmo": – Antes de namorar uma pessoa, namore a vida. Antes de amar alguém, seja apaixonado por você.

A reação foi imediata na plateia.

– Eu sou belíssima – declarou uma mulher paraplégica.

– Eu sou demais – proclamou uma garota gordinha.

Esse momento foi uma festa. Todos no alto da montanha começaram a abraçar uns aos outros, celebrando a vida, elogiando-se mutuamente.

Milhares de mulheres se emocionaram ao assistir pela internet ao relato de Kate. Cerca de 820 adolescentes que tinham anorexia nervosa, muitas pesando entre 30 e 40 quilos – cadavéricas, portanto – descobriram que eram obesas emocionais. Estavam obesas de autocobrança e de autopunição, olhavam-se no espelho e se viam gordas. Eram resistentes ao tratamento psiquiátrico e psicoterapêutico, mas, através dos códigos da montanha, passaram a ir às consultas mais leves, mais abertas aos terapeutas.

Julia, filha de um juiz de direito na Argentina, media 1,67 metro e pesava 29 quilos. Estava morrendo, mas ninguém conseguia convencê-la de que estava magérrima. Era tão fechada com sua psicóloga que tapava os ouvidos no ambiente terapêutico. Não queria ouvi-la, estava obesa de si mesma, só queria ouvir os fantasmas que a assombravam. Mas os debates de Marco Polo começaram a libertar seu Eu, levando-o a destapar os ouvidos do seu coração. Em lágrimas, ela disse para sua psicóloga: "Preciso emagrecer meu ego. Me ajude a me desinflar de minhas falsas verdades."

Julia descobriu que ser feliz não é ter um corpo perfeito, mas uma emoção livre. Parou de se autodestruir e, a partir daí, criou um canal nas redes sociais para ajudar outras jovens com anorexia e bulimia a se desinflarem de suas crenças autodestrutivas.

Marco Polo tinha descoberto também a síndrome PIB (padrão inatingível de beleza), ou síndrome de Barbie, que gerava insatisfação, asfixia da autoestima, irritabilidade, baixo limiar para frustrações, autocobrança e outros sintomas. As suas propostas produziram uma luz no túnel escuro das sociedades exclusivistas.

A partir delas, as mulheres deixaram de ser frágeis, caladas, servas do sistema e deram início a um movimento internacional de protesto contra o padrão tirânico de beleza chamado "Somos todas belas!". Elas começaram a sabotar marcas de roupas, de joias, relógios e celulares que usavam apenas modelos magríssimas, fora do padrão normal. Mais de um bilhão de mulheres têm sintomas da síndrome PIB. Além disso, 70 milhões de pessoas sofrem de transtornos alimentares no mundo, como anorexia, bulimia e vigorexia, um número maior do que os mortos na Segunda Grande Guerra Mundial.

O movimento "Somos todas belas!" começou a resgatar milhares de pessoas, inclusive da automutilação e do suicídio, porque ficaram conscientes de que o padrão tirânico de beleza produzia a mais inumana obesidade emocional, gerando infelicidade coletiva. Começaram a ter um caso de amor com elas mesmas.

Em sala de aula, professores começaram a declarar ao menos uma vez por mês que seus alunos eram inteligentes e belos, inclusive aqueles com defeitos anatômicos, os baixos, os que não tinham o corpo e o rosto padrão "Barbie". Começaram a abraçar e valorizar os que tinham obesidade e sobrepeso. Eles deveriam cuidar do corpo, mas, para serem mais eficientes como educadores, precisariam primeiro se amar, se valorizar, emagrecer o próprio ego.

Pais começaram a declarar para seus filhos que a beleza está nos olhos de quem vê. Alunos começaram a protestar nas redes sociais contra a ditadura da beleza e a baixa autoestima. Foi poético, belo, encantador. A humanidade tornou-se um pouco mais feliz. Mas, no alto da montanha, nem todos estavam animados com as palavras de Marco Polo. Havia quatro homens na periferia da plateia, dois de cada lado, com seus cérebros obesos de raiva, ódio, sentimento de vingança. Seus rostos estavam parcialmente encobertos por capuzes. Meneavam a cabeça, indignados.

– Veja como as pessoas ficam fascinadas com as teses desse psiquiatra. Elas se propagam como vírus. Ele tem de ser varrido da face da Terra – comentou baixinho um com outro.

Ninguém notara esses lobos furtivos. Enquanto isso, Marco Polo fez mais uma de suas afirmações bombásticas:

– No cérebro humano há mais lixo e aterros sanitários do que nas cidades mais poluídas do mundo.

– Para quem treina esvaziar a própria mente todos os dias, o prêmio é altíssimo: um reino. Por um lado, o prêmio é um misterioso reino dos céus, que está além dos limites da ciência; por outro, refere-se ao reino da emoção – comentou o Dr. Alberto, o intelectual do Vaticano.

– Parabéns, Dr. Alberto. Os códigos do mestre da emoção nos levam a encontrar um tesouro que reis não alcançaram.

– Eu sou príncipe. Um dia serei um rei. E discordo de sua posição – protestou um príncipe europeu. Se autopromovendo, disse: – Os reis adquirem tesouros que os mortais jamais alcançam.

Marco Polo olhou bem em seus olhos e o derrubou do pedestal de seu orgulho:

– Muitos homens querem ser empresários, muitos empresários querem ser políticos, muitos políticos querem ser reis e muitos reis querem ser deuses. Mas o único homem que foi chamado de filho de Deus disse mais de sessenta vezes que queria ser um simples homem, sem cor, raça ou nacionalidade, um homem que sonhava fazer a humanidade feliz. Se não encontrar esse tesouro, príncipe, você jamais terá uma coroa em sua emoção. Você será paupérrimo.

Todos ficaram paralisados ao ouvir mais essa tese. Nunca a humanidade foi tão culta, mas nunca o individualismo se infiltrou tanto em nossa mente. A única solução seria a mudança de paradigma da educação mundial – da era da informação para a era do Eu como gestor da própria mente.

Mas, infelizmente, a educação racionalista nos prepara para dirigir grandes corporações, mas não a única empresa que não pode falir: a mente humana. Embora os professores sejam vitais no processo de formação da personalidade, o sistema educacional está doente, formando pessoas doentes para uma sociedade doente. Não estamos formando pensadores.

Depois dessa reflexão, um professor de psicologia da Inglaterra, Dr. David, comentou, emocionado:

– As suas palavras me impactaram, Dr. Marco Polo. As potências europeias, das quais meu país faz parte, levaram muitos milhões de africanos para as Américas nos séculos passados. Mas, neste debate, é difícil não concluir que o tempo da escravidão não terminou, apenas mudou de endereço.

E fez uma pausa. Era possível ver gotas tímidas de lágrimas escorrendo dos olhos desse respeitado psicólogo. Ele também se preocupava com o futuro da humanidade. Em seguida, completou seu arguto raciocínio:

– Por não treinarem o esvaziamento do próprio ego, há centenas de milhões de escravos emocionais, encarcerados pelo medo, pelas preocupações, pelo sofrimento em relação ao futuro. Nosso silêncio sobre esse cárcere mental é atroz!

– Corretíssimo – apontou Marco Polo. E perturbou a todos, indagando: – E os cárceres digitais? Steve Jobs, em uma das suas últimas entrevistas, disse que não dava tablets para os filhos, pelo menos não para os usarem livremente. Não há informações sobre as consequências dessas ferramentas tecnológicas. Mas, em minha experiência, seu uso indiscriminado pode causar tanta dependência quanto as drogas. Retire o smartphone de um adolescente por uma semana e teremos sintomas da síndrome de abstinência, como humor depressivo, ansiedade, insônia. Será que somos mesmo uma sociedade livre?

– As redes sociais nos entulham com milhares de contatos – acrescentou Sofia –, mas raramente entramos em camadas mais profundas das nossas relações. Nunca a solidão foi tão dramática quanto na era digital.

– A solidão é tão devastadora na era digital que jovens e adultos quase nunca conseguem ficar a sós por trinta minutos sem olhar para as telas digitais que asfixiam sua emoção e desenvolvem um tédio mordaz. Eles não se suportam, não são amigos nem fãs de si mesmos. Por isso transformam celebridades do esporte, da música e do cinema em deuses. É uma loucura! – expressou o mediador do debate.

Marco Polo ainda acrescentou que esse era um dos motivos por que o *Homo sapiens* moderno, em geral, não sabia elaborar a própria dor, se reconstruir no caos, atravessar crises.

– Eu sou aluna de uma grande universidade da capital brasileira. Por favor, precisamos aplicar técnicas de gestão da emoção no meu curso – disse Michaela.

Depois fez uma pausa, lacrimejou e contou o motivo:

– Três amigas minhas... se suicidaram.

Todos se emocionaram ao ouvir suas palavras. Sofia foi até ela e a abraçou. Muitas pessoas estavam mentalmente esgotadas e também precisavam proteger a própria emoção. Marco Polo falou com clareza e convicção:

– Esvaziar o ego é fundamental não apenas para criar, para libertar a imaginação e contemplar o belo, mas também para prevenir transtornos emocionais.

– Como esvaziar o ego, doutor? Ouvi várias coisas muito interessantes nesta montanha, algumas de tirar o fôlego, mas parece tudo muito teórico para mim – indagou Michaela, a estudante brasileira, com sinceridade.

Marco Polo amava pessoas que falavam sem medo sobre os fantasmas que as assombravam. Comentou sobre uma poderosa técnica de gestão da emoção que abordaria múltiplas vezes em seus debates:

– Todos os dias, o Eu deve se esvaziar do lixo mental. E a técnica do DCD (duvidar, criticar e determinar), realizada no silêncio mental, pode ser fundamental para isso.

E explicou que a dúvida é o alicerce da sabedoria na filosofia; a crítica, na psicologia; e a determinação estratégica, na área de recursos humanos.

– Todos os dias deveríamos duvidar dos nossos preconceitos, da autocobrança, do sentimento de incapacidade, da timidez. Diariamente deveríamos também criticar pensamentos perturbadores, ideias de autopunição, emoções tensas. Deveríamos ainda gerir a emoção, impugnar nossos medos, não ser escravos de nossas falsas crenças. Há um grito de guerra que o Eu deve dar todos os dias, não contra pessoas, mas contra seus cárceres mentais.

Em seguida Marco Polo falou sobre a sofisticada teoria da âncora da memória. Disse que esse era um fenômeno inconsciente, era o território de leitura do córtex cerebral em determinado momento existencial. Se a âncora está fixa numa janela traumática, não conseguimos raciocinar e nos preparamos para lutar ou fugir. Esvaziar o ego alarga as fronteiras da âncora da memória, abre janelas light, saudáveis, que contêm milhares de dados para darmos respostas inteligentes nas situações estressantes.

Michaela abriu um sorriso. Começou a ser iluminada.

– Espere, deixe-me ver se entendi. Quem quer morrer na realidade é vítima da âncora da memória, das áreas sombrias da própria personalidade. Mas, ao aplicar a técnica do DCD diariamente para esvaziar o ego, temos a chance de deslocar a âncora das fronteiras das janelas doentias, que financiam a autopunição e o suicídio, para as áreas das janelas que preservam a vida.

Marco Polo e Sofia aplaudiram seu raciocínio brilhante.

– Parabéns, você foi fantástica – disse Marco Polo. – Mas não se esqueça de que todas as pessoas que pensam em suicídio precisam de tratamento. A técnica do DCD, entretanto, é um complemento importantíssimo.

– Bravo! – disse um professor de ciência política de Nova York, Dr. Bill Carson. – Finalmente compreendi por que muitos membros dos partidos políticos costumam ser tão desinteligentes. Eles são vítimas da âncora da memória, são mentes adestradas. Nunca treinaram a própria emoção para esvaziar o ego. Seu Eu não é autor da própria história. Por isso, fazem uma defesa cega de seu partido e de sua ideologia. Quem não é capaz de fazer críticas ao próprio partido e aos seus líderes não tem uma mente livre, vive sob uma ditadura intelectual, ainda que defenda a democracia.

Mais aplausos. O nível dos questionamentos e das inferências da plateia era altíssimo.

Sofia comentou de forma contundente:

– Uma mente radical, preconceituosa, impulsiva, punitiva ou autopunitiva é uma mente que se autoabandonou. Fazemos diagnósticos de psicoses, depressão, síndrome do pânico, mas não fazemos diagnóstico da solidão do autoabandono. Se a sociedade nos abandona, a solidão é suportável, mas, se nós mesmos nos abandonamos, ela é intolerável...

Muitos ficaram impactados com o raciocínio de Sofia.

– A era digital se transformou na era da solidão – apontou Richard, uma brilhante mente do vale do Silício. – Por isso, robôs sexuais com biotipo de mulher estão se transformando atualmente em amantes de milhares de homens.

Marco Polo tinha uma enorme preocupação com esse fenômeno e aproveitou para expor o que pensava sobre ele.

– As "mulheres-robôs" só falam o que esses homens solitários querem ouvir, não exigem nada em troca, elogiam seus amantes o tempo todo. Em duas décadas, milhões de seres humanos terão vínculos afetivos com essas máquinas. É um desastre para as relações humanas. Aquele que não esvazia o próprio ego não constrói pontes que o liguem a pessoas concretas, inclusive nas redes sociais.

Finalmente chegou ao fim a exposição do 1º Código da Felicidade. Milhões de pessoas ficaram atônitas com tudo que ouviram. Não imaginaram que um discurso lido e relido à exaustão ao longo da história tinha um tesouro inexplorável em seu subsolo. Porém, antes da conclusão, um participante fechou a questão com chave de ouro:

– Diante dessa exposição, podemos afirmar, Dr. Marco Polo, que em nosso cérebro construímos mais presídios de segurança máxima do que nas cidades mais violentas do mundo! – discorreu Menahim, um judeu praticante, membro da Inteligência de Israel. – Como não sou cristão, fico feliz que o senhor esteja debatendo sobre a mente de Jesus, esse famosíssimo judeu, sem a contaminação da religião, mas sob a ótica da ciência. Jamais imaginei que esse homem tivesse decifrado os códigos da felicidade e da saúde mental dois milênios atrás. Quero me apropriar desses ensinamentos. Quero esvaziar meu Eu para julgar menos e abraçar mais, inclusive os palestinos.

Suas palavras geraram uma comoção geral. Todos os presentes o aplaudiram. E, aproveitando a fala do israelense, Marco Polo encorajou os presentes a se abraçarem como membros da família humana. Foi poético ver psiquiatras, psicólogos, críticos literários, intelectuais, cineastas, judeus, palestinos, europeus, asiáticos, americanos que nunca abraçaram estranhos o fazerem pela primeira vez. Foi um brinde à humanidade combalida, fragmentada, asfixiada. Mas alguns não brindaram: os inimigos de Marco Polo que faziam plantão para ouvi-lo saíram na surdina.

5

Discursando sobre a felicidade na terra do estresse

Ano 32 d.C.

Jerusalém teria uma festa nacional anual. Apesar das angústias da ocupação romana, em especial devido aos pesados impostos para sustentar a máquina de guerra e administrativa do Império, a nação de Israel tentava sorrir, relaxar e se curvar em agradecimento ao seu Deus pela vida e pelas colheitas. Judeus de vários lugares se deslocavam para a cidade de Davi. Seguiam a pé ou no lombo de animais por semanas. Estradas não pavimentadas, sem banheiros nem armazéns, com raras hospedarias, faziam da travessia uma jornada extenuante. Mas quem controla a esperança? O sonho de festejar com seu povo os nutria.

A viagem anual para Jerusalém era uma metáfora da jornada que todos os seres humanos deveriam fazer, mas não realizavam: uma viagem para a mais importante cidade do planeta, a mente humana, para os endereços mais insólitos do cérebro, para renovar o ânimo no caos, trazer consolo nas tormentas, nutrir o sentido pleno da vida nas tempestades existenciais. Muitos morreram em todas as gerações sem nunca terem encontrado um endereço dentro de si mesmos. Tornaram-se máquinas de trabalhar, de resolver problemas, de ascender na carreira. Viveram na periferia da própria história!

Um sacerdote, Samuel, ao ver as miríades de pessoas, gente de todos os lugares, ricos e miseráveis, disse para um estudioso fariseu, Gamaliel:

– Gamaliel, somos um povo sofrido, mas não abatido; ferido, mas não destruído. Veja quantos vieram festejar em Jerusalém. Não nos rendemos à dor nem à miséria.

– Mas são tempos difíceis – disse Gamaliel para seu amigo sacerdote. – Transformar lágrimas em esperança é um exercício que somente os fortes conseguem fazer.

Samuel concordou com o ilustre fariseu, porém queria chamar a atenção não para as habilidades individuais, mas para a grandeza de seu povo. Emendou:

– Nestes cáusticos tempos, em que muitas nações são dominadas pelo tirânico Tibério César, somos o único povo que retorna à capital da sua nação para festejar e celebrar nosso Deus pela existência. Retornar a Jerusalém nutre nossa identidade.

Somente séculos mais tarde, após o Islã se formar, outro povo peregrinaria, suplicando para que seus membros visitassem Meca pelo menos uma vez na vida. Gamaliel era um mestre dado à reflexão, um professor notável que tinha muitos alunos, entre eles um jovem resoluto, inteligente, mas inquieto e radical, cujo ego era superinflado: Saulo, da cidade de Tarso. Posteriormente, Saulo beijaria a lona do seu orgulho, atravessaria os vales dramáticos das angústias humanas e encontraria as fontes notáveis da sensibilidade, e então se transformaria em Paulo.

Em sintonia fina com Samuel, Gamaliel comentou:

– Sem identidade social, diluiremos nossa cultura como água em terra seca, dissiparemos nossos valores sob o sol abrasador do sistema que tenta nos controlar, deixaremos de ser um povo e nos tornaremos um ajuntamento, uma plateia de espectadores no rol das nações. Sem identidade social, nos converteremos em escravos, ainda que proclamemos que somos seres livres.

O tirânico Calígula, sobrinho do imperador Tibério César, que anos mais tarde assumiria o trono de Roma, descobriria o que é dominar um povo com identidade. Israel era sua dor de cabeça, o único povo que não se submetia ao controle de Roma.

Havia radicalismos em Israel como em qualquer povo cujos líderes não mapeiam os próprios fantasmas mentais, mas a cultura judaica era borbulhante, seu desejo de unidade nacional era um exemplo de resiliência. Os parentes que havia anos ou décadas não se viam regozijavam-se ao se encontrarem. Um pai combalido e doente, cujo nome era Alon – que significa carvalho –, ao ver seu filho mais novo, Ezequiel, que fora tentar a sorte vinte anos antes no Egito, bradou em lágrimas:

– Ezequiel, Ezequiel, meu filho, meu filho... Sem você meu céu não tem nuvens! Sou uma terra seca!

E correu com dificuldade para abraçar seu filho. Ezequiel comentou, com a voz embargada:

– Meu pai! Não há um dia sequer que eu não pense em ti... Nossas longas conversas sob a lua de Israel nutriram minha força nos meus dias tristes.

– Como está a vida no Egito, meu filho? – indagou o pai, tentando se refazer.

As notícias não eram boas. O nome "Ezequiel" quer dizer "Deus me fortalecerá", mas houve momentos em que o jovem quis desistir de tudo.

– Sou um estranho no seio da terra. O desespero é um visitante diário.

Não havia controle de pragas nem técnicas para produzir alimentos em abundância. E, pior ainda, o processo de armazenamento de alimentos era precário, um verdadeiro meio de cultura para os fungos se proliferarem, fermentando-os. A fome era epidêmica.

– Mas e você, meu pai? Por que precisa ser apoiado por seus amigos?

– Meus membros já não me sustentam, filho. Estou próximo de despedir-me da vida. Mas não queria ir sem lhe dar um último beijo – expressou o pai. Alon sempre fora forte como um carvalho, mas o tempo é cruel, leva todos os humanos a se curvar em sua fragilidade.

– Viverás ainda por muito tempo. E minha mãe? – perguntou Ezequiel, não querendo ouvir a resposta.

– Minha querida Sarah adormeceu há cinco anos – disse Alon com ar de tristeza. – Suas últimas palavras foram seu nome, meu filho.

O filho caiu em prantos e disse:

– Ser um imigrante é amargo. Ganha-se um pouco, mas perde-se muito, sobretudo o que a vida tem de melhor. Que saudade da mamãe!

Pai e filho choraram juntos.

Depois desse emocionante encontro, o pai indagou:

– Mas me alegre. Onde estão os seus filhos?

Ele apontou para a esposa e os cinco filhos que estavam atrás dela. A um sinal de Ezequiel, todos correram para abraçar o avô. Foi um brinde à alegria. Alon se abaixou lentamente e, felicíssimo, beijou o rosto de cada um. Poderia morrer feliz; nunca imaginara que teria tantos netos para continuar sua descendência.

A 50 metros dali, ocorria mais um reencontro emocionante, agora entre dois irmãos gêmeos, José e Simeão. Poucos irmãos se amavam e se divertiam juntos como eles. Mas a vida tem curvas imprevisíveis, e eles foram separados aos 8 anos, quando seus pais morreram. Naquela época, não havia antibióticos. Simples infecções ceifavam vidas. Uma amigdalite levava à morte; uma gastroenterite, à desidratação.

Assim, José fora criado por um tio na Judeia, na cidade de Arimateia, e Simeão fora criado por outro tio, na Galileia. Mas este, procurando escapar da fome, se aventurara para distantes regiões da Grécia. Sobreviver era uma tarefa árdua, e os dois irmãos nunca mais se viram. Trintas anos se passaram. O primeiro passara a ser chamado de José de Arimateia. Dia e noite José sonhava em reencontrar Simeão. Não sabia se ainda estava vivo.

De repente, em meio à grande multidão que fervilhava em Jerusalém, os olhares se cruzaram. Algo mágico aconteceu. Seus corpos e suas faces ressecadas pelo sol denunciavam que estavam muito diferentes, mas uma vibração incomum ocorreu no âmago da mente deles. Reconheceram-se. Saíram gritando o nome um do outro como náufragos procurando madeiras flutuantes, como os solitários em busca das fontes do amor.

– José! José! – gritava Simeão, magro e abatido. A vida lhe fora difícil. Não tivera sucesso como o irmão. Trabalho era escasso. Colhia azeitonas, carregava cestos pesados sobre a cabeça.

– Simeão, Simeão, meu irmão! É você? – bradou José, correndo ao seu encontro. Ele, sim, tivera sucesso. Era dono de vinhas e campos de trigo. Também era negociante.

Dois irmãos, dois destinos. No começo de sua existência, acreditavam que seriam inseparáveis, mas a vida é um contrato de risco. Após embeberem as vestes um do outro de lágrimas, José afastou seu rosto e perguntou, eufórico:

– Onde estão meus sobrinhos, Simeão?

Simeão fez uma longa pausa. Ficou sem fôlego. Teria de recapitular os textos mais difíceis de sua vida.

– Tive três filhos. Dois meninos e uma menina. Mas morreram... A fome, a febre...

E caiu em prantos.

Em seguida, quase sem voz, José indagou:

– Sinto muito. E sua esposa?

– Rute, minha dócil esposa, não suportou tamanha dor. Dormiu uma noite e nunca mais acordou.

As palavras sempre foram toscas para descrever os desertos emocionais dos mortais. O sofrimento é inenarrável. Sobreviver sempre foi uma arte. José fitou os olhos de Simeão e comentou:

– Eu poderia tentar consolá-lo, mas minhas palavras são débeis. Conheço alguém que revigora os cansados, traz alegria aos abatidos e esperanças aos que passaram pelos vales da sombra da morte.

– Quem? – indagou, curioso, Simeão.

– O mestre de Nazaré.

– Nazaré da Galileia? Eu cresci próximo a essa região e não havia nada lá. Como pode um ambiente onde só havia pedras e areia produzir um sábio?

José de Arimateia sorriu.

– Você verá com os próprios olhos.

A festa em Jerusalém era uma brisa diante das dificuldades da vida. Alguns estrangeiros, como gregos e egípcios, também participavam dela. Uma escolta romana estava a postos para tentar controlar possíveis tumultos. Um dos comandantes da Guarda Pretoriana, Lucius, montado em seu inquieto cavalo, disse para seu lugar-tenente, Flavius:

– É incompreensível a motivação deste povo.

– O povo judeu teima em se alegrar porque acredita que a morte é um brevíssimo sono à espera do amanhecer da eternidade – comentou.

– O Deus deles é um anestésico para aliviar suas insuportáveis dores – confirmou Lucius.

Os festejos se passavam sem intercorrências nem tumultos, mas eis que, no último dia da grande festa de Jerusalém, um corpo estranho, um grupo irreverente, começou a se aproximar da cidade. Eram jovens entusiasmados, com autoestima elevadíssima, falando alto. Pareciam seguir um super-herói, um líder capaz de fazer uma grande revolução. Porém, para espanto desses seguidores, seu líder se comportava como anti-herói. Vestia-se como um maltrapilho, raramente elevava o tom de voz, evitava a ostentação social e dava atenção especial aos que viviam à margem da sociedade.

O mais complicado era que, embora não amasse ser o centro das atenções, quando abria a boca em público, a confusão era certa. Essa era a parte que fazia seus alunos sentirem calafrios. Era impossível ficar indiferente às suas ideias. Amavam-no ou o rejeitavam. Mais próximo dos muros de Jerusalém, os mais simples o receberam como a um rei. Palmas eram atiradas ao chão, mantos eram estendidos. Porém era um rei estranho, diferente de todos os outros, não queria o trono político, mas um lugar no território da emoção humana.

Ele poderia ter aproveitado o momento e entrado em grande estilo na magna cidade, dentro de uma carruagem, seguido por uma escolta elegante. Contudo, para assombro dos que amam o poder, inclusive dos líderes que mais tarde se intitulariam cristãos, ele montou num humilde jumentinho.

Jesus sorria, feliz da vida, enquanto os discípulos, amantes do status social, não sabiam onde enfiavam a cara. Não havia pompa. Suas pernas arrastavam no chão. Mas, para ele, estava tudo certo. Era desse jeito que ele havia programado entrar. Não precisava de poder, já o tinha. Não precisava de ouro, já o possuía no território da emoção. Acenava com as mãos para os passantes. De vez em quando interrompia a marcha e ia beijar um idoso, fazer gracejos com uma criança tímida ou tocar uma pessoa desfigurada pela vida.

Ao chegar ao pórtico da cidade, desceu bem-humorado do animal e começou a percorrer as ruas. Cumprimentava com prazer as pessoas no caminho. Abraçava-as alegremente. Quando entrou na grande festa judaica, não poucos cochichavam uns nos ouvidos dos outros: "Será que é ele?" Jesus, ainda que não o desejasse, era uma celebridade. João, seu aluno mais jovem, estava eufórico:

– Mestre, veja quantas pessoas há nesta festa. Elas vieram de muitas nações.

Pedro, o mais forte, sempre querendo chamar a atenção do seu líder, disse:

– Olhe aquelas pessoas. Pelas suas vestes, parecem importantes. É um bom momento para pescar homens, e dos grandes!

– Claro, discretamente – sugeriu Judas Iscariotes, o mais culto da tribo dos zelotes, prenunciando tempestades.

– Eu estou falando sobre um gesto sobre-humano. Não precisa falar muito – comentou Pedro provocando Judas.

Jesus se divertia com a ingenuidade de seus alunos. Sabia que eles eram viciados em status social, amavam os aplausos, gostavam de ser o centro das atenções. Continuava tocando as pessoas, abraçando até os estranhos. Sua sociabilidade chocava seus discípulos. Mas o que se poderia esperar de um homem que transformava prostitutas em rainhas e leprosos em príncipes? Subitamente, o Mestre da emoção viu uma pobre menina de 5 anos pedindo esmola no meio da multidão.

Os discípulos queriam desviar-lhe a atenção para alvos mais importantes:

– Olhe, mestre – apontou Mateus.

– Veja aquela roda de fariseus – mostrou João.

Mas a menina cativara seu olhar. Para ele, era a pessoa mais importante do mundo naquele momento.

– Filha, você é linda. Por que está triste?

Ela estava ao lado de uma jovem, sua mãe, viúva havia quinze dias. A única fonte de sobrevivência, seu marido, se fora. Mal tivera tempo de chorar seu luto e tinha que saciar a fome da filha. Mas as pessoas não lhe davam importância. O Mestre se aproximou da pequena menina, se abaixou e a abraçou delicadamente.

– Estou com fome – disse ela com os olhos fundos. Eram duas da tarde e ela ainda não havia comido sequer um bocado de pão.

O Mestre lacrimejou.

– Até quando abandonaremos os desprivilegiados? – disse em voz alta. E, fitando o discípulo que guardava o dinheiro do grupo, Judas, ordenou: – Dê-lhe metade do dinheiro que temos.

– Mas, mestre, é muito.

Jesus olhou firmemente para Judas, que então cedeu. A mãe ficou surpresa. Jesus pegou a menina no colo e lhe fez cócegas. Ela sorriu.

– Vai comer dois pães inteiros – disse-lhe e brincou com ela, colocando-a nas costas.

Seus comportamentos não deixavam dúvidas aos mais próximos: "É ele!" A maior celebridade daquele tempo não precisava de uma equipe de marketing; seus gestos e suas palavras eram inconfundíveis. Para ele, a fama era inútil, ser feliz era fazer os outros felizes. Alguns o abraçavam, outros o beijavam. Seus discípulos se animaram. Mais adiante, encontraram um casal de idosos que também esmolavam, mas o faziam de cabeça baixa. Envergonhados, não tinham coragem de fitar a face das pessoas.

Vendo que seu mestre estava indo na direção do casal, Judas, preocupadíssimo, solicitou:

– Mestre, vamos para o outro lado da praça. O povo está mais concentrado lá.

Queria contatos mais nobres, mas não havia essa possibilidade. Jesus via o intangível. Aproximou-se passo a passo dos idosos e lhes perguntou:

– Onde estão seus filhos?

Vendo a voz suave de quem os inquiria, o idoso homem respondeu:

– Tivemos seis filhos. Três morreram antes de completar 2 anos. Dois faleceram na juventude. O sexto, percebendo que era difícil nos assumir na velhice, desapareceu – disse o senhor de 71 anos, algo raríssimo numa época em que a expectativa média de vida era de 35 anos.

– Não temos netos, não temos noras, ninguém para cuidar de nós – disse a esposa, de 67 anos, pele desidratada, rosto enrugado pelo sol, cabelos esbranquiçados e quebradiços. E completou com tristeza: – A velhice, para quem não tem filhos ou para quem não é amado por eles, é a fase mais amarga da vida!

Os filhos eram o seguro social dos pais naqueles cáusticos tempos – e ainda hoje em muitas nações. Aquele casal morreria à míngua. O Mestre dos mestres se compadeceu deles. Abraçou-os. Em seguida, virou-se para Judas, que instintivamente tentou esconder a bolsa das ofertas.

– Dê-lhes o resto do dinheiro, Judas.

– Mas, mestre, passaremos fome – retorquiu, preocupado.

– Mas seremos saciados com o que a riqueza não pode comprar – disse, sorrindo, Jesus. Depois olhou para o alto. Cerca de cem pessoas o ouviram quando bradou em voz relativamente alta: – Os pais deixam de dormir para que seus filhos durmam bem, deixam de comer para os alimentar, adiam seus sonhos para que eles possam sonhar. Ninguém é digno da juventude se não se curvar em agradecimento a seus pais, à sua fonte!

Não fez milagres, mas usou o maior de todos os milagres: as palavras. Os dois gêmeos, José de Arimateia e seu irmão Simeão, estavam entre os que ouviram seus pensamentos. Seus pais morreram tão cedo que não tiveram tempo de homenageá-los.

– Que palavras sábias são essas? – indagou Simeão.

– É ele! – disse José.

– Quem é esse sujeito estranho? Você o conhece? – questionou Simeão.

– Conheço-o o suficiente para mexer com a minha cabeça. Ele é o mestre de que lhe falei. – afirmou José.

– José de Arimateia, meu amigo – bradou Jesus. – Que bom vê-lo. Está bem de saúde? E a família?

Ele se importava com o bem-estar das pessoas. E "se importar com os outros" era um dos códigos da felicidade. Diferentemente dos líderes que falam para as massas mas não sabem o que ocorre com os indivíduos, ao contrário também dos intelectuais, que dão aulas ou orientam seus alunos nas universidades mas não têm a mínima ideia se estão sofrendo ou não, Jesus penetrava na história de cada um deles. Ele se importava com a dor dos excluídos, dos feridos pela vida, dos abarcados pelo medo do futuro. Nunca alguém tão grande deu tanta importância aos pequenos.

– Mestre, sua alegria é contagiante – disse José de Arimateia, animado. – Este é meu irmão, Simeão.

– Muito prazer, Simeão.

Jesus o cumprimentou, honrado. Em seguida foi cativado por outras pessoas e se dirigiu a elas. Pouco depois disso, José de Arimateia foi chamado às pressas para uma reunião com os líderes de Israel. Simeão, extasiado com aquele homem cativante, passou a segui-lo, ainda que a distância.

Uma pequena multidão se formou ao redor de Jesus, mas ele tentava se movimentar, sair do cárcere do assédio social, encontrar outros feridos. Após uma hora, José de Arimateia voltou, ofegante. Como era das classes abastadas, tinha informações privilegiadas.

– Mestre, você corre risco de vida! Designaram guardas para prendê-lo!

– Como podem os que estão presos prender os que estão livres? – perguntou Jesus.

– Como? Não entendi – reagiu José.

– Muito menos eu – expressou Tomé, o mais desconfiado e inseguro dos seus alunos.

Eles eram lógicos demais. Era-lhes difícil libertar seu imaginário para ver além das imagens que estavam perante seus olhos. Não perscrutavam as camadas mais profundas da mente.

– Por que nunca o deixam em paz, mestre, se você é luz para o mundo, se faz tantas coisas boas? – indagou o jovem João, confuso.

Criam que "em terra de cegos, quem tem um olho é rei", não entendiam que a tese reinante era oposta: "Em terra de cegos, quem tem um olho é rejeitado, quem tem dois é odiado." Jesus era um revolucionário. Denunciava o sistema social, a corrupção, a necessidade doentia de poder pelo poder. Defendia a tolerância, a generosidade e o amor incondicional. Em qualquer sociedade e em qualquer época, mesmo na era digital, causaria um terremoto social. O Mestre respondeu a seu aluno:

– Ninguém dá o que não tem! Se não têm paz, o que podem me oferecer? Eu lhes dou a minha paz.

Enquanto isso, milhares de pessoas se apinhavam na praça central de Jerusalém, tropeçando uns nos outros. Os sacerdotes faziam suas preces, os fariseus faziam seus debates, os saduceus, outra casta de intelectuais, faziam suas pregações. Eram muitos grupos reunidos. Depois da advertência de que prenderiam Jesus, Mateus murmurou no ouvido de André:

– É recomendável que o mestre silencie.

– O mestre é sábio, certamente será discreto neste evento – comentou Tiago com seu irmão João, em tom baixo. Mas Jesus se calava quando todos queriam que falasse e discursava quando todos esperavam que silenciasse.

– Mestre, é bom partirmos – disse Pedro, sempre tenso, mas generoso. Ele era forte quando o mundo conspirava a seu favor, mas frágil quando os ventos sopravam em contrário.

Subitamente, a menos de 100 metros, apareceram os guardas da cúpula sacerdotal encarregados de encarcerá-lo, uma tropa formada por mais de cinquenta homens portando armaduras e espadas, todos com um semblante tenso, agressivo, como predadores em busca de sua presa. Mas a missão era difícil. Jesus era amado pelo povo. Precisavam atacá-lo com o mínimo de tumulto.

Os discípulos, quando viram os guardas, se abalaram. Era o momento de esconderem Jesus, protegê-lo, mas olharam ao redor e indagaram:

– Cadê o mestre?

Quase desmaiaram ao vê-lo em cima de uma pilastra prestes a fazer mais um discurso.

– Meu Deus, o que ele falará agora? – perguntou Pedro.

Os guardas continuavam se aproximando, estavam a cerca de 50 metros. O coração dos guardas e dos discípulos galopava descontroladamente. Era possível perceber a ventilação pulmonar deles. A prisão era iminente. Judas colocou as mãos na cabeça. Pedro tentou se esconder. João tremia. Todos sabiam que as palavras de Jesus poderiam dar munição para seus julgadores o eliminarem.

As pessoas, ao vê-lo com as mãos estendidas pedindo silêncio, foram se aquietando. De repente, os olhares dele e dos guardas se cruzaram. Nunca foi tão fácil localizar um criminoso. Nesse momento, para espanto dos seus algozes e dos milhares de pessoas, Jesus abriu os braços e, a plenos pulmões, bradou:

– Muitos têm motivos para chorar, mas estão aqui corajosamente para festejar. Vocês procuram água no deserto da existência. Uma atitude digna de aplausos! – E, na sequência, fitou os guardas que estavam a postos para aprisioná-lo: – Mas, no calor da jornada, essa água vai secando. Todavia, quero lhes falar de uma fonte inesgotável de prazer, que flui como um rio na terra seca da emoção!

Todos ficaram impressionados, inclusive os guardas, que agora estavam a cerca de 10 metros.

– Que fonte é essa? – indagavam uns.

– Como pode haver uma fonte de prazer inesgotável? – perguntavam outros.

Naquele momento, um torpedo os atingiu. Pela primeira vez na história, um homem convidou publicamente uma multidão a beber da sua própria fonte de felicidade.

– Quem tem sede venha a mim e beba! – disse com alegria exuberante.

Os grandes pensadores da história, com raras exceções, tiveram tendência ao humor depressivo. Newton era fechado; Schopenhauer era pessimista; Einstein era depressivo; Freud, embora sociável, chegou a dizer que trabalhava por pura necessidade. Mas eis que o pensador dos pensadores, prestes a morrer, proclamava altissonante as fontes da alegria. Loucura total, até para os guardas encarregados de prendê-lo.

Os guardas foram impactados por essas palavras. Amnon, cujo nome quer dizer fiel, chefe da escolta sacerdotal, já ouvira que ele era um personagem incomum, que arrebatava seus ouvintes, mas jamais imaginara que ele discursaria sobre o prazer sob risco de morrer. Sua prisão já havia sido encomendada várias vezes. Já escapara em outras oportunidades. Deveria, portanto, estar escondido nas montanhas ou cavernas, preocupado em salvar a própria pele. Mas ele estava no centro da multidão fazendo um convite inexplicável. Perplexo, Asser, um dos guardas, expressou para seu líder, Amnon:

– Como alguém pode falar de prazer quando está sendo perseguido?

– Não sei, não sei... – disse Amnon pensativo. – Ou ele é um lunático ou um personagem de outro mundo, saturado de segredos. Nunca ouvi alguém dizer que tem uma fonte de alegria. Nem Tibério, Júlio César ou César Augusto, que alegava ser divino.

Se Jesus se colocasse como vítima, daria timidamente as costas ao predador e, nesse caso, seria atacado por ele. Se, ao contrário, o agredisse, inverteria os papéis, seria o predador, enquanto o agressor seria a vítima, e também acabaria sendo atacado. Revelando uma capacidade incrível de gerenciar a própria emoção nos focos de estresse, Jesus surpreendeu seus algozes, deslocou a âncora cerebral das fronteiras das janelas traumáticas, instintivas, animalescas, para as áreas que oxigenavam a consciência crítica. Eles ficaram embasbacados.

Em seguida, o Mestre continuou, ratificando e clarificando sua tese:

– Do interior de quem crê em mim fluirão rios de água viva. A tranquilidade e o prazer lhes pertencerão.

Raramente alguém teve tanto autocontrole sob tanta pressão. O homem que proclamara os códigos da felicidade e da saúde emocional no Sermão da Montanha estava vivendo cada um deles. Foi um homem fascinante, mentalmente livre e libertador dos cárceres mentais! Mas seus alunos ainda estavam aprisionados pelo medo. Ao ouvir essas palavras, um sacerdote, Naasson, disse para um fariseu, Manassés:

– Eu sou um homem triste, Manassés. Ver nossa nação ocupada me furta a tranquilidade. Tento reunir migalhas de alegria para não morrer deprimido. Mas esse homem bradou, neste clima político caótico, que do meu interior pode fluir uma alegria inesgotável? Que delírio é esse?

Um judeu dono de um campo de trigo chamado Josafá, ao escutar também essa tese, disse para sua esposa, Sarah:

– Que palavras são essas, Sarah? Sofro por antecipação, vivo com medo de não fazermos boas colheitas para sobrevivermos ao inverno, mas esse homem propõe que, nesta terra de infelizes, conquistemos um prazer que atropela nossos medos, que se renova como as fontes de um rio! Belisca-me, mulher, para ver se não estou sonhando!

Era uma tese perturbadora em qualquer época e em qualquer nação, ainda mais quando proferida numa terra ocupada pelo Império Romano. Mateus tomou a frente e indagou de seus amigos:

– Eu não entendo o mestre. As pessoas estão tentando relaxar, tomar vinho, sorrir, mas ele discorre sobre a alegria que vem de dentro para fora? Explique-me, Pedro.

– Eu? Quanto mais eu ando com ele, menos o entendo e mais o admiro.

Os seus seguidores se surpreendiam diariamente com o Mestre. Sua coragem e sua sensibilidade impressionavam.

– Não imaginava que o mestre fosse tão feliz assim – expressou Tomé, sempre pessimista.

– Como não? – indagou João, que, embora tivesse uma emoção que flutuava entre os polos da tranquilidade e da ansiedade, era muito observador. – Você não reparou que todos os dias ele brinca com as crianças, dialoga com os idosos, se diverte com nossas tolices? Não enxergou que ele contempla os troncos carcomidos, a dança das folhas, o ribombar dos trovões?

– É... Pensando assim... Eu o vejo com meus olhos. Eu é que sou temeroso, fechado.

– Mas ele é um otimista incontrolável – afirmou Mateus.

Muitos creem que, por serem intelectuais, têm de ser depressivos, pessimistas, mal-humorados, fechados no calabouço das próprias ideias. Nem eles se suportam. Mas o psiquismo de Jesus era incompreensível. Como poucos intelectuais, ele dissecava diariamente as mazelas humanas. Como raríssimos pensadores, ele criticava o preconceito, a exclusão social, o ódio, a inveja, a hipocrisia. Portanto, deveria ser no mínimo pessimista, intimista, com ar de superioridade. Mas reunia na mesma personalidade características aparentemente irreconciliáveis. Nunca alguém tão crítico fora tão otimista; jamais alguém tão lúcido fora tão alegre. Era um contador de histórias.

– Você nunca percebeu a alegria borbulhante do mestre, Tomé? – relembrou também Mateus. – O mestre faz festa ao encontrar um leproso. Inspira os miseráveis a se sentirem seres humanos!

Pedro completou a nobre observação:

– De fato, o mestre nos ensinava a ver campos férteis onde só havia pedras e areia: "Ergam os olhos e vejam os campos de trigo branquejando." Que homem é esse que tem a responsabilidade de mudar o mundo mas declara que é superfeliz?

De repente, caiu a venda dos olhos de Tomé. Em sintonia com seus amigos, comentou:

– Ele de fato é um homem livre. Milhares que se aproximaram dele com o coração contrito saíram com um sorriso no rosto. Ele é um jardineiro da emoção. Seguimos o homem mais feliz do mundo!

Ao mesmo tempo que os discípulos de Jesus conjecturavam sobre o misterioso mestre que seguiam, Amnon, o chefe da escolta, conjecturava sobre o homem que deveria prender. O chefe da tropa era um homem assombrado pelos problemas da vida. Sua esposa estava acamada, tinha cinco filhos para criar e alimentar. A preocupação o perseguia de dia e seus pesadelos o sequestravam à noite.

– Que alegria é essa que as moedas de César não podem comprar? Que segurança é essa que minha autoridade romana não consegue conquistar?

Amnon descobriu a duras penas que a segurança e a tranquilidade de um ser humano são dadas pelo que se é, não pelo que se tem. Há muitos homens riquíssimos que são atormentados em suas mentes.

Os guardas se entreolharam, perplexos com as teses de Jesus. Era impossível aprisionar esse apóstolo da felicidade. Provocariam um motim social e, pior ainda, causariam um motim na própria consciência. Voltaram de mãos vazias aos líderes que encomendaram sua prisão. Foi um escândalo. Eles tiveram ataques de ansiedade.

– Como não prenderam esse... esse nazareno? – indagou um dos sacerdotes, Jeconias.

– Ninguém jamais proferiu palavras como aquelas!

O Mestre de Nazaré causava mais perplexidade pelos pequenos gestos do que pelos grandiloquentes. As religiões valorizam atos solenes, mas a ciência celebra a grandeza das atitudes imperceptíveis.

– Por acaso vocês também são estúpidos? O nazareno é um falastrão! – afirmou Jeconias, enraivecido.

– Ele inspira nossos sonhos e arrebata nossa emoção – expressou Amnon.

Não eram palavras típicas de um soldado, mas os iletrados ganhavam estatura intelectual ao ouvi-lo. O mesmo passaria a acontecer com seus alunos, como Pedro, homem inculto e inflexível que escreveu um pequeno tratado de psicologia social em suas duas epístolas.

– Você está louco, Amnon! Veja se algum dos fariseus ou escribas se rendeu a suas ideias insanas!

– Não sou louco, senhor! Esse homem nos instiga a ter uma alma livre! – retrucou Amnon em voz exaltada, tentando justificar sua omissão.

– Não admito que levante a voz, Amnon! Deixará de ser o chefe da minha guarda – decretou o sumo sacerdote, Caifás, quase enfartando.

Mesmo humilhado, Amnon concluiu:

– Desculpe, senhor. Se escutá-lo, verá que é impossível aprisioná-lo!

E saiu perturbado daquela fatídica reunião. Não foi possível aprisionar um homem que não tinha medo de morrer, que não se submetia ao controle do sistema social, que discursava sobre a felicidade sustentável.

Angustiado e inconformado com a atitude de Amnon, Jeconias assegurou:

– O carpinteiro de Nazaré está contagiando o povo. Não basta aprisioná-lo. Barras de ferro não serão suficientes.

– Por quê? – indagou alguém.

A resposta era simples:

– O chefe da escolta tem razão. Ele seduzirá os guardas de plantão – afirmou o sumo sacerdote tentando preservar não apenas seu cargo, mas também o bem-estar social. Em seguida acrescentou: – Se esse homem, com pouco mais de 30 anos, abalou a nação, imagine o que não fará aos 40? Precisamos cortá-lo da terra dos viventes, caso contrário, Roma nos tratará como rebeldes. A nação sofrerá. É melhor sacrificar um ser humano do que todo o povo!

Jesus foi sentenciado à morte. É fácil julgar os líderes de Israel daquele tempo por suas atitudes. Muito provavelmente, os que um dia passariam a admirá-lo não suportariam suas teses. Um Mestre que conclamava a sociedade a dar o melhor de si aos que pouco tinham, que aplaudia anônimos mais do que os poderosos, que denunciava as injustiças sociais, que declarava a hipocrisia humana por trás da aparente ética, que corria risco de vida para proteger e exaltar os que viviam à margem da sociedade incomodaria muitíssimo qualquer povo de qualquer época. O Mestre dos mestres não conseguiria viver tranquilamente em nenhuma nação do mundo. Nos dias atuais, não poucos líderes cristãos, sobretudo políticos, seriam os primeiros a bani-lo do teatro social.

✦

Marco Polo rolava na cama como se estivesse vivendo um dramático pesadelo. E estava. Sonhou com os comportamentos de Jesus no último dia da festa em Jerusalém. Subitamente acordou e aos brados disse:

– Não o sentencie, Caifás! Ele é inocente!

Sentou-se na cama. Coração taquicárdico, suor excessivo, mãos trêmulas. Seu filme mental, baseado em fatos reais, era tão rico e emocionante que se sentiu como se tivesse sido transportado no tempo. As intrigantes biografias escritas por Lucas, Marcos, Mateus e João o impactaram de forma tão penetrante que quase toda noite tinha um sonho como esse.

Acendeu a luz. Eram quatro horas da madrugada. Respirou profunda e lentamente. Precisava descansar mais um pouco, pois o dia seria extenuante: teria de continuar analisando a sofisticada personalidade do homem que abalara a humanidade. Entraria em searas em que nenhum outro cientista se atrevera a entrar. Colocou a cabeça no travesseiro, pensativo. Não imaginava as surpresas que o dia lhe traria. Suas teses causariam um terremoto. Sofismas não ficariam de pé. Preconceitos desmoronariam.

6

A ERA DA SÍNDROME PREDADOR-VÍTIMA

Eram sete horas da manhã. Marco Polo se apressou em tomar banho. Vestiu uma camisa polo azul com listras vermelhas e um blazer preto. Era um intelectual desapegado, desajeitado, daltônico, qualquer coisa servia para vestir. Era capaz de usar uma meia de cada cor. Sofia tentava ser sua "personal stylist", mas ele era resistente. Foi tomar café com ela, como sempre fazia no período em que estavam em Jerusalém.

– Marco Polo, sua roupa está...

– Está ótima, obrigado – interrompeu ele. – Sofia, relaxe, se minha cabeça não funcionar, não há roupa que funcione...

Sofia respirou fundo. Tentaria outra vez em outra oportunidade. Ela fora a grande incentivadora dessa complexa e arriscada jornada para estudar a mente de Jesus. Admirava-o profundamente. Estava amando esse psiquiatra que via o mundo sob ângulos que raros observavam. Momentos depois, Marco Polo relatou que tivera outro sonho surpreendente com o personagem que estava analisando.

– É particularmente estranho, um fenômeno psicológico que ainda não consegui desvendar – disse Sofia, intrigada. – Durante nossa investigação, você tem sonhado com Jesus adulto e eu, com sua infância. Será que há alguma conexão metafísica? Será que há algo sobre-humano neste processo?

Essa observação provocou calafrios em Marco Polo.

– Sofia, você é religiosa, mas eu não sou. Ainda que os solos da minha mente estejam sendo abalados por terremotos, à medida que estudo a mente desse misterioso homem, tenho mais asco a superstição – comentou o psiquiatra com convicção.

– Ok, ok, doutor ateu – criticou ela, inconformada com seu racionalismo. – Às vezes penso que você é um candidato a deus.

– Eu? Um deus? Todos os dias critico minhas loucuras! Todos os dias tento tratar o incurável vírus do orgulho e do egocentrismo! Não sou um deus, Sofia, mas apenas crítico. Posso mudar minha opinião, minhas ideias, minhas teses, mas elas têm que passar pelo crivo da minha consciência – rebateu ele rapidamente.

Ao contrário de muitas mentes brilhantes, embora Marco Polo fosse um pensador aplaudido em diversas nações e seus livros impactassem milhões de pessoas, ele não tinha medo de mapear os próprios fantasmas mentais.

De repente, por trás de Marco Polo apareceu Robert Dunkis, um geneticista respeitado no mundo todo, que ouvira a conversa dos dois psiquiatras.

– Como está o instigante Marco Polo?

– Robert Dunkis, o que faz aqui?

– Como sempre, farei uma palestra sobre genética e teoria da evolução, meu caro – respondeu Dunkis e, em seguida, interpelou Marco Polo: – Você é muito ousado!

– Já sabe o que estou fazendo em Jerusalém?

– Claro! Seus espirros gripam milhões na internet – disse metaforicamente. – Mas não o entendo. Muitos o consideram um ateu mais crítico do que eu. Como enveredou pela jornada de estudar a mente de Cristo? Penso que Jesus foi um homem inteligente, mas acho que você está perdendo o seu tempo.

– Perdendo o meu tempo? Não, eu amo desafios – afirmou Marco Polo.

– A ciência não existe sem desafios – concordou Dunkis. – Mas estudar os genes, as mutações, a adaptação das espécies, é um desafio maior do que esses que você se propõe.

– Acho que você está enganado, Dunkis. A última fronteira da ciência, em minha opinião, não é estudar os genes, mas estudar o pensamento, seus tipos, seu processo de construção e gerenciamento.

– Discordo! – rebateu Dunkis.

– Então vamos fazer uma análise – sugeriu o pensador da psiquiatria. – Como você construiu a palavra "discordo"?

– Bom, eu a acessei na minha memória.

– Você conseguiria pegar uma arma, atirar numa mosca que está a uma milha e acertar o alvo?

– Dificilmente! Mas aonde você quer chegar, Marco Polo?

– Espere. Conseguiria, de olhos vendados, disparar uma arma em Jerusalém e acertar uma mosca voando em Nova York?

– Impossível.

– Mas, ao entrar na sua memória de olhos vendados e resgatar, em milésimos de segundo, em meio a bilhões de opções, as palavras "impossível" ou "discordo", você realizou uma tarefa tão complexa quanto atirar e acertar uma mosca voando em Nova York.

– Nunca tinha pensado no pensamento – disse Dunkis, intrigado.

– Infelizmente não pensamos no pensamento. Mas, se o estudarmos em detalhes, nunca mais seremos os mesmos. Julgaremos menos e abraçaremos mais. Teremos convicção de que a mente de qualquer um de nós é de extrema complexidade. Sem os pensamentos não há consciência, sem a consciência não existe o cientista, a ciência e muito menos os objetos de estudo. Portanto, meu amigo, a última fronteira da ciência é estudar "a ciência da ciência", ou seja, a ciência da consciência.

Dunkis, sempre sociável e falante, refletiu e disse:

– Preciso pensar na consciência.

Marco Polo emendou:

– E, por falar em consciência, você sabia que está numa bolha virtual?

– Bolha virtual? Como assim?

– A consciência é virtual, indicando que você está só, dramaticamente solitário, pois entre você, as pessoas e seu objeto de estudo, os genes, existe um espaço infinito, um antiespaço, pois a consciência nunca incorpora a realidade do objeto pensado. Se a consciência é virtual, a verdade essencial e científica é um fim inatingível.

– Você está usando todos esses elementos para estudar o intelecto de Jesus?

– Exatamente. Sem usar a religião.

O brilhante geneticista parou, respirou fundo e comentou:

– Impressionante. Talvez seu objeto de estudo seja mais profundo do que o meu, mas não lhe dará credibilidade científica. A academia é preconceituosa.

Nesse momento Sofia interveio:

– Mas por que você ama combater os religiosos? Essa atitude tem motivação científica ou busca a espetacularização social?

– Quem é essa jovem? – indagou Dunkis.

– Sofia, minha assistente e uma brilhante psiquiatra – disse Marco Polo.

– Eu amo desconstruir os criacionistas, os apóstolos do design inteligente.

– Desculpe-me, doutor Dunkis – disse Sofia. – Curvo-me diante de sua cultura científica. Mas tanto a religiosidade quanto o ateísmo radical produzem deuses, egos inflados que não abrem a própria mente para outras possibilidades.

Dunkis deu um leve sorriso. Amava ouvir pessoas inteligentes.

– Se pensar o pensamento é a última fronteira da ciência, deixar de pensar criticamente é uma estupidez. Eu penso criticamente, mas estou sempre aberto a outras possibilidades, minha jovem. Já disse, inclusive em entrevistas, que não tenho 100% de certeza de que Deus não existe. – Em seguida, indagou: – E como está o seu ateísmo, Marco Polo?

– Eu sou apenas um ser humano em construção. Estudar a mente de Jesus me tem feito repensar quem sou e o que sou. Para espanto da psiquiatria e da neurologia, quando o corpo do Mestre dos mestres sofreu na cruz, ele conseguiu produzir um pensamento sofisticadíssimo: "Perdoa-os, porque não sabem o que fazem." Parece que, para ele, a vida humana, por mais séria que seja, é uma brincadeira no tempo.

Os cientistas, professores, empresários, religiosos, enfim, todos os atores sociais no fundo estão brincando no teatro do tempo, não sabem de fato o que estão fazendo.

– Que tese é essa, Marco Polo? Nunca a ouvi – disse o evolucionista honestamente. Em seguida tossiu e expressou: – Mas tomo as suas palavras como minhas: "Sou um ser humano em construção." E quem sabe um dia eu e você possamos fazer um grande debate sobre a mente de Jesus, o desenvolvimento da humanidade, a formação de mentes brilhantes e a teoria da evolução?

– Desafio aceito – assegurou Marco Polo.

E assim se despediram. Sofia, tão logo ele saiu, comentou:

– Seria tão bom se o doutor Dunkis participasse dos debates sobre o Sermão da Montanha.

– Poderia dar uma importante contribuição – concordou o psiquiatra. E falou mais uma vez metaforicamente: – Mas só escalam as montanhas os que estão dispostos a ver além dos limites do seu preconceito. Não tem sido fácil para mim, Sofia. Eu me desconstruo todos os dias.

Depois desse diálogo, Sofia quis saber como tinha sido o último sonho de Marco Polo. Sabia que ele possuía uma criatividade ímpar para criar personagens, ambientes e cenas.

– Sonhei com o homem que queria inaugurar a era do prazer na terra do estresse.

– Inaugurar a era do prazer na terra do estresse? O que quer dizer com isso?

– Toda pessoa com excesso de exposição social ou com grande trabalho intelectual, como celebridades, executivos, cientistas, médicos e magistrados, tem tendência a diminuir o próprio prazer, experimentar as chamas da ansiedade. Mas Jesus, embora muito exposto socialmente, com o projeto intelectual estressante de resgatar a humanidade, se colocou como o personagem mais bem resolvido emocionalmente da história.

– Como assim? Estou confusa – indagou a psiquiatra, curiosa.

– Ele discursou sobre o prazer sustentável, uma alegria renovável, tal como as fontes renováveis de energia. Observe o discurso no último dia da grande festa judaica: "Quem tem sede venha a mim e beba!"

– Que ousadia é essa? – questionou ela. – Freud, Jung, Piaget, Adler, Skinner ou qualquer um dos pais da psiquiatria jamais tiveram coragem de dizer essas palavras, sob risco de serem tachados de psicóticos. Grandes filósofos, como Agostinho, Descartes, Kant, Hegel, Kierkegaard, Nietzsche, Sartre, jamais convidaram as pessoas a beberem de sua felicidade, até porque muitos eram depressivos. Jesus vivia os códigos da felicidade ou estava tendo um surto psicótico, um delírio de grandeza?

Os dois psiquiatras, embora fossem saturados de respeito mútuo, não tinham medo de questionar. Foram mais fundo do que os teólogos, os filósofos e outros pensadores. Marco Polo sorriu e, sem demora, comentou:

– Pensei sobre isso detalhadamente. Todavia, quem está num surto psicótico tem a mente afetada em quatro níveis: 1) Fragmenta seu Eu e sua identidade psicossocial; 2) Perde os parâmetros da realidade; 3) Não pensa nas consequências de seus comportamentos; e 4) Não desenvolve empatia e inclusão social. Mas Jesus era de uma coerência e uma serenidade impressionantes. Ele não queria ser um grande personagem, um rei, ditador, herói, como os que têm delírio de grandeza. Ele entrou em Jerusalém montado num pequeno animal, sem pompa, convocando as pessoas, inclusive seus discípulos, a se despirem de suas máscaras, a terem uma identidade não artificial. Sua empatia e inclusão social eram notáveis. Seu Eu era de uma lucidez jamais vista, por isso, ao ajudar alguém, ele dizia "Não conte para ninguém".

Sofia ficou tão maravilhada com a exposição de Marco Polo que questionou:

– Então Jesus foi mais sensível que os poetas, mais penetrante que os filósofos, mais ousado que os psicóticos e mais sereno que os sábios?

– Você sabe que minha teoria não estuda apenas o processo de construção de pensamentos, mas também o processo de formação de pensadores. Estudei mentes brilhantes, de Einstein a Freud. Mas o "carpinteiro da emoção" me confunde, me perturba... o tempo todo! – exclamou Marco Polo.

– Ver você confuso me alegra, Marco Polo. Sempre o admirei, considerava-o inatingível, tanto como sua aluna quanto como sua assistente.

Marco Polo corou diante do comentário e tratou de desviar o assunto:

– Não só no Sermão da Montanha como também nas suas breves palavras na grande festa, Jesus desarmou o cárcere da síndrome predador-vítima, atuou com maestria nos fenômenos inconscientes que sequestram nosso Eu.

– Como assim? – indagou Sofia, confusa e fascinada.

Marco Polo descobrira várias síndromes psicológicas, entre elas a síndrome predador-vítima, que estava na base da violência, da discriminação, das guerras, dos suicídios e dos homicídios. Era uma síndrome que manchava a história humana, que denunciava que a humanidade tem tendência a ser autodestrutiva, com baixos níveis de viabilidade. Marco Polo estava consciente de que somente uma educação socioemocional profunda, que nos levasse a pensar antes de reagir, a nos colocarmos no lugar dos outros, a proteger a mente, a filtrar estímulos estressantes, a pensar nas outras pessoas como família humana, enfim, que ultrapassasse os limites do racionalismo, poderia nos resgatar. Parecia que o Mestre dos mestres sabia plenamente disso. Os códigos de gestão da emoção que proferira eram um grito de alerta, uma tentativa desesperada de tornar viável a humanidade.

O pensador deu uma aula a Sofia sobre alguns fenômenos mais complexos da ciência. Embora fosse psiquiatra e conhecesse boa parte das teorias de Marco Polo, nunca vira a mente humana por essa perspectiva tão surpreendente. Ele comentou que nosso Eu não está sozinho pilotando a aeronave mental. Há quatro copilotos, ou fenômenos inconscientes, auxiliando-o a produzir o universo dos pensamentos e emoções: o gatilho mental ou da memória, as janelas da memória, a âncora da memória e o autofluxo. E usou os comportamentos do Mestre da emoção para exemplificar. O céu da mente de Sofia se abriu.

– Os guardas designados para prender Jesus, ao vê-lo, detonaram o primeiro fenômeno inconsciente ou copiloto: o gatilho mental. Uma vez disparado, o gatilho encontrou o segundo fenômeno, uma janela ou arquivo traumático, ou Killer. Essa janela tinha a informação de que ele deveria ser preso e, se resistisse, ser morto. O volume de tensão da janela Killer fez com que o terceiro fenômeno inconsciente, a âncora da memória, entrasse em ação. A âncora fechou o circuito cerebral dos soldados, impedindo o acesso a milhares de janelas com milhões de dados. Nesse momento, o *Homo sapiens* se tornou *Homo bios*, um animal instintivo. Em seguida, entrou em cena o quarto copiloto, o fenômeno do autofluxo, que lia e relia o conteúdo da janela Killer, preparando os guardas para o ataque. Tornaram-se predadores diante da vítima. O Eu deles, portanto, não raciocinava, não sabia fazer escolhas, só executar ordens: prender ou matar Jesus.

Depois disso, Marco Polo comentou que o Mestre dos mestres, com suas atitudes ímpares e imprevisíveis, deslocou a âncora da memória da mente de seus algozes. Fascinados, eles deixaram de ser seus predadores, perceberam que ele não era uma vítima a ser abatida.

– Essas teses são surpreendentes – disse a psiquiatra, reflexiva. – Os guardas acionaram os mecanismos primitivos do cérebro, mecanismos que encarceram o Eu e que são acionados também quando um filho desafia seu pai, um aluno enfrenta um professor ou os colaboradores discordam de seu chefe. A síndrome predador-vítima liberta o animal dentro do racional.

Marco Polo explicou também que o amor é mais profundo do que a justiça. Um computador pode apontar milhões de falhas do ser humano, pode ser tremendamente justo, mas nenhum deles será capaz de ter compaixão, generosidade, tolerância. E, por isso, robôs com inteligência artificial poderão um dia se tornar os maiores inimigos da humanidade. Poderão eliminar seus criadores, saturados de falhas. Agirão pelo fenômeno ação-reação, não lhes darão uma segunda ou terceira chance.

– Grande parte dos conflitos humanos é enfrentada pelo fenômeno ação-reação, pelos mecanismos primitivos do cérebro. Muitos pais e professores agem como predadores de quem amam, devoram sua autoestima, tranquilidade, saúde emocional. Por isso nossa espécie tem baixos níveis de viabilidade.

– Meu Deus, isso aconteceu comigo... – disse ela, abalada, mapeando a própria infância.

Nesse momento Sofia recordou episódios tristíssimos em que fora vítima de alguém muito próximo que ela amava muito: seu pai. Em lágrimas, relatou suas lembranças a Marco Polo, que colocou sua mão sobre a dela em sinal de solidariedade.

O Dr. Leonardo, seu pai, era médico, mas não tinha muita habilidade socioemocional. Alcoólatra, homem implacável, duro, inflexível, rápido em julgar, lento em abraçar. Sua mãe, Mary Jones, era assistente social, mas não tinha autocontrole. Impulsiva, ansiosa, vivia em pé de guerra com o marido. No caldeirão de estresse, estava a pequena Sofia.

– Você é louco! – gritava a mãe.

– Você é esquizofrênica! – bradava o pai.

Viciados em brigar, tal qual dependentes de drogas, não se importavam que a pequena Sofia crescesse sob fogo cruzado. A menina, para neutralizar sua ansiedade, assaltava a geladeira. Tentava deslocar a âncora da memória das áreas dos conflitos para as áreas do prazer oral, o que aumentava mais ainda sua ansiedade.

– Comendo de novo, menina! – esbravejava o pai. E, pior ainda, sentenciava: – Vai estourar de tão gorda.

O pai de Sofia, por não entender o funcionamento da mente, estimulava o biógrafo inconsciente dentro do cérebro humano, chamado de fenômeno RAM (registro automático da memória), a registrar na mente dela janelas traumáticas poderosas, chamadas janelas Killer duplo P, que tinham o poder de serem inesquecíveis e o poder de serem retroalimentadas. Essas janelas traumáticas podem encarcerar o ser humano dentro de si mesmo. E aprisionaram Sofia. Ela lia e relia os comportamentos agressivos do seu pai e, desse modo, biografava diaria-

mente em sua personalidade as cobranças, os atritos e a intolerância, tornando-se tímida, fóbica, insegura e autopunitiva.

A garota ficou obesa emocionalmente, saturada de pensamentos perturbadores. A obesidade emocional a levou a ser obesa fisicamente em sua pré-adolescência. Compensava sua ansiedade comendo em excesso. E, para piorar seu drama, certa vez foi mal na prova de uma professora com quem já tivera um pequeno atrito antes. Esta se tornou sua predadora. Alçou sua voz e disse:

– Gordinha estúpida, não estudou a matéria?

Mais uma vez a menina registrou janelas Killer duplo P, duplamente traumáticas. A partir desse momento, toda vez que ia fazer uma prova dessa professora, detonava o primeiro copiloto intelectual, o gatilho mental, que abria em milésimos de segundo o copiloto seguinte, as janelas da memória. Mas infelizmente eram as janelas erradas, não as que continham a matéria que estudara, mas as janelas traumáticas que continham a ofensa da professora. Errar o alvo leva a sérias consequências.

O volume de ansiedade da janela Killer era tão grande que fazia com que a âncora da memória, o terceiro copiloto, fechasse o seu circuito. O Homo sapiens *se tornara* Homo bios. *Ela era a vítima e a prova era seu predador. O resultado? Baixo rendimento intelectual, embora nas provas dos outros professores se destacasse muito. Seu pai, autoritário, pedia para ver as notas do bimestre. Ela lhe mostrava, trêmula.*

– Menina burra! Você me envergonha! – dizia o médico num rompante de raiva.

– Cale a boca, seu estúpido – atacava a mãe tentando defender a filha, mas o fazia da pior maneira.

Os predadores nas imensas savanas africanas preferem devorar as vítimas mais frágeis; o ser humano também. Ditadores dominam com armas seu povo, executivos com a caneta, homens com seu machismo, pais com seu autoritarismo, professores com o seu poder de aprovação. Sofia aprendera isso na pele. Tentava se explicar, em prantos:

– Mas eu... estudei... papai...

Precisava de seus abraços, mas ele atirava pedras. Ao vê-la chorar, se irritava mais ainda:

– Além de gorda e burra, é mentirosa. E, além de mentirosa, é frágil!

O inferno emocional está cheio de educadores bem-intencionados; pensam que estão educando, mas no fundo estão aprisionando. Pensam que estão corrigindo erros, mas estão traumatizando. A partir desse momento, Sofia começou a piorar em todas as suas notas. Sempre isolada, sofria silenciosamente. Sentenciou-se à baixa autoestima, à depressão e ao fracasso.

– Eu quero morrer! – falou para a mãe.

Sua mãe foi às lágrimas. Mas não sabia ajudá-la. No dia seguinte, pela manhã, a jovem Sofia foi para mais uma aula. Estava profundamente abatida. Porém um novo professor de física, Humberto, observando a timidez e a tristeza de Sofia, saiu fora da curva. Resolveu fazer uma parada na sua aula. Em vez de ensinar a física clássica, resolveu ensinar a "física da emoção", ou seja, falar da própria biografia. O professor era paraplégico.

Abordou um dos mais difíceis capítulos de sua vida. Disse que era um esportista, praticava futebol, tênis e basquete. Mas quando tinha 14 anos sofrera um acidente de carro. Ficara desacordado. Fora para o hospital e, ao despertar, não sentia mais as pernas. Ficou abaladíssimo, desesperado, depressivo, perdeu o ânimo de viver.

– Eu gritava e chorava dentro do hospital: "Quero andar! Tirem-me da cama!"

Disse que todos ouviam, angustiados, seus clamores. Não conseguiria mais jogar tênis, futebol, vôlei. O medo o controlou, o desânimo o asfixiou, o sentimento de incapacidade o dominou.

– "Sou o jovem mais infeliz do mundo", eu dizia para mim mesmo.

E comentou que foi a dois psiquiatras e três psicólogos, mas cada vez estava mais angustiado, deprimido, ansioso. Receitavam-lhe medicamentos, mas ele queria um medicamento que não existia: a liberdade. Por fim, foi estimulado a consultar outro psiquiatra. Resistiu muito.

– Minha mãe estava abatida. Também havia perdido a alegria ao ver meu profundo desânimo e minha angústia.

Depois de muita insistência, ele resolveu ir a esse terceiro psiquiatra.

– "Por que está deprimido?", perguntou ele. "Sou um aleijado. Não está vendo ou você é cego? Nunca mais poderei praticar esportes!", falei, com raiva. "E quem disse que você não pode praticar esportes?", retrucou o psiquiatra, me desafiando.

Emocionado, Humberto contava sua história:

– "Está louco?", perguntei, revoltado. E, chorando, assegurei: "Nunca mais poderei andar. Não quero saber das paralimpíadas." Ao que o psiquiatra disse: "Sabia que você pode andar, correr e até voar?" Pensei que ele estivesse louco, mas tinha uma voz doce. Não se deixava ser agredido por mim. E, me abalando, disse: "Muitos têm pernas saudáveis, mas não saem do lugar." "Como assim?", perguntei. Ele me explicou: "Eles andam com suas pernas, mas são prisioneiros em sua mente. Não sabem correr em seus pensamentos e voar em suas ideias. Uma pessoa livre não é quem tem pernas saudáveis, mas quem tem uma mente saudável e ousada. Pense grande, sonhe grande e lute pelos seus sonhos, e você irá a lugares a que muitos jamais foram. Nada vai segurar você. Agora, fique revoltado, mergulhe na lama do desespero, embriague-se com o sentimento de impotência, e será infeliz, um prisioneiro de si mesmo..."

Humberto ficara emocionado com essas palavras.

– "Nunca pensei nisso...", eu disse para o psiquiatra. Essa tese mexeu com a minha cabeça. Parei de usar minha energia mental para reclamar e me revoltar e a usei para sonhar e lutar pelos meus sonhos.

Depois de contar essa história, Humberto comentou com Sofia e seus colegas de classe:

– Nunca mais fui o mesmo. Tornei-me professor de física. Já fiz mestrado. Quero fazer doutorado e ser um cientista. Meus pensamentos são livres, voam para explorar o universo, minha mente corre para que eu me torne um vencedor. E vocês? São livres ou prisioneiros de si mesmos? Saibam que não existem pessoas de sucesso ou fracassadas, mas pessoas que sonham ou deixam de sonhar.

Sofia ficou animadíssima com a história de seu professor. Resolveu abrir a boca e falou em voz alta:

– Eu quero mudar a minha história, professor. Quero sonhar e fazer coisas incríveis.

O professor ficou fascinado com a atitude da menina. Mas alguns alunos riram dela. Alguns disseram coisas como: "Não vai virar nada na vida." Ao ouvir os colegas, Sofia ficou depressiva, mas o professor Humberto rapidamente interveio:

– Vocês estão rindo de Sofia? Quem debocha dos outros paralisa a própria imaginação, é escravo dos próprios preconceitos. Cuidado, o mundo dá muitas voltas. As pessoas que vocês derrubam hoje poderão ser aquelas que um dia os ajudarão a se levantar.

Os alunos que faziam bullying *engoliram em seco as palavras do sábio professor. Em seguida, ele disse:*

– Parabéns, Sofia. Tenha mesmo muitos sonhos. Mas você jamais deve esquecer que sonhos sem disciplina produzem pessoas frustradas, e disciplina sem sonhos produz pessoas que só obedecem a ordens. Sonhe e tenha garra!

A garota, eufórica, concluiu:

– Certamente farei coisas grandes!

E fez mesmo. Sofia se superou. Tinha tudo para dar errado, mas deslocou a âncora da memória das áreas traumáticas para as áreas saudáveis, dos arquivos Killer do seu cérebro, que financiavam a autopunição, para os arquivos light, que produziam paixão pela vida. Deixou pouco a pouco de ser vítima do passado e se tornou líder de si mesma.

Sonhou emagrecer, ser uma excelente aluna. Batalhou com disciplina por seus projetos e, assim, emagreceu e se tornou uma das melhores alunas do colégio. Passou a ensinar aos alunos que debochavam dela. Sonhou ser médica e cientista para ser útil à humanidade. Por fim, entrou na faculdade de medicina e se tornou uma brilhante aluna e depois uma notável psiquiatra. Com 28 anos, já tinha defendido sua tese de doutorado. Suas pesquisas estavam causando um impacto internacional. E o mundo era mesmo redondo como o professor de física ensinara. Quem hoje está embaixo amanhã estará em cima. A menina que estava embaixo, o patinho feio da classe, tornou-se uma psiquiatra brilhante. Por fim, ajudou os três alunos que mais zombavam dela no colégio. Eles tiveram depressão e doenças psicossomáticas. Não deram certo na vida.

Marco Polo, depois de ouvir a história de Sofia, segurou firme suas mãos.

– Você é resiliente. Quem passa pelo caos e o supera fica mais bonito. Você é belíssima – disse ele um tanto envergonhado.

– Está me cantando? – brincou ela.

– Não, não – tentou se desculpar.

Marco Polo não tinha muito jeito com as mulheres.

– Estou brincando, seu tolo. As suas teses me fizeram reciclar a minha história. Eu preciso decifrar os códigos da felicidade. Quero ser cada vez mais uma pessoa mais leve, contemplativa, menos cobradora, menos obesa emocionalmente.

– Temos um arsenal poderoso de antidepressivos, mas não temos medicamentos que produzam alegria – comentou Marco Polo. – Nem as drogas, como a cocaína, produzem alegria. A excitação emocional que elas causam é sucedida por uma depressão de rebote. – O Mestre da emoção foi mais penetrante do que Freud na descrição do princípio do prazer, mais poderoso do que Marx em socializar a qualidade de vida, mais democrático do que Abraham Lincoln na divulgação dos direitos humanos.

Depois desse rico diálogo, Marco Polo comentou que duas equações emocionais vinham lhe tirando o sono e que provavelmente tirariam o sono de médicos, psicólogos, educadores, filósofos, sociólogos, teólogos nas décadas por vir.

– Que equações são essas? – indagou ela, curiosa.

– Equação um: Por que estamos diante da geração mais triste de todos os tempos, embora tenhamos construído a maior indústria do prazer da história, capitaneada pela TV, pelos esportes, pelo cinema, pela música, pelos games e pelas redes sociais? Aumentamos em 40% o número de suicídios entre crianças de 10 a 15 anos na era digital. Um drama inenarrável! Os jovens não sabem mais contemplar o belo, se reinventar, se divertir, criar. Adultos se transformaram em máquinas de trabalhar, de resolver problemas. São carrascos do prazer de viver.

– É preocupante. Parece que estamos dormindo sem perceber o caos emocional dos tempos atuais – comentou Sofia, preocupada.

Marco Polo respirou fundo e relatou a segunda equação:

– Equação dois: Por que estamos diante da geração mais doente emocionalmente, embora a medicina, a psiquiatria e a psicologia tenham dado saltos surpreendentes? Estatísticas indicam que metade da população mundial tem ou vai desenvolver algum transtorno psiquiátrico ao longo da vida. Metade dos alunos, pais, professores, executivos... Um drama indescritível. E nem 1% se tratará. Preconceito? Sim! Negação de sua doença? Também! Custo alto do tratamento? Com certeza!

– Muitos fazem higiene bucal, mas não sabem fazer a higiene mental. Mentes calmas são raras como diamantes!

Poucos eram os que escapavam da epidemia da contração do prazer e dos transtornos emocionais, fossem religiosos ou ateus, celebridades ou anônimos, ricos ou miseráveis.

De repente, Sofia recebeu uma mensagem no celular. No mesmo momento, ela detonou o gatilho mental, abriu uma janela Killer e asfixiou a própria tranquilidade. Colocou as mãos na cabeça, preocupada.

– O que foi?

– Recebi uma mensagem estranha, sem identificação! – disse, com o semblante contraído.

– Deve ser falsa.

– Mas citou meu nome. Será que meu ex-marido descobriu mais uma vez o número do meu celular?

– Posso saber o que ela diz? – perguntou Marco Polo, preocupado.

Ela hesitou, mas depois leu a mensagem:

– "Sofia, você ainda beijará meus pés."

Com segurança, o psiquiatra disse:

– Não compre o que não lhe pertence. – E, tentando distraí-la, perguntou: – Que tal esta manhã percorrermos as ruas do mercado árabe de Jerusalém? Nosso debate será só amanhã de manhã. Temos o dia todo livre hoje.

– Excelente ideia! – disse ela, tentando relaxar.

Sofia se separara de forma dramática. Marco Polo, por outro lado, perdera a esposa de forma trágica. Eram dois pensadores esmagados pela vida, dois seres humanos feridos no teatro do tempo, duas mentes brilhantes que sabiam que a solidão branda estimula a criatividade, mas que a solidão intensa é tóxica.

Estavam começando a se apaixonar. Mas Marco Polo era um paradoxo: ousadíssimo em debater ideias, perspicaz em produzir análises críticas, mas tímido em fazer declarações de amor. Sofia tinha de tomar a iniciativa.

Ela se aproximou dele e beijou seus lábios.

– Obrigado – disse ele.

– Ninguém fala obrigado quando é beijado, Marco Polo – disse Sofia, dando-lhe uma bronca com carinho.

– O que eu deveria falar, então?

– Nada. O silêncio e o toque são declarações de amor mais poderosas que as palavras... – respondeu ela poeticamente.

Marco Polo amara profundamente sua esposa, Anna. Viveram um romance rico, refrescante como o orvalho da manhã, até que ela fechou os olhos para a vida. Agora, Marco Polo estava reaprendendo a amar. Ele era o mestre de Sofia em psiquiatria; ela era sua mestra no amor.

Todavia, depois que a jovem Sofia superou seus traumas, nem tudo foram flores em sua vida. Infelizmente, quem não recicla a própria história familiar está condenado a repetir erros, inclusive os de seus pais. Durante a faculdade, em vez de procurar um namorado que a inspirasse, valorizasse e aplaudisse, Sofia se envolveu com uma pessoa que era a imagem e semelhança de seu pai: era dependente de álcool e de drogas ilícitas, era impulsivo, autoritário, ciumento e controlador. Ela sofreu muitíssimo, até que tomou coragem e terminou a relação. No entanto, seu marido jamais aceitou a separação. Perseguiu-a de múltiplas formas.

Agora ela estava amando Marco Polo. O amor deveria ser calmo como as lagoas plácidas. Porém o sentimento de Sofia e Marco Polo precisava ser poderoso como as cataratas do Iguaçu ou do Niágara, pois forças ocultas espreitavam cada passo desse inteligente casal e queriam destruí-lo a todo custo. Continuaria o amor a fluir? Sobreviveriam?

7

Maria, a mais famosa e discreta das mulheres

Sofia, logo depois de tomar banho e jantar, pegou alguns livros que discorriam sobre Maria e suas técnicas educacionais. Ficou intrigada pela ausência de elementos biográficos sobre a mulher mais admirada da história, a única mulher cujo nome é citado no Alcorão. Questionadora, quando não havia alguém para discutir suas ideias, Sofia expunha seus pensamentos para si mesma, em voz audível:

– Nenhuma mulher é tão exaltada quanto Maria e nenhuma outra é tão desconhecida quanto ela.

Marco Polo comentara a capacidade fascinante que Maria tinha de ser discreta. Mas Sofia, inquieta, queria mais informações. Agitada, ligou para o Dr. Alberto, o intelectual do Vaticano. Ele também estava debruçado sobre livros, preparando-se para os debates do dia seguinte.

– Boa noite, doutor Alberto. Estou tentando investigar a história de vida de Maria, mas as referências biográficas são ínfimas. Por quê?

– Olá, Sofia. Talvez seja porque um excelente educador ama ficar nos bastidores para que seu aluno brilhe no palco.

– Desculpe-me, mas essa tese não me satisfaz. Já havíamos chegado a essa conclusão em nossos debates. Gostaria de saber como Maria educou seu filho, em que ambientes, quais ferramentas utilizou, que reações teve nos focos de estresse, de que metáforas ela se apropriou.

– Eu também tenho essa curiosidade, minha cara Sofia. Mas os segredos da infância de Jesus são guardados a sete chaves – comentou o Dr. Alberto.

A pesquisadora da psiquiatria estava inspirada e ansiosa, mas sua ansiedade era saudável, gerava um forte sentimento de exploração, de querer saber mais.

– Como pode, num ambiente tão simples, desprezado política e culturalmente, crescer um menino que revolucionou o pensamento humano? Ele era inquieto? Obedecia aos pais? Rompia limites? Fazia peraltices? Era um explorador? Foi sociável ou tímido? Foi surpreendente desde a infância ou só na maturidade? – E, depois de uma pausa, elevou às alturas seus questionamentos: – Como pôde o garoto Jesus, que não frequentou os bancos de uma escola clássica, reunir características de personalidade raríssimas e difíceis de serem conciliadas: coragem com contemplação, eloquência com discrição, consciência crítica com amabilidade, determinação com delicadeza? Que intelectuais das universidades reúnem essas características? Que teólogos as possuem?

O Dr. Alberto não as possuía, assim como a maioria deles. Era um dos mais brilhantes teólogos do catolicismo, mas os questionamentos contundentes de Sofia e Marco Polo conduziam sua mente a lugares onde nunca estivera.

– Seus questionamentos me perturbam positivamente. Os teólogos não fazem essas perguntas. Mas é admirável saber que o menino Jesus cresceu no anonimato, numa aldeia desprezível, numa nação sem destaque; seu pai não era letrado, sua mãe era discretíssima.

O Dr. Alberto continuou sua explanação. Contou que os pais de Jesus não o prepararam para abraçar o mundo, mas para ser um filho notável. A própria mãe ficava atônita com seus comportamentos.

– Sob os ângulos das ciências da educação – completou Dr. Alberto com notória intelectualidade –, Jesus tinha todos os elementos para que suas ideias ficassem confinadas na sua cidade ou região. Enfim, para que caíssem na insignificância. Mas ele cresceu pensando na humanidade, querendo abraçar a família humana. É incrível que reis, presidentes e generais um dia tenham se curvado a seus pés!

– Por isso, se desvendássemos as regras de ouro de sua educação, poderíamos educar melhor nossos filhos e alunos hoje – afirmou a Dra. Sofia. – A educação clássica está completamente perdida na era digital, assiste perplexa à ansiedade abarcar seus alunos. Para aliviar sua consciência, professores, médicos e psicólogos dão diagnósticos rápidos e errados de hiperatividade.

Em seguida se despediram. Sofia continuava insatisfeita. Ligou para outro debatedor da intrigante mesa-redonda conduzida por Marco Polo, o Dr. Thomas.

– Doutor Thomas, boa noite. Acabei de ter uma agradável conversa sobre Maria com o doutor Alberto, mas ainda estou saturada de dúvidas.

– Boa noite, doutora Sofia. Vou ajudar no que eu puder contribuir.

– Você é um estudioso das escrituras. Por que há tão poucos elementos sobre a relação mãe-filho, Maria-Jesus? Que mistério é esse?

– Eu ganhei cabelos brancos tentando entender essa educação. Confesso que, para mim, parecia que a relação entre Maria e Jesus era fria. Interpretava a passagem das bodas de Caná da Galileia, quando Maria disse "O vinho acabou" e Jesus respondeu "Mulher, o que tenho eu contigo?", como se ambos fossem distantes. Mas o doutor Marco Polo trouxe elementos inovadores e até perturbadores à luz da psiquiatria e da psicologia.

Sofia lembrou-se do dia desse debate.

– Recordo-me bem. A resposta do filho era uma senha para sua mãe. Ela teria a difícil missão de se posicionar não mais como sua mãe, mas como a "mulher das mulheres". Não foi seco, frio, insensível, mas afetivo. Ela teria que se preparar para perdê-lo.

No seu consultório, Sofia atendia inúmeras famílias em conflito. Sabia que muitos pais não enxergam as angústias dramáticas dos filhos porque só se comunicam por palavras. Por isso comentou com o Dr. Thomas a melhor forma de libertar a criatividade dos filhos e alunos: usar não os códigos linguísticos, mas o pensamento imaginário.

– Marco Polo tem falado com frequência que o pensamento antidialético, também chamado de pensamento imaginário, é melhor que o pensamento dialético ou lógico, que usa as palavras para desenvolver a cognição, a inventividade, o raciocínio complexo. Usar o pensamento dialético à exaustão asfixia a criatividade. As palavras são importantes, mas a imaginação é essencial na formação da personalidade. Será que Maria e José usaram o pensamento antidialético ou imaginário na educação do menino? – indagou a psiquiatra.

O Dr. Thomas ficou confuso com o questionamento de Sofia.

– Sofia, você está abusando da minha ignorância. Não sabia que havia mais de um tipo de pensamento na mente humana. Nunca estudei isso em Harvard. E muito menos que podemos usar o pensamento mais pobre, o dialético, ou lógico, na educação e, desse modo, asfixiar o raciocínio.

Sofia reforçou para o Dr. Thomas a ideia de que, por desconhecer uma das últimas fronteiras do conhecimento – a ciência que estuda os tipos e processos de construção e gerenciamento dos pensamentos –, as universidades intoxicam seus alunos com o pensamento dialético, simbólico, lógico, linear. Os alunos saem da escola sabendo resolver fórmulas matemáticas, mas não equações emocionais. Sabem lidar com o sucesso, mas não têm resiliência para lidar com fracassos. Sabem apontar falhas, mas não se antecipar aos erros.

– Essa falha na educação emocional comprometerá o futuro da humanidade – afirmou ela categoricamente. – Nossos filhos e netos não saberão resolver os problemas de insegurança alimentar, aquecimento global... – E depois ponderou: – Se o pensamento antidialético é o pensamento mais nobre, é a fonte das metáforas, muito provavelmente o menino Jesus cresceu se nutrindo dele. Ensinar por metáforas ou histórias é a melhor forma de educar.

– Interessante – disse o Dr. Thomas. – Jesus era um gênio em metáforas, em parábolas.

Depois desse diálogo, se despediram. Sofia foi se deitar, eram onze da noite. Precisava repor as energias, ter um sono reparador. Mas seu sono foi tão inquieto e produtivo que pareceu que havia sido transportada no tempo...

8

Um menino superfeliz e sociável

Um menino de 6 anos corria debaixo das parreiras. Encantava-se com os cachos coloridos de uvas maduras. Esperto, com uma haste grande tentava derrubar os bagos. Eles caíam e ele enchia a boca. Dos cantos dos lábios escorria o sangue das uvas. De repente apareceu, de supetão, o dono da vinha, Sr. Mordecai, um homem de idade avançada, com uma cara cerrada e raivosa. Pegou o menino em flagrante.

– Quem lhe deu ordem para derrubar os cachos? Eu pego você!

O menino, irreverente, desafiou o idoso:

– Então venha me pegar! – E deu risadas.

Mordecai ficou perturbado. Não teve dúvida. Saiu correndo atrás dele. O garoto de repente parou; parecia que queria ser pego. E, quando o dono da vinha estava prestes a alcançá-lo, começou a correr novamente. Depois virou de frente e deu um baile no idoso, que ficou mais furioso ainda.

– Eu pego você e arranco a sua pele!

– Você não aguenta correr – zombou o garoto atrevido.

Mordecai era alto. Tinha pernas longas, mas o peso da idade chegara. Estava ofegante. Fingiu que não estava passando bem. O menino se aproximou e o velho tentou agarrá-lo, mas o garoto escapou de novo. Corria muito, mais eis que tropeçou num pedaço de madeira. Levou um grande tombo. Mordecai pulou em cima dele. O garoto, esperneando, gritava:

– Não, não. Não me bata!

Mas Mordecai não se importava com seus clamores.

– Agora você me paga! – falava em alto e bom som o dono da vinha.

De repente o menino começou a dar gargalhadas. Na verdade, Mordecai não batia nele, fazia-lhe cócegas. Então o menino empurrou o dono da vinha, que se deixou cair, e partiu para cima dele. Fazia-lhe cócegas também. Pareciam dois palhaços felizes da vida. O velho e o menino eram dois grandes amigos. O menino era Jesus. Mordecai olhou para aquele garoto de 6 anos, que quase todos os dias o animava diante das intempéries da vida, e lhe disse:

– Menino, eu te amo. Você me alegra mais do que meus filhos.

– Eu também te amo, seu Mordecai. Eu não tenho avô, mas você é o melhor avô do mundo.

O idoso beijou suavemente seu neto postiço na testa.

De repente Maria chegou. Vendo o menino em cima da barriga do dono da vinha, gritou:

– O que você está fazendo, meu filho? Machucando seu Mordecai...

– Não se preocupe, Maria. Esse menino foi a melhor coisa que aconteceu na minha vida. Ninguém me faz pensar, me motiva e me faz sorrir como ele.

Maria parou para pensar em seu garoto. De fato, seu filho era surpreendente. Por onde ele passava era impossível não notar sua sensibilidade, suas tiradas, seu bom humor, sua generosidade. O menino Jesus era um colecionador de amigos, uma usina de sorrisos.

– Seu Mordecai é um avô incrível. Suas uvas são as mais doces de Nazaré. Também... não pago nada – brincou o pequeno Jesus.

– Esperto, hein – disse Mordecai. Em seguida se levantou e, fitando Maria, disse-lhe com os olhos úmidos: – Muitos idosos são descartados pelos filhos. Raramente meus três filhos me visitam, me ajudam ou procuram saber se estou vivo.

O menino Jesus, vendo a tristeza do velho, deu um abraço nas pernas dele e lhe disse:

– Eu me preocupo com o senhor. Vou ajudar a colher toda essa uva.

Mordecai se abaixou e, com sacrifício, pegou-o no colo.

O menino desarrumou o cabelo dele.

– Filho, não desarrume o cabelo de seu Mordecai.

– Mas ele gosta, mamãe...

– Gosto mesmo...

– Venha, mamãe. Sente-se ao nosso lado – disse Jesus, apontando um pequeno banco no meio do parreiral. – Seu Mordecai vai nos ensinar a fazer a videira dar muitos frutos.

Depois de se sentarem, o sábio idoso então passou a lhe ensinar:

– Veja a espinha da videira, o galho central. Ela tem suas costelas, que são seus galhos. Você pega uma faca e corta os galhos que saem da espinha da parreira.

– Corta tudo? – perguntou o menino, curioso.

– Não! Deixa sempre três ou quatro borbulhas em cada ramo.

– Mas por que a videira passa a dar mais frutos depois de cortada? – perguntou o menino Jesus.

Mordecai, como viticultor, comentou:

– A seiva deixa de ir para os galhos cortados e passa a nutrir os pequenos tocos que ficaram, sobretudo as borbulhas que restaram. Além disso, a dor da videira cortada é muito grande. Achando que poderá morrer, as borbulhas explodem, renovando seus ramos para a vida continuar. Cada novo ramo traz seus cachos.

– Legal – falou Jesus, esfregando as mãos na cabeça, cujos cabelos eram levemente compridos. – Cortar dói muito. Mas é importante. É assim que é a vida, mamãe? – indagou de Maria, provocando-a.

O menino Jesus parecia um maestro coordenando os instrumentos, extraindo o conhecimento deles. Era um gênio da emoção. A mãe, animada, abriu o leque de sua mente e lhe disse:

– Ao sermos cortados pela vida, podemos ganhar mais experiência e produzir mais frutos.

O menino sorriu.

– Do que está rindo, meu filho? – perguntou Maria, confusa. – Não vá me dizer que já sabia disso.

Mordecai também ficava perplexo com as reações do menino Jesus. Ele tirava muitas conclusões fascinantes de coisas simples. Toda vez que lhe ensinava alguma coisa, ele era tão rápido em seu raciocínio que dava a impressão de já conhecer os ensinamentos. Ora ele se comportava como um sedento aluno, ora como um pequeno mestre.

Depois Jesus questionou:

– Quando a vida nos corta, que frutos podemos dar?

Maria olhou para Mordecai e, depois de suspirar, falou:

– Alegria, paciência, amor, humildade... Você sabe disso, filho? – perguntou ela, curiosa.

– Meu mestre, seu Mordecai, tem me ensinado essas coisas – disse ele, piscando para o idoso.

– Ah, sim. Eu ensino algo a esse menino todos os dias – falou Mordecai, também piscando para o garoto com um suave sorriso no rosto. E, brincando, acrescentou: – Mas ele é duro de aprender. Porém, de vez em quando, esse menino me ensina também...

E mexeu agora com os cabelos do pequeno e fascinante menino de 6 anos. Logo após dizer essas palavras, Mordecai sentiu uma forte dor no peito. Começou a ficar com o rosto avermelhado. Seu tórax vibrava, sentiu faltar o ar, uma sensação de desmaio... Parecia estar tendo um infarto.

– Ai, que dor...!

O menino começou a ficar preocupado.

– Seu Mordecai, o que está acontecendo?

– Está queimando... meu peito – disse ele com dificuldade.

– Ah, meu Deus. Vamos tirá-lo daqui – sugeriu Maria, desesperada.

A mãe e o menino começaram a arrastá-lo para debaixo das parreiras, mas ele era muito pesado.

– Vá procurar ajuda, mamãe. Eu fico com seu Mordecai – falou o menino que amava o idoso.

– Não, meu filho. Eu fico com ele – respondeu Maria.

– É melhor você ir. As pessoas vão ouvir você... – orientou o menino Jesus, mostrando autocontrole incomum, ainda mais para sua idade.

Maria deixou seu filho por instantes e foi, gritando, procurar ajuda. Enquanto isso, o menino apoiou a cabeça de Mordecai em seu colo e começou a cantar para ele uma belíssima canção, desconhecida do idoso. A letra falava "Não há noite a que não suceda o amanhecer, não há inverno que não anuncie a primavera, não há lágrimas que não se convertam em tranquilidade... Os galhos da videira que sofrem produzem os melhores frutos".

Parecia que ele havia composto a música naquele momento. Observando a canção e a tranquilidade do menino, o velho foi, aos poucos, se acalmando até fechar os olhos. Minutos depois, Maria, José e mais dois homens chegaram apressados. Mordecai estava de olhos fechados, imóvel, parecia que o pior tinha acontecido. O ambiente estava calmo e, para espanto de todos, Jesus continuava a cantar. Parecia estar em outro mundo.

– O velho parece estar morto. Mas esse menino deveria estar chorando, não cantando – cochichou um dos homens ao ouvido do outro. – Será que ele tem problemas de cabeça?

De repente o menino interrompeu a música e lhes disse:

– Acalmem-se, seu Mordecai só está dormindo.

José, ansioso, colocou a mão no peito do idoso para sentir seu coração pulsar. De fato, ainda batia. Eis que Mordecai acordou. E, em vez de estar angustiado ou reclamar da dor, rapidamente se levantou e se mostrou animadíssimo para voltar à lida no campo.

– Quem vai me ajudar a colher uvas? Quero fazer o melhor vinho com esta casta!

Maria, José e os dois homens entreolharam-se sem entender nada.

– Eu quero ajudar! – bradou Jesus, superalegre.

E, vendo a disposição do idoso e a alegria contagiante do menino, todos começaram a ajudá-los. No meio da colheita, já cansado, José pegou seu filho, rolou com ele na relva que havia debaixo da parreira e começaram a brincar. Pai e filho eram dois amigos. O carpinteiro não tinha dinheiro para comprar presentes para o filho, mas dava o melhor de todos os presentes, algo que milhões de pais se recusam a dar: ele mesmo, seu tempo, seu bom humor, o capital da sua história de vida.

– Vocês vão se sujar! – reclamou Maria.

– Qual o problema, Maria? – indagou José.

O menino, mais uma vez surpreendendo, foi mais longe:

– O que vale mais, mamãe: manter a roupa limpa ou ser feliz? Haverá um tempo em que as crianças não sujarão mais as roupas, não terão mais infância – disse o menino para assombro de todos.

E esse tempo chegou. Na era digital, nunca as crianças tiveram roupas tão limpas, mas, ao mesmo tempo, nunca sua emoção esteve tão suja por sofrimentos por antecipação, autopunição, preocupações desnecessárias, ruminação de mágoas. Estamos na era da ansiedade e dos prazeres rápidos e superficiais.

Maria mais uma vez ficou pensativa sobre seu filho. O menino começou a correr atrás dela. Atirava-lhe alguns bagos de uva que estavam pelo chão. Ela tentou escapar, mas o menino a alcançou. Abraçava-a, beijava-a e lhe fazia cócegas. Ela morria de rir.

– Não perturbe sua mãe – disse José, correndo atrás deles.

Era uma família feliz. Não tinham muito, mas tinham tudo. Sabiam que um dia o mundo poderia desabar sobre eles, mas não infectavam o presente com o medo do futuro. Mordecai ficou encantado ao observá-los.

– Vamos trabalhar! – bradou no meio do parreiral.

Em seguida retornaram para colher os cachos. O menino estimulava todos a cantarem. Era uma festa. Felizes, colhiam as uvas, enchiam os cestos e os depositavam num pequeno lagar. Algo interessante aconteceu. Ao ver o lagar quase cheio, o menino perguntou a Mordecai se podia pisar as uvas para colocar seu suco para fermentar. O amigo idoso permitiu. Finalmente Jesus participaria da produção de vinhos.

Depois de se banhar, pisava aqui e acolá. Enquanto pisava, cantava. E, de vez em quando, jogava bagos para cima para pegá-los com a boca. Era alegríssimo. Seus ossos e músculos cresciam, sua inteligência encorpava. Revelando uma fome incontida de sabedoria, perguntou à mãe:

– Qual a lição, mamãe? – disse ele sem parar de pisar os cachos.

– Lição?

– Sim, qual a lição que tiramos ao pisar as uvas?

– Quando somos espremidos pela vida, podemos produzir o melhor de nós – falou Maria, com serenidade.

– Não tenha medo de ser machucado pela vida, filho! – completou o pai.

– Eu sei, papai. Das minhas feridas sai o melhor vinho – concluiu o menino. E, feliz da vida, deu um grito: – Ebaaa! Faremos o melhor vinho!

Era uma das crianças mais alegres desta sinuosa existência. Em seguida cantou mais uma música extraída dessa história: "Se não pisar as uvas, vinho não verterá; se não esmagar a azeitona, azeite não produzirá. Quem usa sua dor, se torna mais forte depois do temor..."

Seus pais desconheciam a canção.

– Esse menino é demais. Fico pensando o que vai ser dele... – falou seu Mordecai. E, olhando para Maria e José, disse: – Felizes os seios que o amamentaram e o pai que o carregou nos braços.

✦

De repente Sofia despertou do seu sono. Tinha um sorriso estampado no rosto. Sentou-se na cama em estado de êxtase. Não podia acreditar. Estava quase sem fôlego. Percebeu que mais uma vez sonhara com a história da formação da personalidade do menino Jesus. Levantou-se e foi tomar um copo de água. Eram duas da madrugada, mas estava tão eufórica que teve uma vontade irresistível de ligar para Marco Polo.

– Marco Polo, desculpe acordar você.

– Não se preocupe, ainda estou acordado. A mente que estou estudando está me tirando o sono – brincou, embora tivesse uma dose de verdade em sua fala. – Mas o que foi, Sofia?

– Sonhei com o menino Jesus novamente. Foi incrível.

E lhe contou o sonho.

– Interessante, interessante – disse ele. – Centenas de milhões de pessoas festejam o Natal. Se apenas parte dessa história for real, a criança mais comemorada do mundo é a menos conhecida pelos que a admiram.

– Nunca vi um menino tão feliz, tão alegre, tão comunicativo – afirmou Sofia. – Eu sei que era um sonho, mas o que é estranho é que meus sonhos nunca foram tão produtivos. Maria e José ensinavam o menino por metáforas. E o menino tinha deleite em aprender. Era um especialista em usar o pensamento antidialético, imaginário. Provocava todos a pensar. Não dava para saber quem era o mestre: ele ou os adultos.

Marco Polo estava surpreso com a criatividade de Sofia. Em seguida ela acrescentou algo mais estranho ainda:

– O que é perturbador é que não entendo nada de podas de videiras, nunca estive numa vinha, nunca vi ninguém podando seus galhos. Mas Mordecai, um homem idoso, um dos personagens do meu sonho, ensinava o menino como cortar os galhos.

– Na minha infância, meus pais tinham um sítio que tinha parreiras. Entendo um pouco de poda de videira. O que esse personagem ensinava?

Ela explicou os detalhes. Marco Polo ficou impressionado.

– Existem vários tipos de poda, mas é estranho que esse tipo faça sentido.

– Será que...

– É melhor não especular na área da espiritualidade, Sofia – disse Marco Polo, voltando-se para a ciência. – Nossa mente é de uma inventividade surpreendente. Os sonhos são produzidos pelo pensamento antidialético. É através dele que construímos personagens, ambientes e situações. Mas infelizmente não o usamos de forma produtiva no estado de vigília.

– Como assim? – indagou Sofia.

– Sofrer pelo futuro ou remoer frustrações, por exemplo, não são frutos do pensamento dialético, lógico, mas do pensamento antidialético, imaginário. Mas essa construção, embora complexa e criativa, esgota o cérebro, asfixia a saúde emocional – afirmou o pesquisador da mente humana.

A psiquiatra ficou surpresa com essa abordagem. Pensativa, indagou:

– Quer dizer que o pensamento antidialético não pode ser abortado? Se não o usarmos construtivamente, nós o usaremos de forma destrutiva?

– Exato. É impossível silenciar o imaginário humano. Se ele não for treinado, educado para inventar, reinventar, ser resiliente, ousar, será usado para nos punir, criar nossos monstros, fomentar nossos medos. Infelizmente, a educação clássica usa esse tipo de pensamento de maneira inadequada.

– Aprendi mais alguns fenômenos esta madrugada – assegurou ela. – Mas me dê um exemplo prático de como a escola asfixia o pensamento imaginário.

– As crianças perguntam muito ou pouco antes de entrar na escola? – questionou Marco Polo.

– Muito.

– E depois da escola, com o decorrer dos anos?

– Pouco. Interessante, não tinha observado isso.

– As perguntas têm como fonte primária o pensamento imaginário ou antidialético. Quando as crianças entram na escola, o ensino clássico pouco a pouco sufoca o pensamento antidialético e irriga excessivamente o pensamento lógico, o que bloqueia a curiosidade, a sede de perguntar e o deleite em aprender. O resultado? Um atraso enorme na evolução da humanidade, uma formação coletiva e atroz de repetidores de informações. Raros se tornam pensadores, como se vê, aliás, nas teses de mestrado e doutorado.

– Estou chocada. Não se ensina através de metáforas nem se transfere o capital das experiências, tal como Jesus em meu sonho. Nunca pensei que o sistema educacional mundial estivesse asfixiando a evolução da humanidade – falou a psiquiatra, emocionada. – Nunca imaginei que uma madrugada em Jerusalém, depois de um sonho fascinante, eu choraria pela família humana. Preciso dormir, Marco Polo. Preciso pensar...

Infelizmente a humanidade havia tomado o caminho errado. As duas grandes equações psicológicas que angustiavam Marco Polo denunciavam isso. Os presídios se multiplicavam nas sociedades, o uso de antidepressivos e de ansiolíticos também. Marco Polo, o Indiana Jones das ciências humanas, explorava os fenômenos que estavam esgotando os recursos naturais do mais delicado de todos os planetas: a mente humana!

9

2º Código da Felicidade: "Felizes os empáticos, porque serão confortados."

Marco Polo estava no alto do monte decifrando o segundo código da felicidade. Muitos acreditavam que esse seria um código fácil de entender, mas não era. Era mais difícil ainda a sua prática. Algumas versões desse segundo código diziam: "Felizes os que choram, porque serão consolados." Outras traduziam: "Felizes os que estão de luto, porque serão confortados." O psiquiatra comentou para a enorme plateia que se espremia para ouvi-lo.

– Depois de analisar detalhadamente todo o discurso do Sermão da Montanha e, em especial, o segundo código da felicidade contido na biografia escrita por Mateus, concluí que ele deve ser interpretado como "Felizes os empáticos, porque serão confortados". – Após dizer essas palavras, Marco Polo provocou os participantes: – Pensem comigo: o homem que pretendia ser o Mestre dos mestres da emoção, que estava ensinando os códigos de ouro para que a humanidade conhecesse a felicidade sustentável, em vez de aplaudir a alegria, aplaudiu as lágrimas. "Felizes os que choram, porque serão consolados"? Isso não é um paradoxo?

– Sem dúvida alguma – disse Sofia, que já tinha lido diversas vezes esse texto. – Mas nunca tinha pensado dessa forma.

Marco Polo continuou:

– Para ser verdadeiramente feliz é preciso chorar? Estranho! Na realidade, ele discursava sobre um choro saudável, altruísta, solidário, não sobre o choro depressivo, masoquista, autopunitivo. Ele se referia ao mais notável treinamento emocional: a empatia, a capacidade de se importar com a humanidade, de levar em alta conta os sentimentos e as necessidades dos outros. Vocês se importam com seus semelhantes? Para o Mestre da emoção, os que chafurdam na lama do egoísmo são infelizes, ainda que tragam um sorriso no rosto, mas os que se doam concretamente para aliviar as angústias dos outros são felizes. Ninguém se importou tanto como ele com a dor das pessoas. Ele era felicíssimo.

O pensador da psiquiatria comentou que os que frequentam hotéis de luxo, resorts, parques diversos podem ter um prazer efêmero, ainda que sejam milionários, mas os que se importam com as mazelas sociais e com a destruição da natureza têm mais chances de desenvolver uma emoção saudável, ainda que vertam lágrimas. Os que participam de organizações como o Greenpeace e Médicos Sem Fronteiras, bem como os que doam seu tempo, suas habilidades e seu dinheiro para preservar a saúde humana e a do planeta, treinam sua emoção para serem felizes. Em tese, são mais felizes do que os que vivem para contar o próprio dinheiro ou que se sentam no sofá plugados em celulares e multimídias.

Depois dessa exposição, Marco Polo começou a entrar em camadas mais profundas da mente humana.

– Ser feliz é proclamar: "Eu me importo!" Ser infeliz é ser indiferente. E existem fenômenos de altíssima complexidade que sustentam essa teoria. Em primeiro lugar, temos de questionar: a emoção é a mesma em todo mundo? Nascemos emocionalmente iguais? A emoção pode se contrair ou expandir ao longo da vida? A emoção pode envelhecer ou rejuvenescer em descompasso com o corpo? – perguntou, antes de prosseguir: – Existem diferenças de sensibilidade entre as crianças ao nascer. Umas são mais sensíveis à dor, a cólicas e à fome, outras menos; umas se adaptam mais e, portanto, são mais resilientes às adversidades, como a solidão e a ausência dos pais, outras menos. Mas, em tese, todo bebê nasce com a mesma capacidade de dilatar a própria emoção e desenvolver suas habilidades de amar, se alegrar, contemplar, motivar, adaptar, ousar, ser curioso, bem-humorado, seguro.

– Então ninguém nasce psicopata, impulsivo, poeta, romancista? – indagou David, um engenheiro de Harvard.

– Em tese, não. Essas experiências dependem não apenas da carga genética e do metabolismo cerebral, mas especialmente de milhares de experiências existenciais arquivadas ao longo da vida, que formam plataformas de janelas. Janelas solitárias não sustentam habilidades emocionais. São necessárias milhares de janelas, uma plataforma, para um ser humano expressar uma habilidade, como ser seguro, tranquilo, contemplativo. Assim como um bairro precisa de inúmeras casas, farmácias, mercados para ser sustentável, os bairros do cérebro precisam de uma quantidade enorme de experiências para expressar suas habilidades.

– É por isso que a intencionalidade não muda a personalidade? – questionou o neurocientista Michael.

– Exatamente, Michael. Imagine que a memória seja uma grande cidade e que uma pessoa superansiosa proclame: "De hoje em diante serei a pessoa mais tranquila de Jerusalém." Ela registrou uma janela light, mas em um endereço solitário no córtex cerebral. Sua intenção funcionará por uma hora ou menos. Ao deparar com um estímulo estressante, o gatilho mental será disparado e encontrará os imensos "bairros" que contêm as janelas que financiam a irritabilidade. Terá uma nova crise. Há uma guerra de janelas na mente humana que determina nossas características.

– E as inteligências múltiplas de Gardner? – indagou o mesmo engenheiro. – Não nascemos com dons?

– A teoria de Howard Gardner é inteligente, mas precisa ser analisada e ampliada à luz da teoria das janelas da memória e do processo de formação do Eu como autor da própria história. A carga genética determina algumas habilidades, mas não engessa o psiquismo. Para o programa de gestão da emoção, o destino não é inevitável, mas uma questão de treinamento emocional e formação do Eu. Há determinadas habilidades que têm uma expressividade genética mais densa, mas mesmo elas precisam da educação para se desenvolverem, ou seja, precisam da formação de janelas light para suportá-las. Em tese, alguém que não nasceu com um dom genético pode desenvolvê-lo caso se submeta a um treinamento disciplinado. Por exemplo, minhas redações não eram boas no ensino médio, mas treinei intensamente minha escrita. Hoje sou lido por dezenas de milhões de pessoas.

– A educação da emoção pode ser mais criadora de talentos do que a carga genética – afirmou Sofia.

– Concordo – comentou Michael novamente. – Caso contrário, a vida seria injusta. Algumas pessoas seriam privilegiadas geneticamente, enquanto a grande maioria dos mortais padeceria na mediocridade. Há pessoas tímidas que se tornam grandes professores, há jovens com péssimos traços comportamentais que se tornam grandes artistas plásticos. Há péssimos alunos, como eu era, que se tornam cientistas inteligentes. – E, brincando, completou: – Mas não sei se sou um deles.

Marco Polo não se colocava como dono da verdade. Para ele, a verdade era um fim inatingível, porém defendia suas ideias de forma clara:

– A emoção determina a qualidade do registro das janelas ou arquivos cerebrais. Quanto maior a carga emocional, mais intensas são as janelas e mais fortemente se expressa uma característica de personalidade. Muitos não desenvolvem habilidades porque sua emoção é frágil, sem sabor, sem tempero.

E Marco Polo comentou também que a emoção é como uma bola de futebol. Mas a carga genética, o estresse no útero materno, a adaptação aos estímulos estressantes fazem com que cada criança nasça com bolas de tamanhos e densidades diferentes. Para essa bola se transformar no grande planeta da emoção, precisará de muitos estímulos paternos, celebração de acertos, treinamentos educacionais, experiências existenciais. Felizes os que treinam a própria emoção na infância para rir, se aventurar, se reinventar, explorar, ser bem-humorados, pois desenvolverão as mais ricas habilidades.

– Você está dizendo que, ao longo da formação da personalidade, a emoção se dilata? – indagou o Dr. Alberto.

– Sim, estou afirmando isso. A emoção se dilata ou se contrai, envelhece ou rejuvenesce, se liberta ou se aprisiona. O planeta emoção é misterioso e inenarrável em sua plenitude, pois desrespeita as leis da física e da biologia.

– Os psicopatas têm emoção contraída? A bola de futebol deles ficou diminuta, não se desenvolvendo ao longo de suas vidas? – indagou o Dr. Thomas, o intelectual de Harvard.

– Isso mesmo! Os psicopatas, seja pelo metabolismo cerebral, mas, em destaque, por traumas, abusos e privações na infância ou por falta de estímulos educacionais, não dilatam nem refinam a própria emoção. Por isso não desenvolvem a empatia. Eles machucam, mas não sentem a dor dos outros. O poder é capaz de gestar psicopatas que antes eram pessoas razoavelmente sensíveis, transformando-as em ditadores que dão mil justificativas para pressionar, controlar e extrair lágrimas de seu povo. A necessidade neurótica de ser o centro das atenções e de se perpetuar no poder também pode gerar psicopatia e asfixiar a emoção de líderes políticos nas sociedades democráticas.

Marco Polo abordava tantas ideias inovadoras que era difícil acompanhar seu raciocínio. Muitos tomavam notas que serviriam de temas para suas teses de mestrado e doutorado. Era surpreendente que o poder e as necessidades neuróticas poderiam deixar o planeta emoção num estado caótico. Hitler inscreveu-se na escola de belas-artes de Viena. Era um jovem que tinha sensibilidade, mas se transformou num dos maiores psicopatas da história.

O psiquiatra explicou que os sociopatas são diferentes dos psicopatas. Sociopatas, os que transgridem as regras sociais, não necessariamente são psicopatas. Ao contrário destes, os sociopatas podem ter uma emoção dilatada, ser sensíveis, mas essa emoção é distorcida e doentia, por isso desrespeitam as leis de trânsito, colocam a própria vida em risco, explodem quando contrariados.

– Os generosos e os altruístas também têm emoção dilatada – continuou Marco Polo. – Era esse treinamento que o Mestre da emoção estava ensinando no Sermão da Montanha. Mas nem sempre os generosos são saudáveis. Há pessoas empáticas que têm emoções doentias, pois são hipersensíveis. Os sensíveis se preocupam com a dor dos outros, os hipersensíveis a vivenciam. Os sensíveis são ótimos para os outros, os hipersensíveis são carrascos de si mesmos.

Milhões de pessoas são hipersensíveis, predispostas ao adoecimento emocional. Por isso precisavam trabalhar urgentemente as ferramentas de gestão da emoção. Os debates sobre o segundo código da felicidade sustentável começaram a dissipar as nuvens intelectuais da plateia e dos seguidores on-line. Estavam começando a conhecer o mais complexo e inexplorado dos planetas: a emoção.

De repente, um rico empresário de Xangai, Ma Xiao, comentou:

– A China, meu querido país, passou nas últimas décadas pelo maior desenvolvimento econômico da história da humanidade. Mas o preço tem sido caro. Temos uma epidemia de doenças psicossomáticas, depressão, ansiedade, solidão. Todos os anos, mais de um milhão de pessoas tentam o suicídio, doutor Marco Polo. Precisamos urgentemente de gestão da emoção, do desenvolvimento emocional, para sermos não apenas a nação mais rica do mundo, mas a mais feliz também.

Marco Polo fitou bem esse empresário chinês e lhe disse:

– Leve os códigos da felicidade para o seu país!

– Mas não posso levar uma religião para a China.

– Eu tenho falado de alguma religião nesses debates?

– Não, pelo contrário – admitiu o empresário.

– Então reitero: não leve uma religião para a China, leve os códigos de gestão da emoção do Mestre dos mestres. Faça grupos de estudos sobre eles nas escolas, nas universidades, nas empresas. Seu país nunca mais será o mesmo.

Ma Xiao abriu um largo sorriso.

– Levarei. Tenho uma equipe de cinco pessoas filmando esses debates de todos os ângulos.

Marco Polo se deu conta de que cada um dos seus gestos se tornava público. Não podia dissimular, se preocupar com sua imagem social, ser um pensador artificial. Tinha de ser apenas um ser humano em busca de um endereço dentro de si mesmo.

Enquanto Marco Polo pensava nisso, Sofia extraiu uma conclusão:

– O segundo Código da Felicidade, "Felizes os empáticos, porque serão confortados; felizes os que choram, porque serão consolados", trata do treinamento emocional para a superação da solidão. A solidão branda estimula a criatividade; a solidão intensa aborta a felicidade e a saúde emocional.

Marco Polo meneou a cabeça concordando com Sofia, e passou a explicar em detalhes os tipos de solidão que contagiam o *Homo sapiens*. O último tipo era dificílimo de entender. Nem nas faculdades de psicologia, sociologia, pedagogia e na especialidade de psiquiatria era estudado. Era tão complexo que provavelmente levaria ainda um século para ser explorado.

– Há três tipos de solidão: a solidão social, a solidão do autoabandono e o terceiro tipo, a solidão da consciência virtual. – E ponderou: – Para decifrarmos o segundo código proposto por Jesus, precisamos estudar os três tipos de solidão. Porém, para estudar esses tipos de solidão, precisamos analisar a última fronteira da ciência: a natureza dos pensamentos e da consciência existencial. E devemos saber que, ao estudar a natureza da consciência, estaremos estudando a natureza da própria ciência, inclusive suas distorções.

Poucos entenderam o que Marco Polo disse, inclusive a Dra. Sofia, o Dr. Michael, o Dr. Alberto e o Dr. Thomas – enfim, os debatedores mais próximos. O pensador da psiquiatria e da psicologia abalava os alicerces deles constantemente. Estudar a natureza da consciência humana era um atrevimento sem precedentes, ainda mais em público. Mexia com a essência do *Homo sapiens*. Mais didático, tentou explicar:

– A solidão social é aquela em que os outros nos abandonam. A solidão do autoabandono é aquela em que desistimos de nós mesmos ou nos colocamos num lugar indigno na nossa agenda. A terceira solidão é aquela patrocinada pela natureza virtual dos pensamentos conscientes. O primeiro e o segundo tipos de solidão são doentios e tóxicos, podem gerar depressão, angústia, baixa autoestima, esgotamento cerebral. Mas o terceiro, a solidão da consciência virtual, é inevitável e saudável. Ela indica que, apesar de próximos, estamos infinitamente distantes de quem amamos e de tudo ao nosso redor.

– Não entendi nada sobre essa terceira solidão – comentou Alvarez, um físico da Argentina.

– Esse conceito é difícil mesmo. Pelo fato de termos uma consciência, ela nos aproxima de tudo. Você se conscientiza da Lua, do Sol, do oceano, das pessoas, dos objetos. Mas, ao mesmo tempo que ela nos aproxima do mundo, nos afasta infinitamente dele.

– Mas por que existe esse distanciamento entre nós e o mundo que nos rodeia? Não compreendo – indagou, confuso, o Dr. Thomas. Ele era um teólogo brilhante, mas esse fenômeno o deixara de cabelo em pé.

– Porque a natureza da consciência é virtual. Ainda que ela defina e conceitue o objeto conscientizado, nunca incorpora sua realidade essencial. Ainda que você discurse sobre seu filho e analise seus comportamentos, entre você e ele há um espaço infinito.

A névoa começou a se dissipar da mente dos participantes. Mas ainda era densa. Marco Polo continuou sua explicação:

– Vocês produzem milhares de pensamentos por dia sobre inúmeras coisas, mas o pensamento não assimila a substância do objeto pensado. Um pai, um professor, um psiquiatra podem estar fisicamente a 2 metros de um filho, de um aluno ou de um paciente, mas psiquicamente há entre eles um antiespaço, um espaço insuperável, pois se conscientizam virtualmente deles.

– Então eu me conscientizo do outro sempre a partir de mim mesmo? – indagou Sofia.

– Exatamente – afirmou Marco Polo.

– Logo, se não aprendermos a nos esvaziar de nós mesmos, a desinflar nossos egos, como diz o primeiro Código da Felicidade, não conseguiremos viver o segundo, ser empáticos, ou seja, nos colocar no lugar dos outros – concluiu Helen, uma socióloga da Noruega.

– Bravo! – aplaudiu Marco Polo. – Um código está intimamente ligado ao outro. E, além disso, todos eles têm ligações com os fenômenos mais complexos que estão nos bastidores da mente humana. Nesse caso, ligação com a natureza da consciência. Ainda que sejamos amados, valorizados, aplaudidos, que não vivenciemos o primeiro tipo de solidão; ainda que apoiemos e apostemos em nós mesmos, sem nos autopunirmos quando erramos, ou seja, que não vivenciemos o segundo tipo de solidão; enfim, ainda que não tenhamos a solidão social e a solidão do autoabandono, todos somos solitários, todos estamos sós, todos vivemos numa bolha virtual.

A grande maioria dos psicólogos e psiquiatras nunca tinha ouvido falar do terceiro tipo de solidão, a não ser nos escritos do próprio Marco Polo, pois foi ele o primeiro pesquisador a descrever a solidão da consciência virtual. Era difícil para as pessoas entenderem a dimensão do que ele queria falar.

– Estar numa bolha virtual parece angustiante – disse o Dr. Michael, o neurocientista. – Eu não vivo a realidade de minha esposa e minha filha.

– Parece angustiante, Michael, mas não é. Pelo contrário: é essencial para que o *Homo sapiens* se torne *Homo socios*, uma espécie sociável. Sem essa bolha virtual, gerada pela consciência, a emoção, que é real, concreta, não seria excitada e provocada para desenvolver uma ansiedade saudável, chamada de ansiedade vital, que impulsiona nosso Eu a sentir saudades, amar, ter filhos, namorar, colecionar amigos. Teríamos um isolamento atroz, mordaz, bárbaro. Seríamos como zumbis.

O Dr. Davison, um professor de psiquiatria de Toronto, comentou:

– Sua tese abalou meu cérebro, doutor Marco Polo! Deixe-me ver se entendi. A emoção é real e a consciência é virtual. A consciência, por ser virtual, nos faz estar profundamente sós, o que provoca a cada momento a emoção, que é concreta, a necessidade de socializar, impelindo-nos a fazer pesquisas, dar aulas, beijar os filhos, ter uma parceira, construir pontes para nossos colaboradores.

– Exatamente – confirmou Marco Polo.

E o professor canadense de psiquiatria prosseguiu:

– Então o motor da motivação do *Homo sapiens* é mais complexo do que eu imaginava. Não é o desejo consciente em primeiro lugar, mas a complexa órbita do planeta real da emoção em torno da órbita do sol virtual da consciência.

As pessoas ficaram confusas com essa conclusão, mas ela estava correta. Diante disso, Marco Polo explicou:

– A motivação, seja de crianças ou adultos, tem dois grandes impulsos.

O primeiro é imperceptível. Construímos relações e realizamos tarefas porque a consciência virtual gera uma ansiedade e uma motivação incontrolavelmente exploratória. Sem essa mola propulsora, não haveria artistas, atores, poetas, casamentos, escolas. O segundo é perceptível. Por exemplo, realizamos atividades porque percebemos a necessidade delas.

Marco Polo sabia que muitos que o ouviam não entenderiam 100% do que ele estava falando, mas, se entendessem 10% ou 20%, estaria satisfeito. Depois disso, entrou numa seara riquíssima. Relatou uma das maiores razões por que o ser humano é extremamente criativo, inclusive os pacientes psicóticos, portadores de obsessão, depressão, ainda que essa criatividade seja destrutiva: somos quase todos construtores de fantasmas mentais.

De repente, um jovem muito bem-humorado que estava perto de Marco Polo entrou em cena. Em voz alta, declarou:

– Eis aqui o maior dos gênios. Ninguém constrói mais fantasmas do que eu.

Muitos caíram na gargalhada. Marco Polo e Sofia conheciam aquela voz, aquele jeito despojado de ser e viver.

– Oscar? Você aqui? – espantou-se Marco Polo.

– Em carne e osso, meu doutor. – E lhe deu um abraço esfuziante.

Oscar era paciente de Marco Polo e Sofia. Portador de esquizofrenia, era atendido na universidade onde lecionavam.

Em seguida, chamando a atenção para si, o jovem comentou:

– Eu já fui Napoleão querendo dominar o mundo. Já fui vítima de uma conspiração internacional. Já dei conselhos a Bill Gates sobre como ganhar dinheiro. Na minha mente tenho uma coleção de obras de arte.

Mais sorrisos. Oscar tinha uma alegria contagiante. Sofia tentou controlá-lo. Chegou perto dele e lhe disse baixinho:

– Oscar, está tomando seus medicamentos?

Satirizando a pergunta, ele disse:

– Tem medo de que eu supere a inteligência do doutor Marco Polo?

Ela lhe lançou um olhar firme e ele recuou:

– Claro, doutora. Como você prescreveu.

Então Marco Polo continuou sua explicação:

– A consciência humana, por ser virtual, liberta o mais complexo dos pensamentos, o pensamento antidialético ou imaginário, permitindo-nos pensar no futuro, embora ele seja inexistente, ou resgatar o passado, embora ele seja irretornável.

– Incrível. Se a consciência não fosse virtual, não seríamos uma espécie que produz artes plásticas, poesias, literatura – argumentou Núbia, a curadora de um museu da Finlândia.

– Correto. A bolha virtual em que todos nós vivemos gera uma criatividade borbulhante para tentarmos alcançar a realidade do mundo conscientizado de que jamais nos apropriamos. Criar é tentar resolver a ansiedade vital. Por isso, quem é mais inquieto e inconformado cria mais. Criar é se aproximar da realidade inalcançável – comentou Marco Polo, que, em seguida, afirmou: – E, num certo sentido, todos somos extremamente criativos.

– Desculpe, doutor Marco Polo. Eu não sou criativo – falou Giulio com seu inglês truncado. Ele era estudante de turismo em Roma.

– Vou lhe provar que todos somos criativos. Quem é cineasta aqui? – indagou Marco Polo.

Três pessoas levantaram a mão.

– Errado! Todos são cineastas.

– Como assim? – perguntaram uns aos outros. – Marco Polo está delirando?

O psiquiatra que amava provocar seus alunos emendou outra pergunta:

– Quem gosta de filmes de terror?

Mais ou menos 5% das pessoas levantaram a mão. Em seguida, ele fez a pergunta fatal:

– Mas quem cria um filme de terror na própria mente de vez em quando?

Quase todos levantaram as mãos.

– Portanto, todos são cineastas. Alguns são diretores de cinema mais criativos que os mais criativos de Hollywood.

A plateia riu.

– Eu faço um filme de terror por dia na minha mente. Crio problemas que não existem – disse Giulio, iluminado.

– Eu também. Crio filmes de ficção científica constantemente em meu cérebro. Sofro pelo futuro, por coisas que só estão em minha cabeça. Faço o velório antes do tempo – comentou Melissa, uma educadora da Suécia, com um sorriso no rosto. Estava aprendendo a dar risada das próprias loucuras.

A plateia caiu na gargalhada também. Marco Polo comentou:

– Essa criatividade só é possível porque a construção de pensamentos e, consequentemente, a movimentação da consciência ocorrem na esfera da virtualidade... Você não precisa ter fantasmas reais para o assombrar, você os cria. Não precisa ter problemas concretos para o perturbar, você os inventa. Nunca se diminua, você é extremamente criativo, mesmo quando é autodestrutivo. Nunca menospreze pessoas com obsessão, depressão ou psicose, pois são espetacularmente criativas.

As pessoas ficavam quase sem fôlego tentando decifrar as teses de Marco Polo. Sofia nutria profunda admiração por ele. Perguntava-se frequentemente de onde ele tirava essas ideias. Acreditava que ele era um supergênio. Nesse momento, ele olhou para ela e pareceu ler seus pensamentos.

– Meus livros são usados num instituto de gênios para estimulá-los a gerir a emoção e ser produtivos. Mas não sou um gênio. Sou apenas um pensador teimoso – disse, brincando consigo mesmo. – Eu produzo essas ideias porque liberto diariamente o pensamento imaginário ou antidialético.

– Por isso transformamos um rato num dinossauro – afirmou Oscar, intervindo mais uma vez.

– Exatamente, Oscar!

– Está cheio de dinossauros em minha mente! – brincou o paciente de Marco Polo.

Mais risadas, mais relaxamento. Oscar tinha tiradas incríveis, era um exemplo vivo de que mesmo as pessoas que foram devastadas por doenças mentais eram seres humanos que mereciam o máximo de respeito e consideração. Mas somos uma sociedade classificatória e injusta, nos rotulamos de ricos ou miseráveis, intelectuais ou iletrados, celebridades ou anônimos, "normais" ou insanos. No fundo, estamos todos doentes e não sabemos.

10

Continuação do 2º Código da Felicidade: A solidão é tóxica

Marco Polo comentou que tanto o pensamento dialético, ou lógico, quanto o pensamento antidialético, ou imaginário, têm natureza virtual. Mas o antidialético é o mais complexo, rebelde, flexível e multiangular dos pensamentos conscientes. Ele deveria ser exercitado para explorarmos quem amamos, pois nos leva a abraçar, a ser generosos, solidários, compreensivos, tolerantes. Mas somos especialistas em usar o pensamento mais pobre nas relações sociais, o dialético, ou lógico. Por isso apontamos falhas, criticamos, somos intolerantes, impulsivos, cartesianos.

A educação mundial evoluiu sem conhecer os tipos de pensamento, sua natureza e suas armadilhas. Guerras, violências, atrocidades, discriminação eram fomentadas pela utilização errada dos pensamentos. Marco Polo afirmou que as pessoas achavam que o problema era a falta de ética, da qualidade dos professores, da falta de cultura, mas, na verdade, o câncer era mais profundo.

Diante de toda essa exposição, Peter, um astrofísico famoso, comentou, perplexo:

– Sou especialista em teoria da relatividade. Entender a natureza da consciência, da mente do observador e do objeto observado, coloca em xeque nosso processo de produção científica. Einstein muito provavelmente desconhecia a ideia de que um cientista estava próximo e, ao mesmo tempo, infinitamente distante do seu objeto de estudo. Mas ele teve uma mente brilhante porque intuitivamente libertou o pensamento antidialético, por isso via-se sentado num raio de luz e observava o que acontecia com o tempo e com o espaço. Parecia um louco... Mas foi extremamente criativo.

Em seguida, Peter fez um questionamento que deixou muitos perturbados:

– Nas relações sociais, entendi que há um antiespaço entre mim e meus filhos, entre mim e minha esposa, por isso devo desinflar meu ego, me esvaziar de mim para entendê-los, caso contrário, vou julgá-los e condená-los baseado em mim mesmo. Vou me tornar um antiempático inumano, como milhões de pais e maridos. Mas surgiu-me uma dúvida. Na física quântica, há pesquisas que demonstram que o observador interfere na experiência concreta. Um elétron, quando bombardeado em determinados sítios, pode mudar sua trajetória apenas pela observação do observador. Como é possível o pensamento virtual mudar a trajetória do elétron, que é real?

O debate entrou em camadas inimagináveis. "E agora, Marco Polo?", pensaram muitos. Mas ele sabia a resposta:

– Excelente questão. O pensamento é virtual, mas a emoção é real, concreta. A mente do *Homo sapiens* é um sofisticadíssimo binômio virtual-real. O Eu está nesse limbo: ele é tanto virtual quanto real. O pensamento consciente é virtual, mas o emocional é real. O pensamento é o veículo da emoção. Quem muda a trajetória do elétron não é o pensamento virtual, mas a emoção substancial veiculada por ele. Pensar no futuro não gera desgaste do cérebro, mas, quando a emoção está envolvida, se há tensão, angústia, esgota-se o cérebro.

– Então o que nos destrói é a carga emocional envolvida nos pensamentos discriminatórios, nos ataques de ciúme, na raiva, nas ofensas? – questionou o Dr. Alberto.

– Sempre! – afirmou Marco Polo. – Centenas de milhões de pessoas poderiam ter ataques de pânico, a sensação súbita de que vão desmaiar ou morrer, pois produzem pensamentos ligados à morte. No entanto, não têm. Por quê? Por várias causas. Porque o cérebro não está estressado, porque o gatilho dos neurotransmissores não é disparado, porque não está presente a síndrome do predador-vítima e, portanto, não há crédito emocional. Se você pensar que alguém está apontando uma arma para você neste momento e não der crédito emocional a esse pensamento, ele será estéril. Mas, se der crédito emocional, seu cérebro terá uma crise de ansiedade, entrará em estado de alerta máximo.

Nesse exato momento, um homem trajando um longo blazer preto apontava uma arma oculta para Marco Polo. Estava usando um silenciador. Iria dispará-la. Mas, ao ouvir essas palavras, ficou ofegante, pensou ter sido identificado. Teve uma crise de estresse e recolheu a arma, preocupado. Marco Polo, no entanto, não tinha a mínima noção do perigo que estava correndo.

– O pensamento, por ser virtual, viaja no tempo? – indagou Jonathan, um físico que trabalhava num dos maiores laboratórios de aceleração de partículas do mundo.

– Em minha opinião, o pensamento viaja no tempo, mas na esfera da virtualidade – explicou o psiquiatra. – O pensamento e, por extensão, a consciência humana rompem os parâmetros do tempo. Não estão sujeitos às leis da física. Se não fosse assim, você não criaria personagens em segundos nem aceleraria ou desaceleraria seus pensamentos a seu bel-prazer.

– Mas a emoção está sujeita às leis da física? – questionou Jonathan novamente.

– Está. O pensamento é atemporal; todavia, a emoção é temporal, está circunscrita ao presente. Você muda o pensamento como quiser, mas não muda a emoção como desejar. Se isso fosse possível, os psiquiatras e psicólogos ficariam desempregados do dia para a noite. O Eu seria plenamente autor de sua história emocional. Todo ser humano ordenaria a própria emoção a ser feliz, alegre, tranquila, e ela obedeceria. Ninguém precisaria treinar os códigos da felicidade.

– Interessante. A equação razão-emoção, que nos torna uma espécie inteligente, é mais complexa do que imagina nossa vã ciência. E a máquina do tempo? – indagou Peter, o astrofísico.

– Desculpe, esta não é minha seara nem é o foco deste segundo Código da Felicidade. Mas já pensei nisso. Em minha opinião, se na física quântica os pensamentos conseguem transmutar a emoção para mudar a trajetória de um elétron, em tese é possível haver o teletransporte e, quem sabe, uma viagem no tempo. Mas isso é ficção científica. Vamos voltar para nossa aula.

– Eu já viajei na máquina do tempo! – afirmou o simpático Oscar sem titubear.

Sofia olhou para ele e lhe recomendou, num sussurro:

– Seja discreto!

– É verdade, doutora. Você nunca viajou porque nunca teve um surto. Nós, os que surtamos, fomos mais longe que Einstein. Ou ele surtou também? – disse Oscar, dando risada de si mesmo. Algumas pessoas, ao ouvirem o que ele disse, relaxaram.

Diante de toda essa exposição, Michael, o neurocientista ateu, engraçadíssimo, comentou:

– Os físicos estão dominando esta aula. Eles me perturbaram! Mas, pelo que entendi, todo ser humano é um ser solitário. Porém os cientistas são muito mais. E os mais criativos entre eles não são os mais inteligentes, e sim os que mais desenvolvem a ansiedade para explorar o mundo.

– Os humanistas, os ambientalistas, os pacifistas têm também uma solidão da consciência virtual exaltada, são inquietos, querem ajudar a humanidade, o planeta, a natureza – afirmou o intelectual do Vaticano, Dr. Alberto.

Eles entenderam esse complexo fenômeno. Sem a solidão da consciência virtual, não haveria empatia, não existiria o segundo Código da Felicidade, não teríamos ânimo para nos importarmos com as dores e necessidades dos outros. Seríamos frios como os computadores. Diante disso, Marco Polo concluiu:

– Há pessoas que se isolam para fins místicos, como os monges. Esse isolamento pode ser saudável se for temporário e não radical. Há outras que se isolam porque sofreram *bullying*, abusos, ou porque são tímidas, fóbicas sociais, depressivas ou vítimas de baixíssima autoestima. Toda pessoa que sofre deveria abrir a boca, falar, bradar, comentar seu caos, sem medo e sem cobranças! O isolamento social é doentio, torna mais difícil para o Eu gerir a emoção, reeditar as janelas Killer, dialogar, sonhar, se reinventar, trabalhar em grupo, colecionar amigos.

E Sofia completou a conclusão de Marco Polo:

– Por outro lado, há pessoas que querem ser hipersociáveis, tal como milhões de jovens plugados nas redes sociais. São hiperinquietas, querem ser amigas de todo mundo, desejam ser o centro das atenções sociais. Quando os amigos não dão "likes", se angustiam. São neuróticas. No fundo, se autoabandonaram. Todos os extremos em psicologia tendem a ser doentios.

Em lágrimas, Giulio, o estudante de turismo da Itália, confessou:

– Eu não consigo ficar a sós comigo por meia hora sem usar o celular.

– Eu também. Detesto a minha própria companhia. Não sei me interiorizar. Se fico cinco minutos sem atividade, eu já grito para meus pais: "Não tem nada para fazer nesta casa!" – afirmou Deborah, uma jovem de 15 anos que morava em Jerusalém. – Não aguento mais esse tédio.

Comovido, Marco Polo pensou e depois sugeriu:

– Deem um abraço em vocês mesmos e fiquem abraçados. Digam: eu o estresso, esqueço de você, lhe causo muitos problemas, mas prometo que, de hoje em diante, aprenderei a ter um caso de amor comigo mesmo, treinarei ser profundamente apaixonado por mim.

Todos aplaudiram e deram risadas, inclusive milhões que assistiam ao vivo. Muitos deles estavam no limite.

– Precisamos desenvolver o código da empatia – bradou Marco Polo. – Mas, em primeiro lugar, precisamos ser empáticos conosco, ser mais tolerantes com nossas falhas, ser menos exigentes. Só uma pessoa relaxada e feliz pode contribuir para que os outros também sejam felizes. Uma vez que forem empáticos consigo, sejam com seus verdadeiros amigos. Assim, eles devolverão sua empatia, consolarão vocês, abraçarão, apoiarão. Não se iludam com as redes sociais. Se tiverem um número de amigos reais que consigam contar com os dedos de uma mão, deem-se por satisfeitos.

– Mas conviver com o ser humano é frustrante! – afirmou Mila, uma professora de artes da Grécia.

– Porém é melhor conviver com pessoas frustrantes do que conviver com os vampiros que criamos na nossa mente quando nos isolamos. Aqueles podem nos decepcionar, mas estes podem nos fazer sangrar a emoção.

E era uma realidade. Os predadores mais vorazes eram os criados por nós mesmos. Marco Polo continuou:

– Só é empático quem rompe o cárcere do individualismo e sente minimamente a dor do outro, ainda que a partir de si mesmo. Só é empático quem é capaz de chorar ou se emocionar pelos próprios filhos, alunos, pelo parceiro ou pela parceira. Só é empático quem rompe o presídio do egocentrismo e enxerga o invisível. Você se emociona com a dor dos outros? Como a consciência é virtual, vivemos na bolha de nosso egoísmo. Não enxergamos a dor dos outros, só a nossa. Somos superficiais, não penetramos em camadas mais profundas da mente de quem está próximo. Só nos emocionamos quando estamos no limite, quando morre quem amamos, quando entra em falência quem nos é caro, quando vemos suas feridas expostas, quando atravessamos o caos. Eu fui uma dessas pessoas – afirmou, de forma transparente, Marco Polo.

As pessoas não conseguiam acreditar no que ouviam. Ficaram congeladas com essas palavras. Ele ainda teve a coragem de dizer:

– Muitos intelectuais frequentemente não sabem chorar nem se emocionar. Psiquiatras e psicólogos são treinados para lidar com a dor dos outros, manter distância, mas não poucos de nós se psicoadaptam às mazelas dos outros. Saber proteger a emoção, esvaziar nosso ego e interpretar de forma distante os conflitos dos outros não deveria nos transformar em seres humanos frios, secos, insensíveis. Mas não poucos de nós asfixiam a própria sensibilidade. Tornamo-nos máquinas de resolver problemas. Desumanizamo-nos, inclusive diante das pessoas que nos são mais caras. Não sabemos brincar, relaxar, segredar erros, confessar derrotas, falar de nossas necessidades, penetrar no mundo de quem amamos... – E, depois de uma pausa, confessou: – Eu não consegui perceber as dores do meu filho...

Marco Polo voltou a fazer uma pausa. Estava emocionado.

– O que nos transforma em seres humanos não são nossas teorias, seja a psicanalítica, a comportamental, a cognitiva, a existencial, a multifocal, nem são nossos títulos ou nossa cultura acadêmica. São nossas emoções, são nossas lágrimas... – Fez outra pausa. – Só consegui chorar pelo meu filho quando ele adoeceu visivelmente. Não vi as dores cálidas e silenciosas que o sequestravam porque não fui empático o suficiente. Só me angustiei quando Lucas desenvolveu uma grave depressão e uma dependência química.

As lágrimas atrapalhavam sua fala. Após alguns segundos, ainda com a voz embargada, completou:

– Hoje eu choro pelo meu filho... Choro porque quero vê-lo feliz. Choro porque quero vê-lo romper seu cárcere mental. Eu perdi minha esposa, Anna, de forma trágica. Chorei a sua perda e me superei. Mas hoje choro porque não quero perder meu único filho. Choro também pelos meus erros. Sou um psiquiatra que está aprendendo a chorar. Choro porque, embora seja um intelectual, descobri que não sou autossuficiente, sou um pai carente.

Muitos médicos, juízes, promotores, executivos, engenheiros, das mais diferentes origens, seja asiática, europeia, norte-americana, latina ou africana, que nunca choraram ou que raramente o faziam, se emocionaram com as palavras de Marco Polo. Descobriram que as atrizes principais do teatro do rosto – as lágrimas – eram fundamentais para nos fazer encenar a mais importante peça da vida: a de sermos apenas seres humanos. Quem tem medo das próprias lágrimas tem medo de ser um ser humano.

Ninguém imaginaria que Marco Polo, um pensador reconhecido no mundo todo, fosse capaz de rasgar sua história publicamente.

– Choro não porque seja depressivo, choro não porque seja autopunitivo, choro porque dilatei minha emoção, expandi minha sensibilidade, porque me tornei mais humano depois das minhas inenarráveis perdas.

Todos estavam sem fôlego ao ouvir as palavras de Marco Polo. Mais de cem milhões de pessoas ao redor do planeta o estavam vendo e ouvindo desnudar-se honestamente.

– Se tivesse vivido os códigos de gestão da emoção para ter uma felicidade inteligente e uma saúde emocional e social rica, tudo teria sido mais fácil – disse ainda Marco Polo. – Teria desinflado meu ego, procurado sair da minha bolha virtual e me colocado no lugar do meu filho. Teria enxergado o invisível antes que ele eclodisse. Vocês enxergam? Teria explorado o planeta da emoção de Lucas. Teria perguntado: "Que lágrimas você derramou e nunca me contou?" Vocês exploram seus filhos, seu cônjuge, seus alunos? Somos hipócritas. É fácil julgar, apontar falhas...

E, depois de enxugar as lágrimas do rosto com as mãos, terminou sua exposição com estas palavras:

– O próprio autor dos códigos que estamos estudando disse, no Sermão da Montanha, ousadamente: "Não julguem para não serem julgados. A medida que usarem para julgar será a mesma usada para julgá-los." Que sabedoria! Mas quem a ouve? Somos juízes rígidos de quem amamos, mas tolerantes com nossas loucuras. O carpinteiro da emoção também recomendou: "Dê a outra face quando o contrariam." Mas nós somos viciados em reagir pelo fenômeno bateu-levou, ação-reação. Autoritários, queremos consertar erros, e não formar pensadores. Se tivesse aprendido a dar a outra face, teria indagado, diante da rebeldia de meu filho: "Que pesadelos, dramas, *bullyings* você sofreu, meu filho? Onde o papai errou com você e não soube? O que posso fazer para torná-lo mais feliz?" – E, depois de dar um profundo suspiro, fitou a plateia e confessou: – Muitos me aplaudem em diversas nações, mas, sinceramente, eu desconhecia os códigos que estou analisando. Faltou-me vivê-los. Sobretudo com as pessoas mais importantes...

Sofia se aproximou de Marco Polo e o abraçou, tentando consolá-lo. Seus amigos fizeram o mesmo.

O professor de psiquiatria canadense, Dr. Davison, que havia feito algumas intervenções, se aproximou de Marco Polo e, emocionado, também se abriu:

– Há dois dias peguei um voo de Toronto para conhecer você, doutor Marco Polo. Queria ver de perto quem era o psiquiatra que estava causando tanto impacto social. Alegrei-me porque nós, psiquiatras, vivemos enclausurados em nossas universidades, hospitais e consultórios. Ser um psiquiatra social é vital. Queria estar aqui para conhecer técnicas para dar aulas vibrantes, para escrever livros brilhantes, para me comunicar melhor. Mas saio daqui desnudado diante de mim mesmo. Não sei o que dizer... Vivo isolado em minha bolha virtual, também não sou empático. Consigo levar meus pacientes a construírem pontes, mas as minhas pontes para meus dois filhos estão dilaceradas. Sou extremamente crítico, julgador, implacável. Obrigado... obrigado.

De repente, outro participante, mais sombrio, trajando blazer preto, tal qual o que queria assassinar Marco Polo na surdina, se aproximou e falou aos berros:

– Você atirou em mim! Você me atingiu, Marco Polo.

Todos se assustaram com seus gritos. Parecia estar tendo um surto psicótico.

– Eu? Como assim? – indagou o psiquiatra.

Um homem que estava a seu lado tentou acalmá-lo.

– Não me toque! – disse ele. Em seguida se explicou, mas ainda falando alto: – Você atirou um torpedo em minha emoção! Fiquei sem fôlego. Suas palavras o... o...

Não conseguiu completar. Mas queria dizer "o salvaram". Esse misterioso personagem também estava lá para assassinar Marco Polo, mas, ao vê-lo se expôr daquele jeito, ficou desarmado... Ele também era um destruidor de pontes, não um construtor. Ninguém entendeu nada.

Depois de terminado o debate, Oscar chegou perto de Sofia e a advertiu:

– Não gostei desse último cara.

– Por quê?

– Eu conheço maluco. Esse cara é perigoso. E tinha outro igual a ele.

– Dois iguais? – perguntou Sofia, desconfiada e temerosa.

✦

Logo que desceram a montanha, os dois criminosos receberam um telefonema.

– Assassinaram Marco Polo?

Houve um silêncio e depois a negativa.

– Não conseguimos.

– Mas por quê? – perguntou a outra voz num ataque de raiva.

– Porque ele atirou em nós primeiro!

– Como assim?

Eles explicaram os fatos e a sentença foi implacável:

– Vocês estão fora da organização! Serão eliminados!

Rapidamente saíram de cena. Tornaram-se fugitivos da misteriosa organização criminosa que queria silenciar o pensador. Dificilmente viveriam.

E, assim, Marco Polo terminou a exposição de mais um intrigante e complexo código. Muitos ficaram conscientes de que teriam que estudar dez vezes tudo o que foi falado para assimilá-lo minimamente.

Haviam entendido apenas os fenômenos mais evidentes: que era melhor ser um ser social do que viver isolado e que era melhor ser motivado pela ansiedade vital, que nos impulsiona a explorar o mundo, do que ser vitimado pela ansiedade doentia que nutre os fantasmas mentais que nos assombram. De fato, o isolamento, em tese, não é saudável, mas para Marco Polo era recomendável: para sua proteção, seria melhor se esconder...

11

O HOMEM EMPÁTICO QUE TRANSFORMAVA PROSTITUTAS EM RAINHAS

Quando falta alimento, a mente não se anima a filosofar. Quando a sobrevivência é árdua, a síndrome predador-vítima prevalece sobre a arte de pensar. Will Durant, o famoso historiador da filosofia, sabia muito bem disso. Para justificar o fato de os Estados Unidos não terem uma filosofia madura, complexa e extensa como os países da Europa, Durant defendeu a tese de que a Inglaterra demorara 800 anos desde sua fundação até Shakespeare; a França demorara também 800 anos desde sua fundação até seus mais argutos pensadores; enquanto os Estados Unidos eram um país jovem, que teve de lavrar suas terras, explorar suas minas e esmagar os corpos de sua gente para sobreviver. O mundo das ideias, tal como o vinho, demora para ser destilado.

Porém o maior professor da história havia rompido o grande paradigma de Will Durant, rompendo também o cárcere da síndrome predador-vítima. Ele inspirava a sede de conhecimento na terra da fome, nutria a paixão pelas ideias diante das intempéries da existência. Nos tempos atuais, o último lugar em que a maioria dos alunos gosta de estar é dentro da sala de aula. Mas o Mestre dos mestres era tão apaixonante que seus alunos é que o procuravam, não o contrário.

Ano 31 d.C.

Era uma manhã fria em Jerusalém. O sol estava iniciando os primeiros atos do seu espetáculo no teatro do dia. Os pardais, as aves mais resilientes e menos melodiosas do mundo, estavam começando sua algazarra. Nas famílias judaicas, os escassos pães começavam a ser servidos à mesa. Os privilegiados tinham leite de cabra ou de ovelha para se nutrir. As crianças ainda dormiam. Não havia escolas a frequentar.

Os comerciantes tinham de se preparar para negociar, os agricultores, para sulcar a terra, os viticultores, para a poda, os ceifeiros, para a sega do trigo. Mas hoje eles deixariam suas funções, algo raríssimo. Tinham uma mente sedenta. Tentariam procurar o primeiro professor do mundo que não indicava onde daria sua aula nem qual conteúdo ensinaria. Na era da escassez, ele inaugurou a arte de sonhar. Eles o procuravam como o sedento busca as fontes de água.

– Vamos, estamos atrasados – disse Levi, um viticultor, para sua esposa.

– Para onde vamos? – indagou Enia, preocupada.

– Vamos ouvir o mestre mais incrível que passou por estas terras.

– Mas e as uvas? Precisamos colhê-las para fazer o vinho.

– Amanhã as colheremos. Hoje vamos beber do melhor de todos os vinhos – afirmou Levi.

Mas nem todos apreciavam suas ideias. Alguns as tomavam como um fel que amargava o cérebro. Perto de onde ele daria mais uma aula, havia um grupo de dez homens com faces raivosas, semblantes tétricos, ávidos por ceifar a vida. Ficaram sabendo que uma mulher adúltera se deitara com um homem, passara a noite toda com ele. Era a ocasião perfeita para eliminar o intrigante professor, que se importava muitíssimo com a dor dos outros.

– Essa prostituta tem de morrer! – bradou o mais velho dos ceifeiros do terror.

– Vamos fazê-la sangrar em praça pública! – disse o radical mais jovem.

De repente, uma ideia surgiu dos escombros do mais culto, um fariseu:

– Esperem. Vamos aproveitar e usá-la para cortar da terra dos viventes o herege de Nazaré. Assim eliminaremos duas chagas de Israel.

A grande maioria dos judeus era pacífica e altruísta. Mas o orgulho e a inveja são vírus que estão sempre presentes na mente humana. O Eu pode e deve asfixiá-los e diminuí-los, mas não é capaz de eliminá-los. Diante das pressões, o ser humano que não é líder de si mesmo assume a condição de predador, aciona áreas primitivas do cérebro, fazendo aflorar seu ódio e patrocinando a exclusão social. Assassinariam uma mulher, um ser humano fascinante, a expulsariam do teatro da existência. Seu nome: Maria Madalena.

– Excelente ideia! Esse aglutinador de mentes incautas precisa ser varrido da Judeia. Mas qual é a estratégia? – perguntou um predador de meia-idade salivando diante da possibilidade de abocanhar a presa.

– Pense comigo. Ele é muito admirado. Se o eliminarmos sem motivos plausíveis, o povo nos atacará. Sabemos que ele discursa sobre o amor incondicional. Chegou ao cúmulo de proclamar que deveríamos amar nossos inimigos. Vamos colocar a adúltera diante da plateia e pressioná-lo a dar seu veredito em público.

– Mas e se ele não quiser poupá-la? – indagou o mais jovem.

– Assassinando-a, destruiremos sua consciência, esmagaremos seu projeto – afirmou o fariseu.

– Excelente. E, se ele a poupar, destruiremos seu corpo. Ele morre junto com ela – comentou novamente o mais velho dos algozes.

– Portanto, nas duas situações, sairemos vencedores – discorreu outro participante do macabro plano.

A armadilha era infalível!

– E o que faremos com o homem que se deitou com ela? – indagou outro falso justiceiro.

– Vamos dar-lhe uma advertência, mas o libertaremos! Os homens não são culpados da sedução das mulheres levianas – sentenciou o fariseu.

Os homens sempre tiveram uma dívida impagável com as mulheres ao longo da história. Elas foram silenciadas, queimadas, apedrejadas.

Nos dias atuais apedreja-se de forma sutil, mas não menos atroz. O padrão tirânico de beleza apedreja centenas de milhões de mulheres, esmagando sua autoestima e dilacerando seu prazer de viver. As mulheres ganham 30% a menos que os homens pelo mesmo tipo de trabalho. A violência contra elas em todo o mundo é outra prova eloquente de que os homens nunca deixaram de atirar pedras na parte mais afetiva, altruísta e inteligente da humanidade.

Destilando sangue, os homens arrombaram o quarto onde Maria Madalena estava. Dispararam o gatilho mental, abrindo janelas Killer. A âncora se instalou, o volume de tensão fechou o circuito da memória, milhões de dados deixaram de ser acessados para dar respostas solidárias. O *Homo sapiens* se tornou *Homo bios*, uma fera prestes a devorar uma frágil vítima. Desconhecendo os códigos da inteligência, eles se renderam ao ódio, ao preconceito, à inveja.

– Prostituta! Meretriz! Hoje será seu fim! – disse o mais velho dos carrascos.

E esbofeteou a mulher com violência, atirando-a impiedosamente ao chão. Ela, seminua, não sabia se protegia o rosto ou o corpo. A vida sempre lhe fora amarga; agora tornava-se insuportável.

– Por favor, tenham compaixão, não me matem! – clamava Maria Madalena tentando cobrir as pernas.

Mas eles não ouviam seus clamores.

– Sangrará diante do povo, sua vadia! Servirá de exemplo para que outras mulheres não sigam o seu infiel caminho! – disse o justiceiro fariseu, dando-lhe outro tapa na cara.

O homem que dormira com ela deixou suas moedas caírem.

– Proteja-me – suplicou ela a ele.

Mas ele se recolheu no canto direito do pequeno quarto com um sorriso sarcástico. Os carrascos empurraram-no e disseram-lhe:

– Bata em retirada!

Para seduzir Maria Madalena, ele fizera-lhe diversas promessas. Frágil, faminta, solitária, sem amigos e sem dinheiro, ela se deixava cativar.

– Você... me prometeu... casamento – disse ela se arrastando pelo chão aos prantos.

– Todas as prostitutas são falsas... – respondeu ele antes de esbofeteá-la também. Foi cruel.

Muitos homens com o ego inflado e doentio consideraram as mulheres não seres humanos complexos, um mundo sofisticado e encantador a ser explorado, mas apenas corpos para satisfazer seus instintos. O que se deitara com Maria Madalena dilacerou seu coração antes de partir para sempre. Traiu a própria consciência, era um infeliz fazendo outros infelizes. Deixou-a na boca dos predadores que invadiram seu aposento. Eles a arrastaram centenas de metros até encontrarem o revolucionário mestre da emoção, o poeta da liberdade.

Maria Madalena sangrava durante o trajeto. Minutos pareciam mais longos que a eternidade. Assombrada, continuava suplicando:

– Por favor, tenham compaixão.

Mas eles não a ouviam. Era o fim de mais uma Maria entre milhões de Marias que foram ceifadas na infância, que passaram pelos vales das privações sem que ninguém se importasse com elas. Ela teve de ir às últimas consequências, inclusive vender o próprio corpo para sobreviver nesta injusta existência. Os abutres só veem a pele, nunca o coração. Não ouvem o inaudível, não perscrutam o intangível. Quantos abutres existem nas sociedades? Quantos abutres vestem o manto da ética e da religiosidade?

De repente chegaram à aula ao ar livre do Mestre dos mestres. Mais de quinhentas pessoas dispostas em meia-lua o ouviam atentamente. Enquanto o faziam, viajavam para dentro de si mesmas, arejavam suas mentes. Os discípulos mais íntimos estavam a cerca de 5 metros do mestre. João, o mais jovem de seus alunos, quando idoso disse que, se todas as palavras e ideias de Jesus tivessem sido escritas, não haveria livros no mundo que pudessem contê-las.

De pé, Jesus se movimentava no meio da plateia. Reunia seus ensinamentos e encantava as pessoas. Ensinava com bom humor e ilibada oratória.

– Vocês são o sal da terra. Mas, se ele se tornar sem sabor, para que servirá? – comentou calma e pacientemente. E, depois de uma pausa, olhou para os alunos, perguntando-lhes o nome e indagando: – Você é insípida, Enia? E você, Levi, tem domínio próprio diante das pessoas que ama? É um pai paciente, tolerante e saturado de compaixão? Ou é um juiz dos seus filhos? Não esqueçam que as piores coisas não entram pela boca, mas saem do interior do ser humano.

Diferentemente do que os fariseus imaginavam, para ele os piores germes estavam dentro de nós. O Eu, como representante máximo do livre-arbítrio, ou da capacidade de escolha, deveria se tornar um sal para preservar a personalidade humana dos germes do orgulho, da impulsividade, da inveja, do sentimento de vingança, da necessidade doentia de ser o centro das atenções. Mas o Eu, em geral, era insípido, frágil, incapaz de empobrecer-se da própria soberba e do julgamento rápido. Um Eu insípido é incapaz de esvaziar o próprio ego.

Tão logo Jesus se afastou do casal, eles conjecturaram:

– Podo videiras, mas não sei podar meu orgulho! – confessou Levi, inspirado.

– Eu também preciso criticar menos e abraçar mais – entendeu Enia.

O Mestre da emoção continuava impactando seus alunos:

– Seus olhos são a lâmpada do seu corpo. Se a luz que está em vocês for trevas, que grandes trevas serão? Primeiro tirem a trava do seu olho para poderem ajudar seus filhos a enxergarem melhor. Julguem menos e abracem mais. Encantem quem vocês amam!

Os olhos da mente são o Eu, mas o Eu é cego ou severamente míope para mapear a própria personalidade. Por isso as pessoas machucam quem mais amam! Milhões de pais e professores bem-intencionados asfixiam e traumatizam seus filhos e alunos. Milhões de casais começam o relacionamento no céu do romance e o terminam no inferno dos atritos. Prometeram se amar na saúde e na doença, na riqueza e na miséria, mas seu Eu defeituoso se especializou em ver com uma lupa os defeitos do seu cônjuge – e não os seus.

– Como vocês tratam quem os decepciona? – indagou o Mestre da emoção. E advertiu de múltiplas maneiras: – Cuidado! A medida que vocês usarem para julgar os outros será a mesma usada para vocês serem julgados. Façam um favor a si mesmos, diminuam a régua ao julgar os outros, sejam tolerantes e generosos que alcançarão a tolerância e a generosidade de meu Pai.

Os códigos de Jesus eram claros e bombásticos, mas a humanidade nunca os aprendeu, pelo menos coletivamente. Por isso a história humana estava manchada de guerras, assassinatos, suicídios, discriminação, exclusão social. Não eram lições de moral, mas ferramentas simples e eficientes para desenvolver a felicidade e a saúde emocional e interpessoal. Enquanto ele falava, as pessoas tocavam suas mãos, crianças o abraçavam, idosos o aplaudiam.

Ele não exigia silêncio absoluto em sua sala de aula ao ar livre, como os professores atuais. Exigia que pensassem. Ele usava a técnica "cozinha do conhecimento". Ele era o chef e seus alunos, os cozinheiros aprendizes. Todos cozinhavam o conhecimento juntos. Era uma técnica tão revolucionária que, se fosse usada em universidades, escolas, empresas, igrejas, milhões de pensadores, e não repetidores de dados, seriam formados. A humanidade nunca mais seria a mesma. A técnica "cozinha do conhecimento" estimulava as pessoas a se manifestarem enquanto ele falava.

– Eu sou intolerante com meus pais idosos, mestre! – admitiu Judith, uma jovem judia. Ela era ótima para dar broncas, mas péssima para elogiar. – Não suporto ser contrariada. Espanco quem mais amo com minhas palavras.

– Eu confesso: sou perito em elevar meu tom de voz com minha esposa – relatou um judeu de meia-idade, Asser. – Sou ferreiro. Levo a vida a ferro e fogo. Não sei amar, mestre.

Jesus elogiou a honestidade deles assim como o fez com a mulher samaritana em relação à sua promiscuidade, quando disse: "Disseste com verdade, o homem que está contigo não é teu marido."

– Parabéns por serem transparentes. Se amarem quem corresponde a todas as suas expectativas, que recompensa terão? Até os homens violentos o fazem. Se abraçarem e elogiarem quem é bem-comportado, não haverá méritos.

As pessoas ficavam pensativas, algumas pasmadas. Ele completou:

– Deem a outra face, elogiem quem os decepciona. Loucura? Sim, para quem não sabe amar. Abracem, incluam e amem todos que os contrariam, pois eles aprenderão com vocês a abraçar, a incluir e a amar. Importem-se com a dor dos outros.

Ouvir Jesus era um presente inimaginável para mentes abertas. Ele era revolucionário. Não era sem razão que as multidões esqueciam de comer para o seguir apaixonadamente. Não era sem motivo que homens e mulheres na era do estresse econômico e político foram arrebatados para viajar para dentro de si mesmos.

Na presença do Mestre dos mestres, as pessoas respiravam o oxigênio da liberdade. Revelavam os fantasmas que as assombravam nos porões de suas mentes. Fobias eram exteriorizadas; angústias eram expressas; conflitos, comentados. As pessoas treinavam a felicidade, pois perdiam o medo de serem apenas seres humanos, com seus defeitos e suas loucuras. Ele era surpreendente, exalava empatia, sorrisos, abraços, compreensão. O maior milagre não era o que ele fazia, era o que ele era.

Muitos criam que o principal trabalho de Jesus desde a adolescência era lapidar madeira, encaixar peças, mas não sabiam que seu principal ofício era ser um carpinteiro da emoção. Dia e noite ele entalhava a mente humana, desvendava seus cárceres e penetrava nas masmorras da emoção. O objetivo? Construir ferramentas para o ser humano ser verdadeiramente livre. Os homens amam ser deuses, mas Jesus amava ser humano.

O mundo desabava sobre ele, mas ele ainda era capaz de fazer poesias. Tempestades de areia vinham no horizonte devastando tudo pelo caminho, mas, como um artista plástico notável, ele não abandonava sua tela, era capaz de pintar uma obra-prima. Todavia chegara a vez de ele ser testado ao extremo. Os homens que arrastaram Maria Madalena interromperam sua aula e colocaram-na no centro. E aos brados diziam:

– Adúltera! Adúltera!

Os juízes destilavam ódio, ela destilava penúria, a multidão exalava pânico. O espetáculo de terror se instalou. Maria Madalena sangrava física e emocionalmente. Todos se assustaram com a violência daqueles predadores diante da frágil presa. Um burburinho seguido de um silêncio cálido tomou conta do ambiente. Os juízes sem demora instalaram o tribunal da Inquisição. Sem meias palavras, exigiram a sentença de Jesus. Como sinuosas serpentes, ocultaram seu veneno e foram sutis, chamando-o de mestre.

– Mestre, essa mulher foi pega em adultério. Segundo a tradição, ela deve ser apedrejada sumariamente. Qual é o seu veredito?

Era possível ouvir as batidas do coração dos alunos do mestre. Se lhes perguntassem, eles imediatamente pegariam em pedras. Era possível perceber os pulmões ofegantes da multidão. Se perguntassem para ela, ela também não hesitaria. Mas a pergunta foi dirigida ao carpinteiro da emoção. A plateia estava atenta à figura mais importante do tribunal, o juiz. Mas o Mestre estava atento à ré. Todos viam o trivial; ele, o essencial. Vislumbrou uma mulher incrível.

Era de se esperar que Jesus estivesse preso pelas janelas Killer, fosse vítima da síndrome predador-vítima, ficasse em estado de pânico, apto apenas a fugir ou lutar, não a pensar. Sabia que a armadilha que seus inimigos prepararam era de uma engenhosidade sem precedentes, a mais malévola e complexa de todas. Poderia destruir seu projeto de vida se desse o aval para matá-la, ou poderia morrer precocemente se tentasse protegê-la.

A situação era gravíssima. Não poderia usar atos sobre-humanos. A única saída seria usar a inteligência. Mas, na história, quem escapou da fúria dos linchadores? Ninguém! Quem já fez agressores durante o ato de crueldade se curvarem à generosidade? Ninguém! Que governos e autoridades contiveram vândalos nas ruas ou nos estádios? Nenhum, a não ser usando a força.

Seria o fim do Mestre dos mestres. Que resposta ele deu? Todos sabem que ele falou: "Quem não tem erros e falhas atire a primeira pedra." Mas essa não foi a primeira resposta; foi a segunda.

Psiquiatras alemães nos tempos de Hitler impiedosamente levaram à morte milhares de doentes mentais. Juízes desonraram sua toga e sentenciaram judeus de forma injusta. Judeus sabotaram seus pares nos campos de concentração. Quando a vida está em risco, cometemos erros inimagináveis. Ninguém defenderia Maria Madalena naquele ambiente de terror sob pena de ser apedrejado junto com ela.

Mas o Mestre dos mestres se esvaziou do medo de morrer, do julgamento precoce, da saída instintiva, libertou seu pensamento imaginário, deslocou a âncora da memória das fronteiras do medo para as zonas da sensibilidade e da empatia. A primeira resposta foi uma das mais notáveis expressões de autocontrole da história. Para espanto da psiquiatria e da psicologia, ele começou a escrever poesias quando o mundo desabava sobre ele. Ele escrevia na areia.

Mas o que estava escrevendo? Que mistério era esse? Devia estar escrevendo: "Que homens são esses que querem apedrejar essa mulher sem saber que lágrimas ela chorou ou que lágrimas nunca encenou no teatro do rosto? Que juízes são esses que querem privá-la da vida sem conhecer seus invernos existenciais, os abusos, abandonos e perdas dramáticas que ela sofreu?"

Ele foi líder de si mesmo, gestor da própria emoção, promotor dos direitos humanos nos mais dramáticos focos de tensão. Jesus revelou que foi o homem mais inteligente, o mais feliz e mais bem resolvido emocionalmente da história. A plateia também queria saber seu veredito. Porém a primeira resposta foi não se submeter à ditadura da resposta. Foi fazer o silêncio proativo: calar-se por fora, mas gritar por dentro. Não era um silêncio servil, tímido, frágil, mas um silêncio poderoso, um silêncio que colocava o Eu como autor da própria história. Educadores, casais, executivos se submetem à ditadura da resposta. Reagem sem pensar.

Freud baniu da família psicanalítica Jung e Adler por contrariarem suas ideias. Lênin, Stalin e tantos outros foram atrozes com os amigos que os frustraram. Mas ele pensava em todos. Estava preocupado em proteger Maria Madalena, em proteger outras pessoas que poderiam se ferir; queria dar a outra face a seus algozes para resgatá-los de seu radicalismo. Sua atitude surpreendente os perturbou positivamente. Impactados com seu comportamento, os inquisidores indagaram mais uma vez:

– Mestre, qual é seu veredito? – O tom foi mais brando, menos ferino. A boca dos predadores já não salivava tanto.

Nesse momento, em que tinha aberto o leque da própria mente e acessado milhões de dados, Jesus estava preparado para se levantar e dar àqueles carrascos o golpe fatal da gestão da emoção. A segunda atitude foi mais que surpreendente, foi arrebatadora.

– Quem não tem pecados atire a primeira pedra. Quem não tem erros e falhas seja o primeiro a executar a sentença.

Como autor dos códigos da felicidade e da saúde emocional, ele sabia que, se agredisse os juízes, seria devorado; caso se intimidasse diante deles, a mulher seria devorada. Maria Madalena observava, atônita, seu comportamento. Durante o tempo em que escrevia na areia, ele abriu as matrizes da sua mente e abalou os carrascos com sua reação. Numa única e complexa resposta reuniu teses sofisticadas das ciências jurídicas, da psicologia e da sociologia:

– Quem não tem erros e falhas atire a primeira pedra.

Ele não impediu o julgamento. Ele os levou ao topo das ciências jurídicas, elogiou seus algozes, elogiou sua capacidade de julgar, mas mudou as bases do julgamento. Ele os levou ao ápice da psicologia através da capacidade de pensar antes de reagir quando os encorajou a mapearem os próprios erros e falhas. Ele os conduziu aos patamares mais nobres da sociologia ao instigá-los a terem empatia, preservando os direitos humanos nos focos de tensão.

Nenhuma gazela convenceu um leão a ter empatia por ela, nenhuma ovelha convenceu uma matilha de lobos a ser generosa com ela quando cercada. Todavia ele conseguiu. Seu feito foi extraordinário. Todos os carrascos saíram do tribunal abaladíssimos, a começar pelos mais velhos. Por quê? Porque viver é colecionar erros, não apenas acertos. Os mais velhos tinham mais consciência de suas dívidas sociais.

Maria não podia acreditar no que ocorreu. Os discípulos de Jesus e a multidão também não. De repente ficaram ele e a mulher no centro da sua sala de aula. O que fazer? Dar uma bronca? Criticar seus erros? Passar sermões? Perguntar com quantos homens ela dormira? Nada disso. Mais uma vez surpreendeu a sociologia, a psiquiatria e a psicologia:

– Mulher, onde estão seus acusadores?

Em primeiro lugar, ele chamou a prostituta de "mulher". Ele a exaltou como ser humano, como um mundo a ser explorado, independentemente da sua história e de suas falhas. Ela era uma atriz importante no teatro da existência. Em segundo lugar, mais uma vez não procurou resposta pronta, levou a arte do questionamento a patamares que deixariam Sócrates extasiado. Era o único capaz de julgá-la, mas se absteve de ser juiz; foi seu pai, seu mestre, seu amigo. Sabia que ela fora traumatizada e que, por isso, nenhuma outra carga deveria ser colocada sobre ela. Os filhos erram, os alunos falham e, sem nenhuma sensibilidade, os educadores os massacram. Não conseguem perscrutar sua dor. Mas o Mestre conseguia.

Perguntar "onde estão seus acusadores?" foi de uma delicadeza sem precedentes. Era desnecessário fazer a pergunta, pois eles já tinham partido. Sua especialidade não era ensinar uma religião, mas ensinar a pensar. Queria formar seres humanos livres, não adestrados.

Perplexa com tamanha generosidade, ela disse:

– Eles se foram.

Ele sorriu. O carpinteiro da emoção fez uma autoanálise capaz de deixar Freud perplexo. Ele se conhecia detalhadamente e conhecia em minúcias o psiquismo das pessoas. Era um perito em desvendar mentes enclausuradas. Seus discípulos se surpreendiam com sua maturidade e seu desapego ao poder.

– Então você está livre. Você não me deve nada. Não tenha o mesmo comportamento. Vá e reescreva a sua história.

Que homem é esse que não aproveita o resgate das pessoas para arrebanhar mais discípulos? Ao contrário da grande maioria dos políticos, ele não queria mais um seguidor. Ao contrário da grande maioria dos líderes religiosos, ele nunca usava seu poder para conquistar mais um fiel. Ele era mais discreto, altruísta e empático do que bilhões de pessoas que viriam a admirá-lo ao longo da história. Mahatma Gandhi dizia, quase dois milênios depois: "Não me tornei um cristão por causa dos comportamentos dos cristãos."

Cerca de 99% das pessoas, incluindo os intelectuais, não são agradáveis, mas houve um homem agradabilíssimo, que aplaudia os que estavam à margem da sociedade: Jesus.

Maria Madalena poderia partir. Era o momento ideal. Ela disse em voz baixa, mas era possível ler seus lábios:

– Como me afastar de um ser humano tão agradável? Como deixar um mestre tão admirável? Como dar as costas a um poeta da emoção tão surpreendente? Impossível.

Ela descobriu que o verdadeiro amor nasce no terreno da liberdade. Muitos pais e amantes fazem pressões e chantagens para ter quem amam ao seu lado. Cobram, reclamam, proclamam seus feitos. Desconhecem o código: "Felizes os empáticos, porque alcançarão a empatia."

Muitas celebridades, políticos e empresários colecionam bajuladores. São aplaudidos e admirados quando estão no ápice da fama e do dinheiro, mas são esquecidos quando caem em desgraça. O homem mais feliz da história era um colecionador de amigos. Por isso, quando sofria numa cruz como o maior herege daqueles tempos, havia uma plateia de pessoas chorando a seus pés. Maria Madalena estava na primeira fila daquele teatro de terror.

12

A ERA DA ANSIEDADE: UM CONVITE A FALAR PARA OS BILIONÁRIOS

Marco Polo havia acabado de tomar café da manhã com Sofia. Dentro de 30 minutos sairia para seus intrigantes debates. Era necessário relaxar um pouco no saguão do hotel. Sentou-se no estofado, respirou profundamente e disse para sua assistente:

– Está animada? Hoje o dia será intenso!

Antes que ela lhe respondesse, o dia já se iniciou de forma intensa. Um estranho personagem bradou o nome dele no meio do movimentado saguão.

– Doutor Marco Polo? Doutor Marco Polo?

Sofia, preocupada, indagou:

– Quem será?

O psiquiatra olhou para trás. De repente, um homem de 40 anos trajando um terno Armani preto impecável, com gravata de seda bege, portando um relógio de ouro cravejado com algumas pedras preciosas, se aproximou e falou em voz baixa:

– Doutor Marco Polo, meu nome é Steve Balman.

– Eu o conheço?

– Não! Mas eu o conheço! Pelo menos conheço algumas de suas ideias, através de seus livros, da imprensa e dos debates transmitidos pela internet. Aceitaria um convite de última hora?

– Convite? Para quê? Quando?

– Depois de amanhã à noite, às oito horas. – E se aproximou dele como se fosse dizer algo secreto: – Para falar aos homens mais ricos do mundo!

Sofia, pegando o braço de Marco Polo, tentou expressar uma advertência: "Não caia nessa!"

– Está brincando? – retrucou Marco Polo.

– Nunca falei tão sério! Aqui em Jerusalém está sendo realizado em segredo um encontro dos homens mais ricos do planeta, segundo a lista da *Forbes*, incluindo seus familiares. Sou um dos organizadores.

O governo de Israel convidara a casta de bilionários para visitar seu país e conhecer sítios arqueológicos, alguns recentemente descobertos e que somente pesquisadores eram autorizados a explorar.

– Israel tem um aparato de segurança inigualável para receber os bilionários – disse ele em voz baixa. E acrescentou: – Quer promover o país!

– Mas não havia ninguém escalado para dar essa conferência? – indagou Sofia, desconfiada.

– Sim, claro. Mas ele sofreu um infarto ontem e está internado. Alguém como o senhor poderia substituí-lo à altura. Os bilionários gostam de ouvir pessoas polêmicas!

– E quem disse que sou polêmico? – perguntou Marco Polo.

– Muitíssimo polêmico! – confirmou Sofia, interrompendo a conversa.

– Preciso de uma resposta agora – insistiu o organizador do evento.

– Mas...

– São 30 mil dólares.

Era muito dinheiro para um tempo tão curto. Mesmo assim, Marco Polo recusou:

– Não tem nada a ver com o dinheiro, senhor. Estou aqui nesta misteriosa cidade fazendo uma pesquisa que está abalando meu cérebro. Sinto muito. Preciso me concentrar.

– Eu sei o que está fazendo aqui.

– Sabe?

– Sim, seus debates viralizaram como a Peste Negra, mas no bom sentido, é claro – disse, com um sorriso maroto. – Você é tremendamente ousado em tentar estudar a mente do homem mais famoso da humanidade. Se fosse há alguns séculos, estaria torrando numa fogueira! – brincou o organizador.

– Então o senhor entende por que não posso ir!

Mas Steve Balman não se deu por vencido. Sentindo-se preterido, logo ele que era um líder entre os homens mais abastados do capitalismo, foi arrogante:

– Não, não entendo! – E, para convencer Marco Polo, tentou apequenar a sua pesquisa: – Aliás, não é incoerente um intelectual do seu nível estudar a mente de Jesus? Não é um desperdício de tempo estudar religião?

Marco Polo reagiu à provocação:

– Quem disse que estudo religião? O mal dos espertos é achar que os que pensam diferente são estúpidos.

– Não... eu não quis...

– O senhor é um dos listados pela *Forbes*?

– Não! Sou milionário, mas ainda não bilionário. Talvez em três ou quatro anos, quem sabe...

– Quantas horas o senhor trabalha?

– De 12 a 14 horas por dia. Mas por que a pergunta?

– Que idade o senhor tem? – Marco Polo emendava uma pergunta na outra.

– Cinquenta anos... Mas...

– Para um mortal que está descendo a curva da existência, que em breve irá para a solidão de um túmulo, que já viveu 60% da vida média de um ser humano de sua sociedade, não é incoerente querer ser um dos homens mais ricos do cemitério?

– Talvez, mas...

– Sabe quantas células tem o corpo humano?

– Não tenho ideia – falou constrangido o organizador do evento dos bilionários.

– Mais de dez trilhões – comentou Marco Polo.

– Sabe quantas delas estão preparadas para morrer?

– Nem imagino... – respondeu Balman, perturbado.

– Nenhuma delas. Por isso o coração parece sair pela boca quando estamos em perigo, os pulmões aumentam sua frequência para absorver e queimar mais oxigênio e uma nuvem de substâncias invade a corrente sanguínea para nos preparar para fugirmos do risco de morrer. Acha incoerente as células terem uma "inteligência existencial" para a preservação da vida?

– Nunca pensei nisso. Mas de modo algum... – balbuciou o homem, que parecia ter ficado intelectualmente nu diante de Marco Polo, que, em seguida, lhe deu o golpe fatal:

– Se as células têm uma inteligência existencial inscrita no DNA para lutar ou fugir de situações de risco, a mente humana tem muito mais. Católicos, protestantes, islamitas, budistas, judeus, bramanistas não estão desperdiçando seu tempo ao terem uma religião nem são incoerentes por usarem a sua inteligência existencial para acreditar na continuação do espetáculo da vida!

– Não pensei que...

– Então pense. Muito menos eu me sinto incoerente ao me atrever a pesquisar, sem viés religioso, a mente do homem que abalou o mundo, inclusive os mais ricos da história, sem derramar uma gota de sangue!

Steve Balman engoliu em seco. Nunca fora tão bombardeado em tão pouco tempo.

De repente, um garoto se aproximou deles e deu um grande abraço em Marco Polo. Era um jovem árabe chamado Hassem, de 17 anos, que havia sofrido *bullying* na escola pois tinha uma imensa mancha escura na face direita. Era um hemangioma, gerado por uma hipervascularização. Ele havia participado do debate em que Marco Polo comentara o padrão tirânico de beleza. Naquele dia, ao descer da montanha, Hassem foi falar com o psiquiatra. Suas palavras denunciavam uma profunda tristeza. Mas o que Marco Polo ouviu o impactou.

– Eu me achava um monstro, doutor – disse Hassem. – Tinha medo de me olhar no espelho.

Marco Polo, na ocasião, lhe dissera: "Beleza está nos olhos de quem vê."

– Quero lhe agradecer por me encorajar a namorar a vida antes de namorar uma garota – disse o jovem.

Hassem saíra dos escombros da emoção. Respirava com alívio.

– A pior solidão é a que existe quando nós mesmos nos abandonamos – falou ele, repetindo uma frase que ouvira de Marco Polo.

O pai de Hassem trabalhava no hotel em que Marco Polo estava hospedado. Queria saber quem era o psiquiatra que havia ajudado seu filho a ter um sorriso no rosto. Ao vê-lo, o pai também agradeceu.

– Passei noites em claro chorando e procurando soluções para ajudar meu filho. Mas era incapaz – disse, com os olhos úmidos. – Hoje, vendo-o com autoestima, acreditando na vida e tendo o desejo de fazer uma faculdade, vou às lágrimas novamente, mas de alegria. Muito obrigado.

Hassem completou:

– Não sou belo como os modelos e os outros garotos, mas sou belo porque sou um ser humano. Estou namorando minha vida – comentou inteligentemente.

Marco Polo sorriu e disse:

– Eu sou um garimpeiro de ouro. Não crio o ouro, apenas removo as pedras.

Em seguida, pai e filho partiram. Steve Balman ficou impressionado com o que havia testemunhado. Sentiu as labaredas da emoção daqueles gestos. Convenceu-se mais ainda de que Marco Polo deveria falar para os bilionários. Espertíssimo, mudou de estratégia:

– Pense fora da caixa, doutor Marco Polo. Falar para líderes mundiais ajudaria a difundir as suas teses! Afinal de contas, o maior erro dos cientistas é se encastelar no templo das universidades.

Marco Polo era sensível ao assunto e concordava que os cientistas deveriam interferir mais no teatro social em vez de ficar nos seus bastidores: salas de aulas, laboratórios. Mais maleável, pensou e indagou:

– Terei liberdade plena para falar?

Marco Polo sabia que poderia dizer palavras que estressariam mais os bilionários do que os aliviariam. Como enxergava as mazelas humanas com uma lupa, suas teses poderiam causar um terremoto em mentes enclausuradas pelo status social e pela conta bancária.

– Total. Fale o que desejar.

– Mesmo que os escandalize?

– Doutor Marco Polo, o senhor não conhece essa casta de seres humanos. Os homens e mulheres bilionários são fora da curva e amam ansiosamente conhecer quem também é fora da curva. Eu lhe garanto, eles amam o diferente, são desesperados para se aventurar, são afoitos ao correr riscos, fissurados em investir em *startups*. Nada do que falar os abalará.

– Esse homem não conhece você! – disse Sofia, depois que Steve Balman se afastou. Ela sabia que Marco Polo aceitaria o convite.

Era muito provável que o pensador da psiquiatria tumultuasse o ambiente. Nesse momento, o sol se levantava, deixando estrias douradas no horizonte. Sofia estava leve, feliz; estar ao lado de Marco Polo era um convite a sair do cárcere da rotina. Estavam iniciando um romance. A ciência necessita da predição de fenômenos a partir de hipóteses para ter validação. Mas a vida não é científica, a imprevisibilidade faz parte do seu dicionário. O casal de cientistas era um exemplo do imprevisível.

Marco Polo fez uma rápida recordação da sua trajetória de vida. Sua história sempre fora pautada pela ousadia. Quando entrou na faculdade de medicina, já causou polêmicas. Na primeira aula de anatomia, demonstrou que não era um repetidor de dados, mas um pequeno pensador. Pensava fora da caixa. Questionou seu respeitadíssimo e rígido professor:

– Qual o nome das pessoas que vamos dissecar?

Mas o professor detestava intervenções dos alunos enquanto expunha suas aulas. Num rompante de autoritarismo, disse:

– Esses cadáveres não têm nome, são mendigos, psicóticos, anônimos sem família, achados na periferia das cidades.

Porém, Marco Polo indagou, corajoso:

– Mas, professor, como posso dissecar artérias, nervos e músculos sem conhecer a história desses homens e mulheres, sem desvendar seus sonhos e pesadelos?

O professor, em vez de aplaudir Marco Polo, quase o expulsou da sala. Elevou o tom de voz:

– Você quer ser policial ou médico? Esses cadáveres não têm história, já disse e reitero. Se você não crê nas minhas palavras, vá procurar a identidade deles. Quem sabe você possa nos animar com suas histórias.

Os alunos debocharam de Marco Polo. Instigado e desafiado, ele foi. Como um Indiana Jones da medicina, começou a procurar a identidade daqueles corpos sem vida. Fez uma árdua e surpreendente jornada. Depois de quase desistir, encontrou um mendigo que outrora fora um filósofo e notável professor universitário. Seu apelido era Falcão. Os surtos psicóticos levaram Falcão a ser expulso da universidade. Nas ruas ele reescreveu a própria história. Ao encontrar Marco Polo, passou a ensinar filosofia e teses sociais ímpares. Marco Polo e Falcão se tornaram dois grandes amigos, fizerem viagens incríveis para dentro das próprias mentes. Zombavam de si mesmos, da loucura social e da hipocrisia da sociedade.

Pouco a pouco Marco Polo entendeu que as salas de anatomia das faculdades de medicina eram uma metáfora do futuro da humanidade. Éramos cada vez mais como aqueles corpos nus, inertes e sem identidade na sociedade consumista. Éramos tratados como meros números de cartão de crédito e passaporte, não mais como seres humanos completos e complexos.

Marco Polo se formou, tornou-se psiquiatra, produziu teorias, defendeu teses, escreveu livros, orientou alunos de pós-graduação, conseguiu reconhecimento internacional, mas, diferentemente de muitos que alcançaram a fama, desdenhava dela, por isso quase não dava entrevistas. Algumas pessoas indagavam: "Por que você não gosta de dar entrevistas?" Ele respondia: "Porque a existência é brevíssima para se viver e longuíssima para se errar. E um dos erros mais estúpidos é querer ser o centro das atenções sociais. Dou algumas entrevistas, mas amo o anonimato."

Porém na era das redes sociais era impossível passar despercebido, ainda mais sendo alguém com intelecto exploratório e emoção animadíssima em contribuir para a humanidade.

De repente, Sofia indagou, tirando-o de seu transe:

– Marco Polo, você está bem?

– Ah, sim, me desculpe. Viajei no tempo quando você disse que Steve Balman não me conhecia.

Surgiu um garçom trazendo um envelope numa bandeja.

– Senhor, um homem me pediu que lhe entregasse esta mensagem.

Marco Polo achou estranho. Abriu o envelope. Nele havia um recado fatal: "Cuidado! Quem explora os solos pode encontrar bombas! Volte para os Estados Unidos urgentemente antes que alguma delas exploda!"

– Quem entregou este envelope? – indagou ao garçom. – Por acaso foi um hóspede?

– Não, senhor. Foi alguém que entrou rapidamente no hotel e me deu uma boa gorjeta. Saiu tão rápido como entrou.

– O que está escrito? – perguntou Sofia, vendo o semblante dele perder a tranquilidade.

Ele lhe passou o bilhete. Ela o leu e ficou tensa.

– Quem será, meu Deus, que o odeia tanto?

– Acalme-se, Sofia. Vamos acionar a polícia local. Eles tomarão providências.

Estaria o pensador prestes a encontrar uma bomba soterrada nos solos rochosos da sociedade? Que bomba seria essa? Se explodisse, só restariam pedras sobre pedras?

13

3º Código da Felicidade: "Felizes os pacientes, porque herdarão a terra da emoção."

Marco Polo começou a debater o terceiro código proclamado no Sermão da Montanha. O Mestre de Nazaré, depois de declarar que eram felizes os que esvaziam o próprio ego e são empáticos, bradou convictamente: "Felizes os pacientes, porque herdarão a terra."

– Que terra os calmos herdarão? – indagou Marco Polo para a plateia.

As respostas foram inúmeras e inusitadas.

Uns disseram o reino dos céus; outros, a vida eterna; outros ainda, a sabedoria.

Marco Polo respondeu:

– É a terra da emoção. A felicidade sustentável pertence aos pacientes, não aos ansiosos. Uma pessoa ansiosa pode ser feliz, mas sua felicidade é flutuante, alterna prazer e angústias com facilidade. De manhã está alegre, à tarde está irritada, à noite nem ela se suporta. A saúde emocional sustentável pertence aos calmos, não aos agitados, que querem tudo rápido e são intolerantes às frustrações.

Michael, o inteligente neurocientista que participava dos debates, assegurou:

– Não quero comparar ratos com seres humanos, mas estudos controlados em laboratórios demonstram que os ratos submetidos a estresse intenso asfixiam o aprendizado, a solução de problemas e promovem a violência e até o canibalismo...

Depois desse comentário, Marco Polo olhou para o horizonte, contemplou os campos e as videiras e disse:

– Por incrível que pareça, no discurso sobre esta montanha, Jesus, dezenove séculos antes de a psicologia ser formada como ciência, se antecipou ao tempo e discorreu sobre uma das mais insidiosas e importantes doenças psicológicas: a ansiedade. Diferenciou a ansiedade saudável da doentia e discorreu sobre as causas mais agudas desta.

O Dr. Thomas era um teólogo que havia estudado, inclusive em grego, o Sermão da Montanha, mas sua religiosidade tornara-se um véu que o impedia de enxergar a psicologia por trás desse discurso.

– Em que texto do sermão Jesus descreve a ansiedade doentia e a diferencia da saudável? – perguntou ele.

Marco Polo recordou o diálogo:

– "Não andeis ansiosos pela vossa vida, sobre o que comer, beber, vestir." Andar ansioso é viver ansioso, é chafurdar na lama da agitação mental, é se embriagar com as preocupações, é viver sob o controle das chamas da irritabilidade. Essa ansiedade é doentia, controladora, asfixiante.

– Andar ansioso é diferente de ter uma ansiedade eventual, esporádica, motivadora – ponderou Sofia com clareza. – É um erro achar que uma pessoa ansiosa é mais produtiva.

– Superar a ansiedade doentia é vital para ser feliz e realizado. Porém há dois polos da ansiedade a que temos de prestar atenção: quem tem a ansiedade doentia vive no cárcere da inquietação, enquanto quem não tem a ansiedade saudável viverá no cárcere do conformismo. Por isso, ser passivo em excesso gera pessoas lentas, acomodadas, que não saem do lugar – afirmou Marco Polo.

– Eu, que sempre fui um ateu que desdenhava da história de Jesus, achava-o um personagem fictício ou um religioso que não valia a pena ser estudado, mas descobri que sua inteligência é incrível. Como pode ele ter discorrido há tanto tempo sobre um transtorno psíquico que hoje afeta a humanidade? – perguntou o neurocientista Michael. E, virando-se para Marco Polo, continuou: – Mas Jesus apontou que causas nutriam a ansiedade daquele tempo? São as mesmas da ansiedade atual?

– Ele apontou duas causas vitais: a primeira era sofrer por antecipação, a segunda era não contemplar o belo. – E em seguida o psiquiatra indagou: – Quem aqui sofre por antecipação?

Quase todos levantaram a mão.

– Deveríamos pensar no futuro apenas para nos programar no presente – alertou Marco Polo. – Mas sofrer pelo futuro é uma forma excelente de aumentar o índice GEEI.

– Índice GEEI? Desconheço o termo – apontou o Dr. Alberto.

Eis que uma voz respondeu por Marco Polo.

– Gasto de energia emocional inútil – disse Oscar de supetão.

– Como você conhece esse termo? – indagou Michael.

– Eu leio meu mestre! Tenho um cérebro de gênio, mas gasto muita energia emocional pensando bobagens. Se a gastasse melhor, eu superaria Marco Polo.

Todos deram risadas do jeito despojado de Oscar ser e falar, inclusive o próprio Marco Polo. Ele o admirava, apesar de Oscar colocá-lo em situações difíceis às vezes. Aos poucos ele se tornava a alegria do ambiente.

O pensador da psiquiatria comentou:

– Os ansiosos não conquistam a terra da própria emoção, são desterrados dentro da própria casa, banidos para os becos de sua mente, vivendo na periferia da própria história. Nada é tão triste. Seus cérebros vivem esgotados, espoliados pelos altos índices GEEI.

Marco Polo ainda disse que, para explicar o terceiro Código da Felicidade – felizes os pacientes, porque herdarão a terra da emoção –, Jesus foi contundente ao longo do Sermão da Montanha. Comentou que a lei proibia matar, pois quem o fizesse estaria sujeito a julgamento, mas a sua lei de gestão da emoção ia muito mais longe.

Para Jesus, não deveríamos nos irar, ter ataques de ansiedade, raiva. Quem se irasse sem motivo, algo tão comum nas empresas e famílias, hoje em dia, seria censurado. Nem deveríamos sequer chamar de tolas ou ofender de qualquer forma as pessoas com as quais convivemos. Para ele, os pacientes e empáticos deveriam contagiar o ambiente social.

– O Mestre dos Códigos da Felicidade queria que os direitos humanos fossem exaltados e o índice GEEI fosse minimizado. Suas teses ganharam musculatura nos tempos modernos. Pois, na atualidade, muitos seres humanos estão fatigados, mesmo sem fazer exercícios físicos em excesso. Dores de cabeça, hipertensão arterial, dores abdominais são gritos suplicando por relaxamento. Mas uma mente encarcerada é surda. A sua mente é surda?

Depois dessa exposição, Marco Polo mais uma vez usou os mecanismos que estão nos bastidores da mente para explicar a formação dos cárceres mentais. O objetivo do psiquiatra era formar pensadores, não repetidores de informações, por isso não baixava o nível intelectual, apenas mudava a maneira de explicar. Pediu que as pessoas recordassem que o Eu não está sozinho enquanto dirige a aeronave mental.

– Há quatro copilotos auxiliando o Eu. – E recordou: – O gatilho mental, a janela da memória, a âncora e o autofluxo. Os quatro copilotos do Eu são vitais para a aeronave da mente humana voar. Mas eles podem perder sua função e controlar, aprisionar e asfixiar o Eu.

Marco Polo já havia comentado que a síndrome predador-vítima é uma das formas de aprisionamento, agora precisava expandir esse conhecimento.

– Pensem numa pessoa que tem medo de falar em público ou fobia social. No exato momento em que vai dar uma palestra, detona o gatilho mental. E se, em vez de abrir as janelas que contêm o assunto da palestra, ela abrir uma janela errada, traumática ou Killer, que tem o medo da crítica, a âncora se instala e fecha o circuito da memória, bloqueando o acesso a milhares de dados. Em seguida, o quarto fenômeno, o autofluxo, começa a ler desenfreadamente aquele arquivo, produzindo pensamentos incapacitantes e fóbicos. Nesse caso, ela deixa de ser um *Homo sapiens*, pensante, e torna-se um *Homo bios*, instintivo, tal qual um índio amazônico diante de um predador.

– Mas não estamos na floresta, doutor Marco Polo. Nas cidades não há predadores – ponderou Esteban, um médico da América Central.

– Mas, em nosso imaginário, nós os criamos aos milhares. Transformamos nossas escolas, casas e empresas em perigosas florestas de concreto – afirmou Marco Polo. – E o medo do futuro, reitero, é um dos maiores predadores da atualidade. O Mestre dos mestres pediu que as pessoas não se autodestruíssem por aquilo que não aconteceu. Até porque mais de 90% de nossas preocupações não se materializam. Sofremos inutilmente.

Marco Polo continuou dizendo que Jesus tocou em assuntos delicadíssimos. Viver preocupado é ocupar-se antes de o fato ocorrer, é fazer o velório antes do tempo, é elevar às alturas o gasto de energia emocional inútil, o índice GEEI. E ainda alertou seus alunos de que, por mais preocupados que estivessem, não acrescentariam nada a suas vidas ou um dia a nossa história:

– As preocupações não acrescentam tempo a nossas vidas, mas nos tiram dias ou anos. Somos a única espécie pensante, mas pensamos sem qualidade nem gerenciamento.

O Dr. Alberto, tocado por essas palavras, comentou:

– Jesus usou muitas metáforas para nos ensinar. Seu pensamento antidialético era de uma criatividade impressionante. Disse que deveríamos observar os pássaros. Eles não plantam, não colhem nem guardam em celeiros, no entanto, encontram tranquilamente seu sustento. Ele não pedia que fôssemos irresponsáveis nem que não trabalhássemos ou não nos preocupássemos com nossas necessidades, mas que o fizéssemos da forma mais livre possível dos nossos presídios emocionais. De fato, felizes são os que treinam ser tranquilos, porque herdam a terra da saúde mental.

– Tem razão, Alberto – interveio o Dr. Thomas. – Nós, teólogos católicos e protestantes, passamos por cima dos códigos de Jesus. Espiritualizamos aquilo que são práticas psicológicas. Muitos líderes são uma fonte de ansiedade. Não sabem que uma mente ansiosa sofre muito, mas dá poucas respostas inteligentes a seus problemas. Uma mente ansiosa cria fantasmas e fatalismos. Quem é ansioso morre emocionalmente antes de estar morto fisicamente:

– Estou frito! Pense numa pessoa ansiosa! Sou eu. Estou morto e ainda não fui enterrado – afirmou Oscar, relaxando a plateia.

– Muitos milionários têm medo de ser sequestrados, mas, sem sabê-lo, o medo do futuro os sequestra por dentro. Muitos habitantes das cidades têm medo de cobras, aranhas e outros predadores, mas não têm a menor consciência de que eles se tornam os maiores predadores de si mesmos. Mentes ansiosas fazem guerras com os outros e consigo mesmas – comentou Sofia.

Marco Polo se alegrava com todas essas intervenções e conclusões. As pessoas estavam aprendendo a necessidade vital da gestão da emoção. A mente humana não podia mais ser um veículo sem controle, uma empresa sem um executivo, uma aeronave sem um piloto inteligente, como sempre tinha sido ao longo da história, o que quase nos inviabilizou como espécie.

A educação mundial tinha de passar por uma cirurgia, mudar seu paradigma: da era da informação para a era do Eu como gestor da mente humana. Os alunos deveriam ser menos entulhados de dados e aprender mais habilidades para gerir pensamentos. Assim seriam mais criativos e saudáveis. Todos os sete bilhões de habitantes deveriam descobrir que pensar é bom, pensar com inteligência é excelente, mas pensar demais, sem gerenciamento, é um terrorismo silencioso.

Depois de todas essas questões, surgiu uma das perguntas mais inteligentes naquela misteriosa montanha:

– Todos os pensamentos e emoções se iniciam sempre pelo gatilho mental, pelas janelas, pela âncora e pelo autofluxo? Enfim, o primeiro ato do teatro mental é sempre inconsciente ou o Eu pode iniciá-lo? – indagou a Dra. Rebeca, uma psiquiatra de Israel.

– Excetuando os casos de uso de drogas e de alterações dos neurotransmissores e do metabolismo cerebral, o processo de construção de pensamentos não se inicia pelo Eu, pela capacidade de escolha consciente, mas pelos copilotos ou fenômenos inconscientes. O consciente surge do inconsciente sempre!

– Mas onde entra o Eu, Marco Polo? Depois do circo armado? – indagou Michael, curioso.

– Sim. O Eu entra segundos depois do gatilho mental e da abertura das janelas ou arquivos. Se ele não aprende a dirigir o próprio script, a confrontar as janelas Killer, a impugnar o circuito fechado da memória, a discordar de cada pensamento perturbador ou emoção tensa, vai ser vítima do drama que se instalou, seja a claustrofobia, a fobia social, o ataque de pânico, a crise de ciúme ou o sentimento de vingança.

– Espere. Então ninguém deve ser responsabilizado, culpado ou condenado por ter uma reação de ciúmes, inveja, raiva! Só deve ser responsabilizado por não reciclá-la tão logo ela surja! Ou seja, antes de ela se tornar um ato ou comportamento! – concluiu Sofia.

– Correto – apontou Marco Polo.

– Fantástico! Eu não posso impedir que um pássaro pouse em minha cabeça, mas posso e devo impedir que ele construa um ninho. Se meu Eu não atuar nos pensamentos e emoções angustiantes, serei vítima da ansiedade – concluiu o Dr. Alberto.

– Isso mesmo.

– Minha mente está cheia de ninhos de gaviões, águias, corujas – disse Oscar, dando novamente risada de seu transtorno mental.

– Mas que técnicas posso usar de modo a proporcionar musculatura para o Eu ter autocontrole da ansiedade, impedindo que esses pássaros mentais se aninhem no território da emoção? – indagou Dolores, uma culta professora de psicologia de Barcelona. – Muitos de meus alunos são ansiosos, tensos, com baixo limiar para frustrações.

Marco Polo recordou uma técnica vital:

– Lembrem-se do que lhes disse: a técnica do DCD é uma ferramenta poderosíssima para gerenciar e reeditar as janelas Killer. Você não apaga traumas, mas enxerta novas experiências no lócus deles e os reescreve. Devemos diariamente duvidar dos cárceres mentais, da masmorra do ciúme, da inveja, da autopunição, da baixa autoestima. Devemos também criticar nossas falsas crenças e determinar estrategicamente nossas metas de vida.

Dolores ficou radiante e comentou:

– Seu ensinamento é surpreendente. Um dos erros da psicologia foi não ter produzido ferramentas preventivas eficazes. A prática do DCD pode empoderar o Eu, torná-lo líder de si mesmo e prevenir transtornos emocionais.

E, pegando suas anotações de aulas passadas, leu-as:

– A dúvida é o alicerce da filosofia. Sem duvidar todos os dias dos nossos cárceres psíquicos, seremos controlados por eles a vida inteira. A crítica é o fundamento da psicologia. Sem criticar nossos pensamentos débeis, acumularemos lixo cerebral. A determinação é o alicerce dos recursos humanos. Sem determinar aonde queremos chegar, seremos prisioneiros do conformismo. – Depois ergueu os olhos e disse: – Não fomos programados para sermos doentes e infelizes, mas saudáveis e felizes. Enfim encontrei uma técnica de higiene mental diária.

Marco Polo e Sofia a aplaudiram. Depois disso, o pensador da psiquiatria completou as teses relativas ao terceiro Código da Felicidade. Disse que Jesus, em meio a suas teses sobre a ansiedade, recomendou uma técnica eficiente para libertar e enriquecer a emoção: contemplar o belo.

– O Mestre dos mestres, além de encorajar o gerenciamento dos pensamentos e das preocupações, surpreendeu-nos com a mais penetrante técnica antiansiedade, o *mindfulness*: fazer das pequenas coisas um espetáculo para os olhos.

Após tecer essas palavras, Marco Polo fez um longo silêncio. Contemplou a plateia, o sol poente, as cadeias de montanhas. De fato, ao nosso redor havia um mundo maravilhoso que as mentes ansiosas não conseguiam desvendar.

– Quando ele nos recomendou contemplar o belo? – indagou Mary, uma artista plástica da Inglaterra.

Marco Polo não lhe respondeu. Lembrou-se de que seu amigo Falcão lhe ensinara a música de Louis Armstrong "What a Wonderful World" ("Que mundo maravilhoso"). Então Marco Polo começou a cantar com sua voz grave para a multidão. Foi belíssimo. Muitos o acompanharam, emocionados.

Em seguida discorreu:

– Quando Jesus chamou a atenção e disse "*Olhai os lírios do campo, vede como são tão belos*", no meio da turbulência e do assédio social, ele estava sendo o maior gestor da emoção de que se teve notícia. Mas quem tem tempo para as pequenas coisas?

Sofia, entendendo plenamente a técnica, comentou com sensibilidade:

– Quem tem tempo para se sentar ao redor de uma mesa e conversar sem usar o celular? Quem diz para os filhos quais são seus sonhos? Não sabemos contemplar os mais variados tipos de lírio que estão diante de nossos olhos. Estamos viciados em ver produtos nas lojas, mensagens nas redes sociais, informações nas mídias digitais.

Marco Polo completou seu pensamento:

– A sociedade se tornou psicótica. Não educamos a emoção de nossos filhos e alunos para contemplar o belo, se alegrarem com as pequenas coisas, se reinventarem. Produzimos uma safra de jovens que mendigam a alegria, que precisam de muitos produtos para sentir migalhas de prazer.

Em seguida recordou a personalidade de Salomão; sabia que precisava falar sobre ela para explicar sua tese.

– Quando Jesus treinava o olhar dos seus alunos para contemplar o belo, ele citou um dos homens mais sábios que pisou nesta terra, o rei Salomão. E afirmou categoricamente que nem ele, em toda a sua glória, se vestiu como um dos lírios. Fez-lhe uma crítica seríssima! O Mestre da emoção exagerou? Salomão não tinha vestes tecidas com fios de ouro? Sua majestade não era reconhecida como tal?

– Parece que Jesus exagerou em sua crítica a Salomão – afirmou Klaus, um engenheiro alemão.

– Não, não era exagero. A sua glória era notável, mas Salomão faliu sua emoção quando deteve o poder.

– Mas como é possível concluir isso? – perguntou Demosteclis, um padre da Grécia.

– Salomão foi o exemplo mais solene de que o poder pode infectar, apequenar, contaminar e empobrecer. Principalmente se não for acompanhado da arte de contemplar o belo. Um homem sábio também pode se perder no poder.

– Explique melhor, por favor – solicitou o Dr. Alberto.

– O poder pode viciar um ser humano em produtos, aplausos, glórias, reconhecimentos. Não se sabe mais passar despercebido, ser um simples e feliz mortal. Por isso muitos querem se perpetuar no poder a qualquer custo e dão desculpas de que estão preocupados com a sociedade. Os mortais deveriam deixar o poder político depois de quatro ou no máximo oito anos, que correspondem a 10% da sua vida média. Mas o poder vicia como as drogas. E quanto mais viciada numa droga, mais a pessoa se psicoadapta a ela, mais infeliz fica e mais procura desesperadamente novas doses da droga.

– Nunca pensei nisso – apontou o Dr. Alberto.

Marco Polo completou:

– Salomão se esqueceu de contemplar o belo, de perceber quanto a vida é assombrosamente rápida, efêmera. Deveria ter treinado seus olhos para fazer dos eventos pequenos e anônimos da existência um show para a própria emoção. Porém o poder não apenas o viciou, mas também o empobreceu e, por fim, o transformou num tremendo sociopata.

Silêncio geral na plateia. Todos pareciam congelados com essa conclusão. Eis que uma voz discordante apareceu. Marco Polo amava isso.

– Não é possível. Você é que está exagerando agora. O mais sábio rei da Terra jamais poderia ter desenvolvido uma sociopatia – ponderou, perplexo, Khouri, um bispo da Igreja Católica Ortodoxa do Líbano.

Marco Polo reafirmou que um sociopata rompe as regras sociais, mas não é necessariamente um psicopata frio e calculista.

– Salomão era humano e sensível, mas se tornou um homem inquieto, emocionalmente instável, destituído de autonomia. O que acham do fato de ele ter tido setecentas mulheres e trezentas concubinas? Isso é fruto de uma emoção saudável?

– Mil sogras? Está maluco! – falou Oscar. – O sujeito deve ter precisado de cem psiquiatras!

Muitos deram gargalhadas ao ouvir a tirada do jovem Oscar. O pensador da psiquiatria comentou:

– Foi um desrespeito com as mulheres. Rompeu o direito delas de serem livres. Elas eram tão importantes quanto o rei. Jesus correria o risco de morrer por cada uma delas, como o fez por Maria Madalena.

– Tenho de reconhecer que você tem razão – disse o teólogo Khouri.

– Salomão era um homem brilhante. Os livros que ele escreveu, como os Provérbios e o Cântico dos Cânticos, são regados a inteligência, mas ele perdeu sua autonomia, deixou de ser líder de si mesmo, autor da própria história. Seu transtorno emocional foi tão grave que de fato asfixiou sua emoção, levando-o a se deprimir seriamente. Por isso escreveu que não tinha mais prazer de viver, nenhum encanto pela vida: tudo é vaidade, vaidade das vaidades, nada há de novo debaixo do céu. Mas para o Mestre dos mestres da emoção, para o homem mais feliz da história, até um lírio era motivo de aplausos, o encantava. E você? Sua emoção está falida ou é rica?

Muitos estavam falidos. Não sabiam contemplar o belo. Estavam viciados em produtos, e não em aplaudir seus filhos, sua parceira, os acontecimentos da vida. Diante disso, Sofia acrescentou:

– Se até Salomão faliu emocionalmente, quem está livre dessa falência? O sucesso é mais difícil de se trabalhar do que o fracasso.

– Cuidado! – advertiu Marco Polo. – Sob o ângulo do programa de gestão da emoção, há, no sucesso financeiro, intelectual, espiritual e político, um risco altíssimo de se embriagar pelo poder, perder a simplicidade, asfixiar o olhar, deixar de contemplar o belo, aumentar os níveis de exigência para ser feliz.

Todos ficaram paralisados com essa exposição. Uma celebridade mundial da música perguntou:

– A qualidade de vida de todos piora com o sucesso?

– Sim, de todos. De 100% dos seres humanos.

– Mesmo líderes religiosos notáveis e exemplares? – perguntou um líder que era seguido por dez milhões de pessoas.

– Mesmo esses! – afirmou categoricamente o pesquisador do funcionamento da mente. – A "síndrome Salomão" não perdoa ninguém.

Ou você treina a esvaziar o ego, a ser empático para valorizar cada ser humano anônimo, refinar o olhar para aplaudir os pequenos lírios do campo, ou será infeliz.

Um esportista que já havia ganhado o prêmio de melhor do mundo ficou pasmo.

– Mas... Mas não há ninguém que escape do risco do sucesso?

Marco Polo foi contundente:

– Só com gestão da emoção. O sucesso traz ganhos financeiros e sociais inegáveis, mas pouco a pouco registra no córtex cerebral janelas que patrocinam a flutuação emocional, a inquietação existencial, a ansiedade, preocupações, a necessidade de se perpetuar no poder.

Porém o psiquiatra comentou que o pior problema ainda não eram essas janelas traumáticas subliminares, mas o mais penetrante e inconsciente fenômeno emocional: a psicoadaptação. E disse que só explicaria o fenômeno da psicoadaptação depois que comentasse os outros códigos. Apenas adiantou que, se as pessoas que têm sucesso não se reciclassem, seriam envenenadas com o fenômeno da psicoadaptação, precisariam de muitos acontecimentos para terem as mesmas experiências de prazer. Com o tempo, esse equilíbrio inconsciente entre estímulo e prazer se descompensaria, o que as levaria a necessitar cada vez mais de muitos eventos, como aplausos, elogios ou reconhecimento para terem míseras experiências de prazer.

– Devemos então evitar o sucesso? Não! Deveríamos lutar pelos nossos sonhos! Nossa luz tem que brilhar! Porém jamais devemos esquecer que o maior de todos os sucessos é ser feliz... E ser feliz não é ter uma vida perfeita, mas ter prazer em se reinventar. É decifrar os códigos que estamos estudando.

Depois dessa exposição, Marco Polo não disse mais nada. Todos desceram da montanha silenciosos. Refletiam sobre esse código da felicidade: felizes eram os calmos, felizes eram os que gerenciavam os próprios pensamentos, felizes eram os que treinavam os olhos para garimpar as coisas belas e anônimas soterradas nos escombros de sua rotina. A felicidade era uma miragem para a maioria dos seres humanos...

14

MENDIGOS EMOCIONAIS ENTRE OS HOMENS MAIS RICOS

Chegou o dia em que Marco Polo entraria no ninho dos homens financeiramente mais bem-sucedidos do planeta. Ousado e espontâneo, falava de improviso e, às vezes, só descobria o tema de sua conferência quando subia ao palco. Abarrotado de conhecimento, se usasse apoio multimídia se perdia. O próprio Steve Balman o apresentaria, mas antes exaltou a grandeza dos participantes:

– Esta magna plateia é formada pelos maiores banqueiros, por empresários do vale do Silício, pelos melhores nomes do comércio mundial e da indústria internacional. Apesar de se constituir em um pequeníssimo número, vocês são tão competentes que detêm 90% da riqueza mundial. Empregam mais de dez milhões de pessoas. E, apesar de bilionários, não são egocêntricos. Muitos aqui se tornaram os maiores filantropos da humanidade.

A multidão o aplaudiu entusiasticamente. Marco Polo observava a cena calado. Estava compenetrado, organizando seus pensamentos.

Motivado pelos aplausos, Steve Balman continuou:

– Os senhores e senhoras chegaram ao topo da lista das pessoas mais ricas da Terra por sua visão empreendedora, seu espírito competitivo, seu raciocínio intuitivo, sua perspicácia, sua ousadia, sua argúcia. Bom... faltam adjetivos para qualificar mentes tão notáveis. – Mais aplausos. – Muitos dizem que tiveram sorte na vida. Ledo engano! Os perdedores creem no binômio sorte/azar, os empreendedores creem na capacidade de aproveitar as oportunidades com disciplina tática, na habilidade de se reinventar diante das intempéries da vida. O sucesso não herdado é fruto de mentes inteligentes! Parabéns!

Além de mais de 82 bilionários, havia cerca de cem familiares e amigos presentes. O ambiente era glamouroso. Poltronas confortáveis, cada uma com uma pequena mesa onde havia um notebook para anotações e um microfone para intervir, debater, colocar dúvidas.

Ao apresentar Marco Polo, Steve Balman não poupou elogios:

– E, para presenteá-los nesta mágica e raríssima noite, trouxemos um pensador que vai falar sobre gestão da emoção e saúde mental no século XXI. Mais do que um psiquiatra reconhecido, ele é um cientista que desenvolveu conhecimento sobre uma das últimas fronteiras da psicologia, a construção de pensamentos e a formação do Eu, e também sobre uma das últimas fronteiras da educação, o processo de formação de pensadores. Com vocês, o doutor Marco Polo!

Os aplausos irromperam. Era motivo de orgulho ser aclamado pela plateia de bilionários, mas Marco Polo não se entusiasmou. Não apenas ele: alguns dos participantes também não se motivaram. Fizeram comentários ácidos entre si:

– Um psiquiatra no clube dos bilionários? Que escolha mais estúpida! O que ele pode dizer que não saibamos? – falou Henry, um homem do setor do agronegócio, com uma fortuna de 5 bilhões de dólares, que estava na primeira fila.

– Não vou aguentar ouvir dois minutos desse cara! – disse outro bilionário, David, do setor de hotelaria, que tinha 7 bilhões de dólares. – Além disso, acho que ele vai tremer como vara verde ao falar conosco.

Logo que pegou o microfone, Marco Polo fitou a plateia e, para espanto de todos, fez um minuto de silêncio. A plateia ficou inquieta. Um burburinho tomou conta do ambiente. Muitas perguntas foram feitas uns para os outros:

– Não falei? Esse cara tremeu! – comentou David.

– Acho que o psiquiatra surtou! – disse Henry, dando gargalhadas.

– Talvez seja estúpido – opinou David.

– Mais um que não aguentou a pressão – falou Georges, um magnata da comunicação.

Steve Balman ficou perturbadíssimo, pensou em intervir. Só se faz um minuto de silêncio por algum motivo sério, como um grave acidente ou alguma fatalidade. Mas, para Marco Polo, estávamos na era dos mendigos emocionais, e esse era um motivo sério o suficiente. O silêncio era um veneno para uma plateia impaciente. Quando o organizador estava prestes a se manifestar, Marco Polo começou a falar.

– Não fiz silêncio porque tenho medo ou me sinto inseguro diante de homens e mulheres de sucesso, mas em respeito aos que constituem a mais notável plateia de mendigos do planeta – comentou o psiquiatra, causando um alvoroço.

Imediatamente um megaempresário o confrontou:

– Está louco, senhor? Somos os homens e mulheres mais ricos do mundo.

– Eu sei, senhor! Vocês são os mais ricos do mundo, mas sob quais parâmetros? Os mendigos físicos suplicam o pão de trigo, os mendigos emocionais suplicam o pão da tranquilidade e da alegria. Sejam honestos: há aqui bilionários que fazem parte dessa última casta? Quem tem escassez de prazer de viver ou carência de tranquilidade? Quem não é honesto em mapear seus cárceres mentais será aprisionado a vida toda por eles. Morrerá faminto!

Todos imediatamente se calaram. Alguns ficaram rubros. Nunca imaginaram que, no ringue da vida, pudessem ser nocauteados no primeiro round. Instigados a mapear as próprias masmorras psíquicas, eis que apareceram as primeiras manifestações:

– Eu vivo encarcerada por muita tristeza, e os antidepressivos não têm resolvido. Tenho tudo que todo mortal desejaria, mas não sei, falta algo, falta ânimo, falta ter uma mente mais leve e livre... – disse com perspicácia Helena, uma mulher do clube dos bilionários. As mulheres sempre foram mais transparentes que os homens.

– Eu tenho medo de tudo. Medo de ter câncer, de enfartar, de perder meu marido – falou Lucy, a esposa de um megaempresário.

O intrigante psiquiatra meneou a cabeça, satisfeito pela honestidade delas. Percorreu o olhar pela plateia. Lembrando-se do discurso do Mestre da emoção no alto da montanha sobre contemplar o belo, disse algo que abalou os presentes:

– Há pessoas tão pobres, mas tão pobres, que só têm dinheiro. Há outras, riquíssimas, que, mesmo sem dinheiro, são capazes de fazer de uma flor um espetáculo ou de simples palavras como "Eu te amo" ou "Obrigado por existir" tesouros inestimáveis! Qual é o seu tesouro? Onde está o seu tesouro, aí está seu coração.

Houve um burburinho na plateia. Tenso, um empresário dono de uma cadeia de lojas cuja fortuna pessoal somava mais de 16 bilhões de dólares, bradou num ataque de fúria:

– Um comunista em nosso meio! Não vou fazer parte deste circo. – E ameaçou se levantar.

Steve Balman, num surto de ansiedade, interveio:

– Pare de falar enigmaticamente e seja claro, doutor Marco Polo. A plateia está perturbada.

– Não estou entendendo. O senhor me garantiu que nada que eu dissesse abalaria esses notáveis. Eles não são resilientes? Mal comecei a falar.

Diante dessas palavras, o proprietário da cadeia de lojas se aquietou por instantes. Sofia estava taquicárdica e com as mãos frias. Marco Polo foi mais longe:

– Imaginem que do dia para a noite vocês perdessem completamente seus bilhões de dólares. Quem ficaria ao seu lado? Seus filhos? Seus amigos? Quem se encantaria ou seria influenciado por suas ideias?

Todos ficaram congelados. O empresário que o chamou de comunista ficou atônito, pois Marco Polo tocara nas raízes de seu grande medo. Ele sentia que as pessoas viviam ao seu redor pelo que ele tinha, não pelo que ele era. Em seguida o pensador da psiquiatria lançou um desafio inimaginável para os presentes:

– Aliás, como seu professor de gestão da emoção, vou lhes dar um exercício. Fiquem uma semana sem dinheiro, cartão de crédito, roupas de luxo. Só tenham dinheiro para comer e dormir. Vistam-se como mendigos ou como pessoas simples e convivam com pessoas que não os conheçam. Procurem cativá-las, construir pontes, impactá-las com suas ideias e sua inteligência. Se chamarem atenção e encantarem algumas delas, vocês são verdadeiramente ricos.

– Isso é loucura, senhor Marco Polo! – afirmou Henry, abalado.

– Quem faria isso? Quem se despiria de seu status e se converteria num mendigo? Quem teria coragem de se tornar conscientemente um reles anônimo depois de ser uma celebridade? Isso é loucura! – exclamou David, o bilionário que dissera que Marco Polo era estúpido.

Foi então que Marco Polo revelou um segredo que nem Sofia sabia:

– Eu fiz essa loucura, senhor! Sou um intelectual reconhecido, publicado em dezenas de países. Talvez meu nome entre para a história no lugar de muitos desta nobre plateia. Eu poderia ser intocável, mas me despi do status de intelectual e me vesti de mendigo. O resultado? Descobri que os vírus do orgulho, do egocentrismo e da necessidade neurótica de poder estavam me infectando sem que eu percebesse. Passei a lutar pelo que o poder não pode comprar e pelo que as teses acadêmicas não podem conquistar... E vocês? Por que lutam? Pelo que vale a pena viver?

Alguns bilionários ficaram sensibilizados com essas palavras. Nunca imaginaram que um intelectual desse nível fosse descortinar suas fraquezas publicamente.

– Estou perplexa com suas ideias, doutor Marco Polo. A sociedade moderna, incluindo as redes sociais, se tornou um esconderijo perfeito para as pessoas maquiarem as próprias mazelas. Somos hipócritas, dissimulamos nossas dores. Falamos que está tudo bem quando estamos angustiados ou chorando lágrimas secas. Mas você... você... me deixou pasmada. Quais ferramentas de gestão da emoção deveríamos aplicar para sermos verdadeiramente ricos? – perguntou Helena.

Marco Polo procurou ser mais claro, mas não menos perturbador:

– Primeira ferramenta: os ricos em felicidade são os que não compram aquilo que não lhes pertence, como frustrações, ofensas, críticas, enquanto os pobres em felicidade fazem da própria emoção uma lata de lixo, deixam-se invadir por esses estímulos estressantes.

– Estou pobre – disseram uns para os outros.

Alguns perderam o encanto pela vida, mas nunca tiveram coragem de se abrir. Eram atores sociais invejados, mas viviam em masmorras mentais silenciosas.

– Segunda ferramenta: os ricos emocionais são empáticos, se importam com a dor dos outros, penetram nas camadas mais profundas de quem amam. Por exemplo, perguntam aos filhos com frequência coisas como "O que posso fazer para torná-lo mais feliz?", "Onde eu errei e não soube?", "Que pesadelos o assombram?", enquanto os pobres emocionais ficam na superfície da relação, são antiempáticos, abastecem a conta bancária, mas deixam vazia a conta emocional.

Alguns bilionários ficaram com os olhos úmidos. Viviam na superfície da relação. Não eram pessoas admiradas pelos seus íntimos.

– O que esse cientista está dizendo? – indagou, abalada, a esposa de um bilionário a seu marido. – Somos mendigos e não sabíamos. Nunca perguntamos para nossos filhos se eles são felizes nem o que podemos fazer para aliviar sua dor. Ainda ontem nosso mais velho me disse... – E fez uma pausa. Derramando lágrimas, confessou: – ... que me detesta!

E o psiquiatra falou de outra ferramenta de gestão da emoção em grande estilo:

– Terceira: os ricos no território da emoção são os que esvaziam o próprio ego, os que abrem a mente para outras possibilidades e aprendem a fazer muito do pouco, enquanto os pobres fazem pouco do muito, precisam de muitos acontecimentos, como aplausos, reconhecimento social e produtos, para sentirem migalhas de prazer...

As teses eram penetrantes. Não poucos bilionários viviam de migalhas de alegria. Alguns viviam esperando a relação anual dos mais ricos para saber se haviam subido ou descido na lista. Estavam entulhados com o próprio sucesso. Estavam obesos emocionalmente. Haviam perdido a leveza e a aventura da existência.

Marco Polo completou:

– Quarta: os ricos em sua mente são autores da própria história, têm autocontrole, não elevam o tom de voz, não são repetitivos quando corrigem alguém, sabem elogiar antes de criticar; mas os pobres têm baixo limiar para suportar frustrações, cobram demais dos outros e cobram mais ainda de si próprios. Eles não precisam de inimigos, pois são carrascos de si mesmos. Sejam honestos: vocês são ricos ou pobres?

– Meu Deus, eu sou carrasco de mim mesmo – falou um bilionário do setor do comércio para seus pares.

– Falta-me humildade para ser diferente – comentou outro do mesmo ramo de atividade.

Marco Polo corrigiu o homem, espantando-o:

– Errado, senhor; falta-lhes ambição.

– Ambição?

– A ambição correta, poderosa, impactante. Seu Eu, que representa a capacidade de escolha, deve ser superambicioso por ser feliz, tranquilo, relaxado, empático, criativo! Deve ter um desejo irrefreável de ser admirável para si e para quem ama. Talvez, no mais importante e complexo banco, o banco da emoção, muitos aqui estejam dramaticamente endividados.

Um megaempresário do setor bancário emudeceu. Era um homem irritadiço, intolerante, perito em criticar quem amava. Era insuportável até para ele mesmo. Estava tão endividado no banco da emoção que, se ficasse pobre, morreria solitário. Nunca transferira o capital das próprias experiências, nunca falara das suas lágrimas para os filhos aprenderem a chorar as deles. Ficou tão perturbado que se levantou e teve um ataque de fúria:

– Eu protesto! Protesto! Protesto!

Seus lábios tremiam como se ele tivesse visto um fantasma. Marco Polo precisava acalmá-lo, caso contrário, poderia ter um colapso, um ataque cardíaco. Mas quando ia abrir a boca, de repente avistou Oscar. Ninguém sabia como ele havia furado o esquema de segurança e entrado ali. Mas ele era inteligente. Oscar surgiu no momento mais inoportuno, estava com o cabelo desgrenhado e malvestido para os padrões do ambiente. Aproximou-se da frente da plateia e, num tom de voz elevado, tentou proteger Marco Polo:

– Protesta o quê? Protesta coisa nenhuma!

– Espere aí... – disse o empresário com a voz embargada. – Quem é você?

– Sou o grande Oscar, assessor especial de Marco Polo...

Os bilionários observaram os trejeitos de Oscar e se escandalizaram. Marco Polo olhou para Steve Balman e o viu com as mãos na cabeça, em desespero. A conferência, que estava sendo ímpar, se converteu num verdadeiro caos. Sofia, com os olhos estatelados de estresse, chamou Oscar de lado.

– Como entrou aqui?

– Sou esperto, doutora. Muito esperto.

– Então, por favor, seja discreto.

– Por quê? Marco Polo disse que eles são uma plateia de mendigos!

Sofia olhou nos olhos dele e afirmou:

– Ele falou no sentido figurado, metafórico.

– Metafórico?

– Oscar, eles são os homens mais ricos do mundo!

Foi então que Oscar, engolindo em seco, se voltou para o bilionário em crise e lhe disse:

– Pode protestar à vontade!

Vários seguranças agarraram Oscar. Estavam prontos para atirá-lo para fora do ambiente.

– Ele é seu assessor especial? – indagou Steve Balman.

Marco Polo tinha de proteger seu antigo paciente.

– Sim, eu trabalho com jovens inteligentíssimos para mostrar que o conteúdo é mais importante que a estética.

Muitos dos presentes não entenderam nada do que aconteceu ali. Por fim o soltaram.

O bilionário do setor bancário retomou seu protesto e foi contundente:

– Moramos em palácios! Nossas camas são confortabilíssimas! Temos aeronaves particulares! Podemos nos hospedar nos melhores hotéis! Estamos sempre rodeados de pessoas! Lutamos para chegar aonde chegamos. Somos privilegiados! Agora vem um cientista que vive enfiado no pequeno mundo de seu laboratório abalar as minhas crenças!

Marco Polo fitou bem seus olhos e respondeu:

– Parabéns pelas suas conquistas, senhor. Mas o dinheiro compra a cama, não o sono. O senhor dorme bem? Compra aeronaves, mas não sabe pilotar a mais complexa aeronave, a sua mente. Adquire pacotes turísticos, mas não o relaxamento. Sua mente é relaxada ou ansiosa como um oceano turbulento? Compra bajuladores, mas não amigos. O dinheiro é bom, mas, sem gestão da emoção, ricos se tornam miseráveis...

Embora o pensador abrisse os porões da mente de muitos participantes, eles de fato eram fora da curva. Tinham sede de autoconhecimento. O banqueiro se acalmou e lhe pediu desculpas:

– Perdão, doutor Marco Polo. Continue a dissecar minha personalidade, mas, por favor, use anestesia.

Muitos sorriram. Em seguida Marco Polo, num ambiente mais tranquilo, discorreu sobre o funcionamento da mente, os tipos de pensamento, a síndrome predador-vítima, os papéis do Eu, os copilotos do psiquismo e muitos outros fenômenos. Como sempre ensinava provocando a plateia, a certa altura fez uma pergunta intrigante:

– Se vocês fossem convidados a visitar a casa de um amigo, teriam coragem de entrar diretamente na cozinha e enfiar a cabeça na lata de lixo?

– Claro que não – disseram coletivamente.

– Mas, se considerarem a personalidade humana como uma grande casa, quantos de vocês fixam seu Eu na lata de lixo da mente, remoendo perdas, mágoas, decepções, ofensas?

Os bilionários começaram a perceber que eram emocionalmente antiecológicos.

– Perdi meu único filho num acidente de carro. Um ano depois, alguns executivos da minha empresa me traíram. Rumino tanto minhas perdas e mágoas que há momentos em que minha cabeça parece que vai explodir... – confessou, entre lágrimas, um bilionário da indústria do petróleo.

Vendo-o abalado, o cientista sensibilizou-se e lhe ofereceu uma ferramenta poderosa de gestão da emoção:

– Senhor, sua perda é inimaginável. Mas se deprimir, se angustiar, se culpar são a pior forma de honrar quem perdemos. Por favor, homenageie seu filho não se deprimindo nem ruminando sua perda, mas treinando seu Eu para ser mais feliz e para dar o melhor de si para fazer os outros felizes. E, quanto à traição, nunca se esqueça de que milhares de pessoas podem nos decepcionar, mas ninguém pode nos trair tanto quanto nós mesmos. Traímos nosso sono, nossa saúde e nosso prazer de viver. A mente humana é a única empresa que não pode falir, caso contrário, todo o resto desmorona.

Marco Polo foi aplaudido com entusiasmo. Em seguida, tocou-os num ponto nevrálgico:

– Certa vez eu estava dando uma palestra para médicos, psicólogos e empresários na Romênia e comentei sobre a lenda de Drácula que existe na Transilvânia. Eu lhes assegurei que não há vampiros fora de nós, mas que nos porões da mente humana existem vampiros que sugam o que temos de melhor.

Os bilionários franziram a testa. Agora acharam que o ousado e penetrante Marco Polo tivesse surtado. Mas ele iria ainda mais longe.

– Quais de vocês são agiotas da emoção?

Ninguém compreendeu o que ele queria dizer.

– O que quer dizer com isso? Conhecemos agiotas financeiros, contraventores que emprestam e cobram juros caros, mas nunca ouvimos falar de agiotas da emoção – disse outro banqueiro, Donald.

Depois de uma respiração profunda, Marco Polo explicou:

– Os agiotas da emoção são contraventores da mente humana! São os pais que se doam para seus filhos, mas os criticam demasiadamente quando erram. Quem critica em excesso asfixia a ousadia e a espontaneidade. São os professores que exigem, impõem silêncio absoluto em sala de aula, sem saber que os alunos estão coletivamente ansiosos, agitados, inquietos. Quem impõe o silêncio pleno em classe exige o que os alunos não têm para dar, não sabe usar a ansiedade a favor da criatividade. São os parceiros que se doam, mas são especialistas em cobrar, comparar, apontar falhas. Quem cobra excessivamente de si e dos outros está apto para trabalhar num banco, mas não a ter uma bela história de amor. Vocês são agiotas da emoção?

Donald quase caiu da poltrona. Era um homem implacável. No hotel, uma hora antes de sair para a conferência, cobrara dez coisas de sua esposa, Susan:

– Fale baixo. Você é muito escandalosa – dissera para Susan.

– Como sou escandalosa? Estou falando baixo! – retrucara ela, indignada.

– Está vendo seu tom de voz? Todos estão reparando em você! – afirmara neuroticamente Donald.

– Você sempre me critica, não consigo ser espontânea. Dá mais importância à opinião dos outros do que ao meu bem-estar! – comentara ela.

O marido, em vez de recuar, vampirizara mais sua alegria:

– Não exagere, mulher! Quanto mais reclama, mais aumentam suas rugas! Observe-se no espelho. Seu botox está vencendo. E seu cabelo... Por que não foi ao cabeleireiro?

– Você só vê defeitos em mim.

– Eu só quero o melhor para você, Susan! Veja seu vestido. Está muito escandaloso!

O bilionário do setor bancário cobrava juros justos de seus clientes, mas era um atroz agiota da emoção de sua esposa e de seus dois filhos. Raramente os elogiava. Nunca lhes dissera: "Tenho orgulho de vocês. Parabéns pela sua inteligência."

Deprimida, a mulher dissera:

– Não suporto mais esse cárcere, não sou livre! Nada alegra você. Seu pessimismo nos destrói...

Viver com Donald era um convite a perder o prazer de viver e a liberdade. Susan estava à beira de um colapso. Ao ouvir Marco Polo, com um olhar triste e olhos lacrimejando, ela falou baixo para o marido:

– Tenho um agiota da emoção todos os dias em meu encalço. Você me cobra todos os dias. Seus juros são impagáveis! Eu vou partir.

Donald ficou abalado pela primeira vez. Com as mãos na cabeça, disse:

– Por favor, espere. Eu não sabia que era um vampiro emocional. Eu também cobro muitíssimo de mim mesmo. Estou sangrando por dentro. Dê-me uma nova chance...

– Há mais cárceres no cérebro humano do que nas cidades mais violentas do mundo – afirmou o psiquiatra logo depois, alheio à crise do casal.

Os homens e mulheres mais ricos do mundo juravam que eram livres e ficaram abalados com essa tese. Marco Polo, penetrante, indagou sobre outro cárcere mental:

– Quem repete mais de uma vez quando corrige alguém?

Muitos bilionários e seus familiares eram repetitivos, tinham janelas Killer que fechavam os circuitos da memória. Alguns falavam dez ou vinte vezes a mesma coisa, inclusive para seus colaboradores.

– Já que são repetitivos, repitam comigo esta tese social: "Quem repete duas vezes a mesma correção é um pouco chato!"

Os bilionários, cativados pelo professor de psiquiatria, repetiram, dando risadas:

– "Quem repete três vezes é medianamente chato."

E Marco Polo acrescentou:

– "Quem repete quatro ou mais vezes a mesma coisa é insuportável."

Todos caíram na gargalhada. Perceberam que o mundo está cheio de pais, professores, amantes, inclusive milionários, insuportáveis. Em seguida Marco Polo terminou sua conferência, dizendo:

– Ter alergia não é bom, mas espero que vocês tenham um tipo de alergia: alergia a serem pessoas chatas, entediantes, repetitivas ou cobradoras.

Mais aplausos e gargalhadas. Muitos finalmente entenderam a linguagem de Marco Polo. Sem saber, tropeçavam em quase todos os Códigos da Felicidade proferidos no Sermão da Montanha.

De repente, um empresário do vale do Silício, nervoso por enxergar as próprias loucuras, interrompeu o final do discurso, tentando desconstruir o psiquiatra:

– Com 1 bilhão de dólares, até pessoas chatas se tornam interessantes. O dinheiro não traz felicidade, compra-a.

Alguns sorriram e em voz alta disseram: "É isso aí!"

O cérebro de Marco Polo funcionava melhor nos focos de tensão.

– Vamos reciclar o seu pensamento. O dinheiro não garante a felicidade, mas a falta dele garante a infelicidade. Estamos numa sociedade consumista, entender essa equação revela sabedoria... – E alertou: – Sempre perguntem para vocês mesmos: querem ser ricos ou felizes?

– Eu quero ser rico! – bradou Oscar. – Pois feliz já sou.

Todos riram. Bem-humorado, Marco Polo declarou:

– Eis meu assessor.

Nesse momento olhou para Sofia, que estava na primeira fila, e depois para a plateia e encerrou sua fala. Agradeceu a presença de todos, mas, quando as pessoas iam aplaudi-lo, uma mulher, Katherine, uma das mais poderosas do mundo, se levantou e comentou altissonante:

– Tenho vinte fábricas, mas aprendi com suas teses que a humanidade se tornou uma fábrica de pessoas ansiosas! Estamos em Jerusalém, uma cidade mágica. Parece que nela retiramos nossas máscaras, nos despimos de nossas personas e nos tornamos apenas seres humanos. O senhor tem se despido de sua maquiagem aqui? O que o atraiu a Israel? O que está procurando neste misterioso país?

Marco Polo sorriu diante de sua ousada inteligência. Após uma pausa, disse:

– É difícil se despir publicamente! Estou estudando a mente de um homem que tem abalado as minhas convicções e me levado a desvendar minhas fragilidades e meus cárceres mentais. Não sou tão livre quanto pensava. Tenho questionado quem sou, o que sou, qual legado estou deixando para a humanidade. Tenho refletido sobre a biografia viva que vale a pena viver! Tenho procurado minha essência.

– Mas quem é esse personagem que o abalou tanto? – perguntou Susan, a esposa do banqueiro que era um vampiro emocional.

– Um artesão da emoção, um homem que os intelectuais se recusaram a estudar.

A plateia mais uma vez ficou confusa diante do instigante Marco Polo. Ele não ensinava; provocava a arte de pensar. Alguns já sabiam de quem se tratava, pois tinham ouvido falar do impacto das suas ideias nas redes sociais.

– Quem? Não deixe nossa mente em suspenso! – pediu Katherine.

Marco Polo fitou a plateia e comentou:

– Um personagem que viveu há 2 mil anos e que, apesar de ser indefinível, me atreverei a definir com a seguinte tese: "Nunca alguém tão grande se fez tão pequeno para tornar os pequenos grandes." Se desejar conhecer mais os complexos códigos de gestão da emoção que ele trabalhou, acompanhem meus debates. Mas há riscos! Poderão entender que não vale a pena querer ser o mais rico de um cemitério, que a vida é dramaticamente curta para se viver e tremendamente longa para se cometer loucuras, que devemos aprender a comprar o que o dinheiro não pode conquistar.

A plateia emudeceu. Sob o ângulo da gestão da emoção, muitos queriam os perfumes das flores, mas poucos estavam dispostos a sujar as mãos para cultivá-las. Marco Polo lhes ensinou a cultivar lírios nos solos inóspitos da emoção.

15

4º Código da Felicidade: "Felizes os que têm sede de justiça, porque serão fartos."

Marco Polo tinha de retornar à universidade nos Estados Unidos, mas permaneceu em Israel por algumas semanas. Seu filho, Lucas, estava internado numa clínica de reabilitação para dependentes de drogas. Logo que ele saísse, sonhava em reescrever a relação pai-filho. Mas conquistar Lucas era um desafio maior do que conquistar uma plateia de bilionários ou milhões de pessoas pela internet.

Era uma quinta-feira pouco ensolarada. Nuvens esparsas, mas escuras, prenunciavam chuva. Chegou mais um dia de análise dos códigos do Mestre dos mestres. Marco Polo fitou a plateia demoradamente e comentou:

– O quarto código é emblemático: "Felizes os que têm sede de justiça, porque serão fartos." Ter fome e sede é algo visceral, intenso, que brota do âmago de nosso psiquismo. Os que têm fome e sede de justiça são inconformados! Com quê? Com a corrupção nas empresas e nos governos, com a violência social, com a fome mundial, com o terrorismo e o autoritarismo. São inconformados também com o *bullying* nas escolas, com o assassinato da infância das crianças, com a violência contra as mulheres. Os que têm sede e fome de justiça são, ainda, inconformados com a desigualdade de oportunidades e com o desemprego! Eles pensam como humanidade, lutam pelos direitos humanos, abraçam os desassistidos, defendem as minorias.

– Mas, Marco Polo, quem não é minimamente corrupto de vez em quando? – indagou o Dr. Michael, o neurocientista ateu. – Quem respeita as filas todas as vezes? Quem não dá um jeitinho para passar na frente quando está apressado? Quem respeita a vaga de estacionamento de idosos e deficientes quando está estressado? Quem não mente ou dissimula algumas vezes nos focos de tensão? Será que Jesus não exagerou ao exigir da humanidade uma integridade impossível?

– Antes de responder, Michael, deixe-me colocar mais combustível em seus questionamentos. – E, dirigindo-se à plateia, perguntou: – Quem é injusto com o próprio sono?

Muitos levantaram a mão. O próprio Marco Polo levantou a sua.

– Quem não trai a própria qualidade de vida trabalhando nos fins de semana? Quem não trai o tempo que deveria passar com quem ama entrando nas redes sociais? Quem não trai a própria família ao usar o celular à mesa do jantar?

Quase todos ergueram a mão novamente. Começaram a descobrir que o vírus da injustiça corria em suas artérias. Marco Polo continuou a provocar a plateia:

– Quem trai a educação dos próprios filhos ao ser especialista em dar broncas, e não em celebrar seus acertos? Tais pais são engenheiros de janelas Killer que asfixiam a personalidade de seus educandos, ainda que com a melhor das intenções. Quem trai o próprio relacionamento ao não saber elogiar nem inspirar os sonhos do ser amado? Tais parceiros são coveiros do romance.

– É duro reconhecer, mas tenho sido um coveiro do meu casamento – afirmou o Dr. Thomas corajosamente, inspirado pela ousadia de Marco Polo em se descortinar. – Não aprendi a gestão da emoção, sou um marido tosco, por mais que me chamem de intelectual. Quero ter sede de elogiar minha esposa e fome de inspirar seus sonhos.

– Eu traio a educação de meus filhos – confessou Herbert, um diretor de escola da Finlândia. – Pensava que educar era apontar falhas, mas vejo que essa ética é grotesca, tem asfixiado meus filhos. Um deles é supertímido, não dialoga, não sorri, não tem sonhos. Quero ter sede de aplaudir seus acertos. Quero ser gestor da minha emoção, um engenheiro de janelas light, saudáveis.

Marco Polo ficou felicíssimo ao ouvir a honestidade deles. Estavam desenvolvendo sede de justiça.

– Apesar de as falhas permearem a história humana, Jesus, o mais complexo treinador da emoção, proclamou aos quatro ventos, provavelmente sobre esta montanha, que precisamos estar inconformados com a injustiça. Devemos ter sede de criar uma sociedade justa e fome de sermos professores, pais, amantes e profissionais mais inclusivos, generosos, solidários e equilibrados.

– Nunca imaginei que existisse um código tão vital para o funcionamento da sociedade e, ao mesmo tempo, para a saúde emocional do indivíduo. Jesus ligou a justiça à felicidade – comentou Sofia. – Para ele, felicidade e corrupção estão em linhas opostas. Felicidade e mentira estão em avenidas contrárias. E, pensando bem, isso tem bastante fundamento. Quem ama os direitos humanos é farto de alegria. Países corruptos são mais infelizes, empresas corruptas são mais depressivas e autodestrutivas, famílias injustas são saturadas de tristezas e atritos.

– Agora entendi. Parece que Jesus, nesse instigante e provocante código, não estava exigindo que seus alunos fossem perfeitos, mas que usassem os códigos anteriores, como esvaziar o ego, serem empáticos, pacientes, para turbinar a fome e a sede do autocontrole – concluiu Michael com argúcia.

De repente, o Dr. Homero, um técnico da FAO, órgão da ONU que cuida de agricultura e alimentação, comentou emocionado:

– Concordo com o doutor Marco Polo. O código da fome e da sede de justiça não diz respeito simplesmente a ter consciência da injustiça, mas a estar inconformado com ela. As escolas no mundo todo não ensinam esse tremendo código, no máximo uma ética conformista, não inconformista. A humanidade seria outra se as crianças, os adolescentes e os adultos desenvolvessem fome de justiça. A fome de alimentos seria resolvida.

Mas há 800 milhões de pessoas solapadas pela dor da fome. Mas há alimentos suficientes para suprir as necessidades de toda a humanidade.

– Precisamos de fato estar inconformados com nossas loucuras, caso contrário, nossa história não será reescrita. Mas onde estão os políticos que têm aversão à necessidade neurótica de poder? Só é digno de poder quem tem sede de justiça, quem se curva diante da sociedade para servi-la, não quem usa a sociedade para servir a si mesmo – disse Marco Polo sob aplausos da plateia.

Ao longo do debate, Marco Polo não apenas contribuía para abrir a mente dos participantes, mas tinha sua própria mente oxigenada. Começava a ver uma luz no fim do túnel na relação com Lucas, seu filho. Ele já havia tido paradas cardíacas por overdose de drogas. Perder seu filho era um fantasma que o assombrava dia e noite.

Não bastava desejar resgatá-lo e ansiar por reciclar a relação entre eles – era necessário ter fome e sede de mudanças. Haveria problemas, tropeços, crises, momentos aparentemente insuportáveis, mas, se tivesse fome e sede de reciclar a própria biografia, teria força para escrever os capítulos mais importantes de sua vida nos momentos mais dramáticos de sua história. Muitos desistem dos seus resgates, são frágeis, não têm fome de reescrever a própria história. Marco Polo tinha sede de resolver uma equação emocional injusta: excelente psiquiatra, pai deficitário; ótimo para inspirar seus alunos, deficiente para impactar seu filho; notável para falar com estranhos, truncado para dialogar com quem ama.

Desde que Marco Polo chegara a Jerusalém, pai e filho se falavam quase todas as noites pelo celular. Tão logo Lucas saísse da clínica, começariam um novo capítulo da sua história.

Depois do debate do quarto Código da Felicidade, ele e Sofia foram para o hotel. Durante o jantar, ela observava o homem que estava amando. Ele era seguro, ousado, resiliente, mas não imbatível. Vendo-o em silêncio, indagou:

– Algo o perturba, Marco Polo?

– Eu li um texto da biografia de Mateus, no Capítulo 23, que me abalou e me deixou intrigado. O homem cuja mente estamos estudando disse sem meias palavras: "Ai de vós, escribas e fariseus hipócritas... guias cegos, que coais o mosquito e engolis o camelo."

– Interessante – comentou Sofia. – Quem são os escribas e fariseus da atualidade?

– Eis a questão! São apenas os religiosos radicais? Sinceramente, não. São sobretudo os intelectuais e educadores como eu. Somos hipócritas. Nós nos preocupamos com as notas dos alunos, mas não nos preocupamos com eles como seres humanos. Metaforicamente falando, coamos um mosquito, mas engolimos um camelo. Não procuramos saber se nossos alunos estão felizes, saudáveis, deprimidos, à beira de um colapso nervoso ou correndo o risco de cometer suicídio. Atrás não apenas das piores notas, mas também das mais altas, podem se esconder graves conflitos.

Marco Polo fez uma pausa e continuou:

– Que crítica seríssima Jesus fez ao sistema educacional! Deveria existir um "Disque gestão da emoção" ou "Disque qualidade de vida" em cada escola ou universidade. Enfim, um canal de diálogo e de ferramentas para prevenção de transtornos emocionais. Seria uma prestação de serviço fascinante. Quantos jovens evitariam o uso de drogas, quantas fobias, crises de ansiedade e quanto *bullying* seriam prevenidos? Quantos suicídios seriam evitados?

Em seguida declarou honestamente:

– Os educadores insensíveis são os fariseus da atualidade. Eu ajudei milhares de pessoas, mas passou entre meus dedos quem era mais importante. Não consegui treinar meu filho para ser líder de si mesmo, para fazer suas escolhas e, principalmente, para gerir a própria emoção.

– Mas você descobriu muitas técnicas de gestão da emoção nos últimos anos. Lucas já era adolescente. A decisão foi dele, Marco Polo. Ele escolheu usar drogas, ele escolheu permanecer nas drogas, ele é quem deverá decidir sair.

– Sim, somente ele deve decidir ser livre. Todavia, cada ser humano precisa turbinar o próprio Eu para fazer escolhas sustentáveis, caso contrário, será vítima dos cárceres mentais, inclusive da dependência. O inferno emocional está cheio de pessoas bem-intencionadas. Não basta ter intenção de ser livre, é preciso treinar todos os dias um Eu protagonista, um Eu que impugne o sentimento de incapacidade, um Eu que não rumine as latas de lixo do nosso passado, um Eu resiliente, que não se curve às derrotas nem à dor.

Para Marco Polo, o Eu na sociedade consumista e digital estava profundamente desnutrido. Muitas religiões confundiam o Eu, que representa a autonomia, que jamais deveria morrer ou definhar, com o ego doente, inflado, orgulhoso, autossuficiente. Nos hospitais psiquiátricos havia muitas pessoas que destruíram o próprio Eu, que perderam a identidade e pensavam que eram Jesus Cristo, Barack Obama, Trump, Hitler, Einstein.

– O Eu está morrendo coletivamente nesta sociedade. Estamos sendo robotizados nessa civilização que se diz moderna – afirmou Sofia.

– Quase não existe mais o livre-arbítrio, Sofia.

– Desculpe, mas discordo! – retrucou ela. – Como aceitar que o livre-arbítrio está morrendo? Nosso Eu ainda pode escolher. Podemos ir e vir. Podemos escolher as palavras, expressar nossas ideias, seguir nosso caminho nas sociedades democráticas.

A conversa dos dois pensadores era profunda. Um discordava do outro sem medo de represálias ou críticas.

– Aparentemente somos livres, mas nossa liberdade está confinada a padrões insanos de comportamento. Você tem livre-arbítrio para escolher suas roupas?

– Sinceramente, acho que não. Não poderia escolher jantar de pijama ou usar um vestido longo amarelo com bolas verdes.

Ele deu uma risada.

– Não escolhemos com plena liberdade nossas roupas, nossos celulares, carros, nem nossos comportamentos ou as palavras a serem expressas. Reitero: o livre-arbítrio está enfermo!

De repente, Sofia disse:

– Ouça a música. Frank Sinatra está cantando “New York, New York”. Eu gostaria de dançar com você agora.

– Está brincando?

– E por que não? – desafiou Sofia.

– Mas eu...

Sofia, levantando-se, tirou-o para dançar. Não deu tempo para Marco Polo pensar. E, assim, se soltaram no meio do restaurante. Era a primeira vez que alguém dançava naquele espaço sóbrio do hotel. Alguns ficaram escandalizados, outros também se animaram a dançar.

No dia seguinte pela manhã, Marco Polo teve outro compromisso fora da agenda. Fora convidado para falar para mais de trezentos professores e cientistas numa importante universidade judaica. O tema da palestra era uma das suas especialidades: o processo de formação de pensadores. E foi profundo. Abordou que o sistema educacional, por desconhecer o processo de construção de pensamentos, produziu muito mais repetidores de dados do que pensadores ao longo da história. Afirmou categoricamente:

– O maior paradigma do sistema educacional está errado: a "lembrança". As escolas e universidades ensinam aos alunos milhões de dados, para que eles os assimilem e os repitam nas provas. Mas não há lembrança pura do passado. Recordar o passado não é repeti-lo, mas reconstruí-lo criativamente. O ambiente emocional (como estou), social (onde estou) e a própria personalidade (o que sou) abrem e fecham janelas da memória, acrescentando cores e sabores ao passado. Por isso as provas racionalistas, que exigem exatidão, destroem a formação de pensadores, atrasando a evolução da humanidade.

Os educadores da universidade judaica ficaram impressionados com esses novos paradigmas. Marco Polo foi contundente:

– A mente humana clama por criatividade, mas a educação pressiona por repetitividade, destruindo milhões de gênios em todos os povos e culturas. – E acrescentou: – Não apenas o sistema educacional errou na avaliação dos alunos, mas, por não conhecer a última fronteira da ciência, usou à exaustão o mais pobre dos pensamentos, o pensamento lógico-dialético, asfixiando o mais complexo deles, o imaginário-antidialético. A matéria-prima das habilidades socioemocionais, como pensar antes de reagir, ser paciente, tolerante, resiliente, empático, flexível, proativo, é o pensamento imaginário-antidialético. E a matéria-prima para apontar falhas, reagir, agredir, excluir, ser impulsivo é o pensamento lógico-dialético.

Os professores e cientistas ficaram assombrados com essa tese. Como a educação não estudou a natureza dos pensamentos, não se sabia que havia tipos diferentes. Nem se sabia que o uso de instrumentos educacionais inadequados em uma sala de aula ou em casa formaria características de personalidades doentias. Por serem racionalistas, as escolas e universidades em todo o planeta, apesar do papel fundamental que têm, nutriam, sem perceber, o que havia de pior nos alunos. Quase todos os ditadores, sociopatas, corruptos e líderes inescrupulosos sentaram-se por anos nos bancos das escolas. Sem gestão da emoção, cerca de 70% dos alunos estavam apresentando sintomas de timidez, mesmo na era das redes sociais.

– Todo ser humano é um gênio em sua imaginação, mesmo pacientes obsessivos, ansiosos, depressivos ou em surto psicótico, mas essa genialidade pode ser autodestrutiva – afirmou o pensador da psiquiatria. E completou: – Se o pensamento imaginário-antidialético não for usado para construir ideias inteligentes, sonhos, projetos de vida, ele será usado inevitavelmente para construir nossos fantasmas mentais. Os piores inimigos de um ser humano não estão fora dele. Ninguém pode sabotar tanto a sua grandeza intelectual e emocional quanto você mesmo.

Depois de discorrer sobre a solidão da consciência virtual, a ansiedade vital no processo criativo, a síndrome predador-vítima e a síndrome do pensamento acelerado, por fim, concluiu:

– Sem trabalhar os papéis do Eu como gestor da emoção, a espécie humana beira as raias da inviabilidade. Uma barata se tornará um monstro, meu opositor se tornará um inimigo a ser abatido, os que me decepcionam serão colocados no rodapé de minha história. Mas devemos estar convictos de que nos bastidores de nossa complexa mente não há brancos ou negros, palestinos ou judeus, e muito menos intelectuais ou iletrados, mas uma única família: a família humana. Todos deveríamos ser apaixonados pela humanidade.

Com essas palavras, terminou sua preleção. Foi ovacionado de pé. Em seguida abriu a sessão de perguntas. O Dr. Josef, diretor da Faculdade de Medicina da universidade, foi o primeiro a tecer comentários:

– Estou quase sem voz, doutor Marco Polo. São tantos os elementos novos que nos trouxe. Nossas verdades têm de ser recicladas, nossas armadilhas mentais têm de ser desatadas. Mas vou focar num ponto específico. Aprendi que gerenciar o delicado território da emoção é a solução para pacificar os povos, prevenir o terrorismo, evitar transtornos mentais e psicossomáticos. Mas que ferramentas usar? Você diagnosticou a doença e nos deu pistas, mas sinto que faltam técnicas simples e práticas que professores e alunos possam usar.

– Concordo, doutor Josef – afirmou o psiquiatra Dr. Benjamin, catedrático de Psiquiatria da universidade. – Doutor Marco Polo, sei que estuda a formação de pensadores. Grandes mentes como Descartes, Nietzsche e Schopenhauer foram notáveis na produção de ideias, mas não souberam proteger a própria emoção. Viveram sérias angústias. Hoje a situação é pior ainda. O índice de depressão e doenças psicossomáticas é alto entre os intelectuais. Por acaso tem estudado algum pensador que tenha sido um modelo de proteção emocional?

Marco Polo fez uma pausa e olhou para a plateia. Respirou profunda e lentamente. Iria falar sobre o psiquismo do homem mais famoso da história. Escolado, tinha receio de que a plateia pensasse que estava falando de religião, não de ciência. Depois da notável conferência, não queria causar um motim. O erro da ação é tolerável, mas o da omissão é insuportável. Não podia se calar.

– Sim. Tenho estudado a mente de um homem que protegeu sua emoção e promoveu a saúde emocional de forma surpreendente e sustentável!

E fez outra pausa, mais longa. Silêncio geral na plateia. Depois vieram as indagações:

– Que mente é essa que parece estar tirando seu fôlego, doutor Marco Polo? Eu o conheço há dez anos e pensei que um cientista como o senhor não se impressionasse com mais ninguém! – indagou o Dr. Benjamin.

– Ele é judeu – disse Marco Polo, dando uma pista sobre quem seria o homem misterioso.

Nesse momento vieram as respostas; muitos queriam acertar o alvo.

– Einstein? – perguntou o Dr. David, um famoso jurista israelita.

– Não.

– Sabin? – indagou outro participante.

– Também não.

– Freud? – questionou ainda outro.

E assim apontaram mais de dez nomes. Mas não era ninguém da lista dos intelectuais. Marco Polo por fim esclareceu:

– O homem Jesus! Estou investigando não a figura religiosa exaltada por 2 bilhões de católicos e protestantes e por mais de 1 bilhão de islamitas, já que Jesus é citado em prosa e verso no Alcorão.

Os professores da universidade ficaram em polvorosa. A maioria era constituída de judeus praticantes, embora não ortodoxos. Mas, para surpresa de Marco Polo, os intelectuais judeus eram mais abertos do que os pensadores de muitas nações, inclusive dos Estados Unidos. Não era sem razão que os pensadores judeus, embora vivendo em diversos países, fossem provavelmente os que mais ganharam prêmios Nobel no mundo, seja na literatura, na economia, na medicina ou na física.

– Fale-nos sobre a mente de Jesus – solicitou o Dr. Josef.

– Jesus protegia a própria emoção de uma forma que nunca vimos na psicologia e na psiquiatria modernas – explicou Marco Polo. – Em primeiro lugar, ele não comprava o que não lhe pertencia. Ofensas, rejeições, críticas injustas não se aninhavam em sua mente. Metaforicamente, a emoção de vocês tem um cartão de crédito ilimitado? Vocês compram o que não lhes pertence?

Alguns assentiram com a cabeça. O próprio Dr. Josef no dia anterior comprara uma ofensa de um colega, permitindo que isso lhe tirasse o sono.

– Em segundo lugar, ele se doava, mas diminuía ao máximo a contrapartida do retorno, pois sabia que os íntimos são os que mais podem nos ferir. Para assombro da psicologia, nem quando traído ou negado esse Mestre da proteção da emoção se deixou abalar. E, por isso, para espanto das ciências da educação, ele nunca desistiu dos seus alunos. Vocês esperam reconhecimento? Sabem filtrar estímulos estressantes? Desistem de quem os trai ou fere? – indagou Marco Polo.

– Mas que autocontrole é esse de que jamais ouvimos falar? – perguntou Ezequias, doutor em filosofia.

– Devido ao meu passado ateísta, pensava que esse homem celebrado no Natal e aplaudido por bilhões de pessoas tinha uma personalidade apequenada, fragilizada, fabricada como herói social sem grandiosidade. Mas fiquei atônito. E não me refiro ao Jesus messiânico, porque sei que a nação de Israel não crê nele por essa perspectiva. Falo do homem por trás do cristianismo.

– Mas os cristãos o conhecem por essa perspectiva? – indagou o Dr. Benjamin.

– Não. Caso contrário, eles também protegeriam a própria emoção e teriam índices mais baixos de transtornos psíquicos. Mas adoecem como quaisquer mortais. Em terceiro lugar, o homem Jesus considerava que, por trás de uma pessoa que fere, havia uma pessoa ferida. Por isso não exigia o que os outros não tinham para dar. Vocês exigem? Ele também não reagia pelo fenômeno ação-reação. Não revidava, não perdia a paciência, não elevava o tom de voz. Era um educador delicadíssimo, elogiava em público, mas sempre corrigia em particular. E vocês, são educadores delicados? Elevam o tom de voz? São pacientes?

Os professores judeus ficaram surpresos com a exposição de Marco Polo. Começaram a entender que de fato a mente mais festejada pelos turistas em Jerusalém era desconhecidíssima, inclusive deles mesmos.

– Mas Jesus não comandava um bando de fanáticos? – indagou Priscila, uma catedrática em psicologia.

– O fanatismo é o câncer da religião. Ele exclui, fere e tolhe o direito dos outros. Os fanáticos vivem sequestrados em seu curral ideológico. Mas o Mestre da emoção treinava seus alunos radicais a não discriminarem, a esvaziarem o próprio ego, a terem empatia, a terem sede de justiça e serem tranquilizadores da mente dos outros. Chocados, eles o viam transformar prostitutas em rainhas e leprosos em príncipes. Hoje se fala em *coaching*. Mas, naquele tempo, ele realizou o *coaching* dos *coachings*.

A plateia ficou pensativa. Começaram a olhar o homem Jesus com um olhar sociológico e psicológico. E, com estas palavras, o Dr. Marco Polo terminou sua preleção:

– A tese de René Descartes "Penso, logo existo" deveria sofrer mudanças e se transformar em: "Pergunto, logo penso. Penso, logo existo." Quem tem medo de questionar tem medo da ciência, e será para sempre estéril. Muito obrigado por serem questionadores.

Muitos professores ficaram emocionados com a exposição de Marco Polo. Não se falou de religião, não se falou de misticismo, as crenças foram respeitadas. Após os cumprimentos, ele e Sofia partiram. Mas ambos ficaram felizes ao verem que o vírus do preconceito não dominara a cena naquela universidade. Fora daquele ambiente, entretanto, havia inimigos de outros países espreitando os passos do casal.

16

O HOMEM QUE SABOTAVA MARCO POLO

Sofia, influenciada por seu inconsciente, continuava sonhando com a infância do menino Jesus. Ele era uma criança alegre, sociável, que festejava a vida. Crescia em meio à natureza, irrigado com metáforas, nutrindo poderosamente o pensamento imaginário-antidialético. Quando Sofia saía das raias de seus sonhos e recordava a triste realidade da educação atual, se frustrava. Logo após saírem da conferência na universidade, foram caminhar pelas ruas de Jerusalém. Durante o passeio, ela disse:

– Estive pensando, Marco. Não podemos cansar de repetir que estamos diante de um trabalho escravo infantil legalizado. As crianças têm tempo para tudo, menos para ter infância. Somos conformistas, não temos sede de justiça para resgatar a Geração Z. Aceitamos que ela seja escrava vivendo em sociedades livres.

A Geração Z surgiu da Geração Y, que é também conhecida como a geração dos *millennials*. Falta consenso a respeito do período que corresponde à Geração Y, mas em tese são pessoas nascidas entre os anos 1980 e 2000. Essa geração não se desenvolveu antes nem durante a explosão de bombas e canhões da Segunda Guerra nem tampouco durante a Guerra do Vietnã, mas na época da explosão das multimídias, da acessibilidade da comunicação, do uso de computadores pessoais, do acesso à internet e da safra dos smartphones. A Geração Y teve filhos: a Geração Z.

Marco Polo estava preocupadíssimo com essa geração – que era a de seu filho, Lucas.

– Somos injustos com a Geração Z. Muitos dessa geração nasceram em pleno século XXI. São jovens super-rápidos, superantenados, superconectados. Cresceram na era da internet e das mídias digitais, se embriagaram com as redes sociais. Mas vivem paradoxos perigosos – apontou o pensador. E descreveu os paradoxos: – Navegam pela internet com incrível facilidade, mas não sabem navegar nas águas da emoção. Têm milhões de informações na memória, mas não sabem elaborar as próprias experiências. Conectam-se com muitos, mas raramente em profundidade com alguém ou com eles mesmos.

– Em meu consultório, percebo claramente o caos emocional desses jovens – disse Sofia. – Não têm paciência nem para remédios. Não suportam esperar, querem tudo rápido e pronto. São tão frágeis que entram em pânico quando sofrem. Não sabem o que fazer com suas crises.

Por terem mais informações e serem mais rápidas em raciocinar, as crianças dessa geração deram um salto cognitivo. Seus pais os aplaudem dizendo: "Meu filho é um gênio!" Mas o gênio desaparece na juventude. Com frequência tornam-se mentes agitadas, insatisfeitas, irritadiças, infladas e influenciáveis. Não sabem dar respostas inteligentes às situações estressantes.

Marco Polo também ponderou:

– E, além disso, se entediam com facilidade. Cinco minutos sem atividade e já gritam: "Não tem nada para fazer nesta casa!" Detestam a solidão. Têm de estar ligados ao celular a cada momento. Não sabem que existe uma solidão criativa e uma ansiedade produtiva. Os narcisistas se amam doentiamente, mas esses jovens da geração Y são antinarcisistas, se autoabandonam. É triste detectar que eles não são fãs de si mesmos, não conseguem ficar sozinhos.

Se a sociedade nos abandona, a solidão é amarga, mas suportável, porém, se nós mesmos nos abandonamos, ela é insuportável, era o que Marco Polo sempre dizia. Depois desse diálogo, fez uma pausa e suspirou.

– Ah, Lucas, meu filho. O que eu não daria para que você fosse seu próprio fã! O que eu não faria para que tivesse um romance com a sua saúde emocional!

Sofia olhou para ele e apertou suas mãos. Nesse momento regado a sensibilidade, ela procurou conhecer melhor o homem que estava amando.

– E, por falar em romance, há poucos dias me abri com você. Errei em não penetrar nas camadas mais profundas do meu ex-marido, mas não quero errar de novo. Quero saber quem é você, Marco Polo. Como você se define?

O psiquiatra parou de andar, olhou para o alto como se estivesse recordando os capítulos vitais de sua história como ser humano. Em seguida sentou-se num banco de uma praça que estava a menos de 5 metros deles. Sofia também se sentou. O pensador iria abrir textos do livro de sua vida que jamais abrira. Como um artesão da vida, tentou se definir com poesia:

– Sou um simples garimpeiro. Não crio o ouro: removo as pedras, sobretudo as minhas. Sou um homem que tem consciência de que sucessos e fracassos, risos e lágrimas, aplausos e vaias fazem parte da biografia do ser humano, principalmente da minha. Sou um amante que acredita no poder das diminutas sementes, no amor que é calmo e crescente, não nas labaredas da paixão. A paixão é forte como madeira seca, produz calor imediato, mas a madeira acaba e o frio retorna. As pequenas sementes produzem uma floresta. Nunca faltará madeira para nos aquecermos. É nesse amor que acredito, é com esse amor que quero amar você.

E a beijou prolongadamente. Em seguida, ela declarou:

– Falei de mim, das crises com meu pai, da escolha errada de meu ex-marido, das mazelas emocionais que sofri. Sei que você, ao debater os códigos do Mestre dos mestres, se abriu publicamente, mas gostaria de conhecê-lo de maneira mais íntima e profunda. Quais dificuldades você enfrentou na relação com Lucas? Claro que ninguém fabrica uma personalidade, mas o que aconteceu para uma mente brilhante como a sua entrar em rota de colisão com o seu filho? Por que não conseguiu evitar que ele se autodestruísse?

Marco Polo não se esquivou da pergunta:

– Faltou falar das minhas lágrimas para que meu filho chorasse as dele, faltou falar dos meus fracassos para que ele entendesse que não há céus sem tempestades, que ninguém é digno do sucesso se não usar os próprios fracassos para conquistá-lo. Enfim, faltou lhe transferir o capital das minhas experiências.

– Mas você não tentou fazer essa transferência?

– Tentei. Tentei... Não é desculpa, sei que os maiores inimigos estão dentro de mim, mas houve uma obstrução, uma sabotagem na relação com meu filho.

– Quem? – indagou Sofia, espantada.

– O pai de Anna, minha esposa.

Sofia fez uma pausa e, curiosa, perguntou:

– Antes de falar desse homem, me diga, como era Anna?

– Ela era incrível, amável, generosa, doadora, colaboradora, embora fosse hipersensível e um pouco ansiosa. Desculpe-me por falar dela.

– Não, não, não se constranja. Se você foi bem resolvido com ela, certamente terá mais chance de ser bem resolvido comigo. Vocês eram grandes amigos?

– Sim, eu e Anna éramos amantes e grandes amigos.

Sofia ficou admirada.

– E o pai dela? Que tipo de homem ele era? Por que o sabotou?

– Ele é um dos homens mais ricos do mundo.

– Não me diga! Mas estava na plateia quando você falou para os bilionários?

– Não. Não se mistura. Só anda com uma corja de bajuladores.

– Mas o que ele fez de tão ruim na sua relação com Lucas?

– Raramente você me vê julgando alguém, mas não posso me calar. O doutor Amadeus Lúcio Fernández é um homem impulsivo, arrogante, frio, volúvel, autoritário, ególatra. Tem sede e fome de poder, elimina quem o contraria. Imagine como ficou abalado quando um psiquiatra se casou com sua única filha.

– Pensou que você ia diagnosticar a loucura dele! Anna teve um pai problemático como eu.

– Eu tentei conquistá-lo de diversas formas, mas foi impossível. Ele resistia fortemente a entrar em camadas mais profundas de sua mente. Creio que seu transtorno mental piorou quando a mãe de Anna se suicidou...

– Poxa... Ele teve alguma culpa?

– Você conhece a minha posição. Em tese, ninguém é responsável pelo ato de suicídio de outra pessoa, mesmo se quem tirou a própria vida deixou bilhetes condenatórios. Entretanto, ele foi um fator estressante. Todos os dias humilhava-a, criticava-a, transformando-a numa serva emocional. Mas ela poderia se livrar desse homem em vez de atentar contra a própria vida.

– Infelizmente, como você mesmo diz, não apenas as drogas, mas as pessoas também viciam.

– Sem dúvida. Há milhões de casais que brigam a vida toda e não se separam. Não apenas se amam, mas são viciados um no outro. Viciados em disputar, apontar falhas, criar atritos. Foi nesse ambiente que Anna cresceu.

– Você tentou tocar no assunto do suicídio?

– Com Anna, sim. Quando o suicídio de sua mãe deixou de ser um tabu, ela deu um salto. Tornou-se mais segura, reciclou o sentimento de culpa e deixou de pensar que poderia ter feito alguma coisa para impedir... Mas com ele foi um parto. Aliás, um aborto. Tentei um dia tocar no assunto da morte de sua esposa. O doutor Amadeus elevou o tom de voz. Aos gritos, disse: "Não o contratei como psiquiatra! Cale-se! Não fale sobre aquela louca! Está proibido de entrar em minha intimidade!" E me deu as costas.

– Que homem! Parece um psicopata!

– Prefiro não dar diagnóstico, Sofia. Afinal de contas, ele era pai de quem eu amava e continua sendo avô do meu filho.

– Mas não entendo, como ele sabotou a personalidade de Lucas?

E foi assim que Marco Polo contou para Sofia alguns episódios secretos de sua história. Disse que durante a infância de Lucas, o Dr. Amadeus tentava destruir a imagem dele como pai, só que Marco

Polo não sabia disso, muito menos Anna. Ele chantageava o menino de forma sutil.

– Hoje entendo que o sonho de meu sogro era que eu me separasse de Anna e que Lucas ficasse sob seus cuidados. Seria o herdeiro de seu império.

Só mais tarde, quando Lucas se tornou dependente químico, é que essa estratégia maligna veio à tona. Lucas guardou segredo das investidas do avô porque era chantageado por ele. Quando tinha 8 anos, o Dr. Amadeus lhe disse:

– Você está destinado a ser um deus, Lucas.

– Um deus? Como assim, vovô? – perguntou o menino, curioso.

– Ser um deus no capitalismo é ter muito, muito dinheiro. Você será mais do que meu neto, será meu sucessor. Será herdeiro do meu império. Terá minha inteligência. Reis se curvarão diante de você, presidentes estenderão tapetes vermelhos para você passar. Farão o que fazem comigo!

– Você é tão importante assim, vovô?

– Muito importante. Todos me admiram.

– Meu pai também é admirado.

– Seu pai? Seu pai não tem onde cair morto. É um pobre coitado.

– Mas ele é inteligente. Por que você não gosta dele? – perguntou Lucas com os olhos marejados.

– Seu pai é um fraco, vive dependente de sua mãe. Pensa que, só porque tem alguma fama, tem algum valor. Mas ele não é nada, nada... – afirmou agressivamente, sem se importar com o sentimento da criança.

O Dr. Amadeus não tinha escrúpulos, estilhaçava a infância e a ingenuidade do neto de propósito. Lucas passou dos olhos úmidos às lágrimas.

– Mas papai... me ama... – disse, enxugando o rosto.

Marco Polo era o herói de Lucas, um herói saudável, de carne e osso, com todos os seus defeitos. Ao mesmo tempo, era um contador de histórias, um cantor desafinado. Ensinava seu filho a pensar e a viver. Mas o Dr. Amadeus desfigurava a imagem dele. Era um vampiro que sugava o sangue de Lucas aos poucos, não um predador voraz que abocanha rapidamente sua vítima.

– Não chore! Um homem tem de aceitar a realidade. Aceite que ele gosta mais dos pacientes, mais de suas palestras do que de...

– É mentira!

– Mentira? Pense comigo. Ele viaja muito?

– Sim – respondeu o menino, soluçando e limpando seus olhos novamente.

– Não se engane. Se você fosse importante para Marco Polo, certamente ele lhe daria mais atenção, tal como eu dou.

E começou a colocar dúvidas na cabeça do menino.

– Não é verdade. Não é verdade... Ele me ama... – afirmava Lucas chorando.

Astuto, o avô dizia:

– Ok, ok. Está bem. Mas apenas pense no que lhe disse. E não conte nossas conversas para o seu pai nem para a sua mãe. E, para mostrar o tanto que eu amo você, vou lhe dar não apenas um presente, mas dez.

– Dez presentes?

– Sim, dez. E tudo que você escolher!

– Nossa! Qualquer coisa que eu escolher?

– Sim, qualquer coisa.

Marco Polo sempre comentava que os avós eram importantíssimos na educação dos netos, mesmo quando ultrapassavam alguns limites. Mas, quando seu sogro ficava com o neto durante as férias, quebrava todos os limites. Destruía a imagem do pai e depois aliviava a dor do menino superprotegendo-o. Era um assassinato planejado da infância dele. Marco Polo tentava conversar com Anna sobre as sutilezas do pai. Mas Anna, ingênua, dizia:

– Meu pai não faz mal a ninguém. Ele é sozinho, Marco Polo. Lucas precisa do avô.

E, assim, os anos se passaram. O Dr. Amadeus comprava o silêncio do neto dando-lhe uma liberdade irresponsável. E tudo ocorria longe dos olhos dos pais, pois ele morava em Miami, enquanto Marco Polo e Anna moravam muito distante, em Los Angeles.

Depois de contar toda essa história para Sofia, Marco Polo chorou.

– Como não percebi que estava sendo sabotado? Aliás, eu percebia algo estranho, sabia que o doutor Amadeus não era um bom educador, mas jamais imaginei que ele engenhosamente tentasse me desconstruir.

– Meu Deus, como há pessoas más neste mundo! – comentou Sofia, emocionada.

Quando o Dr. Amadeus ficou sabendo do sucesso da conferência de Marco Polo para os bilionários em Jerusalém, num rompante de raiva disse para um amigo: "Se eu estivesse presente, teria desmascarado esse cientista de segunda categoria, teria enxotado esse crápula. Tenho certeza de que ele matou a minha filha Anna, ou pelo menos contribuiu para a morte dela." Era um homem paranoico, que cria em teorias da conspiração.

Em seguida, Marco Polo olhou bem nos olhos de Sofia e confessou algo temeroso:

– Sou um homem destemido, você sabe disso, mas temo meu sogro. Ele está tramando algo perigoso para a humanidade.

– Como assim? – indagou a psiquiatra, preocupada.

– Você sabe que temos drogas que tratam a depressão, mas não temos drogas que produzem alegria.

– Sim, claro. Do mesmo modo, temos drogas para tratar a ansiedade, mas não temos drogas para produzir a paz, a tranquilidade.

– O doutor Amadeus diz que está produzindo essa droga em seu megalaboratório.

– Você está brincando, Marco Polo!

– Queria estar, Sofia, queria estar.

O Dr. Amadeus tinha muitas empresas que faturavam dezenas de bilhões de dólares anualmente. Mas a mais lucrativa era um gigantesco laboratório farmacêutico. Ele soube há muitos anos das questões que tiravam o sono de Marco Polo: a humanidade estava diante da geração mais triste e emocionalmente doente que pisou nesta

Terra, embora estivesse exposta à mais poderosa indústria do lazer da história.

Certa vez, enquanto Anna e Marco Polo o visitavam em Miami, ele passou pelo escritório do Dr. Amadeus e o ouviu falar de forma histriônica ao telefone com o presidente da sua indústria farmacêutica sobre seu projeto ultrassecreto:

– Assim como inventaram drogas para disfunção sexual, para controlar a epilepsia, para combater infecções, para tratar de doenças psiquiátricas, eu estou produzindo a droga da felicidade! Libertarei a humanidade da angústia, do desânimo, da tristeza. Os jovens não vão mais usar cocaína e heroína! Os índices de violência vão despencar! O número de policiais e de presídios diminuirá! Qualquer pessoa pobre será feliz e, consequentemente, me deixará muito mais rico, como nenhum outro ser humano. Serei um homem de centenas de bilhões de dólares...

E terminou com uma risada macabra. O Dr. Amadeus era um homem louco. Louco por dinheiro, louco por status, louco por poder político. Marco Polo, perturbado com o projeto dele, entrou no escritório e o questionou:

– Que droga é essa que o seu laboratório está desenvolvendo?

– Não lhe diz respeito. Saia do meu escritório!

– O senhor já tentou lançar uma droga revolucionária uma vez. E usou-a em mim para impedir que eu me casasse com Anna – acusou Marco Polo, recordando um fato ocorrido havia duas décadas.

– Você é um louco, não um psiquiatra.

– Sua nova droga poderá ser um desastre mundial. Poderá produzir zumbis emocionais.

– Vocês, psiquiatras, são gananciosos. Querem que o ser humano continue doente, triste, deprimido para poderem cobrar o tratamento. A humanidade ficará livre dessa casta. Livre de vocês.

– Essa droga poderá isolar o ser humano ainda mais do que as redes sociais têm isolado. As crianças já não brincam mais, os adolescentes já não se aventuram e os adultos já não sonham. Por favor, não jogue uma pá de cal sobre o caixão da liberdade humana.

– Tolo. Serei o salvador do mundo. Serei mais cultuado do que Jesus, mais admirado do que Abraham Lincoln, mais aplaudido do que Martin Luther King e mais inovador do que Steve Jobs... – disse, antes de dar gargalhadas.

– Cuidado. Eu usarei o meu prestígio como cientista para me opor a esse projeto.

– Saia desta casa agora.

E assim expulsou Marco Polo. Nunca mais se falaram.

Infelizmente, um ano depois Anna morreu. A eterna namorada de Marco Polo foi vítima de uma grave doença pulmonar autoimune. Depois desse episódio, a rejeição que o Dr. Amadeus nutria pelo genro se transformou em ódio. Lucas, infelizmente, nunca conseguiu aceitar a perda da mãe. Marco Polo tentava conquistá-lo, mas sua estratégia não foi eficiente. O avô, para sabotar a educação do psiquiatra sem que este soubesse, deixava à disposição de Lucas um cartão de crédito ilimitado. A superproteção continuava em larga escala.

Depois de Sofia ouvir atentamente a história de Marco Polo, entendeu melhor o drama do homem que estava cativando sua emoção. Passou a admirá-lo ainda mais.

– Nenhum educador é senhor do processo de formação da personalidade dos seus educandos. Os filhos desenvolvem a própria mente fora do controle dos pais, ainda mais Lucas, que sofreu a perda trágica da mãe e um terrorismo psicológico inimaginável do avô.

– Mas, se eu tivesse sido eficiente em transferir minhas experiências, se tivesse tido a capacidade de levá-lo a falar dos fantasmas emocionais que o assombravam... Lucas teve algumas overdoses. A possibilidade de perdê-lo é um vampiro que me sangra o coração...

E fez uma pausa antes de completar seu pensamento com notável inteligência:

– Não mudo o passado para reconstruir o presente; reconstruo o presente para mudar o futuro.

– Excelente. Os melhores dias estão por vir, Marco Polo – disse ela, emocionada.

Depois disso Sofia se aproximou de seus lábios e beijou-os suavemente. Abriu seus braços e o acolheu. Todo homem cônscio das intempéries da vida cedo ou tarde precisa ser acolhido, abraçado, acariciado. Por trás de gigantes há pequenos seres humanos clamando por afeto. Chegara a vez do pensador da psiquiatria.

Cada dia desse intrépido pensador era uma jornada épica para desvendar os misteriosos Códigos da Felicidade proferidos no Sermão da Montanha. Marco Polo precisaria de fato decifrá-los, não apenas para contribuir para a melhoria da humanidade ansiosa e entristecida, mas também para ele mesmo reciclar os terremotos emocionais que o abalaram e as dramáticas tempestades sociais que ainda desabariam sobre ele.

17

5º Código da Felicidade: "Felizes os que têm compaixão, porque serão abraçados."

O sol das 10 horas da manhã era penetrante na montanha onde acontecia a análise do mais longo e enigmático discurso de Jesus. Alguns encobriam o rosto com lenços ou chapéus, outros colocavam as mãos sobre as sobrancelhas para suportar a luminosidade. Embora o ambiente fosse fisicamente desagradável, era emocionalmente refrescante.

Homens e mulheres de todas as nações se apinhavam para ouvir Marco Polo e seus amigos, assim como todos os que ousavam discutir, opinar e compartilhar suas experiências. Celulares e câmeras transmitiam essa sopa de conhecimento para todo o mundo. Milhões de pessoas do outro lado do planeta estavam acordadas para assistir ao evento ao vivo. Todos queriam conhecer as intrigantes ferramentas do homem mais feliz do mundo.

Descobriram a mais simples e mais vital das verdades: o verdadeiro sucesso é ser feliz. Todavia, a felicidade estava nas páginas dos romances, nas letras das músicas, nas teses da filosofia, nas homilias dos teólogos, mas raramente na biografia da personalidade humana. Os Códigos da Felicidade do carpinteiro de Nazaré explicavam algumas das causas desse paradoxo.

– O quinto código de Jesus é bombástico: "Felizes os que têm compaixão, porque serão abraçados." Cedo ou tarde, todos precisarão de compaixão. Duvidam? Não há intelectuais que a certa altura não tenham as próprias loucuras, não há calmos que não tenham seus surtos de ansiedade, não há líderes que não venham a ser derrotados, não há celebridades que não caiam no anonimato, sem aplausos, ainda que no pequeno palco de um túmulo.

Marco Polo continuou, dizendo que, de acordo com o Mestre dos mestres da emoção, a felicidade não pertence aos justiceiros, mas aos generosos; não é conquistada pelos que julgam, mas pelos que abraçam; não é apossada pelos que gravitam em sua própria órbita, mas pelos que têm compaixão pelos demais.

– O isolamento social retira o oxigênio da emoção; a compaixão o fornece. Muitos intelectuais são infelizes porque ficam enclausurados em suas universidades ou em seus laboratórios, não sabem se doar para os alunos nem para seus íntimos. Muitos líderes católicos, protestantes, judeus ortodoxos, budistas também são depressivos porque gravitam em torno da órbita da sua história e dos seus dogmas, não se importando com a dor dos outros. Quem se preocupa com as massas mas não individualiza o ser humano é um infeliz. Jesus viveu seus Códigos da Felicidade na plenitude. Saía de sua agenda para aliviar um leproso.

Sofia ficou sensibilizada com a introdução desse código. Então comentou:

– As pessoas nas redes sociais têm uma falsa sociabilidade. Patrocinam um isolamento subliminar. Têm contato com muitos, mas raramente é profundo. O egocentrismo está em franca ascensão.

– Sob o ângulo da gestão da emoção, os que praticam o culto ao próprio ego são infelizes. São mal resolvidos, frágeis, péssimos pilotos de seu veículo mental – completou o psiquiatra.

Era a primeira vez que se falava que pessoas autoritárias e ególatras eram frágeis. O debate quebrava paradigmas.

– Sob essa ótica, ditadores como Hitler e Stalin, antes de serem carrascos da sociedade, eram algozes da própria felicidade. Só uma pessoa desprendida do poder é capaz de ser feliz – concluiu o Dr. Thomas, o professor de Harvard.

– Estou perplexo com esses códigos – comentou o Dr. Robert Dunkis, o famoso especialista em genética evolutiva que muitos acreditavam ser ateu por seus embates constantes com os criacionistas.

– Dunkis, você aqui?

– Não suportei a curiosidade, Marco Polo. Vi alguns dos seus debates e resolvi comparecer.

– Mas o que despertou sua curiosidade, meu amigo?

– Assim como você, não vou entrar na seara religiosa. Mas esse Jesus analisado pela psiquiatria e pela psicologia perturba os parâmetros que permeiam a humanidade. Perturba inclusive as teses mais importantes da teoria da evolução. Os mais fortes e adaptados são os que tiveram as benesses de mutações aleatórias privilegiadas e foram capazes de transmitir para sua prole, e apenas para ela, suas habilidades de sobrevivência. Enfim, o gene é marcadamente egoísta. Mas é incrível saber que, para esse Mestre da emoção, os mais adaptados são os que usam suas habilidades para promover os diferentes, os mais evoluídos são os que choram pelas necessidades dos outros, os mais fortes e felizes são os que pensam menos na própria sobrevivência e mais nos que vivem na periferia da sociedade. Que loucura é essa? Charles Darwin ficaria surpreso, muito surpreso com essas teses... E creio que os religiosos mais ferrenhos também.

– Eu também tenho ficado pasmo com esse homem famosíssimo e desconhecidíssimo em sua mente. Ele estava profundamente preocupado com a evolução intelectual e emocional da humanidade. Através de suas ferramentas, essa evolução deixa de ser um dom ou um privilégio de uma casta e passa a ser um exercício diário de quem quer ser protagonista do altruísmo, da solidariedade, da generosidade, do amor – afirmou o pensador da psiquiatria. – Era de se esperar que quem tem mais contato com a morte e com as dores dos outros fosse mais infeliz, pois está exposto a mais estímulos estressantes, mas, ao desenvolver esses códigos, pode se tornar mais seguro, resiliente, realizado, feliz.

– Então Jesus não exaltou, como o cristianismo me ensinou, a miséria, a pobreza material, os excluídos. Queria que todos fossem felizes, realizados, bem-aventurados. Ele lutava pela evolução do ser humano, pelo crescimento intelectual, pela saúde emocional da humanidade – ponderou Yelena, uma professora russa de pedagogia.

As pessoas começaram a pensar criticamente.

– Como Jesus poderia ensinar à sociedade se ele mesmo era bizarro, atípico, um corpo estranho no tecido social? – indagou Marco Antonio, um empresário de Roma.

– Pelo contrário – afirmou Marco Polo. – Ele era crítico das loucuras sociais, mas era de uma sociabilidade surpreendente.

Os teólogos torceram o nariz para essa afirmação. O Dr. Alberto comentou:

– Que base você tem para afirmar que Jesus era sociável?

– Qual é um dos apelidos mais fascinantes que Jesus já recebeu? – indagou Marco Polo.

Muitos nem sabiam que ele tinha recebido um apelido. Ninguém respondeu nada. Diante disso, o próprio psiquiatra respondeu:

– Apelido de beberrão e glutão!

O Dr. Robert Dunkis deu longas gargalhadas.

– Beberrão e glutão? Não é possível.

– É verdade! – confirmou o teólogo do Vaticano, Dr. Alberto.

– Pode ser um apelido injusto, mas, como psiquiatra, alegro-me com esse apelido, pois ele indica claramente que Jesus era sociável, não um sujeito estranho. Não vivia enclausurado; pelo contrário, amava estar com pessoas, gostava de festas e jantares. Lutava contra a pobreza emocional e física. Ele foi o mestre da felicidade, o poeta do prazer de viver, o apóstolo da saúde mental.

– Esses debates também estão me deixando sem fôlego – disse um professor de filosofia da Universidade da Flórida.

Herbert, perito em história da ciência, confirmou:

– Quando você comentou o primeiro código, esvaziar o ego, entendi por que as grandes descobertas nas ciências ocorreram antes dos 30 anos, inclusive a teoria de Einstein, que tinha 27 anos na época. Quem não se esvazia de si mesmo adquire vícios interpretativos, asfixia a própria imaginação, se torna um repetidor de dados. Agora, quem não acolhe os diferentes, quem não tem compaixão pelas falhas dos outros será assombrado pelas próprias falhas.

– Tem razão, os justiceiros vivem sós – afirmou Marco Polo. – Há pessoas justiceiras que me dizem: "Eu não levo desaforo para casa!" Eu respondo: "É claro. Você é um desequilibrado, não tem autocontrole!" Quem reage pelo fenômeno bateu-levou é predador daqueles que o contrariam.

– Pessoas maduras não levam desaforo para casa, mas não porque ferem quem as feriu ou pagam com a mesma moeda, mas porque aprendem a proteger a própria emoção, a não comprar o que não lhes pertence – comentou Sofia com argúcia.

Pessoas de todos os povos bebiam as palavras dos pensadores. Chineses que eram impulsivos aprendiam a ser mais tolerantes. Japoneses que eram introspectivos se tornavam mais sociáveis. Russos que eram explosivos abrandavam seu ânimo. Americanos que eram altivos colocavam-se como seres humanos em construção.

Depois disso, Marco Polo mais uma vez comentou a síndrome que está na base das violências sociais, das guerras, do autoritarismo, do terrorismo, dos preconceitos, dos suicídios e homicídios: a síndrome predador-vítima. Os quatro copilotos do Eu (o gatilho mental, as janelas da memória, a âncora e o autofluxo), que são vitais para o funcionamento da mente e para transformá-la numa usina de pensamentos e emoções, podiam fechar o circuito da memória, encarcerar o Eu, fazê-lo reagir instintivamente como um predador voraz ou uma vítima incapaz de se reinventar.

Disse que era fascinante saber que, através de seus códigos, Jesus estava tentando não apenas viabilizar a espécie humana, mas fazer com que ela evoluísse. Não apenas queria se sacrificar por ela, mas ensinar-lhe a pensar, a ser nobre, inteligente.

Ao ensinar os Códigos da Felicidade, ele estava tentando evitar o racionalismo agressivo. Até na mais famosa oração da história, o pai-nosso, também proferida no Sermão da Montanha, ele estava prevenindo a síndrome predador-vítima.

– Quando falou em "o pão nosso de cada dia", ele se referia também a fazer dos Códigos da Felicidade um nutriente diário. Todos os dias seus alunos deveriam se esvaziar de si mesmos, ser inconformados, ser regados a paciência, ter fome e sede de justiça, ser repletos de tolerância e compaixão. Mas quem se nutre com esses códigos? Há 800 milhões de famintos fisicamente e bilhões de famintos das ferramentas de gestão da emoção.

– Na oração pai-nosso, Jesus ensinou: "Perdoai os que os ofendem e serão perdoados." Todos os dias era o momento de perdoar e se perdoar – discorreu o Dr. Alberto.

– Agora, à luz da psicologia, entendi esse texto que tanto li – afirmou o Dr. Thomas. – Para Jesus, quem não exercita o perdão aos outros não apenas não receberia o perdão de Deus como, pior ainda, não receberia o próprio perdão.

– Quem é radical com os outros é implacável consigo mesmo. Como estamos aprendendo aqui, quem cobra demais dos outros é um agiota da própria emoção – afirmou ainda o neurocientista Michael, arrancando aplausos da plateia.

De repente, o Dr. Kleber, um médico canadense, comentou:

– Sou neurocirurgião. Opero o cérebro, extirpo tumores, disseco aneurismas, mas não sabia que o cérebro tinha tantos segredos. Sempre critiquei teóricos da psiquiatria e da psicologia que eram muito filosóficos, mas aqui, apesar de os fenômenos abordados atingirem a complexa fronteira da construção de pensamentos, são lógicos, compreensíveis e têm ferramentas práticas. – Olhando para a sua esposa, ele confessou: – Não consigo controlar o meu ciúme.

– É verdade – afirmou ela.

– Agora sei o que acontece quando perco o autocontrole! – afirmou o marido. – O gatilho dispara, encontra uma janela Killer, a âncora se instala e fecha o circuito. Em seguida, o autofluxo começa a ler e reler essa janela. Em vez de me nutrir com esses códigos, me nutro com meu lixo mental. Mas, antes de namorar alguém, preciso namorar a vida...

Os presentes aplaudiram a inteligência e a sinceridade do neurocirurgião.

Marco Polo comentou que estamos na era da saturação do cérebro. No passado, o número de informações dobrava a cada duzentos anos; hoje, dobra a cada ano. Não é suportável.

Então uma executiva japonesa chamada Kiome comentou:

– No Japão diversos profissionais não têm compaixão por si mesmos. Vivem para trabalhar em vez de trabalharem para viver. – Em seguida derramou algumas lágrimas e contou sua comovente história: – Meu irmão mais novo trabalhava 14 horas por dia. Seu superior lhe dizia "Vá descansar", mas descansar lhe dava um sentimento de culpa. Queria ser o melhor, o exemplo máximo, o que mais cedo chegava e o que mais tarde saía. Era ótimo para a empresa, mas péssimo na hora de cuidar da única empresa que não pode falir: sua mente. Seu corpo não suportou. Por fim, enfartou no trabalho. Deixou dois filhos.

– Infelizmente estamos na era do esgotamento cerebral. E isso não apenas por causa do excesso de trabalho laboral, mas em especial pelo excesso de trabalho mental, grande parte causado pelo uso excessivo de internet e smartphones. Muitos têm AT alta – disse Marco Polo, sem dar maiores explicações.

Logo veio um questionamento. Uma jovem de 29 anos, atriz de Hollywood, indagou:

– AT alta? O que é isso?

– AT é a abreviatura de "aversão ao tédio". São pessoas que não conseguem ser amigas de si mesmas, suas maiores fãs, seus melhores palhaços, seus mais inteligentes contadores de histórias! Elas não se interiorizam, não relaxam, não aquietam a mente. Enfim, têm aversão à prática da atenção plena.

– Xiii... Minha AT é altíssima – retrucou a atriz.

Praticamente todos tinham AT alta, inclusive os cientistas presentes.

– Se você é incapaz de ficar pelo menos uma hora por dia sozinho, sem fazer qualquer atividade profissional, sem usar o celular, sem entrar nas redes sociais, você é um imigrante em seu planeta cérebro, um forasteiro da própria personalidade – explicou Marco Polo. – Pessoas assim não se amam, não cuidam da própria saúde emocional, pensam em excesso e sem controle, por isso têm alto índice GEEI, gasto de energia emocional inútil.

A plateia quase não respirava de tão atenta que estava. Marco Polo parecia usar um bisturi para dissecar as loucuras humanas, inclusive as dele.

– Meu Deus, esta geração não sabe conviver consigo mesma. O que estamos fazendo com nossos filhos? Eles não param quietos, não se curtem, detestam o silêncio... – comentou Thereza, uma empresária. Desesperada, indagou: – Mas essa agitação tem cura?

– Não falamos de cura em psiquiatria e psicologia, falamos em reescrever nossa história, reorganizar nossos conflitos, resgatar a liderança do Eu.

Então Sarah, uma professora de psiquiatria da Inglaterra que estava presente em todos os debates, comentou, profundamente comovida:

– Tenho uma filha de 14 anos. Cinco minutos sem atividades, ela já grita, angustiada: "Não tem nada para fazer nesta casa!" Vive fatigada, desanimada, sequestrada em seu mundo. Ela não tem grandes conflitos, não passou por perdas nem privações. Não sou apenas eu quem afirma isso; todas as psicólogas que a atenderam também. Eu, como professora de psiquiatria, sei que ela não está deprimida, pelo menos classicamente. Hoje entendi que ela está esgotada, com AT alta e alto índice GEEI. Os pais da psiquiatria e da psicologia não previram esse esgotamento cerebral na modernidade, esse... esse autoabandono na sociedade de consumo, essa contração do sentido existencial na era das redes sociais; essa epidemia de desânimo e de suicídios.

Marco Polo ficou impressionado com a exposição clara e honesta de Sarah. De fato, os pais da psiquiatria e da psicologia foram notáveis em estudar o processo de formação da personalidade, em analisar os traumas e classificar as doenças, mas não estudaram sistematicamente a formação do Eu como autor da própria história e como gestor da emoção. Isso impediu a produção de ferramentas para a prevenção de transtornos psíquicos e a promoção da homeostase do cérebro. À luz desse conhecimento, entendemos que milhões de seres humanos podem ter uma vida emocional miserável, mesmo sem terem passado por traumas na infância ou por avarias na formação da personalidade. Era um novo conceito, um novo paradigma.

A psiquiatria e a psicologia têm sede de encontrar diagnósticos, de detectar doenças mentais, sem saber que o maior problema psiquiátrico e psicológico não são as doenças, mas deixar de desenvolver um Eu que dirija com inteligência crítica o veículo mental, um Eu capaz de reeditar as janelas da memória, de proteger a emoção, gerenciar os próprios pensamentos e reescrever a própria história.

Sem gestão da emoção, casais sabotam seus romances, jovens esgotam o próprio cérebro e crianças asfixiam sua criatividade e sua capacidade de brincar. Sem gestão da emoção, as pessoas não tranquilizam a mente, têm asco ao tédio e à solidão. O tédio e a solidão brandos são fundamentais para a interiorização, a reorganização do pensamento e a criatividade. Quem não consegue ficar a sós consigo mesmo não cria, não engravida de novas ideias, torna-se um zumbi social. Infelizmente, os dramáticos zumbis de Hollywood pareciam ter saído das telas do cinema e entrado nas telas da sociedade real.

18

VIVENDO O 5º CÓDIGO: UM HOMEM DOTADO DE COMPAIXÃO

Ano 33 d.C.

Jesus, depois de poucos anos expondo suas ideias, tornou-se famosíssimo. Suas palavras estimulavam o imaginário, suas ideias libertavam o pensamento, suas teses quebravam padrões. Um homem que corria risco de vida para proteger as pessoas consideradas escória social era um caso único no teatro da humanidade. Pessoas comuns ganhavam status de notáveis. Os letrados escribas faziam plantão para escutá-lo. Os pensadores fariseus o espreitavam para capturar suas ideias. O Mestre dos mestres era um poeta da vida; não escrevia poesias, mas vivia sua vida como uma poesia.

Certa vez foi convidado por Simão, um respeitado fariseu, para cear em sua casa. Os convivas estavam a postos à mesa, uns porque o respeitavam, outros porque queriam policiá-lo e ainda outros porque estavam perplexos com suas ideias.

– Mestre, estamos felizes em recebê-lo em minha casa. Um homem com a sua sabedoria ilumina este ambiente.

Ele meneou a cabeça em agradecimento. Porém em seguida veio um "mas"...

– Mas suas ideias não são aceitas por alguns líderes de Israel – expressou Bartolomeu, um escriba, amigo idoso de Simão.

– Os que não se consideram doentes não precisam de médicos – ponderou Jesus.

Então outro "mas" surgiu no cenário. Simão se atreveu a sugerir:

– Mas você poderia moderar...

Esperto, Jesus entendia o que as palavras não traduziam. Tinha a capacidade de ver o invisível. Era elegante, mas não dissimulava. Era generoso, mas não dourava a pílula. Era flexível, mas, quanto aos seus valores, era rigoroso. Em alguns momentos não queria opinar, optava pelo silêncio; não entrava em disputa que não criara nem em atritos que não produzira. Mas aquele era o momento de expressar claramente suas ideias em relação aos cultos religiosos.

– Moderar minhas palavras? Quem não é fiel ao que pensa tem uma dívida impagável consigo mesmo. Já ensinei que todos os que me seguem devem ser como o sal da terra. Mas, se o sal vier a ser insípido, perde sua função, fica estéril e sem sabor.

O Mestre silenciou os presentes.

– Mas você tem escandalizado mentes incautas – comentou Simão.

– Tenho? Não posso mudar o que sou em função do que querem que eu seja. Se eu ensino que vocês são a luz do mundo, por que eu deveria me esconder? Muitos homens escondem sua luz debaixo de seus medos e de suas necessidades. Vocês escondem?

– Bom, é... Talvez...

– Respondam-me: o que é mais importante, limpar o exterior do copo ou seu interior?

– O interior, é claro.

– Mas o ser humano acumula lixo em seu interior todos os dias e simplesmente não o limpa. Por isso as pessoas dissimulam, mentem, disfarçam. Cuidam da própria aparência e negam sua essência. Vocês cuidam do seu interior? Sempre houve uma linha tênue entre o amor e o ódio, a admiração e a rejeição, o aplauso e o escárnio. Quem odeia hoje pode amar amanhã. Quem aplaude hoje pode vaiar amanhã. Quanto mais instável, mais obscuro o ser humano é para si mesmo, menos se conhece.

Os que estavam à mesa com Jesus não se conheciam, estavam perplexos, não sabiam se o aplaudiam ou o rejeitavam.

E outro "mas" surgiu na casa do fariseu.

– Mas, mestre, sua tese de amar incondicionalmente o ser humano tem chocado Israel – falou Simão.

– Aliás, penso que seu comportamento chocaria qualquer povo, inclusive os romanos – observou corretamente Bartolomeu.

– Nunca ouviram que deveriam "amar o próximo como a si mesmos"? Acham que Deus estava brincando quando propôs essa lei? Quem é o próximo? Seus íntimos apenas? Ou os que apenas os aplaudem? Ou somente os que correspondem às suas expectativas? Não há endereço, não há nome, todos que vocês veem são os seus próximos. E com que amor deveriam amá-los? Com o mesmo amor e na mesma intensidade que vocês se amam! Mas, se são incapazes de amar a si mesmos, como amarão seu próximo? – disse Jesus, silenciando a todos.

De repente, durante o jantar, um acontecimento inesperado interrompeu a programação na casa do fariseu. Uma mulher estranha invadiu o espaço e teve uma atitude escandalosa. Ela se aproximou de Jesus e, sem dizer palavra, começou a chorar a seus pés.

Que absurdo! Uma mulher jamais deveria ter esse comportamento indigno, pensou Simão, sem, no entanto, verbalizar seus pensamentos.

Não é possível. É a primeira vez que observo uma mulher chorando aos pés de um homem. As mulheres deveriam ser discretas! Mas essa..., ponderou Bartolomeu em sua mente.

Será que ele não sabe que ela é uma prostituta?, refletiu silenciosamente outro fariseu que estava também à mesa.

E a estranha mulher não apenas chorava, mas enxugava os pés de Jesus com seus cabelos.

Esses beijos, essas lágrimas a denunciam. Será que ele tem um caso com ela?, questionou novamente Simão em sua mente.

O escândalo estava armado. A admiração da mulher gerou imediata rejeição, o afeto se transformou em ódio. Quando alguém está na crista da onda, é assediado. Mas, quando é socialmente execrado, seus amigos desaparecem, seus bajuladores se dissipam. Ninguém tira foto ao lado de um corrupto nem tem atitudes generosas com mulheres "impuras", ainda mais na casa de inquisidores. Jesus poderia questionar em sua mente: "O que será que estão pensando de mim?" Poderia enxotar os inconvenientes, como fazem as celebridades que não são dignas da fama que têm. Poderia pedir para um assessor marcar uma audiência, como os políticos sempre fazem. Mas Jesus era o homem mais feliz e bem resolvido da história.

– Uns atiram pedras físicas; outros, pedras do preconceito. Uns dilaceram o corpo; outros, a emoção. Todos são igualmente linchadores – comentou.

Saturado de compaixão, Jesus via que a dor daquela mulher era mais importante que o status social dele. Suas lágrimas valiam mais do que o palácio do fariseu. Suas atitudes demonstravam que não queria o trono político, mas um trono no coração humano, ainda que fosse de uma prostituta, de um corrupto, de um fraco, de um louco.

A Samaria era uma região desprezada pelos judeus, considerada terra de um povo destituído de ética e religiosidade. Mas Jesus se descrevera como o bom samaritano. Ninguém podia sofrer perto dele, ninguém podia revelar qualquer tipo de dor que ele parava o mundo, mudava sua trajetória, reciclava seu discurso. Sabia que o que nos impede de enxergar o invisível não são os nossos olhos, mas o lixo acumulado pelo ego – os preconceitos, o falso moralismo, a necessidade neurótica de estar sempre certo, a vontade incontrolável de apontar falhas.

– Sei que suas dores são muitas – disse ele delicadamente para a mulher. – Qual é o seu nome?

– Rebeca, senhor.

– Um belo nome, Rebeca.

Rebeca era uma mulher depressiva. Ser depressiva, numa época em que a psiquiatria inexistia e o preconceito percorria o sistema circulatório da sociedade como um vírus, era um risco. Fracos, débeis, lunáticos, insanos, possuídos por demônios eram alguns dos adjetivos que seres humanos fragmentados em sua personalidade recebiam. Os robôs, 2 mil anos mais tarde, jamais sentiriam a dor da rejeição, nunca perderiam o sentido da vida, pois seriam destituídos de emoção. Mas, para o ser humano, a dor do desprezo é inenarrável. Todo ser humano tem uma biografia digna de ser contada. Mas, superficiais, só prestamos atenção nos personagens célebres. Mas quem é célebre: o ator ou o câmera? O cantor ou o técnico de som? O psiquiatra ou o paciente? Rebeca era desprezível, ninguém se importava com sua história. Seu pai morrera quando ela era um bebê; sua mãe, quando tinha 5 anos. Fora criada de favor na casa de parentes. Quando tinha 8 anos, foi abusada sexualmente. Seu algoz a ameaçou de morte se ela revelasse seu crime: "Se contar para a minha esposa que você se entrega para mim, eu mato você."

A menina não teve infância, não brincou, não deu risadas, não se escondeu atrás das árvores, não teve aniversários nem pais para dizerem "Eu te amo", nenhum mestre para falar "Parabéns pela sua inteligência". Cresceu como escrava sexual. Cresceu amordaçada pelo autoritarismo de seu algoz. Por fim, sua má fama correu. Era uma sobrevivente. Numa época em que não havia seguro social, em que os alimentos eram insuficientes para saciar as células do corpo, Rebeca sobrevivia por causa de seus favores sexuais. Ninguém se arriscava a dividir sua história com ela. Foi preterida por todos devido à sua má fama. Muitas promessas, nenhuma cumprida.

Agora ela estava diante de um homem diferente, que não elevava o tom de voz, que acolhia sem pedir nada em troca, que teimava em falar sobre o amor na terra do terror. Jesus a fez se sentir um ser humano. Simão queria que ele a expulsasse, mas o bom samaritano a hospedou em seu coração, tratou de suas feridas e estancou suas lágrimas. Rebeca tinha dentro de si uma menina que ainda precisava ser amada, ensinada, acolhida. Ele era o pai que ela não teve, o professor que lhe faltara, o amigo com que sonhava.

O Mestre da emoção, sabendo que aqueles fariseus eram justiceiros, que não tinham coragem de remover a trave do próprio olho para extrair o corpo estranho dos olhos dela, libertou o mais complexo dos pensamentos, o pensamento antidialético, turbinou seu imaginário e deu respostas brilhantes às situações estressantes, impactando seus opositores.

– Simão, um certo credor tinha dois devedores. Um devia uma grande quantia, o outro devia pouco, mas nenhum deles tinha como pagar. Movido por compaixão, o credor fitou os olhos de ambos e, por fim, perdoou-os. Qual deles amaria mais seu credor?

O fariseu pensou, engoliu saliva e depois respondeu:

– Suponho que o que devia mais.

Com suas metáforas, Jesus "gritava" que não deveríamos classificar, julgar, ter preferências, excluir pessoas. Mas as universidades, os líderes políticos, os líderes religiosos, com as devidas exceções, sempre preferiram os mais intelectualizados, os bem-sucedidos social e financeiramente. Abandonamos os endividados pelo caminho. Professores abandonam seus alunos problemáticos, pais não dão a devida atenção aos filhos que os irritam, casais trocam um ao outro pelo tempo nas redes sociais.

Decepcionado com nossa insensibilidade, o carpinteiro da emoção disse que temos ouvidos, mas não escutamos, temos olhos, mas não enxergamos. Não sabemos escutar o coração. Nem sequer sabemos indagar: "Quais são seus sonhos e seus pesadelos? Onde errei com você e não soube?" Somos deuses infalíveis, com egos saturados de nós mesmos.

– Respondeu com exatidão, Simão – declarou o mestre. – Mas veja bem: entrei em sua casa e não me deu ósculo. Mas essa mulher beijou os meus pés.

O ósculo, um beijo suave na face, para muitos era um sinal de boas-vindas a um amigo, parente, anfitrião ou visita. A sociedade daquele tempo era sexualizada; na atualidade, é hipersexualizada. Jesus interpretou os beijos daquela mulher não sob o ângulo da sexualidade, mas da humanidade. Como Mestre dos mestres, insistia em ver o ser humano por trás da sua condição de macho ou fêmea. Por isso, quando resgatou Maria Madalena, não perguntou com quantos homens ela dormira.

Para espanto da psiquiatria, da psicologia e da sociologia, Jesus, o homem mais inteligente e feliz da história, considerava cada ser humano, independentemente de sua moralidade e miserabilidade social, um mundo a ser explorado, um tesouro insondado a ser conhecido, uma biografia fascinante a ser desvendada. Ninguém era escória social.

Reis e súditos têm o mesmo valor, ricos e paupérrimos têm a mesma relevância, psiquiatras e pacientes, mesmo em surto psicótico, têm a mesma grandeza. Quase nenhum líder vive o que discursa. Mas o líder dos líderes viveu, nesse curto episódio, todos os códigos que discursou no alto da montanha. Esvaziou-se de si para receber a mulher, foi de uma empatia solene, calmo como uma brisa; estava sedento de justiça por protegê-la e tomado de compaixão por sua história.

E continuou:

– Simão, você está escandalizado com o comportamento dessa mulher? Você não me colocou uma bacia com água para lavar os meus pés. Mas ela os irriga com suas lágrimas. E lágrimas valem mais do que rios.

O calor escaldante e o suor impostos pelo deserto e pelos lugares áridos eram desconfortáveis. Lavar os pés de um visitante era um presente refrescante que só pessoas notórias recebiam. Para Jesus, as lágrimas daquela mulher eram um presente de raro quilate, um gesto que refrigerou sua emoção e animou seu sonho de irrigar a humanidade com seus códigos. E o poeta da emoção arrematou sua poesia:

– Ela não enxugou meus pés com uma toalha, mas com seus cabelos. Que gesto! Que sensibilidade! Ninguém fez isso por mim! Eu é que agradeço a Rebeca. – E, depois de uma pausa, fitou os juízes e lhes disse: – Sei o que se passa em seus pensamentos. Sei que vocês construíram um tribunal para julgá-la. Mas ela já sofreu muitíssimo; se penetrassem em seu mundo, se assombrariam. Não exijam mais nada dela.

O mestre que dava um ombro para os seres humanos chorarem e o outro para se apoiarem nunca lhes dava uma carga que eles não conseguissem carregar. Seu fardo era leve e suas exigências eram suaves. Nem mesmo os loucos errariam o caminho ao segui-lo.

Não importava o passado das pessoas, o que importava era o coração delas, a disposição para seguir uma nova agenda. Para ele, felizes os que abraçavam, porque seriam acolhidos. Felizes os gentis, porque conquistariam a terra da alegria. Felizes os que amavam sem pedir nada em troca, pois seriam amados, ainda que caíssem em descrédito e desgraça.

19

6º Código da Felicidade: "Felizes os transparentes, porque verão o invisível."

Marco Polo refletia sobre seu último sonho enquanto caminhava para o local onde discutiria mais um intrigante código. Sentia-se leve como uma pena e profundo como um oceano. Raramente sentira tanto prazer. Tinha um tesouro que reis não conquistaram, que celebridades ansiaram, que grandes políticos desejaram. Sofia observava sua face feliz enquanto o carro se movimentava.

– Por que está sorrindo, Marco Polo?

– Viajei em meus sonhos.

– O que você sonhou? – perguntou, curiosa.

– É uma longa história Sofia, muito longa... Depois lhe contarei. Estou alegre porque, apesar de todos os meus defeitos como cientista, pai e ser humano, sou privilegiado por realizar esta empreitada analítica sobre a mente do carpinteiro de Nazaré.

De fato, era um privilegiado. Agora analisaria o sexto código discursado por Jesus, uma ferramenta que penetrava como uma lâmina em nossa superficialidade intelectual. Ela dissecaria as debilidades do Eu. Se for malformado, o Eu será sempre frágil para se autoproteger, autocorrigir e autocontrolar.

Era um código que denunciava que não apenas pisamos na superfície do planeta Terra, mas também na superfície do planeta mente.

Somos a única espécie que pensa e tem consciência de que pensa, mas nunca gerenciamos a arte de pensar de forma inteligente e coletiva. Nos momentos mais tensos e importantes de nossas vidas, disparamos mecanismos primitivos do cérebro, agimos como predadores ou como vítimas, não como *Homo sapiens*, seres humanos pensantes.

Marco Polo comentou delicadamente com a jovem e inteligente Sofia:

– O homem mais inteligente e feliz da história, ao contrário do que muitos pensadores da sociologia, da psicologia, da psiquiatria e da filosofia creram, em especial os ateus e inclusive eu mesmo, estava sempre preocupado em aliviar o sentimento de culpa e a autocobrança do ser humano. Ele tinha a meta de fazer cada um esvaziar seu ego, libertar-se dos preconceitos e criar novas ideias.

– Fascinante – disse ela. – Não julgar para não ser julgado; perdoar para ser perdoado; ter compaixão para alcançar compaixão; se importar com a dor dos outros. Essas são algumas das ferramentas que Jesus ensinou. Será que vamos dissecar mais um estrondoso código?

– Prepare-se para se surpreender – afirmou o psiquiatra.

Logo que subiu a montanha e passou pelo meio da multidão que o aguardava, disse sem demora:

– O sexto código é um bálsamo para aliviar e reeditar a história de qualquer ser humano: "Felizes os transparentes, porque verão o invisível." Ser transparente consigo e com os outros é vital para se ter saúde emocional? – indagou para a plateia.

Sofia respondeu:

– Sim. Quem não é transparente é incapaz de abrir as chagas da própria mente e tratá-las. Quem não é transparente consigo mesmo não reconhece as próprias falhas, perpetua suas fobias, sua hipersensibilidade, sua ansiedade, sua impulsividade, seu pessimismo...

– Exatamente. Preservará o que tem de pior. Será flagelado em toda a sua história. Mas em que escola nosso Eu é treinado a ser transparente?

As pessoas ficaram pensativas ante essas ideias. Marco Polo novamente indagou:

– Ser transparente é vital para se ter saúde social?

– Sem dúvida – afirmou Michael, o neurocientista. E acrescentou, de forma sincera e comovente: – Quem não é honesto para mapear a própria personalidade jamais reciclará suas loucuras, não conquistará a sanidade psíquica e interpessoal. Sou um cientista, sonhei em ter um filho ou uma filha cientista. – Fez uma pausa. – Mas eis que tive uma filha com síndrome de Down. Confesso: o mundo desabou sobre mim! Fiquei insone, frustrado. Não conseguia amá-la na estatura que ela merecia. Com nossos debates, dei um salto. – Nesse momento lágrimas afloraram a seus olhos. – Hoje sei que não sou um pai perfeito, mas sou o pai mais feliz do mundo.

– Quem não é transparente não repara as próprias mágoas. Não corrige suas rotas. Quem não é transparente com os filhos forma herdeiros, não sucessores.

– Como assim? – indagou Josef, um empresário judeu-americano que vislumbrava que teria graves problemas de sucessão em sua empresa, uma cadeia de lojas com dez mil funcionários.

Josef tinha dois filhos jovens que eram alienados, consumistas, insensíveis.

– Os herdeiros são imediatistas, enquanto os sucessores pensam a médio e longo prazo. Os herdeiros não sabem lidar com dores e frustrações, enquanto os sucessores são resilientes, elaboram o próprio sofrimento. Os herdeiros são ingratos, enquanto os sucessores se curvam em agradecimento. Os herdeiros acham que só têm direitos, enquanto os sucessores pensam no bem-estar dos outros. Estamos formando herdeiros ou sucessores? – discorreu Marco Polo.

– Meu Deus, meus filhos são herdeiros. Como mudar isso? – perguntou novamente Josef.

– Prestem atenção neste código, não importa se são cristãos, judeus, muçulmanos, budistas, ateus. Para formar sucessores, temos de ser transparentes. Não podemos dar as sobras para quem amamos, mas o nutriente principal. Temos que nos abrir. Os pais não podem dar o rodapé de sua história para seus filhos. Devem lhes dar seus capítulos mais importantes.

– Caso contrário, os pais não estimularão o fenômeno RAM, registro automático da memória, a criar as mais importantes janelas light para estruturar a personalidade de seus filhos – interveio Sofia.

– O código da transparência descortina nossa hipocrisia. Há pais hipócritas que são religiosos, intelectuais, médicos, profissionais de saúde mental. Como hipócritas, eles vivem um personagem, são incapazes de transferir o capital de suas experiências. Raramente falam de seus dias mais tristes, desafios, tropeços, pesadelos. São ótimos para dar broncas, mas não para celebrar acertos. São excelentes para falar de suas vitórias, mas não comentam as próprias derrotas. Como seus filhos aprenderão que ninguém é digno do sucesso se não usar os próprios fracassos para conquistá-lo? Serão infelizes.

– Fiz tudo errado – afirmou Josef.

– Eu também – expressou outro empresário.

– Eu mais ainda – disse um industrial.

Todos eram formadores de herdeiros, de espoliadores de heranças, não de sucessores. As pessoas ficavam paralisadas com a análise de Marco Polo.

– O homem que tinha a missão de resgatar a humanidade ensinou que éramos especialistas em dissimular. Ele não teve medo de chorar na frente dos seus discípulos nem de declarar suas angústias, enquanto nós, educadores, somos especialistas em dissimular nossos sentimentos para nossos filhos e alunos. E lhes damos desculpas, inclusive eu, de que fazemos isso para poupá-los. No fundo, queremos poupar nosso ego doente. O exemplo não é a melhor forma de formar mentes livres; é a única.

A juventude mundial estava desenvolvendo traços coletivos de psicopatia ou insensibilidade. Não sabia agradecer aos pais que geraram sua vida, aos agricultores por cultivarem os alimentos, aos cozinheiros por elaborarem os pratos. Não sabia que a sociedade era uma teia, onde uns dependem dos outros. Um dia dependeriam de um coveiro para serem enterrados. O homem mais inteligente da história demonstrava em seus códigos que ser feliz é agradecer muito e reclamar pouco.

Sofia, sensibilizada com o sexto Código da Felicidade, comentou:

– Marco Polo, acho que o código da transparência também ajuda a solucionar as equações emocionais que estavam lhe tirando o sono. Por que estamos diante da geração mais triste e doente, embora a indústria do lazer e a medicina tenham dado saltos surpreendentes?

Ele acenou a cabeça para que ela continuasse sua argumentação.

– Os jovens não são transparentes consigo mesmos, não se questionam, não se interiorizam, não viajam para dentro de si. Os romances começam no céu da tolerância e terminam no inferno das discórdias. Uma das causas? Falta de transparência. Fiquei anos com meu ex-marido num casamento falido. – A voz de Sofia ficou embargada. – Se tivesse colocado de maneira clara o que não amo, o que me fere, o que me perturba, teria tido a chance de sofrer muito menos. Mas nós nos calamos! Não sabemos que há um fenômeno que registra todo o lixo mental em nosso cérebro.

De forma serena, sem viés religioso, sem sacrifícios ritualísticos, muitos descortinaram as próprias mazelas. As pessoas da plateia e as que o acompanhavam pela internet resolveram ser transparentes. Pais pediam desculpas para seus filhos. Filhos abraçavam seus pais. Casais que nunca revelaram seus sentimentos cálidos, que tinham decepções profundas um com o outro, começaram a se humanizar e a falar de suas angústias, sem acusações.

– Estamos na era da falta de transparência. Os professores se escondem atrás do giz, os pais atrás da autoridade, os executivos atrás de seus lucros, os jovens nas redes sociais – comentou sensibilizado o Dr. Lucca, um professor de psicologia de Singapura. E afirmou: – Os celulares bloqueiam a melatonina, o hormônio de ouro que induz o sono. Uma hora no celular pode diminuir 15 minutos de sono. Quem tem insônia aqui? – indagou ousadamente.

Muitos levantaram a mão.

– Parabéns, professor – disse Marco Polo. – Você pode brigar com o mundo e vencer, mas, se brigar com sua cama, vai ser nocauteado.

Todas essas discussões tocavam não apenas milhões de adultos, mas jovens e adolescentes em todo o planeta. Os debates levaram a outro movimento mundial. Os jovens iniciaram um movimento nas redes sociais: "Um dia na semana sem celular." Chineses, americanos, japoneses, europeus, latinos, africanos escolheram um dia da semana para ficar com eles mesmos, para pensar na vida, para se interiorizar, para dialogar concretamente com seus amigos, para penetrar no mundo de seus pais. Era pouco, mas era um começo. O movimento, depois de meses, começou a abrandar a epidemia de doenças psicossomáticas, depressão, ansiedade e suicídios.

O Dr. Thomas, o intelectual e teólogo de Harvard, ponderou com inteligência:

– O espantoso é que esse código traz uma notável premiação: Felizes os puros de coração, ou transparentes, porque verão a Deus. Os transparentes recebem a premiação de enxergar o invisível, o Autor da existência. Que incrível!

– Interessante, interessante... – Falou o Dr. Alberto, o intelectual e teólogo do Vaticano. – Não são os mais cultos, os melhores oradores, os mais notáveis teólogos do Vaticano, mas os singelos, os que mapeiam as próprias mazelas, os transparentes que verão o Altíssimo.

Marco Polo refletiu sobre o pensamento desses dois intelectuais e disse:

– Todos sabem que comecei a analisar a mente de Jesus não sob a ótica da religião, mas da ciência, como um ateu crítico. Como pesquiso uma das fronteiras mais complexas da ciência, que trata da natureza, dos tipos, da construção e do gerenciamento dos pensamentos, talvez por isso tenha sido mais ateu que Nietzsche, que escreveu sobre a morte de Deus, ou Marx, que escreveu que a busca por Deus entorpece a mente humana. No fundo, eles foram antirreligiosos. Meu ateísmo sempre foi mais científico que o deles.

Muitos ficaram pensativos. Marco Polo acrescentou:

– Continuo ateu, embora um ateu cada dia mais abalado, atônito, perplexo, assombrado com o intelecto do Mestre dos mestres.

– Até quando será ateu, Marco Polo? – provocou o Dr. Alberto.

– Só Deus sabe... – brincou Oscar, que, surpreendentemente, estava bem-comportado naquele dia.

Mais gargalhadas. Marco Polo era seríssimo e transparente. Deu um choque em todos os que o ouviam:

– O homem Jesus era de uma delicadeza sem precedentes. Ele não impunha suas ideias, as expunha. Ele não convencia as pessoas a segui-lo, as convidava. Ele era contra o fanatismo e contra o fundamentalismo que valoriza mais as leis do que a vida.

Sofia, pensativa, concluiu:

– Os complexos Códigos da Felicidade de Jesus apontavam que, se não fossem seguidos, a religião poderia se transformar numa fonte de doenças mentais, radicalismos e exclusão social.

A face das pessoas parecia congelada com esses argumentos. Meneando a cabeça em concordância com Sofia, o pensador da psiquiatria acrescentou de forma translúcida:

– Muitos perguntavam quem Jesus era, pois ele não se declarava. Qual era a sua resposta?

– Filho de Deus! – respondeu o Dr. Alberto.

– Não – discordou Marco Polo.

– O Cristo! – respondeu Sung, um teólogo da Coreia do Sul.

– Também não. Ele teve a coragem de se definir por um nome admirável, indecifrável, inenarrável: o filho da humanidade. Definam esse nome. Ele falou por mais de sessenta vezes que era o filho do homem. Ele estava gritando: "Não me coloquem rótulos! Não me sequestrem em seu curral religioso! Não me aprisionem em seus preconceitos!" Mas os religiosos continuam a sequestrá-lo e aprisioná-lo.

Em seguida, Marco Polo recordou o que já dissera:

– Lembrem-se: muitos empresários querem ser políticos, muitos políticos querem ser reis e muitos reis querem ser deuses. Mas o único homem que foi chamado de filho de Deus queria ser apenas um ser humano. Ele não pensava como judeu nem como religioso. Jesus pensava como humanidade, respirava como a família humana, sem cor, raça, credo ou dogmas.

Em seguida fechou o debate daquele dia com estas palavras:

– No passado, a Inquisição destruía os corpos, hoje destruímos a reputação dos que pensam diferente, algo igualmente desumano. Para o carpinteiro da emoção, o Mestre dos mestres da sociabilidade, quem não respeita os diferentes não é digno de ser chamado de ser humano.

Muitos no alto da montanha o aplaudiram com entusiasmo. Milhões de pessoas em todos os países que assistiam ao debate ao vivo também se levantaram de seus sofás e de suas poltronas e aplaudiram emocionados. Aplaudiam não o pensador, mas o homem mais inteligente, feliz e apaixonado pela humanidade sobre quem ele discursava. Foi um momento de rara sensibilidade.

Porém nem todos estavam animados. Em diversos lugares, personagens estranhos chafurdavam na lama do ódio, da inveja e da vingança. Eles maquinavam dia e noite como silenciar a voz do pensador da psiquiatria. Para eles, a existência de Marco Polo estava ficando insustentável.

20

Marco Polo e Lucas são transparentes

Era meia-noite. Subitamente o celular de Marco Polo tocou, despertando-o de seu sono. Mas não teve tempo de atender. Olhou quem havia ligado. Era seu filho, Lucas, que continuava internado numa clínica para dependentes químicos. Levantou-se e foi tomar um copo d'água. Ainda estava deslumbrado com os debates sobre os códigos e com os sonhos que estava tendo. Perguntou a si mesmo: *Será que a personalidade de Jesus é tão fascinante como a que tenho analisado e sonhado?* Não era uma dúvida fatal, pois desconfiava de que, por mais que o analisasse, sua grandeza não diminuiria. O Mestre da emoção era muito mais fascinante do que Marco Polo imaginava.

Em seguida, ligou para Lucas e, por estar emocionado, lhe contou sobre os últimos debates.

– Que incrível, papai! – disse Lucas. – Será que Jesus era tão inteligente assim?

– Superinteligente, supersociável e superfeliz.

– Mas ninguém fala sobre esses aspectos dele.

– Ninguém fala porque não investigam sua personalidade sem preconceito e com ferramentas analíticas criteriosas. Fico me perguntando, filho: que homem era esse que se doava sem esperar retorno? Que pensador era esse que corria riscos altíssimos por pessoas que não conhecia? – E, provocando seu filho, disse: – Ao mesmo tempo que era generoso, ele era completamente transparente. Não tinha medo de falar o que pensava. Você tem medo?

Lucas parou e pensou antes de responder:

– Eu? Eu tenho. – Mas depois perguntou: – Ele também cuidava das feridas que eram invisíveis aos olhos?

– Cuidava, meu filho.

– Então ele via o que você não enxergava. Ele foi para seus alunos o que você não foi para mim... – falou Lucas de forma transparente.

Marco Polo engoliu em seco.

– Eu sei disso. Eu reconheço – disse honestamente o pai. – Por isso tenho uma dívida com você.

– Dívida?

– Sim. Devo-lhe quatro tipos de desculpa.

– Como assim?

– Desculpe-me, meu filho, por todas as vezes que o critiquei sem o conhecer. Desculpe-me ainda porque o julguei irresponsável sem entender suas causas. Perdoe-me também por não ter desvendado os fantasmas que o assombravam. E, por fim, desculpe-me por não ter sido um garimpeiro profundo para descobrir as lágrimas que você chorou e as que nunca teve coragem de chorar.

Lucas ficou impressionado. Vendo o pai se declarar aberta e emocionadamente, ele foi mais transparente ainda:

– Nunca o vi pedindo desculpas desse modo. Pensei que psiquiatras não erravam!

– Como não, meu filho?

– Pensei que o grande Marco Polo fosse infalível. Psiquiatras não são super-heróis? – falou mudando de humor, resgatando sua impulsividade.

– Não, Lucas. Psiquiatras são seres humanos e, como tais, imperfeitos. São ou deveriam ser os atores mais conscientes de suas falhas, suas mazelas e sua estupidez.

– Mas eu nunca consegui perceber essa consciência em você – atacou o filho.

– Talvez por falha minha ou talvez porque seu cérebro não queria ouvir o que eu tinha para lhe dizer. Mas eu assumo essa conta. Eu errei.

Caindo em si, Lucas admitiu:

– Não, não, não foi só você que errou. Eu também...

– Eu procurei lhe mostrar o Marco Polo ser humano. Lembre-se de que procurei lhe contar algumas de minhas dificuldades.

– Eu sei, eu sei... – Lucas recordou as conversas que já haviam tido. Mas confessou: – Como você disse, tenho muitos fantasmas que me assombram. Havia uma barreira entre nós.

– Fale sobre essa barreira, meu filho. Fale sem medo...

– Eu não conseguia admirar você como todas as pessoas. Aliás, eu admirava, mas não sei... Tudo sempre foi muito confuso na minha cabeça.

– A confusão é o primeiro estágio para a criação. Não se segure, fale-me sobre essa confusão – encorajou o pai.

– Pensava que você não me amasse, que eu estava sempre em segundo plano na sua vida. Às vezes, achava que eu era uma pedra em seu caminho...

Marco Polo lacrimejou. Emocionado, disse:

– Um estorvo? Você é meu solo, minha alegria. Eu o beijava, o elogiava...

Lucas lacrimejou também. Colocando uma das mãos sobre a cabeça, disse:

– Papai, não sei o que aconteceu comigo... O vovô a vida toda me jogou contra você. Talvez isso tenha afetado meu olhar.

– Eu sei, meu filho. Ele me sabotou.

– Ele dizia que você tinha se casado com a mamãe por interesse.

– Que absurdo! Nunca quis dinheiro dele!

– Não? Mas ele dizia que pagava as suas contas, o seu carro, a nossa casa.

– Mas é mentira!

– Ele dizia também que você tinha muitas amantes. Que era promíscuo. Esse era o termo que ele usava.

– Outra grande mentira, meu filho. Sua mãe foi minha eterna namorada. Mas ele nunca me aceitou. Os que vivem no submundo detestam a luz. Mesmo no dia do nosso casamento, ele quis me separar de sua mãe.

– Você nunca me contou isso.

– Como eu iria contar? Não podia jogá-lo contra o seu avô! Eu precisava poupar você.

De repente, Lucas teve um grande insight, sua mente foi iluminada.

– Mas o vovô nunca me poupou e também nunca poupou você. Ele o criticava, o chamava de falso, prepotente, arrogante, insensível e, ao me ver chorar, me aliviava me enchendo de presentes.

– Eu fiquei sabendo dessa estratégia. Por dez vezes ele tentou me separar de sua mãe. Queria educar você, sonhava torná-lo o herdeiro do império dele.

Durante mais de doze anos, o Dr. Amadeus tentara desconstruir a imagem de Marco Polo.

Lucas fez uma pausa para chorar. Depois confessou mais uma vez honestamente:

– Não é fácil ser filho de um psiquiatra. Não é fácil ser filho de alguém famoso, inteligente.

– Eu o compreendo, Lucas. Chore sem medo.

– Quantas vezes me culpei por não corresponder às suas expectativas, papai!

– Mas eu também não correspondia às expectativas de meu pai, filho. Você é jovem – afirmou Marco Polo.

– Pareço alienado, mas sempre me cobrei demais. Quantas vezes me senti um lixo humano! Quantas vezes me senti o garoto mais infeliz e sozinho do mundo!

– Ah, meu filho. Desculpe-me mais uma vez por não ter percebido isso e abraçado você.

– Depois que comecei a usar drogas, tudo piorou! Sei que você tentou ser humano antes de ser um psiquiatra... Mas você era muito ocupado e eu era muito calado.

– Tentei resgatar você, penetrar em seu mundo.

– Mas acho que estávamos em mundos diferentes.

– Não há justificativa para mim, Lucas. A verdade é que não poucos intelectuais são ótimos para cuidar dos outros, mas cegos para cuidar de quem amam. Meus olhos viam o visível, mas não o essencial.

– Eu também era fechado, distante – disse Lucas, tentando aliviar seu pai.

– Ser transparente é vital para começarmos uma nova história.

– Não quero mais dissimular, papai. E você tem de saber que nunca aceitei a morte da mamãe. Todos os dias eu choro.

– Você nunca me disse isso, embora eu tenha percebido.

– Ocultei muitas coisas de você. Sentia-me culpado por não ter dialogado com ela nem ter lhe dado mais alegria em seus últimos meses... Não fui um bom filho.

– Não diga isso, Lucas. Sua mãe sempre dizia que tinha orgulho de você.

– Sério?

– Sim, meu filho. Dois meses antes de falecer, ela me disse que era a mãe mais feliz do mundo.

Lucas sorriu como havia muito não fazia. Alegre, comentou:

– Sabia que os seus livros são lidos aqui na clínica? As pessoas admiram você, papai.

– Verdade?

– Também tenho lido seus livros...

– Puxa, meu filho, você sempre foi tão resistente. Estou muito feliz. Sou privilegiado por ser seu pai. Obrigado por existir.

– Muitos filhos são exploradores dos seus pais, pequenos reis que querem que o mundo gravite em sua órbita. Eu era um deles. Desculpe-me. Eu também tenho orgulho de ser seu filho. Obrigado por existir.

– Quero lhe falar da minha história. Transferir o capital das minhas experiências. Falar das minhas perdas, dos meus fracassos, das minhas aventuras, dos meus sonhos. Quero falar das minhas lágrimas...

– Mas você chora?

– Estou chorando agora... – Fez silêncio. – Sempre fui um homem de chorar poucas lágrimas úmidas. Mas já chorei muitas lágrimas secas.

Finalmente pai e filho, por serem completamente transparentes e estarem saturados de afeto um pelo outro, estavam começando um novo capítulo em sua história. Mas as primaveras pareciam ser curtas. Lucas disse:

– O vovô veio me visitar.

Marco Polo ficou preocupadíssimo.

– E o que vocês conversaram?

– Ele estava eufórico. Disse que seria o homem mais rico do mundo. Comentou sobre uma droga da alegria, que foi testada com muito sucesso. Contou que traria algumas pílulas para eu experimentar.

– Não tome! Não tome! Primeiro essa droga tem de ser aprovada pelo departamento de fiscalização do governo, a FDA.

– Mas ele falou que já foi aprovada.

– Ele está mentindo, filho. Felicidade não pode ser comprada ou conseguida por meio de drogas. Em breve vou lhe ensinar ferramentas poderosas para ter uma alegria sustentável: os Códigos da Felicidade. E saiba que ser feliz é alternar invernos com primaveras. Nos invernos, cultivamos a sabedoria; nas primaveras, as flores – disse Marco Polo metaforicamente.

– Códigos da Felicidade? Não sabia que havia códigos para desenvolver a felicidade.

– Felicidade é um treinamento, não um dom de uma casta. Se as condições mínimas de habitação, acesso à educação, mobilidade social e sobrevivência forem atendidas, podemos educar nossa emoção para sermos felizes, relaxados, criativos. São códigos incríveis.

– Poxa, fiquei animado – expressou Lucas. E acrescentou: – E obrigado pelo presente que me enviou hoje.

– Presente?

– Sim, você não me enviou um relógio Rolex?

– Eu nem uso essas coisas de marca.

– Estranho. Havia uma mensagem que parecia sua letra.

– O que dizia?

– "O tempo de seu pai em Israel está acabando! Aguarde." Interpretei que você estava vindo para cá.

– Será que foi seu avô? Ou então... – Marco Polo sentiu o sangue gelar. Pensou que poderia ser coisa de seus inimigos. – Não fique com esse relógio, filho!

– Como não? É um presente caro.

– Filho, entregue-o para a direção da clínica.

– Mas, pai...

– Filho, pode ser uma armadilha.

– Armadilha?

Marco Polo então foi mais claro:

– Estou sendo ameaçado. Algumas vezes tenho corrido...

– Risco de vida? É isso? – indagou Lucas, ansioso.

– Sim... – confirmou o pai.

– Mas quem o ameaça? E por quê?

– Não sei direito. Policiais da Inteligência de Israel estão tentando descobrir.

– Venha embora, então, pai.

– Em uma ou duas semanas estarei aí. Quando você sair da clínica. É o tempo suficiente para terminar minha análise. É muito importante.

– Muitos aqui na clínica acompanham seus debates. Estão eufóricos. Você é o herói deles.

– Você nunca me contou isso.

– Como disse, não lhe contei muitas coisas. Nunca assisti a esses debates, mas vou começar a acompanhar seus vídeos.

– Eu amo você, meu filho...

– Também amo você, papai – disse o filho. Era raro Lucas fazer uma declaração como essa para seu pai. E acrescentou: – Cuide-se e venha logo para os Estados Unidos.

– Lembre-se do relógio... Pensando melhor, peça a alguém da clínica que envie para a polícia local para uma avaliação – recomendou Marco Polo.

– Farei isso agora.

As plantas precisam de nutrientes para crescer, as relações sociais precisam de transparência e afeto para se desenvolver. A mais longa tempestade noturna entre Marco Polo e Lucas prenunciava o mais belo amanhecer. Tudo seria maravilhoso se estranhas forças não estivessem por trás do cenário. Um pai suportaria a possibilidade de fechar seus olhos para a vida, mas não admitiria que seu filho corresse o mesmo risco.

21

O Deus de Israel é cruel ou pacificador?

Marco Polo começou seu dia animadíssimo. A conversa com o filho foi um bálsamo para as feridas de sua mente. Foi tomar café relaxado e sorridente. Enquanto comia, o pensador da psicologia observava Sofia bebendo prazerosamente seu café. Ela era fascinante. Estava se tornando a mulher dos seus sonhos. Percebendo que era observada, Sofia ergueu os olhos e lhe disse:

– Estou vendo que o sétimo Código da Felicidade tocou as raízes da sua emoção.

– De fato, tocou muitíssimo. Ele dá musculatura à viabilidade da espécie humana.

– Como assim?

– O sétimo código é a necessidade de sermos pacificadores, uma ferramenta de alto poder para a prevenção de transtornos emocionais e para a construção de relações saudáveis.

– Poderia adiantar algumas pepitas, meu garimpeiro de ouro? – disse ela brincando.

– Ser pacificador é o mais sofisticado, o mais vital e o mais prático dos códigos para apaziguarmos as turbulentas águas da emoção, para sermos saudáveis e felizes e contribuirmos para os outros serem felizes e mentalmente livres.

– Interessante.

– Se os praticantes do sexto código são premiados com a capacidade de ver o invisível, de enxergar a assinatura do Autor da existência, os praticantes do sétimo recebem o prêmio dos prêmios – afirmou Marco Polo antes de fazer uma pausa para beber seu suco de laranja.

Sofia não se aguentou. Indagou, curiosa:

– Qual é o prêmio dos prêmios?

– Ser chamado de filho do Arquiteto da vida. "Felizes os pacificadores, porque serão chamados de filhos de Deus." Surpreendente, não?

– Para a ciência, sim, para a análise psicológica e psiquiátrica que você está fazendo, também, mas para o homem mais inteligente que pisou nesta Terra, não – afirmou Sofia, fascinada.

– Embora falar de Deus entre na esfera da fé, uma seara que não é a minha, é significativo que o verbo usado seja "chamar", "serão chamados de filhos de Deus", não "se tornar".

– Tem razão. Qualquer psicótico, sociopata, religioso radical pode falar que se tornou filho de Deus, mas ser "chamado" indica a ação de alguém de fora, não dele mesmo. Talvez o próprio Autor da vida chame os pacificadores de seus filhos. E, se os pacificadores são chamados de filhos de Deus, isso indica que Deus se posiciona como o pacificador dos pacificadores.

– Não posso dizer nada sobre Deus. Você é cristã, está mais apta do que eu para tecer esses comentários. O que posso dizer é que alguns ateus consideram o Deus do Antigo Testamento beligerante, guerreiro, exclusivista.

– Inclusive eu, Marco Polo! – exclamou Michael para surpresa do casal.

O amigo neurocientista de Marco Polo que participava do debate estava de pé, perto da mesa, atento à conversa de ambos.

– Michael, você aqui? Sente-se – convidou o psiquiatra.

– Meu carro quebrou. Resolvi vir ao hotel e tomar café da manhã com vocês para partirmos juntos para o nosso próximo encontro – justificou. E em seguida acrescentou: – Com nossos debates, estou aprendendo a admirar esse Jesus, sua afetividade, seu desprendimento e sua inteligência, mas tenho sérios problemas em relação ao Deus das antigas escrituras. Eu o considero não apenas exclusivista, mas também vingativo e cruel.

– Isso é preconceito, Michael – disse Sofia em tom mais seguro.

– Sofia, esse é o meu pensamento! Tolo ou não, ousado ou não, estou sendo transparente. Não é esse o sexto código? – disse Michael.

– Desculpe-me – falou Sofia. E acrescentou: – Mas está aberto para pensar em outras possibilidades?

– Se seus argumentos forem inteligentes, sim!

– Não sou eu quem defende Deus como pacificador; é o próprio Jesus em seu sétimo código. Ele o considera o grande promotor da solução pacífica de conflitos – comentou ela, olhando para Marco Polo.

Mas ele ficou em silêncio. Observava até onde esses dois cientistas iriam: ela, pensadora da psiquiatria; ele, pensador da biologia.

– Mas como? E quanto às guerras em que os judeus se envolveram?

– Mas quem disse que Deus se alegrava com essas guerras? Quem disse que ele não chorava as lágrimas dos feridos e sentia a dor dos abatidos, seja de Israel ou dos outros povos? – questionou Sofia.

Ele refletiu sobre esse tema e, segundos depois, contra-atacou:

– Quantos povos foram excluídos? Quantas pessoas que pensavam diferente foram abatidas? Lembra-se do evento do profeta Samuel? Crianças foram assassinadas. Diante disso, pode ser Deus um pacificador? – indagou o neurocientista.

Sua mãe era judia, portanto Michael era considerado judeu, mas havia se tornado ateu.

Marco Polo continuava em silêncio. Observava Sofia tecer seus argumentos, pois ele também tinha as mesmas dúvidas de Michael. Ela foi admirável:

– Marco Polo produziu conhecimento sobre esse tema. "Como estou?", "Onde estou?" e "O que sou?" são variáveis que abrem e fecham as janelas da memória num determinado momento existencial, acrescentando cores e sabores à reconstrução do passado. Interpretar o passado é contaminá-lo. Portanto atribuir episódios violentos das antigas escrituras ao Deus de Israel pode ser um erro atroz de raciocínio. Pense no segundo mandamento: "Amar o próximo como a si mesmo." Como chamar Deus de violento se ele proclamou a mais notável ferramenta para os povos, as sociedades e as famílias conviverem pacificamente e resolverem também pacificamente seus conflitos?

Marco Polo sorriu. Sofia era uma psiquiatra surpreendente. Michael ficou quase sem voz, mas teve de reconhecer:

– De fato, quem ama o próximo como a si mesmo é muito mais tolerante, paciente e generoso com os outros. Reconheço que é uma ferramenta poderosa de inclusão social! Você me perturbou. Preciso pensar – disse Michael. Porém depois questionou: – Mas quem praticou essa ferramenta? Os cristãos? Muitos deles cometeram atrocidades!

– Muitos falsos cristãos nunca foram pacificadores – argumentou ela. E citou fatos históricos: – Nas Cruzadas, mataram muçulmanos, na Inquisição, queimaram supostos hereges. O nazismo nasceu num país cristão, embora Hitler tivesse asco de Jesus por este ser judeu. Os líderes nazistas eliminaram milhares de crianças e adultos alemães com transtornos mentais e, além disso, destruíram eslavos, homossexuais, marxistas e milhões de judeus nos campos de concentração.

Marco Polo entrou em cena:

– Devido à falta de treinamento do Eu como autor da própria história, muitos líderes cristãos construíram um Jesus inexistente em seu imaginário, muitíssimo diferente do Mestre dos mestres da pacificação.

Depois de uma pausa para reflexão, eles se levantaram para realizar mais um fascinante debate que iria nutrir suas mentes com os mais notáveis códigos. Enquanto caminhavam, Marco Polo recebeu uma ligação. Era o Dr. Abraham Leman, o austero reitor da universidade onde ele era chefe do departamento de psiquiatria. Eram amigos, mas o Dr. Abraham não tinha autocontrole nos focos de tensão. Falava de forma crua o que pensava, doesse a quem doesse. O reitor foi direto ao assunto:

– Marco Polo, é o doutor Abraham. Não vou perguntar como você está, pois deve estar ótimo, de férias, na mordomia. Está ciente de que está há mais de um mês em Israel? Abandonou nossa universidade?

– Como está, doutor Abraham?

– Poderia estar melhor se professores como você não me tirassem do ponto de equilíbrio.

– Pensei que reitores não se abalassem com mestres, só com alunos! – brincou Marco Polo.

– Prefiro tratar com 5 mil alunos a fazê-lo com cinco professores.

– Ok, deixe-me pacificar seu ânimo. Tem contemplado o belo? Tem feito das pequenas coisas um espetáculo aos seus olhos?

– Pacificar-me? Contemplar o belo? Não tenho tempo para isso! Você está me estressando, Marco Polo. Esqueceu-se da reunião anual dos cientistas da universidade? Será em menos de duas semanas.

– Não pretendo participar este ano.

– Como não? Você precisa apresentar suas pesquisas psiquiátricas.

– Meu dever acadêmico é pesquisar e publicar em revistas científicas, não fazer reuniões sociais. Estou cansado dessa fogueira das vaidades. Nós, cientistas e professores, precisamos nos abraçar mais e competir menos, apoiar mais e sabotar menos uns aos outros.

– Você está mudado, Marco Polo... – disse o reitor, abalado. – Precisamos diminuir nossa vaidade, mas essa reunião é vital! Terá cobertura da imprensa. Você é uma das estrelas de nossa universidade.

– Estrela, eu? Sou apenas um carregador de pedras, consciente de algumas das minhas loucuras.

– Consciente de suas loucuras? Que palavras são essas? Está vendo? Você está mudado. Estou preocupado – reafirmou o reitor. – O que tem ocupado tanto seu tempo em Israel? Tem investigado depressão, síndrome do pânico, ansiedade, transtornos sociais, corrupção política?

Marco Polo ficou em silêncio por um tempo, depois respondeu:

– Estou estudando a mente, as ideias e as ferramentas socioemocionais de um personagem histórico.

– Mas que personagem histórico é esse que você não poderia investigar aqui na Califórnia? Sócrates, Platão, Descartes, Kant, Hegel, Marx, Sartre, Shakespeare?

– Uma mente surpreendente, que supera a dos pensadores clássicos!

– Sempre polêmico, Marco Polo! Sempre polêmico... – repetiu o reitor duas vezes. Depois afirmou: – Eu sei o que você está pesquisando: a mente de Jesus!

– Então por que perguntou?

– Porque queria ouvir essa insanidade da sua boca.

– Pois bem, estou cometendo essa insanidade! É a insanidade mais lúcida que já cometi! – ironizou o pensador da psiquiatria.

– Você me deixa em estado de pânico. Como pode um dos cientistas mais brilhantes que já conheci e um dos ateus mais ferrenhos de que se tem notícia entrar nesse campo minado? – disse o Dr. Abraham que, ao contrário de Marco Polo, era religioso, um judeu praticante. Em seguida indagou: – Estudar a mente de Jesus? Ciência e religião são água e óleo, não se misturam! O que aconteceu com você?

– E quem disse que estou pesquisando religião? Estou pesquisando esse personagem sob os ângulos das ciências humanas.

– Você não acha que está sendo um intelectual irresponsável? – perguntou o reitor, irritado.

Marco Polo respirou, esvaziando-se de si mesmo. Precisava ser de fato um grande pacificador para não perder o autocontrole. Foi calmo, mas não submisso:

– Irresponsável, eu? Irresponsáveis foram as universidades por não terem investigado se Jesus foi ou não uma mente brilhante, se suas ferramentas de gestão da emoção podem ou não proteger a mente humana contra estímulos estressantes e se ele formou zumbis intelectuais ou pensadores críticos que transformaram a humanidade.

O reitor engoliu em seco. Nunca imaginou que Marco Polo trouxesse questionamentos tão sérios e atuais. O psiquiatra terminou dizendo:

– Com minha história e meu currículo, você acha que estou sendo irresponsável?

O reitor ficou impactado com o autocontrole de Marco Polo. Outrora subiria também o tom de voz.

– Bom... Não sei que diagnóstico lhe dar. Intrépido? Ousado?

Correndo o risco de comprometer a sua carreira e de perder a maior moeda do capitalismo, o tempo?

– Gostaria apenas que você usasse a moeda mais importante do Estado democrático de direito.

– Qual?

– O respeito. Na democracia não é necessário concordar com os diferentes, mas respeitá-los.

Esse pensamento penetrou como um raio nos porões do psiquismo do reitor. Marco Polo levava o nome de sua universidade para os mais de sessenta países onde seus livros eram publicados.

– Desculpe-me. Eu o respeito – disse o reitor. – Mas você não é pago para realizar suas aventuras.

– Tive o cuidado de abrir mão do meu salário da universidade durante este mês.

– Ah, desculpe-me, não sabia. Isso demonstra sua ética. Mas há tantas coisas mais importantes para fazer em Jerusalém.

– Por que esse preconceito? Jesus é o judeu mais famoso. O ator mais aplaudido do teatro da humanidade é, paradoxalmente, o menos estudado. A criança mais comemorada do mundo é a menos conhecida! Nunca um personagem tão fundamental foi tão desprezado. As religiões cristãs, inclusive nos Estados Unidos, por não estudarem sua mente, diminuem sua intelectualidade, enquanto as ciências, por não investigarem seu intelecto e suas ferramentas, lhe dão as costas! Cometemos um erro histórico gravíssimo.

– Espere... Não vai me dizer que você vai querer falar sobre esse tema em nossa reunião anual...

– Não sei se irei. Mas, se for, falarei sobre seus Códigos da Felicidade.

– Não, não, não... É melhor que fique aí então. Os cientistas vão comer você vivo.

– É realmente muito estranho que os Estados Unidos, um país que se desenvolveu sob a ética cristã, tenha asco em falar dele, até no cinema. Quando se fala, sempre é sob a ótica religiosa. Se pesquisasse a mente de qualquer sujeito, mesmo um psicopata, ninguém acharia estranho.

Mas pesquisar a mente desse homem que queria reescrever a história da humanidade é proibido, um tabu irracional, um escândalo acadêmico. Sinceramente, nossos preconceitos nos tornam meninos em nossa emoção. Sabia que precisamos desenvolver ferramentas de proteção psíquica? Sabia que a humanidade está adoecendo emocionalmente de forma coletiva?

Era difícil se contrapor às ideias de Marco Polo. Ele instigava mentes incautas. Depois desses questionamentos, o Dr. Abraham arrefeceu sua rigidez:

– Eu sei, eu sei. A Organização Mundial da Saúde estima que os transtornos mentais gerem uma perda econômica de mais de 1 trilhão de dólares anualmente em todo o mundo. Uma cifra absurda! Daria para exterminar a fome de toda a humanidade algumas vezes. As sociedades modernas se tornaram uma fonte de estresse altíssimo. Mas o que fazer? Você tem a solução?

– Vale a pena estudar as mentes que propuseram ferramentas preventivas. O Mestre dos mestres da emoção é uma delas. Nunca vi alguém tão ousado, arguto, perspicaz, genial.

– Mas veja o padrão da saúde mental dos cristãos católicos e protestantes. Eles se vitimizam como qualquer mortal com mazelas emocionais.

– Tem razão, doutor Abraham. Eles também desconhecem as ferramentas emocionais do personagem que amam e admiram.

22

7º Código da Felicidade: "Felizes os pacificadores, porque serão chamados de filhos do Autor da existência."

Depois desse episódio, Marco Polo foi para o evento no alto da montanha. Era um dia muito emocionante. O Código da Felicidade sobre o qual discorreria naquela manhã era mais do que uma ferramenta de gestão da emoção: era como um aparelho de tomografia que revelava as feridas, os cânceres, os traumas da humanidade.

– Um pacificador é um ser humano que enxerga além dos próprios olhos. Ele vê o essencial, enxerga as dores cálidas dos seus íntimos, os fantasmas que assombram seus filhos, o lixo mental que entulha o cérebro de seu parceiro ou parceira. Quem enxerga o essencial consegue pacificar a mente das pessoas que o cercam. Felizes são os pacificadores.

Tão logo Marco Polo fez essa exposição, mais uma vez o Autor da existência, que se esconde atrás da cortina do tempo e do espaço, foi questionado pelos debatedores:

– Sou filho de judeus que conseguiram sobreviver aos campos de concentração. Se Deus existe, ele não é pacificador. Por que não evitou a morte dos judeus em Auschwitz? – disse um deles.

– Por que permite os ataques terroristas? – perguntou um jovem francês.

– E os acidentes? E os desastres naturais? Por que Deus não os previne? – indagou outro.

– Onde está Deus que não interrompe a crueldade dos ditadores? Deus é uma utopia da mente humana! – expressou um ateu.

O Dr. Thomas, teólogo e intelectual de Harvard, não gostou da maneira como esses debatedores colocaram seus questionamentos. Rapidamente comentou:

– Seus argumentos são radicais. Não contemplam outras possibilidades!

O Dr. Alberto, teólogo e intelectual do Vaticano, seguiu a linha do Dr. Thomas:

– O ateísmo radical é tão perigoso quanto as crenças fundamentalistas.

– Eu discordo. Não sou radical – expressou Sarantus, um sociólogo grego.

O clima ficou tenso no alto da montanha. Mas Marco Polo estava animado com aquele caldeirão de ideias. Ele sempre fizera tantos ou mais questionamentos do que os grandes ateus da história, como Diderot, que queria que o último religioso fosse asfixiado com as próprias vísceras, ou Freud, que dizia que a busca por Deus era a busca de um pai protetor. Por isso disse:

– Caros doutor Alberto e doutor Thomas, deixe-os questionarem livremente. Quem reage sem pensar fere; quem pensa antes de reagir tem chance de encontrar suas respostas. – Depois acrescentou: – O iluminista Voltaire colocou duas teses sobre esses questionamentos: ou Deus não existe, portanto é uma miragem da mente humana, ou Deus existe, mas abandonou o "projeto humanidade" porque os seres humanos são violentos, instintivos, individualistas e egocêntricos.

Todos ficaram em silêncio absoluto. Não se ouvia uma mosca, seja no alto da montanha, seja dentro das salas de casa, de aula, nos escritórios, enfim, onde milhões de pessoas acompanhavam o debate ao vivo pela internet. A discussão havia atingido temperaturas inimagináveis. Marco Polo, revelando sabedoria, comentou:

– Porém há uma terceira tese que Jesus defendeu solenemente.

E fez silêncio.

– Que tese é essa? Não estou entendendo! – indagou Sarantus.

– O líder dos líderes defendeu uma terceira via que deixaria Voltaire em estado de choque: Deus existe, mas não pode intervir na humanidade como todos queríamos que interviesse, pois dotou o ser humano de capacidade de escolha para tomar suas decisões e se tornar autor da própria história e senhor do próprio destino. Se ele intervier, torna o ser humano um servo, um escravo, controlado por sua vontade. Nesse caso, teria bajuladores, não amigos, serviçais, não filhos que o amariam, pois o amor só nasce no terreno da liberdade plena. Pais que superprotegem os filhos, além de lhes asfixiar a liberdade, nunca saberão se eles os amam de verdade ou se estão próximos deles por interesse. Vocês cometem esse erro?

– Eu controlo demais os meus filhos – confessou Helena, uma das mulheres do clube dos bilionários. Ela havia ficado tão impactada com a conferência de Marco Polo que resolveu participar dos debates. – Sinceramente, sinto-me dividida: se não lhes dou o que querem, eles gritam, pressionam, julgam-me ingrata. Eles são viciados no que tenho, não no que sou...

– Interessante – disse Sofia. – Resolvi uma das minhas grandes dúvidas. Deus não está alienado das dores dos seres humanos, ele sofre as dores dos pais que perderam seus filhos e vive as lágrimas dos filhos que perderam os pais. Todavia, se Deus interviesse a cada momento que desejássemos, se a um simples pedido ou oração ele solucionasse nossas mazelas, seríamos viciados no que ele tem, não no que ele é.

– Nesse caso, Deus cairia numa armadilha. Os homens seriam deuses, enquanto Deus seria um servo dos homens – expressou, iluminado e abalado, o ateu Sarantus.

– Não o amariam. Pelo contrário, o usariam! E isso já tem acontecido! – afirmou o Dr. Thomas.

Marco Polo completou seu raciocínio:

– No Sermão da Montanha, Jesus parecia gritar que a humanidade está se autodestruindo, que seu livre-arbítrio está fragmentado, doente e asfixiado. Ele proclamou seus códigos para corrigir rotas, para turbinar seu livre-arbítrio, sua livre escolha e sua consciência crítica: o Eu precisa praticar o esvaziamento de si mesmo, precisa chorar pela dor dos outros, ser paciente, justo, compassivo, transparente.

Comentou ainda que o Mestre dos mestres instiga os seres humanos a serem pacificadores, pois estes são os que mais lutam para aliviar a dor humana e solucionar os conflitos.

– Se essas ferramentas fossem praticadas em todas as religiões e escolas do mundo, nossas prisões virariam museus e nossos policiais teriam tempo de fazer poesias, pois haveria pouquíssima violência, pouquíssimos criminosos... – comentou Sofia, emocionada.

Michael suspirou e, em seguida, argumentou:

– Poxa! Não havia pensando que o Sermão da Montanha era uma correção de rotas da humanidade.

Diante de todo esse caldeirão de ideias, Marco Polo concluiu:

– Sem corrigir essas rotas, os seres humanos, independentemente de serem judeus, cristãos, muçulmanos, bramanistas, budistas ou ateus, poderão ser controlados por três necessidades neuróticas: a de poder, a de estar sempre certo e a de ser o centro das atenções sociais.

As pessoas começaram a ser iluminadas.

– Estou abaladíssimo com esse debate academicamente aberto e socialmente ecumênico. Parece os debates de Sócrates com seus alunos na Grécia Antiga – comentou Sarantus.

E, depois dessas primeiras discussões, o pensador das ciências humanas tratou de alguns assuntos mais práticos:

– A oração do "pai-nosso" foi proferida no Sermão da Montanha. Pensem nela pela perspectiva do que estamos debatendo.

– Impressionante. Ela é um tratado de pacificação, em destaque quando orienta: "Perdoai-nos, assim como temos perdoado quem tem nos ofendido" – comentou o Dr. Thomas.

– Você pode conviver com milhares de animais, mas, se conviver com um ser humano, cedo ou tarde haverá frustrações. Não há almas gêmeas, a não ser que duas pessoas estejam mortas uma ao lado da outra. Você será frustrado e também frustrará. O perdão é o oxigênio das relações sociais saudáveis; sem ele, pais e filhos não respiram, casais não se amam. Todavia, o perdão proposto por Jesus é o perdão inteligente, não o religioso.

– Não estou entendendo – afirmou o Dr. Thomas.

– Quando sofria no madeiro, ele disse "Pai, perdoa-os, porque eles não sabem o que fazem". Não vou discutir o sacrifício dele na cruz, mas seu perdão psicológico. Foi a primeira vez na história que uma pessoa torturada perdoou seus torturadores no ato da tortura.

– Incrível! – expressou o Dr. Kruegen, um psiquiatra alemão. – Jesus sabia que por trás de uma pessoa que fere havia uma pessoa ferida.

– É surpreendente. Jesus desculpou homens indesculpáveis! – comentou Helena, a bilionária, fascinada. – Que homem é esse que, até enquanto morria, pacificava o ser humano?

– Os comportamentos de Jesus não têm precedente histórico – admitiu Michael, o neurocientista ateu. – Freud baniu da família psicanalítica quem contrariou suas ideias, mas o homem mais inteligente da história abraçou seus torturadores, os convidou para o banquete da generosidade.

Também estava presente o Dr. Frank Stubal, um respeitado neurologista da Faculdade de Medicina onde Marco Polo era chefe do departamento de Psiquiatria. Marco Polo era um especialista em colecionar amigos, mas tinha seus desafetos. No entanto, quando seus opositores se davam o direito de conhecê-lo melhor, quebravam as barreiras e eram influenciados por ele. O Dr. Frank Stubal era um desses desafetos.

– Conheço muitos intelectuais que foram infectados pelo poder. O poder os apequenou, os asfixiou, levou-os a negar sua origem. Como romper esse ritual que cega mentes brilhantes? – indagou o neurologista.

Marco Polo gostou de vê-lo humildemente na plateia.

– Olá, Frank! Para domesticar os fantasmas que nos assombram não basta ter intenções de mudança. A intencionalidade não muda a personalidade.

– Como assim?

– A intenção de mudança aciona o biógrafo do metabolismo cerebral, o fenômeno RAM, registro automático da memória, a arquivar solitariamente uma janela light, ou saudável. Mas ela é uma agulha no palheiro da memória, portanto não é encontrada nos focos de tensão.

Para mudar características doentias da personalidade, não basta uma janela solitária, tem de haver uma plataforma de janelas.

Sofia completou com fineza intelectual:

– Assim como para formar um bairro sustentável numa cidade precisamos de milhares de casas, apartamentos, farmácias e supermercados, do mesmo modo, para formar uma nova característica na "cidade" personalidade, precisamos de milhares de janelas ou arquivos light, o que é um processo complexo.

Muitos criam erroneamente que a personalidade era imutável e que também o caráter, como pilar da capacidade de se ver, de ser e reagir, não mudasse. Para Marco Polo, bem como para Sofia, essa era uma tese falsa. Lembrava, por exemplo, que o mal de Alzheimer podia devastar áreas importantes da personalidade, modificando drasticamente o caráter.

– É difícil, mas não impossível, formar plataformas, ou novos "bairros", no cérebro. Uma das técnicas que ajudam essa formação é a Mesa-Redonda do Eu. Em tese, uma pessoa radical pode se tornar flexível, uma egocêntrica pode se converter numa generosa e um ser humano impulsivo pode conquistar a paciência e a calma. Mas não há milagres.

Marco Polo já havia dito que não é possível apagar os traumas psíquicos, apenas reeditá-los. E havia comentado também uma técnica poderosa para reedição dos traumas: a técnica do DCD (duvidar, criticar e determinar). Essa técnica deveria ser aplicada diariamente para reeditar as janelas Killer que estavam abertas e que patrocinavam as crises de ansiedade, as fobias, os brancos nas provas, os ataques de ciúmes, a inveja, o desejo de vingança. Agora ele falaria de outra técnica poderosa não para reeditar as janelas, mas para construir janelas light paralelas ao redor do núcleo traumático: a técnica da Mesa-Redonda do Eu.

Todos ficaram curiosos sobre essa técnica. Marco Polo, como pensador não apenas da psiquiatria, mas também da psicologia e da psicopedagogia, sempre trazia fenômenos desconhecidos para os participantes.

– Mesa-Redonda do Eu? Como assim? – perguntou a Dra. Lucy, esposa do Dr. Frank Stubal, que era psicóloga cognitiva.

– Muito se fala de *mindfulness*, ou atenção plena, na atualidade, mas as pessoas continuam agitadas, ansiosas, com baixo limiar para frustrações. A Mesa-Redonda do Eu é mais do que uma excelente técnica para realizar o *mindfulness*, o relaxamento concreto. É também uma técnica revolucionária para produzir higiene mental e formar novas plataformas de janelas ou arquivos light.

– Através da técnica da Mesa-Redonda do Eu – disse Sofia, que já a utilizava, seja para fazer sua higiene mental diária, seja no tratamento de seus pacientes –, o Eu deixa de ser espectador passivo e passa a debater inteligentemente com seus fantasmas mentais.

Diante disso, Marco Polo questionou:

– Alguém conseguiria conviver com uma pessoa que não toma banho há uma semana ou um mês?

– Claro que não! – disseram as mulheres em peso, pois amavam os perfumes e detestavam odores fétidos.

– Pois bem, muitos que ouvem este debate nunca fizeram uma higiene mental ou emocional! Exalam péssimos odores psíquicos que perfume nenhum pode neutralizar.

Houve um burburinho na plateia. Marco Polo explicou para um público atônito:

– Quando vocês veem pessoas impulsivas, irritadiças, inflexíveis, pessimistas, conformistas, excessivamente críticas, estão apenas sentindo o odor de quem não toma "banhos emocionais" nem escova seus dentes "mentais".

– Mas então é por isso que há uma explosão de doenças psicossomáticas e emocionais no mundo! – concluiu, perplexa, a psicóloga cognitiva, Dra. Lucy.

– É por isso também que, na era digital, está havendo uma epidemia de falta de sentido existencial e de prazer de viver. Não sabemos fazer higiene em nossa psique – completou o Dr. Frank Stubal, seu marido, estarrecido.

– Sem fazer a higiene mental e emocional, o biógrafo inconsciente, o fenômeno RAM, registra emoções e pensamentos doentios, formando janelas Killer, ou traumáticas, em abundância. Toda casa produz lixo; as mansões, mais ainda; e os países riquíssimos, como os Estados Unidos, muito mais. Do mesmo modo, toda mente é uma casa que produz lixo, como irritabilidade, autopunição, sofrimento por antecipação. Sem reciclá-lo, ela formará janelas Killer.

Eis que apareceu Oscar. Eu tinha esquizofrenia, mas, quando equilibrado, era de uma inteligência surpreendente. Ele comentou:

– Estou enrolado, gente. Minha mente tem mais montanhas de lixo que as cidades mais poluídas do mundo.

Todos riram do seu bom humor.

– Todos os dias eu rumino perdas e mágoas – falou Mary, uma mulher de 30 anos de Toronto, professora do ensino infantil. – Como faço a Mesa-Redonda do Eu?

– Todos os dias o Eu tem de reciclar, criticar, impugnar, confrontar cada emoção conflitante e pensamento perturbador – explicou Marco Polo. E indagou: – Mas qual diagnóstico imaginam quando veem alguém falando sozinho?

– Eis um louco! – afirmou Norten, um deputado finlandês.

– Esse é o nosso preconceito – disse Marco Polo. – Os pacientes psicóticos falam com eles mesmos para abrandar seus delírios, não apenas por causa deles. Ao passo que os "normais" se calam sobre as próprias mazelas. Sabem fazer uma faxina no escritório e na sua cozinha, mas não na própria mente. Isso não é uma verdadeira loucura?

– Loucura total! – falou Oscar. – Eu sempre desconfiei que os normais são mais loucos do que eu, doutor.

Mais risadas. As pessoas ficaram cientes de suas insanidades.

Sofia comentou com elegância:

– A Mesa-Redonda do Eu é uma técnica que está ligada à complexa fronteira da construção de pensamentos. Ela refina a consciência crítica e ajuda a prevenir transtornos emocionais. Portanto, deveria ser aplicada por qualquer ser humano desde a infância. Mas ela também complementa o tratamento de psiquiatras e psicólogos, independentemente da corrente psicoterapêutica que seguem, se psicanalítica ou comportamental.

Marco Polo complementou:

– Todos deveríamos treinar os alunos, bem como nossos pacientes, para aplicar essa técnica. Pois é lá fora que os fantasmas dos ataques de pânico, das obsessões, do humor depressivo, das crises ansiosas e da compulsão pelas drogas aparecem.

– Interessantíssimo. Desse modo, nossos pacientes não serão espectadores passivos de sua doença. Mas não aprendemos isso nas faculdades de psicologia. Como aplicar essa técnica? – indagou novamente a psicóloga Lucy.

– No silêncio da mente, durante alguns minutos diários, o Eu deveria debater e questionar fortemente tudo que o controla. Por exemplo, se alguém é tímido, o Eu deve questionar: "Por que sou inseguro? Quando minha timidez começou e quais suas causas? Por que não sou livre? Qual o problema se eu falhar? Exijo não ser escravo de minha imagem social, do que os outros pensam de mim! Determino ousar!" Nada é tão relaxante quanto a Mesa-Redonda inteligente, quando o Eu debate com os vampiros que o sangram, os complexos doentios, as falsas crenças, a baixa autoestima, o sentimento de culpa, as ideias fixas, a hipersensibilidade.

– A técnica da Mesa-Redonda do Eu reurbaniza a memória, cria novas plataformas de janelas light, faz a higiene psíquica, pacifica a mente! Ela reurbaniza os solos da personalidade, em especial se for feita por um ou dois anos seguidos – revelou Sofia. Mas enfatizou: – Reitero: embora seja preventiva, essa técnica não substitui o tratamento, mas o complementa.

Marco Polo comentou que, infelizmente, o ser humano é educado para ser passivo, conformista, marionete das intempéries, do *bullying*, do assédio moral, das traições, dos traumas.

– A educação mundial de fato tem que mudar, passando da era da informação para a era do Eu como gestor da mente humana. Essa mudança é tão vital quanto descobrir e defender a ideia de que a Terra é redonda e gira em torno do Sol!

– Dirigir o nosso próprio script! Interessante! De fato, somos meninos completamente despreparados para dirigir nossa "aeronave mental". É tão fácil ferir quem mais deveríamos proteger – comentou o Dr. Alberto.

– Desconhecia essa técnica de gestão da emoção. Mas sei que muitos intelectuais exalam um odor insuportável nas universidades. Nunca fizeram higiene mental e emocional – confessou, emocionado, o neurocirurgião Dr. Leman. – Eu era o pior deles. Ótimo para cobrar, apontar falhas, elevar o tom de voz, mas tardio para elogiar. Meu Deus, como eu sou insuportável.

Muitos sorriram, mas, no fundo, tinham vontade de chorar. Entenderam que, antes de pacificar a mente de seus filhos, cônjuges, alunos e colaboradores, precisavam pacificar a própria mente todos os dias com a técnica da Mesa-Redonda do Eu.

Na mente de cada ser humano havia mais "vampiros emocionais" que sangravam a alegria e a saúde emocional, como sofrer pelo futuro, do que nos filmes de Hollywood. Eles elevavam o gasto de energia emocional inútil (índice GEEI) às alturas, o que levava as pessoas a acordarem fatigadas, com dores de cabeça, musculares, déficit de memória. Porém ficou claro que quem não faz higiene mental e emocional é um carrasco do próprio cérebro!

23

Continuação do 7º Código da Felicidade: O espermatozoide vencedor – pacificando mentes ansiosas e depressivas

A humanidade estava agonizando. As estatísticas demonstravam que, ao longo da vida, 20% da população mundial desenvolveria uma depressão, o último estágio da dor humana. Eram cerca de 1,4 bilhão de pessoas. Preocupado com a desertificação do território da emoção, Marco Polo, no dia seguinte, quando continuou a debater o sétimo código, indagou dos presentes:

– Vocês são pacificadores ou estressores daqueles a quem amam?

Muitos eram estressores. Pais, em vez de acalmar seus filhos, os irritavam e pressionavam. Professores, em vez de estimularem o apetite intelectual dos alunos, os agitavam com seus gritos, seu excesso de matérias e provas desinteligentes. Casais, em vez de serem tranquilizantes um para o outro, eram uma fonte de ansiedade, se atritavam por coisas tolas.

Todos sorriram, pois se encaixavam nessas categorias.

– Precisamos ser pacificadores, senão será impossível construir relações saudáveis e harmônicas. Faremos guerras em lugares em que deveríamos distribuir flores – apontou Sofia em concordância com Marco Polo.

O pensador da psiquiatria classificou os pacificadores em três tipos: os que pacificam os próprios fantasmas mentais, os que pacificam os fantasmas mentais dos outros e os que pacificam os conflitos sociais.

– Muitos são ótimos para a sociedade, mas péssimos para cuidarem de si mesmos. São excelentes para os estranhos, mas implacáveis com eles mesmos, exigindo em demasia de si, colocando-se na periferia da própria agenda. Precisam das duas técnicas que comentei, a Mesa-Redonda do Eu e a DCD, para proteger a mente.

E conclamou todos os seus ouvintes a se converterem em embaixadores dessas técnicas. Que saíssem das raias do egocentrismo e vivessem os Códigos da Felicidade que estava expondo. Além disso, que ensinassem as ferramentas para as pessoas terem autocontrole em suas empresas, famílias, escolas. Depois acrescentou:

– Devemos procurar estancar a fome física, mas também a desnutrição emocional da sociedade. Ninguém muda ninguém. Temos o poder de piorar os outros, mas não de mudá-los. Porém algumas das técnicas aqui propostas podem treinar o Eu de quem amamos para que eles mesmos se reciclem, dirigindo os próprios scripts.

De repente ocorreu uma intervenção saturada de emoção:

– Eu nunca aprendi a pacificar os fantasmas de meus filhos... – disse Pablo, um engenheiro eletrônico peruano que participava pela primeira vez dos debates. Confessou que seu filho adolescente havia tentado desistir da vida. Era mais um pai entre os participantes presenciais que vivia o drama do suicídio: – Meu filho foi seduzido pelos desafios do jogo mortal Baleia Azul. O último desafio era atirar-se do andar em que morávamos, o sexto. Felizmente, caiu sobre fios e não morreu. Perturba-me muito pensar que ele possa tentar outra vez.

Todos ficaram emocionados com a dor desse pai. Diante disso, Marco Polo comentou novamente a equação que lhe tirava o sono:

– A indústria do entretenimento da atualidade é pelo menos cem vezes mais potente do que a que existia no Coliseu romano, independentemente das atrocidades que aconteciam naquela arena. Mas ela não é eficiente, pois não produz um prazer renovador, estável e calmo.

– Os jovens, por mais pobres que sejam, têm acesso ao esporte, à música, à TV, aos smartphones. Mas onde estão os jovens que acordam felizes, relaxados, aplaudindo a vida? – perguntou o Dr. Michael.

– Como resgato meu filho? – indagou Pablo, abalado.

– Primeiro tem de descobrir se você é um pacificador ou um estressor da mente dele. Quem eleva o tom de voz é um estressor, pois leva o "biógrafo não autorizado" do cérebro a arquivar janelas Killer. Você eleva o tom de voz ao falar com ele?

– Elevo! – confessou o engenheiro.

– Quem cobra demais dos outros também é um estressor. Você cobra?

– Muito.

– Quem é um especialista em apontar falhas é um estressor daqueles a quem ama. Você é um desses especialistas?

– O tempo todo.

– Quem tem dificuldade de conviver com pessoas lentas é mais do que um agitador de mentes: é um megaestressor!

– Sou um megaestressor do meu filho. Esbravejo para que ele realize mais rápido suas tarefas, ande mais rápido, se arrume mais rápido...

– Então mude sua política educacional, da era do apontamento de falhas para a era da celebração de acertos. Exercite os Códigos da Felicidade.

As pessoas aplaudiram Marco Polo, que depois ponderou:

– Veja a mente do homem que estamos estudando. Ele elogiou a capacidade de julgar dos homens que queriam apedrejar a adúltera, Maria Madalena, e apenas mudou a base do julgamento: quem não tivesse erros que atirasse a primeira pedra. Ele elogiou Maria Madalena exaltando-a como ser humano ao dizer "mulher!". Ele nos encorajou a surpreender quem nos decepciona, estimulando-nos a dar a outra face... Enfim, a exaltar mais a pessoa que erra do que seu erro!

Pablo começou a chorar.

– Faço tudo errado, tudo... Preciso corrigir minha miopia emocional, encontrar todos os dias motivos para aplaudir meu filho, apontar seus acertos, exaltar suas habilidades!

– É um excelente começo – garantiu Marco Polo.

– Pacificar a mente significa deslocar a âncora da memória das janelas Killer para as fronteiras das janelas light, levar nossos íntimos e até nossos desafetos das fronteiras do instinto para as raias da solidariedade – concluiu Sofia.

– Exatamente. Pacificar é irrigar o que eles têm de melhor, não de pior, inclusive sua capacidade de se reinventar. – E Marco Polo comentou um episódio interessante: – Hoje o motorista do táxi que nos trouxe aqui dirigia em altíssima velocidade. Estava colocando a minha vida e a de Sofia em risco. Como corrigi-lo?

Muitos chamariam a atenção do motorista com rispidez, outros com gentileza. Mas Marco Polo foi muito além, deslocando a âncora da memória.

– Eu poderia lhe dar uma bronca como qualquer consumidor, mas reforçaria o que ele tem de pior. Se ele tivesse tendências suicidas, eu estaria estimulando-as. Então, num momento raro em que ele diminuiu a velocidade, eu o exaltei: "Parabéns por dirigir bem e devagar!"

– Imediatamente ele agradeceu e começou a dirigir com serenidade! – comentou Sofia.

As pessoas entenderam esses mecanismos ligados à mais complexa fronteira da ciência, a ciência que estuda os mecanismos que nos tornam *Homo sapiens*, em destaque o processo de construção de pensamentos. Pablo enxugou suas lágrimas com as mãos e afirmou solenemente:

– Eu trabalharei os códigos. Usarei a Mesa-Redonda do Eu todos os dias para fazer uma higiene mental em minha postura rude, tosca e radical. Desarmarei meu filho. Serei, apesar dos meus defeitos, um jardineiro de janelas light. Lutarei para ser um dos melhores pais do Peru – concluiu, sob aplausos da plateia.

Marco Polo amava falar por metáforas. Era uma excelente maneira de libertar o mais complexo pensamento, o imaginário, o antidialético.

– Para ser um pacificador de seus alunos, cônjuges e colaboradores, indague com inteligência: que lágrimas você chorou e que lágrimas nunca teve coragem de chorar? Que medos o assombram e você nunca teve coragem de contar? Que pensamentos perturbadores furtam a sua tranquilidade e você nunca expressou? Quantos pais, professores e executivos são pacificadores? Talvez 99,99% não o sejam.

Olhando para Marco Polo com delicadeza, Sofia comentou:

– Indaguem ainda: onde eu errei e não soube? O que posso fazer para torná-los mais felizes?

Nesse instante, alguém no meio da multidão lentamente tirou um revólver de seu blazer preto e camuflado. Sem que ninguém visse a arma, se aproximou de Marco Polo para assassiná-lo. O discurso de pacificação causava asco a esse estranho homem. Quando ia puxar o gatilho, um jovem de cerca de 25 anos entrou na frente de Marco Polo e interrompeu sua fala. Em seguida lhe deu um grande e prolongado abraço.

Ao ver o rapaz abraçando Marco Polo, Sofia detonou o gatilho mental, abrindo uma janela Killer. O medo de que se tratasse de mais um inimigo oculto que queria assassiná-lo fez com que a âncora fechasse o circuito da memória, levando-a a reagir como uma presa diante de um predador.

Ela olhou para os lados, querendo identificar mais agressores. E então viu um homem estranho com a mão direita dentro do blazer segurando algo que parecia uma arma. Sofia bradou:

– Quem é você?

O homem se assustou e bateu em retirada. Mas o jovem, usando seu inglês carregado, a tranquilizou:

– Acalme-se, doutora. Sou brasileiro. Meu nome é Roberto. Fiquei cinco anos preso por tráfico internacional de drogas. – E depois, voltando-se para Marco Polo, acrescentou: – Você é o autor mais lido nos presídios do meu país. Seus livros pacificaram meus fantasmas mentais, me ajudaram a me reconstruir.

– Fico feliz por você – disse Marco Polo, surpreso com as informações.

E o jovem, com os olhos úmidos, completou:

– Hoje estou me preparando para entrar na faculdade de medicina. Quero seguir seus passos, dar o melhor de mim para contribuir para a humanidade. Quero pacificar mentes agitadas, depressivas, fóbicas, inclusive as mentes encarceradas em presídios de concreto.

E saiu sem dizer mais nada, em paz com a vida, livre do sentimento de culpa e do peso da existência. Muitos o aplaudiram. Era mais um ser humano que se reconstruíra. O debate do dia transcorria sem problemas e caminhava para o fim. Mas, na história de Marco Polo, a paisagem podia mudar a qualquer momento.

De repente, outro assassino entrou em cena. Era um francoatirador posicionado a 500 metros, completamente escondido. Ele se preparava para atingir o peito desse ousado cientista. Como Marco Polo andava enquanto dava sua aula, o francoatirador calibrava sua mira, procurando o momento exato para puxar o gatilho. Finalmente o Indiana Jones das ciências humanas pararia de pulsar com vida. De repente Marco Polo parou de se movimentar. Iria finalizar a discussão de mais um bombástico código secreto. Seria seu fim...

O assassino levou o dedo ao gatilho, mas, quando ia atirar, houve outro acontecimento surpreendente: uma jovem de 19 anos, de nome Estefânia, que subira a montanha havia 10 minutos, protagonizou uma cena chocante. Ela se aproximou de uma grade. Pretendia se matar. Oscar, que já havia tentado o suicídio antes de ser tratado por Marco Polo e Sofia, notou o olhar desesperado, a face contraída e tensa da menina, seus pulmões ofegantes. Ele se viu nela. Então gritou a plenos pulmões:

– Espere! Não se mate! Não se mate!

Havia centenas de pessoas no local. Houve um tumulto. Marco Polo saiu do alvo do atirador. As pessoas abriram a roda e viram a jovem à beira do penhasco. O pensador da psiquiatria ficou taquicárdico. Começou a se aproximar dela, mas ela o interrompeu:

– Deixe-me, doutor Marco Polo. Minha vida perdeu o sentido.

– Espere. Tudo que se perde pode ser encontrado – respondeu ele.

– Não há como me achar. Eu sou frágil – afirmou Estefânia.

– Discordo! Quem disse que você é frágil? Você é a pessoa mais corajosa que existe!

– Você está me enganando! – bradou ela.

– Não! Estou falando a plena verdade! Você é a maior alpinista da história.

– Pare! Nunca escalei montanhas!

– Você também é a maior nadadora do mundo!

– Mentira! Sei quem sou! Tenho medo de água.

– Você se desconhece – afirmou Marco Polo. – Você venceu o maior concurso da história!

– Mentira! Mentira! Sou burra. Nunca realizei nada notável! – afirmou Estefânia. E, aos gritos, acrescentou: – Detesto a vida. Não pedi para nascer!

– Mentira? Mentira digo eu. Você concorreu com mais de 100 milhões de participantes e venceu. Sabe quando? Quando você foi um espermatozoide vencedor.

Estefânia ficou extasiada. Não podia acreditar.

– Não é possível que eu tenha sido tão forte.

– Se você foi fortíssima quando ainda nem pensava, agora que pensa é muito mais poderosa. Não deixe nada nem ninguém destruir você!

Estefânia desatou a chorar. Em lágrimas, comentou:

– Eu fui um espermatozoide vencedor? Que loucura... Mas sou muito sensível. Qualquer ofensa, rejeição ou perda estraga o meu dia.

– Mas você pode gerir sua emoção e se proteger. Não permita que nada nem ninguém asfixie o sentido da sua vida. Seu Eu tem fome e sede de viver, mesmo quando você pensa em morrer. Você não quer matar a vida, mas a sua dor.

– Nunca pensei que eu fosse tão poderosa! – E, enxugando os olhos, concluiu: – Então estou sendo tola ao dizer que não pedi para nascer. Eu lutei pelo direito à vida desesperadamente! Eu venci milhões de concorrentes!

Foi assim que Estefânia teve sua mente pacificada por Marco Polo. Entendeu que os fracos reclamam, mas os fortes lutam pelos seus sonhos. Ela saiu da zona de perigo.

Todos aplaudiram a jovem. De repente, quando o jogo já estava ganho, Oscar marcou um gol contra.

Ele quis se aproximar de Estefânia, mas escorregou e ia se precipitar montanha abaixo. Num gesto rápido, a jovem, que praticava artes marciais, o segurou pelas mãos.

– Caramba! Você me salvou – disse Oscar, assustado. – Nunca pensei que uma mulher me salvaria.

– Nem eu pensei que tivesse essa coragem – afirmou Estefânia.

Entusiasmado, Oscar disse algo inusitado:

– Você quer namorar comigo?

– Não! – respondeu Estefânia.

Todos sorriram.

– Mas eu sou um superespermatozoide vencedor. Olhe o que está perdendo.

Todos deram mais gargalhadas.

– Não, eu já disse.

– Parabéns, não tenha medo de dizer não – disse o psiquiatra.

– Doutor Marco Polo, não me sabote... Mas não tem problema – disse Oscar, virando-se para Estefânia. – Pode me desprezar, me abandonar, me dar as costas; quem perdeu foi você. Eu vou ser feliz!

Naquela montanha não havia bebidas nem comida, mas houve uma festa inesquecível, uma fonte de alegria inenarrável. Os acontecimentos começaram a viralizar nas redes sociais. Fizeram centenas de sites para combater o suicídio com este tema: "Sou um espermatozoide vencedor! Lutei pela vida, jamais desistirei dela." Milhares de jovens chineses, japoneses, europeus, latinos e africanos superaram suas pulsões suicidas. Descobriram que foram e são incrivelmente fortes.

24

UM MENINO DE 12 ANOS AMÁVEL, TRANSPARENTE E PACIFICADOR

Marco Polo queria conhecer melhor o processo de formação da personalidade de Jesus. Estava cada vez mais pasmado à medida que estudava seu intelecto. Ele fora o gênio dos gênios, o empreendedor dos empreendedores. Com um time tão desqualificado de alunos que sempre o colocavam em situações estressantes, ele mudou a história da humanidade. Foi uma realização extraordinária, sem precedentes! Sem as teses de Jesus, os Estados Unidos e as nações europeias seriam países diferentes. Como psiquiatra e pensador, Marco Polo desvendava os códigos do Sermão da Montanha, mas queria saber como Jesus havia lapidado sua mente humana durante a juventude, incorporando seus códigos e se tornando o Mestre dos mestres.

Profundamente reflexivo, deitou-se na cama, recostou a cabeça no travesseiro e começou a recordar uma conferência que dera seis meses antes de embarcar para Jerusalém, num congresso sobre empreendedorismo no vale do Silício, na região de São Francisco.

Na plateia havia muitos engenheiros, executivos, empresários e alunos das mais diversas áreas. O tema de sua palestra era incomum: "Por que o terceiro milênio está sabotando a formação de empreendedores?" Marco Polo comentou que o assassinato da infância das crianças, o excesso de informações, a intoxicação digital, a saturação de imagens, o controle rígido das teses de mestrado e doutorado e a postura de agiota emocional das sociedades modernas (de muita cobrança e autocobrança) estavam asfixiando a formação de mentes brilhantes. Estávamos formando repetidores de dados em massa. Seu pensamento já estava em sintonia com os códigos do Mestre de Nazaré que estudaria no semestre seguinte.

Marco Polo viria a descobrir que o carpinteiro da emoção queria formar empreendedores notáveis a partir de mentes incultas, toscas, rígidas, fechadas. Dava-lhes um treinamento diário excepcional: abraçava os diferentes, gastava tempo ouvindo os que estavam na periferia da sociedade, se reinventava continuamente, tinha excelente comunicação, ensinava por metáforas. Para ele, ensinar era provocar o intelecto a pensar, não a dar respostas prontas. Era capaz de provocá-los a enxergar o intangível, a ver campos verdejantes onde só havia pedras e areia.

Em sua recordação, Marco Polo se lembrou de que fitara a plateia do vale do Silício e dissera:

– As respostas mais importantes das mais diversas áreas das ciências, bem como das *startups* e empresas de sucesso, são muito simples. Por exemplo: em que época surgem as flores?

A resposta era mais que óbvia.

– Na primavera – responderam coletivamente os participantes do congresso.

Marco Polo os impactou:

– O fato de as respostas serem simples não quer dizer que sejam óbvias. Por isso raras pessoas as encontram. As flores surgem no inverno e desabrocham na primavera. A escassez hídrica, os ventos uivantes e a agressividade das baixas temperaturas fazem com que as plantas reajam à possibilidade de morrer. Por isso produzem as sementes que as perpetuarão. Do mesmo modo, empreendedores e *startups* só fazem a diferença no teatro social se aliviam a dor e promovem a vida, seja de um nicho ou da sociedade como um todo – afirmou.

Na ocasião, Marco Polo fez um comentário crítico sobre o comportamento de um médico da Universidade de Princeton em relação à genialidade de Einstein:

– Todo grande produtor de conhecimento é um grande empreendedor. Einstein foi um expoente! Mas ser empreendedor é um privilégio de uma casta de gênios? Absolutamente não! Se conhecermos minimamente o processo de construção de pensamentos e a formação do Eu como líder de si mesmo, veremos que o médico de Princeton na época em que Einstein morreu foi ingênuo. Ele ousou extrair o cérebro dele de seu crânio. Além de invadir sua privacidade, errou ao considerar que o cérebro do gênio da física fosse muito diferente do dos demais mortais.

Marco Polo comentou que, sem dúvida, existem diferenças genéticas no processo de armazenamento, interconexões, acesso a dados e resgate de informações entre os seres humanos, mas os fenômenos mais importantes que nos tornam *Homo sapiens*, que patrocinam a construção de pensamentos lógico-dialéticos e imaginário-antidialéticos e nos transformam em seres criativos, são exatamente os mesmos entre brancos e negros, ricos e miseráveis, intelectuais e iletrados.

– Gostamos de nos classificar entre gênios e mentes comuns, entre inteligentes e pessoas estúpidas, mas a maior estupidez é valorizar a própria classificação. Somos mais iguais do que imaginamos. Nossas diferenças estão na ponta do iceberg da inteligência, pois na imensa base somos exatamente os mesmos.

Como um dos raros teóricos do processo de formação de pensadores, o psiquiatra discorreu que os disparos do gatilho da memória, abrindo milhares de janelas e acessando multifocalmente milhões de informações em milésimos de segundo para assimilar e interpretar os estímulos, ainda que fosse para a conjugação de um verbo, eram de uma complexidade sem precedentes. Eram fenômenos comuns a todos os seres humanos. Diante disso, Marco Polo assegurou:

– A construção de pensamentos paranoicos de um paciente em surto psicótico que acredita que há uma conspiração internacional contra ele é tão sofisticada quanto a construção de pensamentos de Einstein em relação às forças do universo. As diferenças estão nos parâmetros lógicos dos pensamentos. Um ataque de pânico no universo da mente humana contém um caldeirão de fenômenos, como pensamentos perturbadores, implosões de sentimentos, emoções fóbicas, imaginações dilaceradas, que é mais complexo do que os buracos negros no universo físico que sugam estrelas inteiras.

A plateia começava a entender o processo de formação de empreendedores a partir do universo psíquico. O médico de Princeton não entendia que o segredo de Einstein, bem como o das grandes mentes da humanidade, não estava em seus genes. Por isso Marco Polo indagou:

– Einstein trabalhava numa firma de patentes, sem nenhum apelo intelectual, pois não foi aprovado como professor universitário. Em tese, quem tinha mais informações: os melhores físicos da atualidade ou Einstein com 27 anos, quando construiu as bases da teoria da relatividade?

Depois de pensarem, a maioria respondeu:

– Os físicos da atualidade.

– Exatamente. Mas por que a grande maioria dos físicos e engenheiros não produz novas ideias? Essa é uma grande questão! As diferenças não estão na quantidade de dados arquivados no cérebro de Einstein e dos físicos da atualidade, mas na organização desses dados, na utilização da arte da dúvida para romper as falsas crenças, na ousadia de pensar diferente ou fora da caixa, na capacidade de produzir conhecimento sem se preocupar com a necessidade neurótica do juízo social. Talvez, se Einstein estivesse dentro de uma universidade, as pressões pudessem ter sabotado sua liberdade e criatividade.

Em seguida comentou que a maior ferramenta do Einstein como empreendedor foi o uso intuitivo e extremo do pensamento antidialético, ou imaginário.

– O próprio Einstein disse que "a imaginação é mais importante do que o conhecimento". Ele se via sentado num raio de luz e observava o que ocorria com o tempo e o espaço. A maior genialidade não é a genética, mas a forjada pelas ferramentas que o próprio Einstein e outros pensadores usaram, ainda que sem ter consciência disso – afirmou Marco Polo. – Reitero: esvaziar-se dos preconceitos, desatar medos, usar a dúvida para romper cárceres mentais, ousar andar por ares nunca antes respirados e libertar diariamente a imaginação. Quem produz novas ideias sem riscos torna-se um empreendedor sem glórias!

Depois de recordar algumas de suas teses para os empreendedores do vale do Silício, adormeceu profundamente. O dia tinha sido prazeroso, mas extenuante. Resgatar Estefânia gerou um desgaste enorme em seu cérebro.

Ano 12 d.C.

Um garoto de 12 anos saturado de vigor, sociável, flexível, altruísta, ousado e feliz brincava com seus amigos na terra seca e empoeirada da diminuta aldeia de Nazaré. Havia pouco o que comemorar naquele ambiente inóspito e árido, mas não para esse garoto. Aparentemente era apenas mais um menino – que, no entanto, se tornaria o mais comemorado do mundo.

Seu nascimento seria festejado por bilhões de pessoas. Superficiais, os que comemorariam não proclamariam sua genialidade emocional, não teceriam comentários sobre sua sociabilidade espetacular nem discursariam sobre sua notável inteligência, muito menos sobre sua capacidade de fazer da vida um espetáculo único e imperdível, mesmo quando o mundo desabasse sobre ele. Festejariam no Natal um menino que desconheciam.

Nazaré era uma aldeia pobre, socialmente desprezada, situada numa região sem prestígio cultural, a Galileia. Nesse ambiente, foi forjada a mais complexa personalidade. Os elementos externos eram comuns, mas os fenômenos pedagógicos eram insondáveis. Os pais de Jesus iam todos os anos às festas da Páscoa. Dias de viagem a pé ou sobre o lombo de animais sob o sol escaldante. Mas ninguém reclamava. O garoto se divertia muito, mas trabalhava responsavelmente. Era detalhista.

– Filho, vamos a mais uma festa da Páscoa em Jerusalém – disse Maria.

Superanimado, ele abriu um tremendo sorriso. Por alguns instantes, parou de serrar a pesada tora junto com seu pai, pois preparava as vigas de mais um telhado. Jesus limpou o suor do rosto e comentou:

– Que alegria, mamãe! Comemoraremos a Páscoa, mas a própria viagem será uma festa.

De repente, uma borboleta azul e amarela com estrias brancas cativou seus olhos. Ele acompanhou seu bailado como um espectador fascinado pela mais atraente peça teatral. Afinal de contas, o homem que discursaria sobre os Códigos da Felicidade era um jovem felicíssimo.

Depois de terminar o trabalho, o garoto foi convidar seus amigos para a jornada a Jerusalém. Desde muito cedo, o mestre que fazia dos miseráveis, dos passantes, dos leprosos e dos desconhecidos seus íntimos era um colecionador de amigos.

– Vamos para Jerusalém, Davi? – disse para um deles.

– Mas é longe! – disse Davi, pessimista.

– Nada é longe para quem ama caminhar. No percurso veremos milhões de assinaturas de Deus – comentou.

Já se esvaziava de si mesmo para contemplar o que muitos não enxergavam.

– Como assim, Jesus?

– Veremos a anatomia das nuvens, troncos carcomidos, a silhueta das videiras, sem contar as faces incríveis de cada ser humano.

– Jesus, não consigo acompanhar seu raciocínio – disse Davi. – Mas você me encorajou. Eu irei.

– Vamos, Gedeão, para Jerusalém? – instigou outro amigo.

– Estou chateado, briguei com meu irmão! Eu o detesto! – disse Gedeão em alta voz.

– Quem agride alivia um momento, quem perdoa alivia uma vida – retrucou o pequeno carpinteiro da emoção.

Era um pacificador desde a infância. Não controlava os pensamentos; estimulava a pensar.

– Ah, você não tem jeito... Pare com essa mania de dar descontos para todo mundo, Jesus. – disse Gedeão, inconformado.

– Por trás de uma pessoa que agride há sempre alguém machucado – comentou o pequeno gênio da compaixão, o mestre da empatia.

– Saia daqui! – esbravejou o pai de Gedeão. – Não temos tempo para festas, garoto!

– Sem problemas – disse o menino Jesus pacientemente.

Já geria sua emoção, não comprava aquilo que não lhe pertencia. Não tinha a necessidade de mudar os outros, mas de levá-los a tomar as próprias decisões.

– E vocês, Judite, Corá, Esaú, Natã, Lotá? Vamos festejar a vida em Jerusalém? – disse para um grupo de jovens de várias idades que estavam à sombra de um salgueiro.

– Não sei... Talvez... – disse Natã, sempre inseguro. – Tenho muito o que fazer.

– Todas as decisões importantes implicam perdas, Natã.

Sua sociabilidade e sua alegria eram contagiantes. Influenciados por ele, muitos saíam do cárcere do conformismo e se arriscavam na longa jornada sob o sol escaldante. Preparados os víveres, partiam. No caminho, Jesus começava a instigá-los a viajarem para outra jornada, a do coração. Usava a natureza para libertar seu imaginário e o de seus amigos.

– Vai chover. É melhor voltarmos – falou Judite, olhando para as nuvens negras.

Mas o menino que viria a ser o mais aplaudido de todos os tempos era muitíssimo otimista. Sempre via o lado bom de tudo.

– Tem medo das lágrimas do céu? São elas que irrigam a vida.

– Lágrimas do céu! Nunca pensei nisso – disse Judite.

– Jesus é tão diferente... – manifestavam todos os que o ouviam.

Ele era a sensação da jornada. Jesus caminhava cantando, sorrindo, fazendo peripécias, abraçando os idosos pelo caminho. Jamais se viu alguém que celebrasse a vida com tanto entusiasmo.

– Veja, dona Rute está com 70 anos e se arrisca a ir para Jerusalém. Ela é uma irresponsável – disse Roboão, um de seus amigos.

– Uns são jovens no corpo, mas velhos por dentro; outros são idosos no corpo, mas jovens em sua emoção. Você é velho ou jovem, Roboão?

– Não sei – respondeu Roboão, um tanto perdido.

– O amor é a fonte da juventude. Rute ama a vida – disse o garoto de 12 anos. Depois dessas palavras, aproximou-se dela e disse: – Rute, eu a ajudarei. Apoie-se no meu ombro.

Jesus caminhava admirado com a exuberância da natureza.

– Que lindo! – dizia para as flores do campo. – Que belo! – expressava para as pinturas do céu. – Incrível! – comentava a textura dos solos.

Abraçava algumas árvores no meio do caminho, acompanhava a trajetória dos pássaros, segurava crianças pequenas no colo, dialogava com os passantes. Viver para ele era um show. Sua habilidade de esquecer de si para incluir outros, sua tolerância com os mais velhos, sua habilidade de ensinar os mais novos eram uma sinfonia. Começava a viver na tenra juventude os bombásticos Códigos da Felicidade que vinte anos mais tarde ensinaria.

– Por que você sempre está ajudando os outros, Jesus? – indagou Natã, intrigado.

– Fazer os outros felizes é a melhor forma de nutrir a nossa felicidade. Experimente. Tente alegrar os outros!

– Não entendo. Você exagera. Importa-se demais com quem não conhece – falou Corá.

– Corá, a família humana é como uma árvore. Todos os ramos estão conectados. Conecte-se com as pessoas. Gaste tempo ouvindo-as. Assim você enxergará que cada ser humano, independentemente de seus erros, é incrivelmente belo.

– Está maluco, Jesus? Isso não existe – falou Corá, abalado.

Suas mãos eram calejadas pelo trabalho bruto, seus ombros eram doloridos por carregar toras pesadas, mas suas palavras eram suaves como um bálsamo. Anos mais tarde, esse menino se tornaria um adulto e teria a coragem de dizer que o céu e a terra passariam, mas suas palavras se eternizariam. Era loucura que alguém tão poderoso fosse treinado anonimamente para lapidar madeiras e esculpir mentes ansiosas.

Ele alertava seus amigos:

– O grão de trigo precisa morrer para dar seus frutos. – E acrescentava: – Não tenha medo da dor.

– Mas o sofrimento é duro de suportar – comentou Judite.

– Eu sei, porém o sofrimento tem de nos construir, não nos destruir.

Os meninos mais velhos e mais novos eram contagiados pela sua sabedoria. Oferecia o néctar para as abelhas sedentas. Maria e José o observavam atentamente. Ele era um jovem agradável, não elevava o tom de voz nem era inconveniente. Era admirável, sempre prestes a elogiar. Era ainda surpreendente. Estar com ele era um convite para se apaixonar pela vida.

Passados os festejos, todos voltaram. O menino ficou em Jerusalém, mas os pais não notaram. Diferentemente dos pais da era "moderna", que superprotegem os filhos, que controlam seus passos a cada minuto pelo celular, Maria e José só notaram a ausência de Jesus depois de um dia. Criaram-no para ser livre. Educaram-no para que voasse. Formaram-no para que realizasse seus sonhos. Preocupados, começaram a perguntar seu paradeiro a parentes e conhecidos:

– Vocês viram meu filho? – indagou Maria de algumas amigas.

– Maria, por que se preocupa? – respondeu Sarah com segurança. – Jesus é sociável, alegre, comunicativo. Com certeza está contando histórias para alguém.

Mas ela, ansiosa, insistia.

– Vocês viram meu filho? – indagava dos transeuntes.

Mas nada. Ninguém tinha informações.

– Acalme-se, Maria. De fome ele não vai morrer – disse Rute, mãe de Judite.

Esta se antecipou e falou para Maria:

– Não morre mesmo! Jesus come de tudo. Até minhas sobras de comida. Ele é tão encantador que aonde vai as pessoas lhe dão um pedaço de pão.

– Mas já faz dois dias que não o vemos – observou José com razão.

– Volte para Jerusalém. Ele deve estar hospedado na casa de alguém – disse Corá.

– Eu o vi conversando com fariseus perto do templo – afirmou Natã.

– Conversando com fariseus? – indagou Maria.

– Sim. Faziam-lhe muitas perguntas – explicou Natã. – Eu o chamei. Mas ele estava tão envolvido que nem me ouviu.

Rapidamente Maria e José retornaram à cidade legendária. Mais um longo dia se passou, totalizando três dias sem verem seu filho, tempo suficiente para os pais terem um ataque de ansiedade. Os jovens daquele tempo tinham um respeito reverencial pelos adultos, ainda mais pelos mestres de Israel. Medo, timidez e insegurança faziam parte do cardápio intelectual dos garotos na presença dos notáveis. Mas eis que o encontraram próximo do templo debatendo com os doutores da lei. Seus pais ficaram mais uma vez perplexos.

Jesus crescia em sabedoria e estatura. Seu corpo se expandia, sua capacidade de enxergar o mundo com outras possibilidades também. Naquele episódio já expressava três comportamentos fascinantes. Primeiro, estava assentado no meio dos doutores, indicando uma atitude ousadíssima, algo inusitado, ainda mais para um menino. Segundo, ouvia-os e, enquanto isso, libertava seu imaginário e sua capacidade de dar respostas. E terceiro, levou o método socrático a níveis surpreendentes, interrogando-os de forma transparente. Os intelectuais de Israel estavam assombrados. Era difícil crer que um garoto, ainda mais de origem simples e filho de pais humildes, os colocasse contra a parede.

Os doutores estavam estupefatos com sua inteligência e suas respostas. Seus pais se maravilharam. A mãe se aproximou dele e não lhe deu bronca. Apenas mostrou delicadamente sua angústia:

– Filho, por que nos fizeste isso? Eis que teu pai e eu, ansiosos, te procurávamos.

– Não sabia que eu tinha de estar na casa de meu pai? – respondeu ele.

É provável que seus pais não lhe tivessem ensinado nada disso, pois essas atitudes poderiam ser interpretadas como uma grande heresia, passível de morte na época. Chamar a Deus de pai era se fazer divino. Os religiosos, nas culturas grega e romana, sempre compeliram as criaturas a se curvarem humildemente perante os deuses. Israel instigava os mortais a reverenciarem o Todo-Poderoso. Agora, um menino que entalhava madeiras numa aldeia desprezível tivera o atrevimento de dizer que era filho do Arquiteto do universo. Uma coragem jamais vista.

Maria guardou essas palavras no coração. Como era uma mulher dotada de reflexão, pensava dia e noite nas reações de seu intrigante e misterioso filho. Sentia nas entranhas de sua emoção que seu filho não caberia no seio da humanidade. Ele seria aplaudido como raros, e rejeitado como poucos...

✦

Subitamente Marco Polo foi acordado pelos toques do telefone. Estava mergulhado num sono profundo, sonhando com o menino de 12 anos que um dia abalaria o mundo. Tentou pegar o telefone, mas o aparelho caiu no chão. Com o barulho, despertou mais ainda. Rapidamente atendeu. Era Lucas. Estava apreensivo, quase à beira de um colapso.

– Alô?

– Pai?

– Lucas, que saudade!

– Pai, três policiais estão internados, um em estado grave.

– O quê? Que policiais estão internados? E por quê?

Quase sem voz, Lucas contou:

– Eles levaram o relógio para analisar. Havia uma cápsula de um gás mortal que asfixia os pulmões.

De repente, um agente do FBI que estava trabalhando com a polícia local pegou o telefone das mãos de Lucas e, tenso, informou:

– Doutor Marco Polo, aqui é Felix, do FBI. O senhor e seu filho estão correndo risco de vida. Esse gás é perigosíssimo, só usado por governos ou terroristas profissionais. Tem ideia de quem esteja por trás disso?

– Não. Sou um homem pacífico. Mas algumas pessoas radicais me ameaçaram dizendo que a ciência não deveria estudar a mente de Jesus.

– Também estou acompanhando seus debates com fascínio – disse o agente Felix. E citou uma frase de Marco Polo: – Toda mente é um cofre; não há mentes impenetráveis, mas chaves erradas. O senhor pode estar incomodando pessoas que não amam formar mentes livres...

– Qual é a sua recomendação?

– Para sua segurança, é melhor encerrar os debates.

– Mas tantas pessoas estão gerenciando sua emoção, prevenindo transtornos emocionais, evitando suicídio, construindo pontes para seus filhos, inclusive eu com Lucas. Devo me acovardar?

Felix foi claro:

– Os heróis visitam os cemitérios mais cedo do que os mortais. Já nos reunimos aqui nos Estados Unidos e decidimos que é melhor o senhor evitar lugares públicos. Já avisamos inclusive o serviço de inteligência de Israel.

– Falta discutir mais um código do Sermão da Montanha. Não posso encerrar de uma hora para outra. Tenho de dar uma satisfação a centenas de pessoas presencialmente e a milhões pela internet.

– O senhor pode sofrer um atentado a qualquer momento – advertiu Felix.

Lucas pegou o telefone e disse:

– Papai, estou com medo. Eu ou você poderíamos estar mortos agora. Venha embora!

Marco Polo tremeu. Já perdera Anna de forma abrupta; perder agora seu único filho por sua causa seria uma tragédia impensável.

– Vou tomar todas as providências. Irei o mais rápido possível.

Era angustiante se posicionar como frágil vítima diante de predadores invisíveis. Precisava ser um pacificador, controlar seus temores, seus pensamentos perturbadores e aquietar sua dramática ansiedade. Seria testado até o limite. Sentiu na pele as dificuldades de viver esse código no momento em que sua vida e a de seu filho estavam em risco.

25

Nenhum lugar era seguro para Marco Polo

Marco Polo não dormiu o resto da noite. Estava muitíssimo apreensivo. O relato do gás mortal na clínica de Lucas o fez relembrar os episódios em que fora perseguido. Ligou para Sofia antes de ir tomar café. Encontraram-se no saguão do hotel rapidamente. Relatou-lhe os fatos. Serena, mas temerosa, ela disse:

– Sei que sua coragem é tremenda, Marco Polo. Mas tudo tem limite. Vamos chamar nossos amigos, doutor Michael, doutor Alberto e doutor Thomas, e contar para eles o que aconteceu.

E assim o fizeram. Dialogaram muito. Michael tomou a palavra:

– Lembre-se, Marco Polo. Eu sofri um atentado em minha casa. A sala de aula em que fizemos os primeiros debates explodiu. Você e Sofia já sofreram diversas perseguições, inclusive o hotel em que vocês estavam hospedados anteriormente pegou fogo. O doutor Thomas e o doutor Alberto já passaram por sufocos. Detesto teorias da conspiração, mas estamos sofrendo uma caçada internacional planejada.

– A coisa está feia! – disse Oscar, aparecendo do nada.

– O que está fazendo aqui? – perguntou Sofia.

– Estou aqui para protegê-los. Isso é coisa de Satã!

– Sou ateu. Mas estou confuso. Isso parece mesmo obra do demo... – disse Michael de forma engraçada e, ao mesmo tempo, aterrorizante.

Alguns riram em meio ao caos. Marco Polo comentou:

– Isso não é obra das trevas, mas de homens radicais, sociopatas que querem nos calar ou me calar. Mas precisamos dar uma satisfação pública. Se nos calarmos, nossos algozes venceram. É o que querem!

Depois de muito conversarem, resolveram se servir de uma escolta policial e ir pela última vez ao cume do monte para fazer uma despedida breve e solene. O número de pessoas presentes aumentava a cada debate: havia mais de mil apinhadas no último. E o número de seguidores on-line explodia: mais de 300 milhões de pessoas acompanhavam os desdobramentos dos Códigos da Felicidade ao vivo. O evento era o maior fenômeno mundial da internet. O espetáculo era grandioso; os riscos, maiores ainda...

No local, havia trinta policiais com metralhadoras e cinco peritos vasculhando cada palmo do terreno, tentando descobrir se havia alguma bomba escondida. Marco Polo tomou a frente e disse:

– Hoje encerraremos o debate. Minha intervenção será breve! – Houve um burburinho. Muitos queriam que os debates continuassem. – Jamais passou pela minha cabeça que um dia eu iria estudar a mente de Jesus sem viés religioso, sob os ângulos das ciências humanas. Esse homem famosíssimo, inteligentíssimo e felicíssimo mexeu com minha estrutura... No entanto, forças ocultas querem nos silenciar. Mas não se calem! Continuem debatendo, analisando e aplicando as ferramentas que aprenderam.

O pensador da psiquiatria estava emocionado. Fez uma pausa. Sofia, também comovida, continuou em seu lugar:

– Ensinem nas universidades, escolas, empresas, em suas religiões e para seus filhos os códigos que desvendamos.

– Em breve todos vamos para a solidão de um túmulo, mas, enquanto nosso coração pulsar, devemos dar o melhor de nós para aqueles que pouco têm – falou o Dr. Alberto.

De repente, alguns policiais que participavam do megaesquema de segurança identificaram um trecho de terra revolvida no pé de uma oliveira. Preocupados, aproximaram o detector de metal. Havia um pacote enterrado. O perito desconfiou que fosse uma bomba-relógio que poderia ser detonada por um celular. Imediatamente comunicaram Marco Polo e esvaziaram o local.

– Precisamos interromper. Movam-se! Movam-se sem tumulto! – bradavam.

As pessoas, desesperadas, começaram a correr. Umas tropeçaram nas outras. Felizmente ninguém foi seriamente pisoteado. Crendo que a bomba iria explodir em suas mãos, o perito atirou o pacote do alto da montanha. Vinte metros abaixo a bomba explodiu, fazendo um barulho ensurdecedor e jogando o perito para trás com várias escoriações. Centenas de pessoas poderiam ter morrido.

Marco Polo pegou um táxi com Sofia e saiu do ambiente. A um quilômetro do local, apareceu um carro cujos passageiros metralharam impiedosamente o táxi deles. O motorista foi ferido no lado direito do peito, com perfurações no pulmão. Ele perdeu o controle do carro, que capotou violentamente quatro vezes. Quando bateu numa imensa pedra, o carro parou e começou a soltar fumaça. Não havia qualquer sinal de vida em Marco Polo e Sofia.

Era o fim do Indiana Jones das ciências humanas. O carro estava de cabeça para baixo. A ousadia deu lugar ao silêncio, a paixão pela humanidade anunciava um triste funeral... Mas, de repente, Marco Polo começou a abrir os olhos e a tossir muito. Uma bala o atingira no ombro direito. Seu rosto estava desfigurado por estilhaços de vidro. Não sabia se havia fraturado a coluna. Olhou para a sua assistente e ficou em pânico.

– Sofia! Sofia! – bradava.

Mas nada. Escorria sangue das narinas dela.

– Sofia! Sofia! – gritou novamente.

A mulher que estava amando, que inspirava suas ideias e o questionava sem medo estava morrendo.

Desesperado, ele deu um soco no peito dela para animar seu coração, mas nada. Deu mais um soco e, subitamente, Sofia deu um suspiro aterrador e voltou a respirar. Ela estava com a clavícula e uma costela trincadas. Ambos sobreviveram. O motorista quase fechou seus olhos para sempre.

Marco Polo e Sofia precisaram ser operados com urgência. Depois da cirurgia ficaram um período na Unidade de Terapia Intensiva (UTI). Em seguida, ambos foram para o mesmo quarto, a pedido de Marco Polo. Ele temia outros atentados. O intelectual do Vaticano, Dr. Alberto, e o de Harvard, Dr. Thomas, foram visitá-los no hospital.

– Sinto muito – disse o Dr. Alberto. – Eu fui um dos que o instigaram a estudar a mente de Jesus.

– Eu também – afirmou o Dr. Thomas. – Jamais imaginei que estaríamos lutando contra forças do mal.

– Eu também, Marco Polo – comentou Sofia. E, depois de tossir e sentir dores nas costas, assegurou: – Tenho minha parcela de responsabilidade.

– Não. Vocês não são culpados, amigos. Ninguém decide por ninguém. Eu decidi por livre e espontânea vontade estudar a mente do homem que dividiu a história da humanidade. E, além disso, embora eu esteja ferido e todo o meu corpo esteja moído, ajudamos inúmeras pessoas, inclusive a mim mesmo. Minha mente nunca esteve tão livre.

O médico judeu que estava no quarto atendendo-o indagou, curioso:

– Como assim, doutor Marco Polo? Não estou ferido, mas sinto-me fatigado, pesado, mentalmente preso!

Marco Polo estava com um hematoma ao redor dos olhos, tinha uma tipoia para sustentar o ombro e o antebraço direitos. Estava quase irreconhecível. Mas era o mesmo personagem contagiante. Ele respondeu:

– Um ser humano não é escravo quando suas mãos e seus pés estão algemados, mas quando seu intelecto e sua emoção estão aprisionados. Estudar a mente de Jesus me fez procurar o mais importante endereço, um endereço que raros encontram, no cerne de meu cérebro, e desatar meus cárceres. Já desatou seus cárceres?

– Eu? Nem sabia que os tinha!

– Pois eu tinha muitos. Por isso, curvo-me em agradecimento a meus amigos.

Sofia sorriu.

– Você é o mutilado mais bonito que conheço.

– Faltou abordar apenas um código. Foi uma pena não tê-lo estudado – comentou o Dr. Thomas.

– Mas esse último código é indecifrável – ponderou Marco Polo.

– Que código é esse? – indagou novamente o médico enquanto media a pressão de Sofia.

Marco Polo o citou:

– Felizes os que são perseguidos, injuriados e a quem mentem dizendo-lhes todo o mal. O Mestre dos mestres da emoção queria formar líderes mais do que resilientes, que aplaudissem a vida, mesmo quando tudo conspirasse contra eles. Porém não há heróis entre os humanos. Cedo ou tarde beijamos a lona de nossa fragilidade. Freud, devido ao câncer bucal e à doença de um de seus netos, disse que trabalhava por pura necessidade.

– Quem tem estrutura emocional para viver esse código? – indagou o Dr. Thomas.

Marco Polo sentiu que precisava analisar essa faceta de Jesus.

– Preciso estudar Jesus não apenas como o homem mais inteligente e feliz da história, mas também como líder. Talvez tenha sido o maior líder que já existiu.

– Ele era surpreendente! Que homem era esse que treinava seus liderados para serem felizes quando feridos, perseguidos e traumatizados? Olhem nosso estado neste hospital! Em vez de contemplar a vida e aplaudir o fato de ainda estarmos vivos, estamos abatidos! – disse Sofia.

De repente, Oscar apareceu com um nariz de palhaço e uma roupa que parecia uma casquinha de sorvete, tentando imitar um espermatozoide. Em tom de voz alto, anunciou uma peça de circo:

– Senhoras e senhores, com vocês o supermegaespermatozoide Oooscaaar!

Todos sorriram. E Oscar começou a marchar no quarto.

– Alegria, alegria, alegria, crianças.

Eis que ele parou e brincou com os dois psiquiatras naquele tenso ambiente:

– Por que estão tristes, doutor Marco Polo e doutora Sofia? Vocês venceram milhões de inimigos no começo da vida. Vocês pareciam um trambolho como eu agora, mas lutaram contra inúmeros concorrentes, escalaram montanhas impossíveis e nadaram mares com milhões de tubarões na sua cola. Só porque receberam alguns tirinhos estão abalados?

Eles morreram de rir. Oscar era um psicótico ou um gênio? Era os dois. O paciente relaxou os psiquiatras. Ele os fez viver o oitavo Código da Felicidade. Nunca houve tanta alegria num ambiente onde havia risco de vida.

Michael havia acabado de chegar. Esperava encontrar um ambiente de velório, tétrico, nebuloso. Ficou pasmo com as gargalhadas. Aproveitou para colocar a cereja do bolo na inusitada festa:

– Amigos, fiz uma pergunta para as pessoas que nos acompanham on-line: "Quem passou a valorizar mais a vida e evitou o suicídio com os debates?" Sabem quantas responderam positivamente? Exatamente 12.120 pessoas. Fora as ações que estão em andamento. O site "Eu sou o espermatozoide vencedor, eu lutei pela vida, jamais desistirei dela" tem sido o mais poderoso para neutralizar sites destrutivos como o da Baleia Azul e outros que surgiram nos últimos tempos.

Todos aplaudiram esses dados. Ficaram mais felizes ainda. Entenderam que é possível celebrar a vida mesmo quando um tsunami devasta tudo ao seu redor. Compreenderam que, se as intempéries da vida devastassem a emoção e dilacerassem a esperança de começar tudo de novo, então estariam completamente derrotados.

– O oitavo código também nos estimula a não comprarmos o que não nos pertence – afirmou Marco Polo. – Se alguém não nos ferir fisicamente, só irá nos ferir emocionalmente se houver concordância de nosso Eu. Lembrem-se, todo pensamento é virtual e, portanto, o que é virtual não pode se materializar no que é real, a emoção, se o Eu não permitir.

– Complexo e muitíssimo interessante esse fenômeno – comentou Sofia. – Nosso Eu pode ser nosso maior protetor ou pode ser nosso maior algoz, um consumidor irresponsável de estímulos estressantes.

– Fico fascinado que Jesus há milênios tenha realizado um treinamento emocional que nem as grandes universidades, como as de

Jerusalém, Harvard, Oxford, Stanford, sonham fazer. Não comprar o lixo emocional que não nos pertence é arrebatador – afirmou o neurocientista Michael.

– Sim, é um convite à liberdade mais sólida e sustentável saber que as calúnias, as injúrias, as difamações, as fofocas pertencem aos outros, não a mim – expressou o Dr. Alberto.

Oscar observava aquelas mentes brilhantes tecerem seus comentários. Em seguida, fez o dele:

– Minha cabeça era um supermercado de produtos ruins, um balaio de gatos. Não era esse um dos motivos pelos quais adoeci, doutor Marco Polo? Comprava tudo sem critérios.

Todos aplaudiram a inteligência de Oscar. Tudo parecia perfeito, até que uma enfermeira com ar sombrio entrou no quarto. A mulher deu um comprimido a Marco Polo. Ele observou sua face tensa, os músculos da testa franzidos. Observador, indagou:

– Que medicamento é este?

– Um anti-inflamatório, doutor.

– Posso ver a caixa do comprimido?

– Confie em mim. Foi o médico que o operou que prescreveu.

– Sim, mas eu quero ver a caixa.

Ela, ansiosa, deixou o comprimido e o copo de água e disse:

– Vou buscar.

Mas não voltou. Talvez tenha se esquecido, alguns no quarto pensaram. Marco Polo, preocupado, não tomou o remédio. Pediu que o conteúdo do comprimido fosse analisado. Alguns pensavam que ele estava com estresse pós-traumático, com ideias de perseguição. Como estava sob a proteção do serviço de inteligência de Israel, a análise foi feita em poucas horas. O resultado não podia ser pior. Cinco membros da polícia técnica entraram em seu quarto assustados para lhe dar a péssima notícia. Os amigos de Marco Polo tinham saído e voltado, de modo que todos ouviram.

– Doutor Marco Polo, ainda bem que o senhor não tomou o comprimido – disse o perito Benjamin. – Seus pulmões teriam estourado.

– Por quê? O que ele continha?

– Zyklon B.

– Não é possível. Essa substância deixou de ser fabricada.

– Mas o que é o Zyklon B? – indagou Sofia, preocupadíssima.

Marco Polo, ofegante, com voz tensa explicou:

– Era o veneno que os nazistas usavam no campo de concentração de Auschwitz.

Os amigos do psiquiatra quase desmaiaram. Michael, apesar de ser um neurocientista judeu, desconhecia detalhes das atrocidades cometidas nos campos de concentração.

– Que substância é essa?

Marco Polo explicou:

– Nas câmaras de gás em Auschwitz não foi usado gás carbônico, mas um pesticida, o Zyklon B, que liberava um gás extremamente tóxico que asfixiava os pulmões de crianças e adultos. Foi horrível.

– Você deve voltar para os Estados Unidos imediatamente – recomendou um dos agentes do serviço de inteligência.

Israel era um dos lugares mais seguros para turistas, apesar dos noticiários de ataques terroristas eventuais. Mas o "caso Marco Polo" era diferente. Parecia que ele estava marcado para morrer. Nenhum lugar era seguro para esse Indiana Jones dos tempos modernos, ainda mais no Oriente Médio.

26

Retornando aos Estados Unidos: a viagem

Marco Polo e Sofia estavam dentro de uma aeronave, voando para Los Angeles. Ele continuava com os olhos inchados e roxos, o ombro traumatizado e contido. Não tinha uma aparência bela de se ver. Sofia, embora estivesse enfaixada devido ao trauma em sua costela, estava com o rosto preservado, tinha apenas um corte nos lábios. Refletia durante a viagem sobre os códigos que desvendaram. De repente, pegando nas mãos dele, ela disse:

– Curvo-me diante de seres humanos iluminados e pacificadores, como Confúcio, Sidarta Gautama, o Buda, Sócrates, Moisés, Agostinho, Madre Teresa. Mas o gerenciamento da emoção proposto por Jesus não tem precedente histórico. Será que os Códigos da Felicidade e da prevenção de transtornos emocionais entrarão no sistema educacional mundial, independentemente de os países serem cristãos ou não?

– Não sei. Só sei que há duas maneiras de se fazer uma fogueira, com madeira seca e com as sementes. Plante sementes que terá uma floresta e nunca lhe faltará madeira para se aquecer.

– Que bonito! Nós temos plantado sementes. E, por falar em beleza, você está lindo, Marco Polo!

– Você acha mesmo? – indagou, dando risadas dos seus traumas físicos.

Em seguida, Sofia fez um tremendo esforço para lhe dar um beijo nos lábios. Sentiu dores. Diante de seu desconforto físico, questionou:

– Oscar nos animou. Fez-nos praticar algumas lições do último código. Mas ele representa uma ferramenta quase que incompreensível para nós humanos. Exige um desprendimento sem precedente do ego, um desapego inimaginável. Nas perdas nós choramos, nos desesperamos e irrigamos nossa ansiedade. Mas certamente Jesus não queria heroísmo, pois ele se comportava como filho do homem ensinando a seres humanos, não como filho de Deus.

– De fato, ele nunca quis fabricar super-heróis. Por isso, usou até mesmo suas lágrimas para transmitir lições inesquecíveis.

– Quando?

– Horas antes de ser preso no jardim, o Getsêmani, teve a ousadia de dizer que estava profundamente triste. Foi transparente ao máximo. Declarou sua dor sem medo diante de seus alunos, enquanto os pais sempre se escondem atrás de sua autoridade e os professores, atrás da matéria. Usando a própria biografia, Jesus ensinou que um ser humano maduro cresce diante da dor.

Sofia ficava impressionada com as suas conclusões.

– Tem razão, Marco Polo. Jesus não queria formar seres humanos artificiais. Ele ensinava que não há invernos que durem para sempre nem crises que se eternizem. Mais uma vez demonstrou que ser maduro exige habilidade para se reinventar no caos e paciência para escrever os capítulos mais nobres de nossas vidas nos nossos dias mais tristes...

De repente, ouviram alguns aplausos. Olharam assustados ao redor e viram a comissária de bordo e alguns passageiros ouvindo o que estavam debatendo. Não conseguiam passar despercebidos. Estavam na classe econômica. Como o espaço do corredor da aeronave era pequeno, os que estavam nas poltronas um pouco mais distantes esticavam o pescoço para se deleitar com o que estavam falando. Na era das mensagens rápidas e superficiais das redes sociais, o diálogo desse intrigante casal de psiquiatras nutria mentes sedentas.

Nesse momento, um pai emocionado, Sr. Bill Cleyton, que estava de pé, interrompeu a fala dos dois. Era um megaempresário. Saiu da primeira classe e os procurou, pois havia visto o casal na fila de embarque.

Observando o diálogo inteligente que se instalou dentro da aeronave, não se conteve. Algo o asfixiava, furtava seu ar e o deprimia muitíssimo. Com os lábios tremendo, comentou:

– Eu sou um dos listados pela revista *Forbes*, doutor Marco Polo. Estava em sua conferência há mais de uma semana... Não consegui me abrir naquele dia. Mas vendo o senhor todo machucado... todo ferido... falar sobre o prazer, sobre esses códigos de gestão da emoção, estou fascinado. Permita-me falar sobre a minha dor.

Começou a lacrimejar e, com a voz embargada, continuou:

– Matthew, meu único filho, extrovertido, alegre, sociável... um garoto incrível... – fez uma pausa para enxugar os olhos – ... estava namorando. Mas a namorada rompeu com ele. Então ele ligou para ela. Insistiu que ela viesse ao nosso apartamento. Morávamos na cobertura. Quando ela se aproximou do prédio, ele estava na sacada e... Ah, meu Deus, meu Matthew desistiu de viver. Ele pulou! Por quê? Por que meu Matthew fez isso comigo? – disse, soluçando.

Depois dessa dramática descrição, aquele bilionário comentou, profundamente comovido:

– Daria todo o meu dinheiro em troca de tê-lo de volta. Tenho uma cadeia de lojas com mais de 40 mil funcionários. Mas eu... renunciaria a tudo que tenho. Seria um empregado na loja mais simples do mundo, um carregador de caixas, um faxineiro... para ter meu Matthew de volta. A morte é cruel, não nos dá uma segunda chance.

Todos verteram lágrimas diante da dor daquele homem. Ele não era mais um dos homens mais ricos do mundo, pois se considerava um dos mais pobres da humanidade. Perdera o que era relevante, ficou o resto. Era um bom homem, um pai que amava profundamente seu filho. Marco Polo não interveio de imediato. Permitiu que ele falasse sem medo da sua inenarrável dor. Depois desse desabafo tomou a palavra e comentou de forma emocionada:

– Senhor Bill Cleyton, em primeiro lugar, Matthew não quis matar a vida, mas sim sua dor. Nenhuma pessoa que pensa cometer ou comete um ato suicida quer de fato morrer. Na realidade, tem sede e fome de viver. Ele estava encarcerado por uma janela traumática, o que impediu seu Eu de fazer escolhas, de abrir milhares de outras janelas para dar respostas inteligentes à situação estressante.

Aquele homem havia tido muitas explicações sobre o suicídio, mas nenhuma delas o convencera. Pela primeira vez teve uma resposta que o aliviou, ainda que pouco. Entendeu que seu filho não o abandonara, que não tinha consciência plena do que estava fazendo. Mas a dor da perda ainda o sequestrava. Foi então que Marco Polo discorreu sobre o mais incrível dos códigos do Mestre dos mestres, o oitavo. E o fez de forma iluminadora e revolucionária:

– Em segundo lugar, senhor Bill Cleyton, cobrar-se pelo que deveria ter feito por ele, punir-se sobre seus erros ou deprimir-se pela ausência de seu filho são as piores formas de honrá-lo.

– Faz um ano que esse episódio aconteceu. Eu me puno e me deprimo todos os dias! Fui para Jerusalém para arejar minha mente, mas não consegui. O que fazer, doutor Marco Polo? Não aceito a morte dele. Não sei como honrar meu menino.

– Perdas trágicas jamais podem ser superadas com depressão ou autopunição. Declare dentro de si: "Por amor a você não vou me deprimir, nem me cobrar, nem procurar mil porquês, mas aplaudi-lo todos os dias, celebrando a vida, dando o melhor de mim para fazer os outros felizes!" Mude a sua postura diante da perda. Homenageie seu filho sendo mais alegre! Honre-o todos os dias sendo livre, contemplativo, generoso! Caso contrário, eternizamos o luto. Não enterramos quem perdemos! Somos injustos com quem amamos. A saudade nunca será resolvida, e nem deve, mas o luto tem de ser cessado com o cálice da alegria.

O megaempresário cujo filho havia tirado a própria vida abriu um sorriso surpreendente, o que não fazia desde a tragédia. Tirou de sua mente um peso insuportável. Os que estavam no avião e perderam parentes caros oxigenaram também sua psique com esse notável código de gestão da emoção.

– Eu também perdi minha esposa de forma trágica. Agora que estudei o homem mais inteligente e feliz da história, estou aprendendo a honrá-

-la da forma como ela merece – disse Marco Polo. Depois alertou: – Está havendo uma epidemia de suicídios na era da indústria do lazer. O que me preocupa muitíssimo.

Bill Cleyton também ficou preocupadíssimo com esse dado.

– Além de ter cadeias de lojas, sou investidor da indústria do entretenimento. O que posso fazer para reverter este quadro?

– Escolas que só ensinam matérias clássicas mas não ensinam habilidades socioemocionais para os jovens serem autores da própria história não os preparam para a vida e para as intempéries existenciais. Todas as escolas do mundo deveriam ter programas de gestão da emoção para seus alunos.

– Por amor a meu filho, todos os dias vou treinar ser feliz. Vou fazer um fundo para investir em programas de educação da emoção nas escolas – prometeu o bilionário, profundamente sensibilizado.

Todos aplaudiram aquele homem. Estava começando a encontrar um tesouro que reis não encontraram, um sentido profundo para sua existência. Depois disso, o avião começou a sofrer algumas turbulências e a comissária de bordo pediu a todos que se sentassem e apertassem os cintos de segurança. Sofia segurou a mão de Marco Polo, cheia de felicidade. Ambos estavam aprendendo a construir esperança nas turbulentas águas da emoção.

Horas depois o avião pousou no aeroporto de Los Angeles. No desembarque, Lucas estava esperando ansioso pelo pai. Havia interrompido sua internação dias antes. Sabia que ele sofrera um acidente, mas, quando viu o pai, teve dificuldade de reconhecê-lo. Assustado, bradou:

– Pai, é você?

Marco Polo abriu os braços.

– Sim, filho, sou eu. Estou mutilado, mas sou eu...

Lucas o abraçou com cuidado, pois ele expressou dor durante o contato.

– O que aconteceu?

– Uma longa história, meu filho.

Em seguida Lucas abraçou Sofia e lhe deu um beijo no rosto.

– Meu pai fala muito de você. Obrigado por cuidar dele.

– Pelo jeito, não cuidei bem.

– Talvez pudesse ser pior... – disse o jovem.

E foram para casa. No caminho, Marco Polo procurou usar os códigos que ensinara e aprendera.

✦

Os dias se passaram e aos poucos Marco Polo começou a revelar a sua biografia a seu filho: suas aventuras, perdas, frustrações, os momentos dramáticos, as lágrimas não choradas. Começou a ensinar através do mais complexo e importante livro, o livro da vida. Pensou que Lucas acharia chato ouvir seu pai falando sobre si, mas o garoto amou as aventuras de seu novo herói.

– Que incrível, pai! Queria estar perto de você. Nunca imaginei que você tivesse sofrido tanto, atravessado tantos perigos ao longo da vida, principalmente em Jerusalém. Suas aventuras são mais interessantes do que os filmes de ficção científica, mais surpreendentes que as histórias policiais.

– Que bom que você está gostando, Lucas. E você, como está? Que medos o controlam? Que vampiros sangram a sua emoção?

– Você nunca falou desse jeito. Vampiros que me sangram? Gostei! A compulsão pela droga me fazia ir contra o que eu amava. Prometia para mim mesmo que seria livre, mas parecia um escravo. Usando seu linguajar, tinha vampiros dentro e fora de mim.

– Como assim? – indagou Marco Polo, preocupado.

– Fui ameaçado por traficantes! Apontaram uma arma para mim duas vezes!

Marco Polo ficou sem voz.

– Quer que eu pare, pai?

– Não, não. Quero conhecer as suas camadas mais profundas, filho.

E, assim, pai e filho começaram a cruzar seus mundos de forma mais inteligente e profunda. Uma semana depois aconteceu o grande encontro anual na universidade em que Marco Polo era chefe do departamento de Psiquiatria. Apesar dos ferimentos, sentiu que deveria ir. Sofia e Lucas quiseram acompanhá-lo. Ao dar os primeiros passos no imenso saguão central da universidade, logo foi abordado por algumas alunas que o reconheceram.

– Doutor Marco Polo, o senhor aqui? Ficamos sabendo do seu acidente. Sinto muito! Pensei que ainda estivesse em Israel – disse Priscila, uma das melhores estudantes de medicina da universidade. Ela estava com duas outras amigas, que se alegraram igualmente ao encontrar o ilustre professor. – Estou acompanhando seus interessantes debates pela internet.

– Surpreende-me o poder da internet – disse Marco Polo com o rosto repleto de hematomas, embora o inchaço dos olhos tivesse diminuído.

– Estou embasbacada, professor – comentou Sulamita, uma das amigas de Priscila. – Jamais imaginei que a psicologia, a psiquiatria e a sociologia poderiam ser usadas para analisar a mente do homem mais famoso da história. Ele é muito mais complexo, inteligente... Enfim... Não sei me expressar.

– O carpinteiro de Nazaré revelado pelas ciências humanas é muito mais notável do que me ensinaram – afirmou Priscila.

Lucas observou as reações dessas estudantes e ficou orgulhoso de seu pai.

– Eu frequento os cultos de uma religião, professor – afirmou Karine, a outra amiga de Priscila. – Mas eu era muito superficial. Com seus debates, Jesus também cresceu muito aos meus olhos: sociável, extrovertido, superfeliz e superinteligente. Meus Natais nunca mais serão iguais. Já decidimos em família que, no próximo, faremos um debate sobre suas ferramentas. Ah! Até os líderes da minha igreja o acompanharam. Estão abraçando mais e criticando menos os diferentes. Estão mais inclusivos, afetivos, discorrendo mais sobre proteção da emoção.

– E Maria, sua mãe? Que mulher era essa? Nunca imaginei que fosse tão resiliente e ousada! Muito obrigada, professor – comentou Priscila novamente.

Marco Polo agradeceu às três estudantes.

– Estou impressionado, papai. Como essas jovens amam você! – ponderou Lucas.

Alguns passos à frente, o psiquiatra foi chamado por uma voz grave:

– Doutor Marco Polo? Doutor Marco Polo?

Eles interromperam a marcha. Quem o chamara era um dos mais respeitados intelectuais da universidade, um idoso professor de direito.

– Doutor Anderson, que prazer revê-lo – comentou Marco Polo.

– Parabéns pela iniciativa.

– O senhor também tem acompanhado os debates?

– Em alguns momentos, fiquei quase sem fôlego. Não imaginava que, do alto dos meus 80 anos, minha mente se fascinaria com novos conhecimentos.

– Também fiquei fascinado, professor. Enxerguei minha própria estupidez e ignorância.

– Jesus continua uma fonte de mistérios. Ele é um poeta dos direitos humanos. Se o mundo acadêmico conhecesse seus códigos para formar mentes livres, haveria menos criminosos e menos presídios.

– Sem dúvida – afirmou Sofia junto com Marco Polo.

Duas pessoas que Marco Polo jamais vira e que estavam trajando terno e gravata vieram em sua direção. Expressando uma raiva incontida, esbravejaram:

– Louco! Quem é você para analisar a mente de Jesus Cristo? Quer ser Deus?

Lucas se condoeu do pai. Ansioso, disse:

– Quem são esses radicais?

– Acalme-se, filho. Quem não dá aos outros o direito de o criticarem não é digno de ser um pensador. – Em seguida, se dirigiu para os que o interpelaram: – Não sou Deus, senhores. Pelo contrário, me tornei ainda mais humano quando estudei o ser humano Jesus.

– Mereceu o acidente que sofreu. Herege!

Sofia ficou apreensiva.

– Hereges são vocês – reagiu Lucas, indignado.

Marco Polo tentou conter a irritabilidade do filho.

– Pensar não é uma heresia, senhores, mas abortar o pensamento pode sê-lo – falou delicadamente Marco Polo antes de se dirigir a Sofia e Lucas: – Vamos.

– Sim, vamos – disse Sofia pegando a mão de Lucas.

Mas o segundo personagem a sentenciar Marco Polo acrescentou:

– O que não fazem os cientistas para ter um pouco da fama!

– Fama? O culto à celebridade, para mim, senhor, é um sintoma de uma sociedade emocionalmente infantil – afirmou Sofia.

E saíram de cena. Logo que chegaram ao anfiteatro anexo à reitoria começaram a encontrar seus pares. Foi um espanto para todos verem Marco Polo naquele estado. Seus colegas intelectuais, cientistas, professores olhavam para ele como se estivessem vendo um fantasma. Sua face ainda estava bem afetada.

Um ganhador do prêmio Nobel da física havia dez anos indagou:

– Como está o pensador da psiquiatria? Vivendo pesadelos?

– Sonhos e pesadelos, risos e lágrimas, comédia e drama fazem parte da história de todo mortal – respondeu poeticamente o psiquiatra.

A reunião do celeiro intelectual da universidade estava para começar. Alguns jornalistas tinham sido escolhidos a dedo para participar. Eles fotografavam Marco Polo com insistência, o que o incomodava. A grande maioria dos professores e pesquisadores ficara de fora do evento, pois não tinha pesquisas relevantes para compartilhar. Cada preletor teria dez minutos para fazer uma explanação das suas descobertas. Marco Polo estava inscrito, mas o Dr. Abraham, o reitor, achava melhor que dessa vez o ousado professor não abrisse a boca. Porém era impossível silenciá-lo. Os alicerces intelectuais daquela universidade corriam riscos.

27

Tumultuando o mundo acadêmico

Muitos na universidade de Marco Polo sabiam que ele estava tentando desvendar a mente de Jesus. Embora o admirassem, alguns criam que dessa vez o famoso psiquiatra estava surtando. O ilustre reitor temia a reação da plateia diante de assunto tão polêmico. Temia que saíssem notas desagradáveis na imprensa, controvérsias nas revistas especializadas, afora os escândalos entre os cientistas. Esqueceu-se de que a ciência nasce no terreno das controvérsias, não das certezas; no campo das dúvidas, não das respostas.

Abraham aproximou-se dele e lhe disse:

– Marco Polo, eu o admiro, mas vou poupá-lo. Você está traumatizado, não precisa falar nesta reunião.

Marco Polo olhou para Sofia, depois para Lucas e, em seguida, se dirigiu ao notável reitor:

– Está achando que vou tumultuar o ambiente?

– Não, de modo algum – falou o reitor, dissimulando. – Você precisa convalescer.

Bastaram cinco minutos de conversa para que o reitor tropeçasse em alguns dos códigos que Marco Polo debatera amplamente em Israel: ego entulhado de preconceitos, destituído de empatia e de transparência. Diante da insistência do psiquiatra, o reitor começou a pensar numa estratégia para preparar aquela casta notável de intelectuais. Embora

Marco Polo estivesse traumatizado e devesse falar primeiro para ir descansar, o reitor não o poupou, deixando sua intervenção por último.

As preocupações do reitor eram um reflexo de que as universidades haviam sido contaminadas pelo sistema cartesiano, racionalista, fechado. Com as devidas exceções, elas tinham se tornado não mais templos da diversidade do pensamento, mas templos do conhecimento, a religião das "verdades", sem saber que a cada dez anos grande parte das "verdades" caem por terra. Pensar diferente, fora da caixa, poderia ser um convite a ser sabotado ou perseguido.

Sofia e Lucas se sentaram na primeira fila, junto com Marco Polo. A presença deles só foi permitida porque Marco Polo estava ferido. Quase três horas se passaram. Vários pesquisadores expuseram suas mais relevantes pesquisas. Foi extenuante. Quinze minutos antes de Marco Polo iniciar sua exposição, a assistente do reitor veio até ele e disse ao seu ouvido:

– Uma mulher aflita está na porta do anfiteatro querendo conversar com o senhor.

– Mas estou prestes a falar! – retrucou Marco Polo.

– Ela diz que é urgente e que bastariam dois minutos.

– Mas o que há de tão urgente assim?

Lucas e Sofia não ouviram do que se tratava. Apenas acharam estranhas as reações de Marco Polo.

– Quer falar sobre seu filho! Disse que é uma questão de vida ou morte – falou a assistente, segurando seu braço direito.

O psiquiatra olhou para Lucas. Ele não desconfiava de nada. Imediatamente saiu e viu uma esfuziante mulher, loura, bela, aparentando uns 40 anos, esperando por ele.

– Doutor Marco Polo, como está o respeitado intelectual?

– Eu a conheço? – perguntou o pensador, que era distraído.

– Não, mas eu o admiro muito! – disse a mulher rapidamente, antes de se aproximar para lhe dar um abraço e um beijo.

Percebendo seu jeito estranho, Marco Polo não permitiu. Estendeu as mãos para evitar que ela o tocasse.

– Desculpe-me, estou ferido. O que você quer falar urgentemente sobre o meu filho?

Vendo seu afastamento, ela passou da admiração à rejeição:

– Que pai arrogante! Não merece as informações sobre seu filho.

– A assistente do reitor me disse que sua mensagem era uma questão de vida ou morte.

– Você sabe o que é – disse ela, retomando a delicadeza na voz.

Parecia uma atriz grosseira. Tentou se aproximar dele outra vez, mas Marco Polo deu um passo para trás.

– Não lhe contarei! – concluiu ela, vendo seu afastamento.

Marco Polo ficou convicto que ela estava blefando. Virou-se imediatamente e voltou para o anfiteatro. Nesse momento, ela pegou um pequeno tubo plástico e, dando alguns passos rápidos, borrifou algo na nuca dele. Em seguida, chamou sua atenção:

– Doutor, espere.

Mas ele se assustou e deu mais dois passos antes de se virar, de modo que aspirou apenas uma pequena quantidade do spray. Era um poderoso neurotóxico. Dependendo da dose aspirada, poderia produzir convulsões e contraturas musculares intensas, o que o levaria ao óbito. Sofrera mais um atentado contra sua vida, mas dessa vez não percebeu completamente.

– Que cheiro é este?

– Que psiquiatra neurótico! Tem medo de perfume de mulher, meu bem? – disse ela, saindo com um sorriso sarcástico no rosto.

Marco Polo começou a suar frio, a ficar taquicárdico, ofegante. Foi para o anfiteatro apoiando-se na parede. Seus colegas cientistas acharam seu comportamento estranho. Sabiam que Marco Polo era brilhante, instigante e provocador, mas vendo-o ferido no rosto, com uma tipoia no braço e o andar trôpego, tiveram a sensação de que ele estava desconstruído. Não era mais o mesmo. Não brilharia mais na construção de novas ideias. Sentou-se na poltrona, tentando firmar a visão. Sofia indagou, preocupada:

– Marco Polo, está se sentindo bem?

– Não muito.

– Vamos embora, pai. Você não precisa disso.

– Dê-me alguns minutos que vou melhorar – respondeu com dificuldade, recostando a cabeça na poltrona.

O reitor, observando seu estado, achou que a maior estrela de sua universidade era uma estrela cadente. Deixá-lo falar seria um risco enorme, seja pela possibilidade de ele cair no ridículo, seja pela possibilidade de acabar com a imagem da instituição. Sua preleção aconteceria em minutos. O Dr. Abraham Leman viu-o ofegante, pingando suor, esfregando as mãos no rosto.

– O que está acontecendo, Marco? – perguntou o reitor.

– Estou fatigado.

– Desista!

– Não posso me calar...

– Pense um pouco – disse o reitor, que agora foi transparente: – Seu tema é polêmico. Aqui estão alguns prêmios Nobel! E, nesse estado em que você se encontra, não terá condições intelectuais de defender suas ideias nem de encantar seus pares como sempre fez.

– Cientistas se escandalizando? Então não são cientistas, são repetidores de ideias.

– Mas...

Apesar da vertigem, disse:

– Quem é infiel ao que acredita tem uma dívida com a própria consciência. Não me deixe aumentar meu débito... Apresente-me logo.

A palavra desistir não fazia parte do dicionário do cérebro de Marco Polo. Era resoluto, determinado, disciplinado. Toda escolha tem perdas. Chegou a vez de comentar seus estudos sobre a mente do homem mais famoso que pisou nesta Terra. Cairia ele no ridículo? Seria debochado publicamente por introduzir um tema estranho no ninho dos intelectuais? Seria execrado por abordar assuntos que geravam calafrios na ciência?

Com a voz embargada, Abraham Leman comentou:

– Caros colegas, estou orgulhoso de nossa universidade. Há mais de um século nossos melhores cientistas se reúnem anualmente para falar sobre as pesquisas de ponta que estão desenvolvendo. Chegamos ao final deste encontro anual. Sei que todos estão com o cérebro no limite, cansados. O doutor Marco Polo é o último a fazer sua exposição. Ele insiste em fazê-la. Só que infelizmente nosso ilustre pensador sofreu um acidente...

– Um acidente não, um atentado.

Abraham Leman engoliu em seco. E foi grosseiro:

– Sim, um atentado. Bom, os que estiverem fatigados estão dispensados.

Silêncio geral na plateia. Lucas se contorcia de ansiedade. Alguns se levantaram. Sofia ficou indignada com essa atitude deselegante do reitor e desses colegas. Mas Marco Polo estava tranquilo, ninguém era obrigado a ouvi-lo. Apesar disso, interrompendo o reitor, provocou-os:

– Quem tem medo de sair do seu curral intelectual nunca será uma mente livre.

Chocados com esse pensamento, imediatamente se sentaram. Havia entre eles um cientista, o Dr. George Felpes, que era o maior desafeto de Marco Polo. Estava tenso, bufando de raiva, inquieto em sua cadeira. Preferia ouvir o Diabo a escutar as palavras do psiquiatra. Ao ver que ninguém saíra, se incomodou.

O reitor alertou a plateia:

– Depois de uma longa ausência, o doutor Marco Polo retornou de Israel e trouxe um assunto que... que... – Deu uma tossida. – Não é um tema sociopolítico, socioemocional ou psiquiátrico. Mas um tema... no mínimo controvertido. Talvez não os agrade ou os assombre. Não é um tema relevante para as neurociências...

– Doutor Abraham, você é um ilustre reitor. Diga-me quais os critérios para um tema ser relevante para as neurociências? – provocou Marco Polo com um leve sorriso.

Sentir o gosto amargo do desprezo melhorara seu estado de alerta.

Os cientistas fizeram um burburinho. Somente Marco Polo tinha coragem de enfrentar o magnífico reitor. Três o fizeram e haviam sido despedidos.

– O que você vai discutir vai causar escândalo!

– Cientistas que se escandalizam são meninos, não pensadores. Uma arma mata o corpo, mas o preconceito mata a alma. Deixe-me vivo, doutor Abraham. Deixe que essa magna plateia julgue minhas ideias – pediu ousadamente.

Marco Polo mais uma vez abalou os presentes. Entretanto, ele abria e fechava os olhos com frequência. Alguns deram risadas contidas por seu estado sem ter a mínima ideia do que havia acontecido. Finalmente o reitor comentou o tema de Marco Polo:

– Bom, o assunto que o doutor Marco Polo vai comentar nessa reunião é... a mente de Jesus.

Outra vez silêncio geral na plateia. Depois vieram as risadas escancaradas.

– Só pode ser brincadeira! – disse um neurocientista cotado para ganhar o prêmio Nobel de medicina, o Dr. Donald Deep. Em seguida completou, inquieto: – O mais ferrenho dos ateus que conheci discorrendo sobre a mente de Jesus? E ainda mais numa universidade? E, pior ainda, na reunião anual sobre nossas pesquisas de ponta?

– Desculpe-me, Dr. Marco Polo, mas por que ousou pesquisar a mente de Jesus? – perguntou o Dr. Mark Zeng, prêmio Nobel de medicina, que também era ateu.

Aliás muitos cientistas presentes eram ateus. Alguns eram amigos do carismático Marco Polo.

O Dr. Felpes, ao ouvir o tema a ser discutido, teve um ataque de raiva. A inveja que sentia de Marco Polo, seja por seus artigos, suas premiações ou pelo sucesso de seus livros, o cegavam. Fechou o circuito da memória, tornou-se um predador voraz. Impiedoso, disse:

– Um homem, depois de perder a esposa em condições trágicas e de falhar flagrantemente na educação do filho, está propenso ao delírio religioso para tentar neutralizar suas dores e frustrações!

Lucas ia se levantar para brigar com o Dr. Felpes. Mas Sofia o conteve. Falou baixinho:

– Não, Lucas! Seu pai não precisa de defensores.

O Dr. Felpes foi mais longe:

– Essa é a piada do ano, não a reunião científica do ano. Não farei parte deste circo – disse ele, destituído de empatia e tolerância, antes de se levantar para sair.

Junto com ele, outros dez cientistas, alguns seus discípulos, também se levantaram. O clima ficou extremamente tenso, muito pior do que o reitor imaginara. Parecia que ia haver uma debandada geral. Repórteres tomavam notas e clicavam suas câmeras, eufóricos. O medo do novo os impedia de navegar nas águas turbulentas da emoção. E as águas da emoção ficavam mais agitadas quando o ousadíssimo pensador Marco Polo abria a boca. Imediatamente tomou a palavra e os confrontou, de forma branda:

– Tenho mais medo dos meus amigos do que dos meus inimigos. Meus inimigos abrem minhas feridas, mas me dão a oportunidade de tratá-las, enquanto meus amigos, preocupados com minha dor, anestesiam minhas chagas, perpetuando minha infecção.

Ele surpreendeu seus algozes mais uma vez. O Dr. Felpes e outros cientistas interromperam sua marcha. Ao elogiar seus desafetos, deslocou a âncora da memória das fronteiras das janelas Killer para as raias das janelas light. Oxigenou os solos do inconsciente deles. Em seguida deu-lhes o golpe fatal:

– A verdade essencial é um fim inatingível na ciência. Elogio a crítica dos meus opositores, mas não elogio seu medo de ouvir minhas ideias. Tem medo de ouvi-las, doutor Felpes?

– Por que teria? – reagiu o cientista, esquentando o clima da reunião.

O reitor ameaçou intervir, mas Marco Polo, que amava um debate, havia fisgado seu oponente. Fez um gesto para o Dr. Abraham se acalmar. Depois, entrando em camadas mais profundas na mente do Dr. Felpes, o instigou:

– Tenho certeza de que não é vítima dessa fobia. Se minhas ideias forem estúpidas, atire-as na lixeira de suas memórias. Se forem coerentes, reflita sobre elas.

Muitos acadêmicos que estavam sonolentos despertaram com a coragem de Marco Polo. O Dr. Felpes sentou-se na cadeira vazia que estava ao seu lado. Os que se levantaram também voltaram a se sentar.

– Todas as religiões falharam dramaticamente por não ter investigado a mente de Jesus. Do mesmo modo, todas as universidades, em destaque as ciências humanas, erraram infantilmente ao não pesquisar esse assunto longe das influências religiosas.

Depois dessa contundente afirmação, Marco Polo deu um suspiro profundo. Em seguida defendeu:

– Os pais da democracia desta nação, o padrão ético que nos controla e a maneira como interpretamos os direitos humanos sofreram grandiosa influência das teses do Mestre de Nazaré. Só por esses motivos deveríamos ter o mínimo de respeito pela investigação de sua psique. Mas não temos! Ninguém tem vergonha de falar sobre Parmênides, Sócrates, Hegel, Kant, Spinoza, Sartre e Nietzsche em sala de aula, apesar de eles nos terem influenciado tão pouco. Mas ficamos envergonhados em falar de Jesus. Ele é colocado na periferia da sociedade, relegado às aulas de religião, aos filmes religiosos, como se não fosse o homem mais inteligente da história. Essa é uma atitude neurótica, estúpida, desinteligente!

O Dr. Abraham se levantou. Estava um tanto trêmulo. Vendo a plateia em completo silêncio, interveio:

– Marco Polo, não exagere!

Mas eis que o Dr. Mark Zeng enfrentou o reitor, algo que nunca tivera coragem de fazer:

– Espere, doutor Abraham. Eu sou agnóstico como Charles Darwin o foi. Mas Marco Polo está coberto de razão. Ao que me parece, cometemos uma falha científica grotesca. Nunca soube que em sala de aula se falasse sobre a inteligência e as habilidades de Jesus. Falar dele não é discutir religião, mas psicologia, sociologia, psiquiatria! Que erro imperdoável! Mas quem são os maiores culpados dessa falha atroz? As religiões? As universidades? O preconceito dos cientistas? Os políticos?

– De todos, doutor Mark Zeng. Bilhões de cristãos o aplaudem, inclusive muitos adeptos do Islã e do budismo, mas não estudaram suas teses psicossociais revolucionárias. Muitos países param no Natal para comemorá-lo. As casas e as cidades são enfeitadas para celebrar seu nascimento. Mas, falando honestamente, comemoram um desconhecido.

– Discordo! Eu sou religioso! Eu comemoro o seu sacrifício! – disse o Dr. Felpes aos brados.

Ele era um religioso radical, mas nunca ousara revelar suas crenças. Agora o fez quase sob um ataque cardíaco.

– Doutor Felpes, não estou dizendo que Jesus é desconhecido em sua faceta espiritual, mas em sua borbulhante faceta humana. Não quero anular as religiões, mas elas, bem como as universidades, poderiam dar um salto de inteligência e saúde emocional se respondessem a estas importantíssimas questões: Jesus usou ferramentas para formar pensadores? Formou mentes adestradas ou mentes livres? Utilizou técnicas para construir relações saudáveis? Propagou habilidades para proteger a emoção dos seus alunos e da humanidade? Sabia libertar o mais complexo dos pensamentos, o antidialético-imaginário, para dar respostas inteligentes nos focos de tensão? Suas ferramentas eram eficientes ou estéreis? Sua mente era saudável ou doentia, perspicaz ou tosca, resiliente ou frágil, proativa ou conformista?

O cérebro daquela casta de intelectuais estava congelado, pasmado, perturbado.

– Marco Polo, estou embasbacado com esses questionamentos. Não sei o que dizer nem o que sinto – comentou o neurocientista Dr. Donald Deep. – A ciência não sobrevive sem honestidade e transparência, por isso, desculpe meu preconceito inicial. Nunca imaginei essas teses nem que alguém pudesse formular esses questionamentos. Você não está nos enfiando suas análises goela abaixo, mas nos fazendo pensar criticamente.

– Se as teses do homem Jesus são bombásticas, elas deveriam estar na grade curricular de toda graduação, inclusive das ciências exatas, pois queremos formar pensadores, não mentes adestradas... Também estou sem palavras – afirmou o Dr. Gordon, professor e pesquisador de física quântica.

– E posso ainda fazer mais questionamentos, porque eu também fiquei embasbacado. Por exemplo, muitos amam o marketing, ainda que não admitam. Amam que seus artigos sejam publicados com destaque em revistas científicas, que suas ideias sejam propagadas no mundo acadêmico e social. Mas o homem que eu analisei em Jerusalém usava o antimarketing.

– Como assim? – questionou o Dr. Donald Deep, impressionado.

– Ele viveu e propagou esta tese: o que sua mão direita faz, a esquerda não deve ficar sabendo. Para espanto da psicologia e da sociologia, quando ele aliviava a dor de alguém, dizia: não conte para ninguém!

Não se ouvia um zunido no anfiteatro. Enquanto refletiam sobre esses fenômenos, Lucas pela primeira vez estava fascinado com a inteligência de seu pai. De repente, o Dr. Brant, ph.D. em sociologia, indagou se Jesus não tivera um surto psicótico:

– Algumas teses que Jesus defendeu são dignas de um paciente no mais alto surto psicótico. Por exemplo: "Quem crê em mim, ainda que morra, viverá!"

– Essa interpretação é compreensível. Aparentemente sua afirmação parece um delírio de grandeza sem precedentes. Mas como pode alguém tão grande se fazer tão pequeno para tornar os pequenos grandes? – comentou Marco Polo sem meias palavras.

– Desculpe a ignorância, mas não entendi! – indagou, perturbado, o Dr. Brant.

– Seu discurso sobre a transcendência da morte entra na esfera da fé. Quando alça sua fé, a ciência se cala. Por outro lado, uma pessoa que está num surto psicótico delira que é um expoente social, um general, um ditador, um rei, não um ser humano comum.

– Mas ele falava que era o filho de Deus – afirmou o Dr. Felpes, intrigado.

– Rarissimamente ele dizia ser o filho de Deus. Desconhecemos sua tremenda face humana, porque renunciamos a estudá-la. Quando indagado sobre quem era, ele costumava responder "Eu sou o filho da humanidade". Por mais de sessenta vezes disse que era o "filho do homem". Não queria rótulos, status ou poder. Para assombro da psiquiatria, ele se postulava como um ser humano. E, como ser humano, exaltava prostitutas como rainhas e leprosos como príncipes. Ele os abraçava sem medo. Ninguém lutou como ele pelos direitos humanos! Foi Jesus o maior psicótico da história? Ou foi Jesus uma das mentes mais brilhantes, se não a mais cintilante, que já pisaram neste planeta azul?

Os cientistas estavam fascinados com o Jesus histórico, com esse personagem famosíssimo e completamente misterioso descrito por Marco Polo.

– Estou perplexo. Essa expressão de Jesus, de se autochamar filho da humanidade, é no mínimo perturbadora, desmonta nossas neuroses acadêmicas. Gostamos de nos intitular ph.D., doutores, pós-doutores. Não sabemos nos colocar como seres humanos capazes de exaltar outros seres humanos. Nunca abracei meus filhos nem meus alunos. A academia nos adoeceu – afirmou o Dr. Mark Zeng.

Marco Polo continuou:

– Quem na atualidade, seja intelectual, teólogo ou político, protege as pessoas consideradas escórias sociais com a própria vida como Jesus o fez? Quem dirige bem seu veículo mental para apostar tudo que possuem nos que pouco têm?

– Nós, a casta de intelectuais, que cremos que defendemos os direitos humanos, mas na prática vivemos um personagem! – afirmou corajosamente o Dr. Gordon.

Marco Polo completou seu raciocínio:

– Einstein internou um filho num manicômio e nunca mais o visitou. Um dos cérebros mais notáveis da humanidade foi controlado por seus fantasmas mentais. O ambiente tétrico de um manicômio... O medo de lidar com fenômenos que ultrapassam os limites da lógica, como a psicose de seu filho, o levou a cometer um erro crasso com quem mais precisava de seu apoio e seus abraços. Vocês apostam em seus filhos, mesmo quando eles os decepcionam? Aplaudem sua parceira ou parceiro? Ou são especialistas em apontar falhas? Desculpem-me, mas quem é um perito em apontar erros está apto para consertar máquinas, não para formar mentes livres e saudáveis!

Os cientistas quase desmaiaram. Muitos eram cartesianos, extremamente críticos. O Dr. Abraham era impaciente com seu filho hiperativo. Não passava um dia sem que levantasse a voz ou o criticasse inúmeras vezes.

– Dirijo uma universidade com mais de mil professores e 20 mil alunos, mas não sei dirigir o veículo da minha mente para educar meu único filho com generosidade, empatia e imaginação – confessou o reitor, deixando todos atônitos, pois nunca havia revelado um parágrafo sequer da própria história, que dirá um capítulo vital. E completou: – As universidades não apenas são um centro de produção e transmissão do conhecimento, mas também um esconderijo para muitos professores e cientistas camuflarem seus fantasmas mentais debaixo dos porões de seus títulos.

Começou a perceber que estava doente em múltiplos aspectos, inclusive porque o vírus do preconceito o havia infectado ao tentar barrar Marco Polo. As melhores cabeças daquela universidade começaram a entender que Marco Polo não apenas era extremamente ousado, mas também coerente.

– O mal dos espertos é achar que os que pensam diferente são estúpidos! Eu confesso, fui estúpido ao resistir com todas as forças a pesquisar o intelecto de Jesus e seus códigos para desenvolver a inteligência global, multifocal, multiangular! – declarou sem medo o pensador da psiquiatria. E começou a transformar o debate num assunto agradável, inteligente e suave: – Ele não apenas entalhava madeiras, mas foi um fascinante carpinteiro da emoção e das relações saudáveis.

– Como assim? – indagou, curioso, o Dr. Abraham.

– Para ele, os relacionamentos deveriam ser dosados. Os relacionamentos humanos deveriam ter mais humor e profundidade, se constituir de 70% de comédia e 30% de drama. Não invertam essa equação emocional.

Muitos deram risadas do próprio estresse.

– Acho que muitos de nós invertem essa equação emocional, vivendo 90% de drama e, no máximo, 10% de bom humor ou comédia com nossos filhos, cônjuges e até alunos – falou honestamente a Dra. Hillary, uma professora de biologia molecular. – Mas Jesus era uma pessoa bem-humorada?

– Muitíssimo, Dra. Hillary. Por exemplo, numa ocasião perguntaram para um de seus alunos, Pedro, se seu mestre pagava impostos. Este, impulsivo, disse que sim. A resposta impensada não foi acompanhada de uma bronca. Ao contrário, Jesus pediu a Pedro que refrescasse sua cabeça, fosse pescar, encontrasse uma moeda de prata na barriga de um peixe. Independentemente de se crer ou não em atos sobrenaturais, esse é um exemplo do bom humor notável desse educador. Ele não perdia a paciência. Perguntado quantas vezes deve-se dar chance para quem errou, ele respondeu setenta vezes sete, ou seja, incontáveis vezes. E sabem por quê?

– Não tenho ideia – disse a Dra. Hillary.

– Porque ele sabia que ninguém muda ninguém; que temos o poder de piorar os outros, não de mudá-los. Só os outros podem se autorreciclar. Sempre de bom humor, o Mestre dos mestres provocava seus alunos a domesticarem os próprios fantasmas emocionais, corrigirem suas loucuras e lapidarem seu egocentrismo. E não apenas isso. Ele era tão admirável que proclamou os mais incríveis códigos para financiar a felicidade sustentável e uma emoção protegida e saudável.

Após citar os códigos, Marco Polo olhou no relógio e viu que seu tempo já havia se esgotado. Encerrou sua fala, mas, para espanto do reitor, várias pessoas suplicaram que sua explanação se estendesse. Queriam conhecer alguns desses códigos. O pensador da psiquiatria e psicologia atendeu seu pedido. Foi um momento mágico. Mas ele não imaginava as tempestades que em minutos desabariam sobre eles.

28

UMA JUVENTUDE CONFORMISTA E INTOXICADA

Muitos intelectuais são excelentes para pesquisar, analisar, dirigir empresas, mas frequentemente péssimos para ser felizes, relaxados, livres, leves, contemplativos, reinventivos. Não entendem que a solidão branda é propulsora da criatividade, enquanto a solidão intensa é tóxica para produzir novas ideias.

Marco Polo comentou para a plateia de notáveis de sua universidade:

– É espantoso que Jesus sempre tenha defendido que buscar o prazer estável e profundo, que aplaudir a vida e ser bem resolvido emocionalmente eram fatores vitais para ser produtivo. Um dos códigos mais intrigantes que Jesus trabalhou foi: felizes os que esvaziam o próprio ego, ou seja, que reciclam os próprios preconceitos, revisam os próprios dogmas e as próprias crenças limitantes, pois deles é o reino da criatividade.

Muitos vencedores de prêmios Nobel, ao ouvir esse código, ficaram estarrecidos.

– Espere um pouco. Para esse homem Jesus, é doentio o conceito de que um intelectual é um espécime dotado de pessimismo, sisudez, solidão. Para ele, mentes pensantes devem treinar para serem felizes, otimistas e sociáveis. Tem fundamento. Uma pessoa irrigada com prazer tende a ser mais produtiva do que uma pessoa depressiva – concluiu o Dr. Gordon.

– A consciência crítica impulsiona a capacidade de superação, mas o pessimismo sabota o raciocínio. Meus períodos de pessimismo e depressão foram estéreis, tinha vontade de fugir do mundo, não de produzir conhecimento ou orientar meus doutorandos – disse o Dr. John Look, um físico respeitadíssimo.

– Quem não souber esvaziar o próprio ego abortará a capacidade de criar. Por isso é geralmente na juventude de um pensador que ele produz suas grandes ideias. Muitos gênios da matemática e da física fizeram suas descobertas antes dos 30 anos. Na bolsa de valores ou nas *startups* do vale do Silício, são os garotos que brilham – afirmou Marco Polo.

– É um dado interessantíssimo. Os aplausos e o reconhecimento que as pessoas de sucesso recebem tornam-se venenos que asfixiam sua criatividade com o passar do tempo. Treinar esvaziar o ego é vital para aguçar a curiosidade, a observação e ser criativo. Mas como Jesus sabia disso? Que código é esse que as universidades precisam desesperadamente usar, mas desconhecem? – indagou a Dra. Hillary, reflexiva.

Marco Polo comentou outra aplicação dessa ferramenta:

– Um casal que não se esvazia de si destrói o romance ao longo de sua história. Tornam-se toscos, rudes, chatos, entediantes. Tornam-se incapazes de criar uma nova agenda, de perguntar "Onde eu errei e não soube?", "O que posso fazer para tornar você mais feliz?". Tornam-se incapazes de dizer "Obrigado por existir!".

– Não é possível que eu esteja ouvindo isso. Estou entulhado de mim mesmo! Sempre amei minha esposa, mas hoje vivemos num inferno emocional saturado de atritos. Só fazia algumas perguntas desse tipo na época do namoro – confessou o Dr. John Look. – Eu pensei que fosse criativo, mas pareço um velho em final de carreira.

Muitos deram risadas, não por deboche, mas porque mapeavam também as próprias loucuras. O Dr. Abraham mais uma vez interveio, mas com maestria e sensibilidade, encantando novamente seus pares:

– Pela primeira vez na história desta secular universidade ela deixou de ser nosso esconderijo. Tornamo-nos o que sempre fomos: seres humanos com medo de nossos defeitos. Isso é incrivelmente saudável. Eu sou judeu, como vocês sabem, não creio em Jesus como o Messias. Mas quem impediu no passado que os códigos desse magnífico pensador fossem estudados? Será que foram os cientistas ateus dos últimos dois séculos, tanto da física quanto da biologia?

– Penso que não, doutor Abraham! Quem mais enterrou as ideias de Jesus não foram os ateus, foram os próprios religiosos. Em destaque os radicais, os que nunca foram capazes de estudar suas ferramentas de gestão da emoção.

O Dr. Felpes teve um ataque de pânico diante das palavras de Marco Polo. Batendo na poltrona agressivamente, protestou com veemência:

– Agora você foi longe demais, Marco Polo! Os religiosos jamais enterraram as ideias de Jesus! Você é um herege!

O clima ficou tenso. Marco Polo fez silêncio. Esperou a temperatura da emoção dele baixar e indagou de toda a plateia uma tese vital que bloqueava a evolução da própria ciência, bem como da humanidade:

– Respeito seu protesto, doutor Felpes, mas me digam: quem são os piores inimigos de Freud? São os freudianos ou os que criticam a psicanálise? Quem são os piores inimigos de Marx? São os marxistas ou os que questionam o socialismo?

Todos tiveram dificuldades de responder. Marco Polo se adiantou e afirmou:

– Temos dificuldade de responder a essa tese porque não estudamos o processo de construção de pensamentos e de formação de pensadores. Mas humildemente digo que estudei durante décadas esses fenômenos e posso lhes assegurar que os piores inimigos de um pensador são seus defensores radicais.

– O que você quer dizer com isso...? Nunca ouvi falar que seguidores apaixonados de Freud, Marx, Piaget, Adam Smith, Sartre, Buda são os piores inimigos de seus mestres... – disse o Dr. Abraham, confuso.

Marco Polo tentou clarear e defender sua complexa tese. Acreditava que quem a compreendesse nunca mais seria o mesmo. Explicou os quatro fenômenos inconscientes que leem a memória sem a autorização do Eu, que discutira anteriormente. Discorreu sobre o gatilho mental, a janela da memória, a âncora e o autofluxo. Disse que eles são vitais para o funcionamento da mente, mas, se o gatilho abrir uma janela Killer, o volume de tensão faz com que a âncora feche o circuito da memória, instalando a síndrome predador-vítima. E o autofluxo lê e relê de forma cega aquela janela, preparando-se para lutar ou fugir.

Além disso, comentou que há outra síndrome além da predador-vítima: a síndrome dos cárceres mentais. São pessoas apaixonadas por um partido político, uma ideologia, uma religião ou uma pessoa. O gatilho frequentemente dispara e, apesar de não encontrar uma janela Killer, encontra janelas ou arquivos onde existe o fascínio pela ideologia, religião ou personagem. A âncora da memória então se instala nessa região do córtex cerebral, gerando um cárcere mental, impedindo quem é fascinado, apaixonado ou fanático de se abrir para outras possibilidades.

– Se o Eu for frágil, ele não terá consciência crítica, não deslocará a âncora, se tornará um encarcerado vivendo em uma sociedade livre. Por isso, teremos freudianos radicais, marxistas cegos, capitalistas violentos, supremacistas brancos, políticos fanáticos, religiosos engessados... Todos são vítimas da síndrome dos cárceres mentais. Não se expandem, não se reciclam nem muito menos se adaptam.

Todos ficaram metabolizando a tese de Marco Polo. Desconheciam esses fenômenos dos bastidores da mente humana, ligados a uma das últimas e mais complexas fronteiras da ciência. O pensador ainda comentou que o fundamentalismo religioso estava em expansão e poderia colocar em xeque a estabilidade da Europa e a viabilidade da espécie humana. Afirmou que as religiões podem ser uma fonte de doenças mentais, mas também uma fonte de saúde mental, se as pessoas viverem os códigos da empatia, da tolerância e a capacidade de abraçar mais e julgar menos, de filtrar estímulos estressantes e de proteger a mente.

O Dr. Felpes se contorcia em sua poltrona. Começou a ter crises de ansiedade. Em seguida, Marco Polo deu uma tossidela e brincou com seus pares:

– Vocês conviveriam com pessoas que não tomam banho há um mês?

Mary Jones, uma cientista da psicologia, comentou:

– Se meu marido não toma banho um dia, tem de dormir em outro quarto.

– Pois bem, Mary. Se ruminam perdas, mágoas e frustrações, me desculpem, mas a verdade é que vocês não fazem higiene mental e emocional.

Vários cientistas ruminavam. Marco Polo continuou:

– Se sofrem por antecipação, se cobram demais de si e dos outros, se são hipersensíveis diante das contrariedades, não fazem higiene mental e emocional.

A grande maioria nunca fizera esse tipo de higiene.

– Há pessoas que têm glossofobia, ou medo de falar em público. Alguns estudos dizem que mais de 40% das pessoas têm mais medo de falar em público do que de morrer. Essas não reeditam as janelas traumáticas, não fazem a higiene intelectual.

– Mas Jesus fazia higiene mental? – indagou o Dr. Gordon.

– Ele foi o Mestre dos mestres da higiene mental e emocional. Esvaziar-se de si mesmo é uma técnica poderosa de higiene mental. Ser um pacificador dos fantasmas mentais também. Não comprar o que não nos pertence, ou melhor, dar a outra face para quem nos contraria, elogiando mais a pessoa que erra do que seu erro, também é uma forma eficiente.

– Mas então esse Jesus que vemos nos filmes e livros, que vivia uma história emocional triste, cabisbaixa, depressiva, silenciosa, não corresponde muito à realidade? – perguntou a Dra. Hillary.

– Não corresponde – confirmou Marco Polo.

– Ele era um homem feliz? – indagou, curiosa, a Dra. Mary Jones.

– Muitíssimo. Para ele, rico era quem celebrava as coisas simples e anônimas, imperceptíveis aos olhos ansiosos. Muitos de nós aqui somos mendigos emocionais, precisamos de muitos acontecimentos para ter míseras experiências de prazer. Para perplexidade da filosofia, ele homenageava os lírios dos campos mais do que o glamour dos reis. Aliás, há muitos reis, príncipes e multimilionários que mendigam o pão da alegria – comentou o psiquiatra.

– Mas ele formou mentes brilhantes ou mentes encarceradas? – indagou o Dr. Abraham.

– Ele não transmitia informações; provocava a arte de pensar. Não dava respostas prontas; instigava a arte da dúvida e a arte das perguntas.

– Somos ensinados a ensinar, mas não a provocar a mente de nossos alunos. Somos compelidos a dar respostas, mas não a fomentar a dúvida – afirmou o Dr. Gordon.

Marco Polo se alegrava ao ver que seus pares completavam suas ideias. Por fim, comentou:

– Para Jesus, transmitir a sua biografia como mestre era tão ou mais importante do que transmitir o conhecimento. Ele se colocava no processo – afirmou Marco Polo.

A plateia ficou agitada; isso era algo não apenas novo, mas pedagogicamente revolucionário. Lucas não se aguentou e perguntou:

– Como assim, pai?

– Ele era capaz de falar das próprias lágrimas para que seus alunos aprendessem a chorar as deles.

– Mas você, pai, até há poucos dias, nunca tinha falado das suas crises. Nunca comentou suas derrotas para que eu aprendesse a lidar com os meus fracassos.

– Eu reconheço, meu filho. Não ter conseguido transmitir minha biografia para você foi uma das minhas maiores falhas – confessou Marco Polo emocionado, com os olhos úmidos.

– Nunca pensei em me colocar no processo – comentou a Dra. Hillary. – Mas, olhando para meu passado, os professores que mais me influenciaram não foram os mais eloquentes e cultos, mas os que mais falaram com o coração, os que transmitiram uma pequena parte de sua biografia. Lembro de uma professora que contou ter sido humilhada por ser negra, apesar de uma fina camada de cor da pele não diferenciar dois seres humanos.

– Estou sem palavras – comentou o Dr. Donald Deep.

– Quem aqui é capaz de dar nota máxima para um aluno de graduação que errou todos os dados, mas desenvolveu um raciocínio complexo? – questionou Marco Polo.

Ninguém levantou a mão.

– Quem aqui dá liberdade para seus alunos de mestrado e doutorado correrem riscos, lutarem por sua linha de pesquisa e até se contraporem às ideias do orientador?

– Mas correr riscos é um problema na hora de enfrentar uma banca examinadora – ponderou o Dr. Gordon.

– O excesso de controle das teses de mestrado e doutorado tem asfixiado a criatividade de nossos alunos – criticou o Dr. Donald Deep. – As universidades não podem ser a religião do conhecimento, onde são produzidas dissertações de mestrado para serem aprovadas por uma banca de três sacerdotes e teses de doutorado para serem aprovadas por uma banca de cinco sacerdotes. A grande maioria das teses não tem impacto social. Não percebem que as *startups* mundiais estão ganhando muito mais relevância, escala e impacto do que as teses acadêmicas?

Todos começaram a entender que as universidades estavam doentes, formando pessoas doentes para uma sociedade doente. E, por falar em crise educacional, Marco Polo tocou num ponto nevrálgico:

– Nossas universidades escolhem os alunos por seus currículos. Mas o que é ter um currículo excelente? Quais critérios racionalistas usamos para classificar nossos alunos?

– Classificamos os alunos pela participação em trabalhos, pela prática de esportes, por seu comportamento e, em destaque, pelo rendimento e desempenho nas provas – afirmou Mark Zeng.

– Todavia, doutor Zeng, o homem mais inteligente da história não escolheu os melhores currículos nem as mais notáveis notas. Seu mais forte aluno, Pedro, era ansioso, desconcentrado, irritadiço, agitado. O mais culto deles, Judas Iscariotes, tinha um gravíssimo defeito de caráter: era dissimulado, representava um personagem, não era transparente. Seu mais afetivo aluno, João, tinha uma personalidade bipolar. Num momento era amável, em outro propunha que o mestre eliminasse quem não andava com ele. Seu mais racional aluno, Mateus, tinha fama de corrupto. Tomé, um dos mais incisivos, era paranoico, desconfiava da própria sombra.

Vários cientistas deram risadas dessa exposição. Em seguida Marco Polo indagou:

– Vocês escolheriam um time desses para cursar nossa universidade ou para serem seus orientandos? – perguntou Marco Polo.

– Jamais! Seria um suicídio acadêmico! – afirmou o Dr. Abraham.

E, satisfeito, comentou: – Gostei de sua análise dos critérios de escolha de Jesus. Finalmente você mostrou um ponto fragilíssimo em seu intelecto.

– Com um grupo de alunos desse tipo não seria possível chegar a lugar algum – concluiu Donald Deep.

– O que me deixou perplexo, caros colegas cientistas, é que o Mestre dos mestres era tão autoconfiante, suas técnicas pedagógicas eram tão inteligentes que não importava a matéria-prima: ele era capaz de transformar pedras brutas em obras de arte.

Todos se calaram. Em seguida veio outra bomba de impacto:

– Judas o traiu. Ficaram onze alunos, depois juntou-se um aluno fora de tempo, Paulo, que era radical, passional e com baixíssimo limiar para suportar frustrações. Com esses alunos, foi formada a primeira e mais poderosa *startup* mundial. Uma *startup* para abraçar e educar a humanidade. Eles foram treinados para sonhar com a humanidade, conquistar e valorizar cada ser humano, para sempre expor e nunca impor suas ideias, para fazer a revolução do amor. Nós, por outro lado, selecionamos cérebros. Um erro inimaginável.

O Dr. Felpes se contorcia mais ainda, em pânico. Rígido, só aplaudia os melhores cérebros, exaltava os alunos com as melhores notas, esquecendo que aqueles na periferia da classe também eram seres humanos complexos e que, se investirmos neles, podem chegar a lugares inimagináveis. Ao contrário do Dr. Felpes, qualquer um poderia ser aluno do carpinteiro da emoção, bastava ter desejo de aprender, se reinventar, ousar, caminhar por ares nunca antes respirados que ele os lapidava.

Todos ficaram perturbadíssimos com a abordagem de Marco Polo.

– Mas espere um pouco – expressou o reitor, atônito. – A conclusão é que as religiões atrasaram a evolução da humanidade. Quantos milhões de jovens pertencem a inúmeras religiões cristãs nos dias atuais?

– Não sei ao certo. Talvez dezenas ou centenas de milhões – respondeu o pensador das ciências humanas.

– Milhões? Então esses jovens da atualidade são uma massa de frágeis, inseguros, tímidos, conformistas, destituídos de ousadia, proatividade, empreendedorismo – declarou o Dr. Abraham.

– Por quê? – indagou Sofia, preocupada, falando pela primeira vez.

Ela estava curiosa e intrigada com essa tese do reitor da magna universidade.

– Se o homem Jesus, com doze alunos complicados, mudou a história da humanidade, o que ele não faria hoje com milhões de jovens? E não me refiro à propagação do cristianismo, mas à evolução social, cultural, científica.

– Tem razão, doutor Abraham – afirmou o Dr. Donald Deep. – Se os líderes religiosos conhecessem esses códigos do Mestre da emoção e os utilizassem para treinar os jovens que estão em suas mãos, estes certamente não ficariam na periferia da história como estão; seriam os mais destacados cineastas, escritores, cientistas, empresários, jornalistas. Seriam ainda os maiores embaixadores dos direitos humanos.

– Essa conclusão é estarrecedora. E está corretíssima. Mas, infelizmente, os alunos da atualidade vivem numa estufa, intoxicados digitalmente, sem ambições legítimas, sem sonhos arrebatadores, encarcerados em seu pequeno mundo esperando a morte chegar! Enquanto isso, os alunos do Mestre dos mestres foram provocados a abraçar o mundo, a expor e não impor suas ideias, a ser sonhadores, a causar a revolução do amor e da justiça social, a transformar os que estão à margem da sociedade em seres humanos nobres – comentou Marco Polo.

– Não apenas as religiões, mas também as universidades, atrasaram o desenvolvimento da humanidade por se omitirem de estudar as ferramentas de gestão da emoção do maior formador de pensadores da história – completou Sofia.

Em seguida, ela se levantou e pegou as mãos de Marco Polo. Ele estava extremamente cansado, precisava repousar.

– Surpreendente – disseram muitos.

Logo depois todos se levantaram e o aplaudiram. Seus pares abriram passagem para o pensador. Lucas estava ao seu lado direito, orgulhoso de seu pai. Tudo parecia perfeito, um momento mágico na carreira desse ousado investigador. Mas eis que os últimos instantes daquela bela peça se transformariam num teatro de terror.

29

O SEQUESTRO DE MARCO POLO

Marco Polo recebia os cumprimentos dos seus colegas cientistas com humildade. Era como uma árvore florida ciente de que invernos e primaveras alternam-se na história de cada mortal, sobretudo na dele. Quando estava no anfiteatro, em meio a todo o entusiasmo, subitamente notou um jovem ofegante, músculos da face contraídos, olhar desesperado, vestindo um longo casaco preto. Seu nome: Steve Gates. Sob o casaco havia um volume estranho. Era uma submetralhadora.

Steve Gates tinha o plano de assassinar vários professores daquela universidade, em especial o Dr. Felpes. Sempre fora um bom aluno, até que sua mãe contraiu um grave câncer no pâncreas, com dores abdominais terríveis e emagrecimento rápido. Filho único, seu pai o havia abandonado na infância. Nunca mais o vira. Perder a mãe era perder seu mundo, seu solo, seu ar. Deprimiu-se, perdeu o encanto pela vida e pela faculdade. Começou a faltar às aulas e, quando as frequentava, não se concentrava. Em épocas de provas não estudava. Em muitos momentos saía da classe para ir chorar no banheiro.

Saturados de si mesmos e com enorme déficit de empatia, os professores não perceberam seu drama. Ninguém perguntou que pesadelos o assombravam, por que estava distante, isolado, sem motivação. Era uma presa frágil, fácil de ser abatida. E o Dr. Felpes o abateu impiedosamente perante a classe:

– Você é um irresponsável, Steve! Suas notas são péssimas! Vive desconcentrado! Detesto alunos alienados!

Os alunos, como hienas emocionais, aproveitaram para ter seu bocado. Zombaram publicamente dele. O Dr. Felpes não os silenciou.

– Esse cara é burro! – diziam uns.

– Steve é um idiota – diziam outros.

Gargalhadas, deboche público e rejeição social levam o biógrafo inconsciente do cérebro, o fenômeno RAM, a arquivar cárceres mentais, janelas Killer duplo P, com o poder de ser inesquecíveis e de ser retroalimentadas continuamente. O garoto já tinha sido alvo de *bullying* na infância por ser tímido, pobre e ter muitas sardas no rosto. Agora, a humilhação atual tinha gerado um caldeirão de estresse insuportável.

Deveria ter aprendido técnicas de gestão da emoção para não comprar o que não lhe pertencia. Seu Eu deveria encarar as ofensas, críticas e difamações como um problema dos outros, não dele. Além disso, deveria ter aprendido técnicas como a do DCD e a Mesa-Redonda do Eu para reeditar as janelas traumáticas e neutralizar seus cárceres mentais. Mas a educação racionalista não ensinava essas técnicas nem o levara a ser líder de si mesmo. Steve Gates tinha potencial para ser uma mente brilhante, mas era controlado pela raiva e pelo sentimento de vingança.

Marco Polo, ao ver o aluno, percebeu que seu olhar destilava raiva. Notou que sua mão direita estava embaixo do casaco. Imaginou que ele fosse mais um dos seus misteriosos inimigos, que terminaria o serviço que os outros não tinham conseguido. Mas Steve não dirigiu o olhar para Marco Polo. Procurava o professor que o traumatizara.

– Doutor Felpes, seu crápula! – gritou o jovem.

Todos se assustaram. Em seguida, ele acrescentou aos berros:

– O aluno que você humilhou, escrachou e envergonhou veio lhe dar um presente!

E sacou a arma. Pânico geral. Os professores se afastaram como podiam. Muitos, inclusive Sofia e Lucas, se abaixaram atrás das poltronas temendo a carnificina. O Dr. Felpes jogou-se no chão diante de Marco Polo. Foi uma gritaria. Marco Polo permaneceu de pé. Gerenciou os próprios instintos, não se escondeu, pois sabia que não adiantaria. Sabia, por experiência própria, que caso se escondesse, seria mais uma vítima; se o agredisse, seria seu predador. Nas duas situações, o aluno atiraria. Ao contrário, bradou sem agressividade, mas com surpreendente segurança:

– Por que um aluno tão inteligente como você precisa de uma arma para expressar suas ideias?

O aluno levou um susto. Planejava que os professores fugissem dele como tímidos ratos. Jamais imaginara que alguém desarmado o exaltaria, o chamaria de inteligente!

– Já se deu conta de sua tremenda capacidade de pensar para resolver seus problemas?

Perturbado, deixou de apontar a arma na direção do Dr. Felpes e apontou-a para o psiquiatra. As chances de Marco Polo desarmá-lo seriam mínimas, mas ele sabia que por trás de uma pessoa que fere há uma pessoa ferida.

– Por trás dessa arma há um ser humano que passou por dores inexprimíveis, rejeições indecifráveis. Eu o respeito. E declaro: você é forte! Você é ousado! Você é poderoso!

O Dr. Felpes tremia no chão. Sua cabeça estava coberta com as mãos. Ele e os professores não acreditavam que Marco Polo estivesse conversando com um jovem disposto a deixar seu nome nos anais do horror. Esperavam ouvir disparos a qualquer momento. Mas a âncora da memória de Steve Gates começou a se deslocar das fronteiras das janelas Killer para as zonas das janelas light. Pego de surpresa, ele retrucou:

– Não seja estúpido! Eu sou forte porque estou com esta metralhadora!

Marco Polo o contestou:

– Não por causa de sua arma, mas por causa do poder de sua mente! Os frágeis usam as armas; os fortes, a inteligência! Você é forte, por isso pode transformar perdas em ganhos, crises em crescimento!

– Mentira! Está tudo acabado!

– Está tudo acabado para a sua emoção que é escrava da sua dor, mas não para o seu Eu, que clama por ser autor da própria história! Tenho convicção de que seu Eu não quer matar pessoas! Você quer matar sua dor!

Steve Gates ficou abaladíssimo com essas palavras de Marco Polo. Elas penetravam em sua mente como um raio iluminando alguns de seus porões emocionais. Os professores estavam pasmos com sua atuação na mente do homicida. Marco Polo não era predador nem vítima. Exaltava-o, surpreendia-o. Em seguida se aproximou dele passo a passo:

– Cuspiram em meu rosto... passaram por cima de mim...

– E daí? Cuspe são gotas. Use-as para irrigar sua coragem, não para se destruir. Sua paz vale ouro, o resto é lixo! Não compre o que não lhe pertence!

O universitário ficou tão abalado que desatou a chorar. Marco Polo, quando ficou face a face com ele, o abraçou.

Os professores se aproximaram devagar e lhe arrancaram a arma. Ele não resistiu. Depois disso, os seguranças o levaram para as autoridades. A justiça o encaminhou para tratamento psiquiátrico. Marco Polo evitou uma carnificina. Todos ficaram fascinados com a maneira como conquistara o emocional daquele jovem. Alguns, em lágrimas, lhe agradeceram:

– Que técnica é essa, Marco Polo? Estou estarrecido! – exclamou o reitor.

Marco Polo citou sua famosa técnica:

– Apenas rompi o cárcere da síndrome predador-vítima.

– Como assim? – indagou Donald Deep.

Era difícil de explicar.

– Fui apenas um garimpeiro do território da emoção. Um garimpeiro que não produz ouro, apenas remove as pedras.

– Pai, foi incrível... – disse Lucas, abraçado ao pai.

Ao sair do anfiteatro, o Dr. Felpes, seu maior desafeto, apressou-se em se aproximar dele. Seu rosto pingava suor e, abaladíssimo com a coragem de Marco Polo e por este ter evitado seu assassinato, quase sem voz, comentou:

– Não sei o que dizer. Sinceras desculpas! Sou-lhe devedor.

– Somos todos devedores. Sou devedor de bilhões de moléculas de oxigênio que aspiro por minuto; de trilhões de células que funcionam como usinas para dar vida ao meu corpo; dos agricultores, que plantam; dos cozinheiros, que elaboram os pratos. Sou devedor dos meus pais, que me geraram, e do coveiro que me enterrará. A única coisa que me resta é ser humilde e procurar dar o melhor de mim para fazer os outros felizes. A humildade não resolve minhas dívidas, mas alivia minha consciência.

O Dr. Felpes ficou impressionado com a sabedoria de Marco Polo. Não entendia como ele conseguia fazer poesia do caos. Lucas e Sofia também observavam fascinados os argumentos de Marco Polo.

– Desculpe-me a maneira como falei da perda da sua esposa e do conflito com seu filho.

– O pensamento é virtual, não incorpora a realidade do objeto pensado. Vemos os outros a partir de nós mesmos. Você não me feriu, feriu a si.

Vendo Marco Polo cambaleante, num gesto de rara sensibilidade o Dr. Felpes sugeriu:

– Posso apoiá-lo em meu braço enquanto sai do anfiteatro?

Marco Polo permitiu. E assim eles caminharam para o pátio da universidade. Depois se despediram.

Quando já estavam no carro, Sofia indagou:

– Por que você estava com as pernas bambas e com vertigens durante a sua fala? Estresse?

– Talvez seja reflexo do nosso acidente – respondeu Marco Polo.

– Seria melhor procurar um neurologista.

– Mas antes de entrar no anfiteatro você estava melhor – disse seu filho, mostrando-se observador. – Depois que o chamaram lá fora, antes de sua fala, você voltou pior. O que aconteceu?

– A assistente do reitor disse que uma mulher queria falar algo comigo sobre você. Disse que sua vida estava em risco, que era uma questão de vida ou morte – falou Marco Polo de forma transparente.

– Sobre mim?

– Mas era estranha. Logo percebi que estava blefando. Ela tentou me abraçar, mas evitei o contato. E, quando lhe dei as costas, parece que ela espirrou um líquido em minha nuca, disse que era perfume. Mas não tenho certeza. Imediatamente comecei a passar mal, senti vontade de vomitar, minha mente ficou confusa...

– Será o mesmo produto que estava no relógio, papai? – questionou Lucas.

– Vamos ao laboratório do doutor Mark Zeng colher seu sangue – sugeriu Sofia. – Temos de confirmar e saber se ainda corre riscos.

Marco Polo foi imediatamente até o Dr. Zeng. Explicou-lhe os fatos. Preocupado, o colega pediu que colhessem seu sangue e solicitou que ficasse em observação até os resultados. Horas depois, o Dr. Zeng entrou no quarto e lhe deu a péssima notícia:

– De fato, você aspirou uma pequena quantidade de um neurotóxico perigosíssimo, um gás letal que asfixia os pulmões e destrói os neurônios. Mas felizmente a dose foi pequena, só causou alguns sintomas.

Marco Polo respirou aliviado, mas estava preocupado.

– Quem está querendo eliminá-lo, Marco Polo? – conjecturou o Dr. Mark Zeng.

– Não sei. São forças terríveis. Parece que se multiplicam por todos os lados.

O Dr. Felpes entrou subitamente no quarto de Marco Polo. Tenso, falou:

– O doutor Zeng me disse que você foi envenenado, Marco Polo. Vim lhe mostrar minha solidariedade.

– Obrigado, doutor Felpes.

– Acha que a máfia ou algum grupo terrorista está por trás disso? – indagou o antigo desafeto de Marco Polo.

– Não sabemos ao certo. Parece um grupo de extremistas.

– Estou sensibilizado. Você vai continuar sua mesa-redonda em Israel? – perguntou o Dr. Felpes.

– Tenho muito o que estudar sobre a mente de Jesus. Gostaria de investigá-lo como líder! Jesus foi o maior líder da história? É uma grande tese. Mas, com tantos inimigos em meu encalço, terei de ficar fora de circulação, sob proteção da CIA, até esclarecer os fatos...

– Onde ficará?

– Não sei ainda.

– Se continuar seus estudos, gostaria de ser um de seus alunos. Você aceita?

– Seria um prazer, doutor Felpes.

– Como você mesmo já disse em Israel, a vida é um grande contrato de risco cujas cláusulas principais não estão escritas. Fuja desses fanáticos! Só seus íntimos devem saber seu endereço. Serei seu fiel escudeiro, Marco Polo.

– Conte comigo também. E um dia me inscreva como seu aluno nessa sofisticada empreitada – acrescentou o Dr. Mark Zeng.

Marco Polo lhes agradeceu. Ficou feliz com a humildade e a preocupação dos colegas professores e cientistas, sobretudo com o Dr. Felpes. Mas voltar para Israel seria quase impossível. O pesquisador da psiquiatria e da psicologia não sabia se estaria vivo por mais um dia ou mais uma semana. Além disso, tinha de cuidar da integridade de seu filho e de Sofia.

✦

O caso de Marco Polo envolveu o governo americano e teve apoio do serviço de inteligência de Israel. O psiquiatra passou a contar com um forte esquema de segurança. Ele, Lucas e Sofia se recolheram numa residência na periferia de Los Angeles. Passaram duas semanas tranquilos, sem contratempos. Convalesciam, conversavam e se divertiam. Mas o tédio bateu às portas da mente do pensador.

– Não posso ser um prisioneiro de mim mesmo! Não posso sequer contemplar o belo, visitar praças e jardins! – comentou Marco Polo, sentindo a necessidade de respirar outros ares, caminhar, passear, visitar museus, amigos, dar aulas, pesquisar.

– Mas não é recomendável, Marco Polo. Enquanto a polícia não encontrar nossos algozes, corremos riscos – advertiu Sofia.

– Estou entediado também...

Mal Lucas disse essas palavras, a porta da frente da casa explodiu.

O barulho foi ensurdecedor. Uma nuvem de poeira invadiu a sala, de modo que não dava para ver nada nos primeiros segundos. Dez homens mascarados haviam rendido os policiais que faziam a segurança da casa. Ao invadi-la, deram um soco em Marco Polo e outro em Lucas. Atiraram Sofia ao chão antes de encapuzarem Marco Polo e o sequestrarem. Colocaram-no no porta-malas de um carro e, minutos depois, o transferiram para um helicóptero.

Alguns sequestradores ficaram para trás para cuidar de Lucas e Sofia. Arrastaram-nos para o centro da sala e apontaram as armas para a cabeça deles. Eles se protegeram instintivamente com as mãos. Os homens aguardavam ordens dos superiores. Como demoraram, os agressores disseram:

– Seu pai disse que os fortes usam as ideias, enquanto os fracos usam as armas. Errado! Os fortes usam as armas; os fracos, as ideias!

E, quando estavam para apertar o gatilho, Lucas retirou as mãos do rosto, olhou para os agressores e os surpreendeu:

– Errado. São as ideias que produzem as armas...

Ficaram abalados com a ousadia do garoto, mesmo em face da morte. No exato momento em que iam atirar, o líder apareceu e evitou a chacina:

– Não os matem! Eles me serão úteis.

Lucas e Sofia foram levados em outro helicóptero. O psiquiatra temia pelas pessoas que amava. Sabia que por dinheiro os sequestradores não o libertariam. Queriam calá-lo para sempre. Só não entendeu por que seus carrascos não o eliminaram de imediato. Nem podia imaginar as coisas horrendas que esses vampiros emocionais estavam planejando.

30

O CATIVEIRO E O TRAIDOR

Ninguém sabia o paradeiro de Marco Polo. Só se sabia que havia uma conexão internacional envolvida no sequestro. Os sequestradores fizeram uma longa viagem num helicóptero Agusta bimotor. A aeronave parou duas vezes para reabastecer. Depois de mais de dez horas, chegou ao seu destino.

O helicóptero iria pousar num Taj Mahal, um castelo chamado Casa de Josefina, localizado numa das menores e mais belas cidades americanas, Highland Park, no centro do estado da Flórida, um lugar perfeito para executar seu trágico plano. A cidade de Highland Park era distrito de Lake Wales, uma cidade onde oito presidentes americanos fizeram morada no passado.

A Casa de Josefina tinha estilo gótico, italiano e espanhol. Fora construída em 1923 por um banqueiro que ajudou a desenvolver a Flórida, Irwin Arthur Yarnell, como presente para sua esposa, Josephine. Ele amou tanto Josephine que fez um tremendo sacrifício para construir o castelo de acordo com suas mais íntimas preferências. Josephine amava jardins, o que levou seu marido a importar mais de 2 mil árvores da Europa. Raramente houve um casal que se amasse tanto. Ambos não mediam esforços para irrigar a emoção um do outro. Diariamente passeavam pelos jardins de mãos dadas, gastavam tempo observando as nuances de cada planta, os troncos carcomidos das árvores, o espelho brilhante do lago em frente à casa. Ambos também jogavam golfe no belíssimo campo ao lado do castelo.

Porém, para o grande infortúnio do casal, o mundo veio a desabar sobre eles, começando pela grande crise americana de 1929. Irwin enfrentou graves problemas financeiros. E seu drama não parou por aí: perdeu um filho assassinado, em seguida, uma filha. Infelizmente, em 1936 o homem que transformou a esposa numa rainha faleceu. Ao morrer, sabendo que Josephine ainda era jovem, liberou-a para que buscasse um novo amor.

Josephine, embora abatida, pouco a pouco oxigenou sua emoção. Nunca resolveu a saudade do seu grande amor, mas tempos depois se casou de novo com um artista plástico muito mais jovem do que ela. Ao todo, viveu por mais de quarenta anos em seu próprio Taj Mahal. Na década de 1960, parte do castelo foi usada para aliviar a dor dos outros. Alguns pacientes em convalescença ali se hospedaram. Depois o castelo virou um ateliê e um museu de pintura.

Marco Polo havia comentado que no cérebro humano há mais cárceres do que nas cidades mais violentas do mundo. Um dos pacientes que se hospedaram na Casa de Josefina tinha gravíssimos cárceres mentais. Depois que saiu do local, casou-se, mas nunca foi livre. Foi carrasco de seu filho. E era esse filho, hoje um homem, quem liderava a conspiração internacional contra Marco Polo. Fizera do castelo o cativeiro do pensador. Seu plano era diabólico.

O helicóptero finalmente desceu no imenso jardim. Enquanto as hélices diminuíam sua velocidade, os líderes do sequestro travaram um rápido diálogo. Um deles, o mais velho, perguntou para o segundo, que cuidara do cativeiro:

– Fizemos uma viagem muito longa. Por que você escolheu este castelo para acabarmos com Marco Polo?

– Porque o "caso Marco Polo" é uma obra de arte. Nada melhor do que destruir uma obra de arte num ambiente de arte... Aqui funcionou um ateliê de pintura.

E deu uma risada medonha.

– Mas há milhares de outras residências nos Estados Unidos que poderiam funcionar como cativeiro – disse o primeiro.

Foi então que o segundo explicou:

– A CIA ou o FBI acabariam nos encontrando na Califórnia. Poderiam acabar com nossa organização. Além disso, precisaríamos de um lugar perfeito para nosso inimigo número 1 desfazer o dano mundial que causou.

– E como achou este local?

– Meu pai...

– Mas certa vez você me disse que o odiava – afirmou misteriosamente o líder encapuzado.

– Meu pai foi internado neste castelo convalescendo de uma tuberculose. Tempos depois mudou-se para a Califórnia. Eu era agitado, hiperativo, desconcentrado. Ele me espancava. Queria me adestrar como a um animal.

– Ele era um psicopata!

– Um psicopata que odiava o próprio filho. Gritava: "Você não vai ser nada na vida! Será um ladrão, um assassino, um sequestrador."

Sua mãe era depressiva, submissa, não conseguia protegê-lo.

– Quando tinha 13 anos, fui visitar meu pai em seu leito de morte. Ele tocou no meu rosto e pensei que iria pedir desculpas para mim, mas me deu uma punhalada na alma. Disse: "Se você se tornar um sequestrador, faça a coisa certa. O lugar perfeito para você esconder alguém é na Casa de Josefina. O FBI jamais vai encontrar você naquele paraíso." Eis por que escolhi este local.

E deu outra risada horripilante.

Marco Polo ouviu essas palavras. Ficou cônscio de que o líder que cuidara da logística era um terrível psicopata; ele reproduzia os comportamentos do pai que detestava. Além de quatro sequestradores fortemente armados e os dois líderes, no castelo havia mais cinco criminosos esperando por eles. O líder, que cuidou de todo o sequestro, tirou a venda dos olhos de Marco Polo. Pegando-o pelos cabelos e mostrando o local, disse laconicamente:

– Olhe. Alugamos este lugar belíssimo por sua causa, Marco Polo. Você merece morrer num ambiente agradável.

Marco Polo não via o rosto deles, mas podia sentir a expressão de ódio em suas faces. Enquanto caminhavam, o líder mais velho comentou:

– Você é um vírus malévolo, uma Peste Negra dos tempos modernos, Marco Polo.

E nesse momento o psiquiatra foi esbofeteado. Ao cair no solo, viu que o ambiente do castelo era belíssimo. Mas nenhum cativeiro é agradável, ainda mais sabendo que dali a algumas horas seus algozes poderiam lhe tirar a vida.

– Onde estão Sofia e meu filho? O que fizeram com eles? – perguntou, preocupadíssimo.

– Aqui você não faz perguntas!

E foi esbofeteado por outro criminoso.

Ao cair pela segunda vez, seu nariz sangrou. Mesmo correndo risco de ser sumariamente morto, ousou fazer uma pergunta que o perturbava:

– Por que ainda não me eliminaram?

Todos deram risadas altissonantes. O líder cujo pai havia se internado no castelo comentou misteriosamente:

– Não basta eliminar o vírus; temos de curar a epidemia.

Marco Polo estava com o rosto descoberto, seus algozes continuavam de capuz preto. Pareciam os carrascos da Idade Média.

Ao entrarem no castelo, o líder mais velho finalmente descobriu seu rosto. Era um homem de uns 70 anos, cabelos grisalhos, magro, olhar compenetrado, resoluto. Todos os demais permaneciam com seus capuzes, incluindo o que fora traumatizado pelo pai. O comentário dele não poderia ser mais destruidor:

– Estamos aqui para você reparar seu erro mundial.

– Erro mundial? Que erro eu cometi, senhor?

– Destruir as religiões da Terra!

– Mas que conversa é essa? Isso é mentira – retrucou Marco Polo, completamente surpreso. – Sempre aplaudi os que seguem as religiões. Só penso que os religiosos deveriam ser empáticos, emocionalmente saudáveis, intelectualmente livres e respeitar as pessoas que pensam diferente!

– Feche sua boca, seu herege. Não vai nos seduzir! – bradou o líder encapuzado, esbofeteando Marco Polo três vezes, sem piedade. – Você não falou sobre esvaziar o ego? Aqui vamos desconstruir seu ego! – disse, gritando.

Com o espancamento, o psiquiatra gemia de dor por sua face machucada. Apesar da dor, pelo menos começou a entender por que o perseguiam implacavelmente. Todos os demais ficaram em silêncio diante do ritual de violência. Marco Polo falou com dificuldade:

– Temos pesquisas... que mostram que milhares de líderes de muitas religiões, inclusive não cristãs, foram encorajados pelas ferramentas que debatemos...

– Mentira! Mentira! Mentira! – bradou três vezes o homem que espancou Marco Polo.

E partiu para espancá-lo mais, mas foi contido pelo líder mais velho.

– Não exagere! – Em seguida comentou: – Sua ambição sobe aos céus dos céus, Marco Polo. Você quer estabelecer uma nova ordem mundial, um novo pensamento na humanidade com sua ousadia de estudar a mente de Jesus.

– Senhor, vocês estão delirando... Eu não quero estabelecer nenhuma nova ordem...

– A mente de Jesus é insondável! – bradou altissonante o líder encapuzado.

– Mas eu não estudei sua divindade, apenas sua humanidade. E Jesus cresceu aos olhos de muitos...

O líder o interrompeu com mais uma bofetada:

– Cale-se! Seus debates se tornaram a maior heresia de todos os tempos! – E começando a se revelar, comentou: – Nós, os Templários da Luz, vamos curar esse câncer.

Marco Polo estava com vertigem devido ao espancamento.

– Templários da Luz?

– Sim, somos os guardiões da verdade absoluta!

– Vocês são uma seita radical! Por isso me perseguem...

– Não somos radicais! – disse, aos gritos, o líder que continuava encapuzado. – Somos guardiões da verdade!

– E você é o apóstolo da mentira! – confirmou o mais velho.

A síndrome predador-vítima atingiu seu apogeu. Eles eram como feras com a boca na garganta de uma presa, asfixiando-a. Destilavam ódio e radicalismo. Não havia o que Marco Polo pudesse fazer para desarmá-los. Mas ele tentou:

– O que querem de mim?

Foi então que o mais velho descreveu o mais terrível dos planos:

– Você tem milhões de seguidores nas redes sociais. A única forma de reparar seu tremendo erro é enviar uma mensagem por essas mesmas redes negando todos os seus ensinamentos, dizendo que você mentiu publicamente em suas análises, declarando que enganou inocentes de todos os países.

– O quê? Negar o que sou? O que penso? Vocês querem me matar por dentro!

Marco Polo ficou estarrecido, assombrado. Entendeu finalmente que, antes de matarem seu corpo, seus carrascos queriam destruir sua história e seu legado para a humanidade. *Quem suportaria isso?*, pensou. O espancamento físico produzia dores dramáticas, mas esse espancamento emocional produziria dores inenarráveis. O pensador da psiquiatria e da psicologia sempre proclamou que quem não é fiel ao que pensa tem uma dívida impagável com a própria consciência. Seus inimigos simplesmente queriam que, antes de morrer, ele contraísse o maior de todos os débitos.

– Usamos hackers e já fizemos uma convocação para seus seguidores. Você falará amanhã de manhã, às 10 horas, em suas mídias sociais – disse o líder encapuzado, dando risadas.

– Sinto muito, não farei isso. Prefiro morrer.

Interrompendo-o, o líder contou sobre a Casa de Josefina:

– Prefere morrer? Então deixe-me contar uma história interessante. Este castelo é um Taj Mahal americano. É uma prova do amor de um homem por uma mulher. Um banqueiro, Irwin Yarnell, fez tudo que estava ao seu alcance para fazer Josephine feliz. Inclusive foi à falência! Você já fez sacrifícios por uma mulher?

Marco Polo fez silêncio. Não sabia aonde ele queria chegar.

– Eu fiz uma pergunta! Responda-me! Já fez um sacrifício por alguma mulher? – questionou aos gritos.

Marco Polo foi esbofeteado de novo, agora pelos outros algozes que estavam em silêncio. Expressando uma dor incontida, respondeu:

– Sim... Eu dei o melhor de mim para...

– Sim, eu sei. Você sofreu muito por Anna – afirmou o líder.

Marco Polo gelou ao ouvir essas palavras. Será que esses homens o perseguiam há tempos?

– Quem é você? Como você sabe... de Anna? – indagou novamente.

Por instantes, teve a sensação de que conhecia aquele algoz, mas, como ele disfarçava sua voz, não sabia definir quem era.

– Anna teve uma grave doença pulmonar autoimune... – disse o psicopata, antes de fazer uma declaração que Marco Polo preferia jamais ter ouvido: – A terapia com corticoides poderia ter efeito em Anna, mas...

Ao ouvir essas palavras, Marco Polo entrou em estado de choque.

– Mas o quê? Mas o quê? – indagou em lágrimas.

O líder manteve-se em silêncio.

– Diga-me, seu covarde – bradou novamente o psiquiatra.

– Demos um jeito de mudar o medicamento.

Marco Polo começou a chorar. Seu mundo desabou com a notícia de que Anna fora assassinada.

– Não! Não! Assassinos! Eu sempre desconfiei de que algo anormal tivesse impedido que a terapia evoluísse. Anna, minha querida Anna, desculpe-me, me desculpe por não ter cuidado de você...

– Chore. Use suas lágrimas para irrigar a sabedoria. Não é essa uma de suas teses, seu crápula? – comentou sem qualquer empatia ou compaixão.

Marco Polo amava Anna profundamente. Eram um casal apaixonado, cúmplice, bem-humorado. Um inspirava o outro. Tiveram que vencer barreiras tremendas para estar juntos. A história da Casa de

Josefina refletia capítulos da própria história de Marco Polo e Anna. De repente, o líder de cabelos grisalhos questionou o encapuzado:

– Não sabia que você tinha contribuído para a morte da esposa dele.

– Eu sou um profeta, Hermes – disse, falando o nome do outro pela primeira vez. – Tempos antes de Marco Polo ir para Jerusalém, eu já sabia que ele se converteria no maior herege da atualidade.

– Mas não assassinamos pessoas por prazer! Será que você não tinha outros motivos?

– Está duvidando de mim, Hermes? – gritou descontroladamente o encapuzado antes de empurrar o outro.

– Só estou perguntando!

– Cuidado, Hermes! Os Templários da Luz o consideram um líder fraco, há muito querem substituí-lo – disse o mais jovem, ameaçando-o e colocando uma arma em sua cabeça.

A partir desse momento o líder mais velho não abriu mais a boca.

Marco Polo estava combalido, entregue, esgotado pela notícia de que Anna fora assassinada. Nesse momento angustiante, o psicopata insistiu:

– Você vai negar todas as suas ideias pela internet. Vai declarar para milhões de pessoas em inúmeros países que mentiu, foi um louco, herege!

– Prefiro morrer! – repetiu Marco Polo. – Matem meu corpo, mas jamais matarão minhas ideias.

– Não, não, não, você não está entendendo. Morto você já está! – disse o encapuzado. Imprimindo-lhe terror, deu o golpe fatal: – O problema não é sua morte, mas a de quem você ama. Você não protegeu Anna. E agora? Está disposto a proteger quem ama? Está disposto a se sacrificar por eles?

– Como assim? Onde estão Lucas e Sofia? – perguntou Marco Polo, os lábios tremendo.

Sofia estava no castelo. Trouxeram-na. Empurraram-na para o centro da imensa sala onde estavam. Colocaram uma arma na cabeça dela.

– Sofia, querida? – disse ele, tentando se arrastar até ela. Mas o impediram. – Perdoe-me.

– Não se puna. Estou com você porque o amo – disse ela, vertendo lágrimas.

– Que bela declaração – disse o agressor.

– O que querem de você? – indagou ela.

Depois de uma longa pausa, Marco Polo disse:

– Que eu faça um pronunciamento negando tudo o que debatemos, dizendo que enganei e menti para milhões de pessoas!

Sofia ficou sem voz. Afinal de contas, ela tinha sido uma das grandes encorajadoras de Marco Polo para que ele entrasse nessa complexa jornada investigativa.

– O homem que construiu este castelo para Josephine morreu. Ainda era jovem. Não posso mentir para você, Marco Polo, você também vai morrer. Mas deixaremos Sofia livre. Assim como Josephine, Sofia vai viver sua vida, se casar com outro homem, talvez mais jovem que ela e menos problemático que você. A vida sempre segue...

Sofia derramava lágrimas e dizia:

– Não, não, não.

E o psicopata partiu para o golpe final:

– Está disposto a se sacrificar por Sofia? Se não fizer a declaração, ela morrerá.

E apontou sua arma para a cabeça dela.

Sofia olhou bem nos olhos do encapuzado e depois para o homem de cabelos brancos. Em seguida fitou Marco Polo e lhe disse categoricamente:

– Se sou importante para você, Marco Polo, se realmente me ama... sim, faça um sacrifício por mim!

– Garota esperta! – exclamou o líder, radiante de alegria.

Mas de repente veio a frustração:

– Se ter estudado o homem mais inteligente e feliz da história, o Mestre dos mestres, foi vital para o seu crescimento, sacrifique-se sendo fiel à sua consciência. Jamais negue suas descobertas!

O líder dos sequestradores esbofeteou Sofia violentamente. Ela foi atirada ao chão e seus lábios começaram a sangrar. Em seguida, ele disse:

– O homem que construiu este castelo não apenas faliu financeiramente na crise de 1929, mas faliu emocionalmente alguns anos depois, quando teve um filho assassinado. Se um homem não é capaz de morrer pela mulher que ama, certamente morrerá por seu filho.

– Deixe Lucas fora disso, seu covarde! Ele não tem nenhuma responsabilidade pelos meus debates.

Seu carrasco fez um sinal e em seguida trouxeram Lucas.

– Meu filho, meu filho!

– Papai, papai!

Nesse momento, deixaram Marco Polo abraçar Lucas. E ele o fez com paterna emoção.

– Lucas, desculpe-me, filho... Desculpe-me por colocar sua vida em risco.

Mas Lucas estava se tornando um pequeno Indiana Jones, como seu pai. Estava usando seu caos como oportunidade criativa. Infelizmente, estava em seus instantes finais de vida.

– Riscos? Sou especialista em riscos, pai. Quase morri três vezes pelos motivos errados... Você me contou as coisas incríveis que descobriu em Jerusalém. Não se culpe por ter feito a coisa certa, pai.

E em seguida Sofia se soltou e os abraçou afetuosamente. Foi um momento de raríssima sensibilidade. Os bandidos os separaram e colocaram uma arma na cabeça de Lucas e uma na de Sofia.

– Você é incapaz de fazer sacrifícios, Marco Polo. Despeça-se das pessoas que ama. – E começou a contar até três. – Um, dois...

Marco Polo, suando frio, bradou:

– Não atirem! Eu farei o pronunciamento!

Sonhos e pesadelos ocupam os palcos da mesma mente. Seria o fim de um grande sonho e o início de um grande pesadelo?

31

ATITUDES SURPREENDENTES NOS INSTANTES FINAIS DE VIDA

Quando Marco Polo cedeu às dramáticas pressões de seus algozes e finalmente disse que negaria toda a sua análise da mente do personagem mais famoso da história, o violento criminoso que liderava seu sequestro tirou o capuz. Estava satisfeitíssimo. Queria comemorar de cara limpa. Marco Polo quase desmaiou ao ver quem era.

– Doutor Felpes? Não é possível!

O maior algoz de Marco Polo, o homem que queria varrê-lo da face da Terra era o mesmo que ele salvara de ser assassinado por um de seus alunos havia poucos dias.

– Espantado, Marco Polo?

– Você assassinou minha esposa – disse, tentando agarrá-lo.

Mas foi contido. Lucas entrou em pânico quando ouviu sobre o assassinato da mãe.

– O quê? Mamãe foi assassinada?

E tentou agredir o Dr. Felpes, mas levou um soco de um dos sequestradores.

– Marco Polo o salvou e mesmo assim você não tem gratidão? – questionou-o Sofia.

– Marco Polo salvou você? – indagou Hermes, o sequestrador mais velho.

Estava impressionado, parecia não conhecer o Dr. Felpes. Não tinha ideia de que ele era um homem com um passado terrível e uma virulência sem precedentes.

– Mentira. Aquele garoto foi contratado por mim, para me aproximar de Marco Polo, saber onde era seu esconderijo.

– Não é verdade – falou Sofia. – Eu conversei com ele.

O Dr. Felpes apontou a arma para ela.

– Não atire. Eu farei o que vocês querem – declarou Marco Polo.

– Eu sempre odiei você. Odiei seus livros, seus artigos, seu reconhecimento imerecido. Agora todos os templários da era moderna odeiam você no mundo todo. Eles se vingarão...

– Você não me odeia. Eu ouvi sua conversa no helicóptero. Você odeia a si mesmo, doutor Felpes. Odeia seu passado, odeia seu pai, odeia sua personalidade...

O Dr. Felpes ficou abalado com a conclusão de Marco Polo. Não queria pensar nela. Sem demora deu ordens para seus asseclas algemarem os punhos e os pés do pensador e o acorrentarem numa pequena sala. Deram-lhe caneta e papel para rascunhar a mensagem que transmitiria.

Lucas e Sofia foram levados para outro aposento. Foi uma longa noite, a mais dramática de Marco Polo. Pegava o papel, fazia um esboço, depois o rasgava. Pegava outra folha, escrevia, suava frio, depois a rasgava. Olhava para seu pulso e suava frio. Negar tudo que estudou era uma punhalada, era arrancar-lhe o coração sem anestesia, era asfixiar seus pulmões.

– Não consigo, não consigo... – dizia a si mesmo.

Depois de várias tentativas, uma folha foi preservada. Era de madrugada. O pensador da psiquiatria estava tão cansado e esgotado que adormeceu. Teve um sonho que o abalou muitíssimo. Sonhou com o discípulo que negara o mestre. Sonhou com o homem que dissera que era um herói, que todos poderiam negar o mestre, menos ele. Sonhou com Simão, o filho de Jonas, chamado Pedro. Na realidade, Marco Polo sonhou com ele mesmo. Todo herói sucumbe fragilmente diante da morte...

O Mestre dos mestres parecia considerar a humanidade inviável e fez todo o esforço do mundo para resgatá-la. Trabalhou códigos sofisticadíssimos para torná-la intelectualmente inteligente, emocionalmente saudável e socialmente pacífica. Sob os ângulos das ciências humanas, raramente alguém foi tão apaixonado pela família humana quanto ele.

Na manhã seguinte, levaram Marco Polo de volta à sala central. Pela primeira vez ele reparou nos corredores de mais de 70 metros, com forro de madeira, vigas torneadas. Cada canto do castelo refletia o amor de quem o construíra; cada atitude de Marco Polo refletia o amor que sentia por Lucas e Sofia. Mas cada palavra que diria apunhalaria milhões de pessoas que o admiravam como pensador.

Ele foi para o ambiente onde leria sua mensagem. Havia uma câmera num tripé preparada para filmá-lo. Marco Polo deu o discurso de negação para seu algoz. O Dr. Felpes leu-o e gritou:

– É insuficiente! – E pegando a cabeça de Marco Polo e aproximando-a brutalmente do papel, ordenou: – Acrescente aí: "Eu fui um herege! Eu fui um crápula! Religião e ciência não se misturam! Esqueçam as ferramentas que Jesus usou para proteger a própria mente e formar alunos brilhantes! Elas não existem. Eu os enganei!"

– Mas...

– Não tem mas! – bradou agressivamente: – Coloque aí: "Tudo que eu disse foi uma estupidez! Eu delirei. Estava alcoolizado quando fiz os debates. Eu sou um ateu mentiroso, ególatra, egoísta, falso. E vocês são uma plateia de ingênuos! Foram tolos, débeis, infantis em confiar em mim!"

Depois disso, chamaram Sofia e Lucas e começaram a fazer o ritual dos Templários da Luz e a leitura da mensagem. Todos tiraram seus capuzes. Os menos graduados tinham a cabeça raspada e uma cruz tatuada na nuca. Acenderam bastões de incenso. Bateram três vezes as espadas umas nas outras e nas espadas que os líderes Hermes e Dr. Felpes empunhavam. Declararam:

– Verdade! Verdade! Verdade! Em verdade, em verdade dizemos: o câncer chamado Marco Polo será extirpado da humanidade.

Era muito estranho ver um cientista ter aquele comportamento, mas não era incomum que supostos intelectuais tivessem comportamentos radicais na história. Nos tempos de Hitler, inúmeros médicos e psiquiatras aderiram às campanhas nazistas. Mais de 60 mil seres humanos portadores de transtornos psiquiátricos, que precisariam de todo o carinho e atenção do mundo, foram eliminados pelos falsos cientistas. Filósofos, físicos, engenheiros aderiram às ideias insanas e inumanas de Hitler. Juízes sentenciaram réus injustamente, professores excluíram alunos não arianos das salas de aula.

Quando a educação racionalista, ainda que do mais alto nível técnico, não gera empatia, não promove a consciência crítica nem estimula o Eu a se tornar autor da própria história, a mente humana é passível de ser adestrada como a dos animais, tornando-se mais perigosa que a dos predadores mais vorazes.

– Não sue frio, Marco Polo. Você estará fazendo um favor para a humanidade – disse o Dr. Felpes.

Marco Polo falaria em instantes. Chamadas ao vivo pelas mídias sociais anunciavam que ele faria um pronunciamento para todo o mundo. Houve uma euforia internacional. Milhões de chineses, japoneses, coreanos, russos, europeus, africanos, latinos, americanos estavam plugados no canal do YouTube, no Instagram, no Facebook.

Sofia estava perplexa e com os olhos úmidos. Lucas estava perturbado. Sabendo que seu pai morreria logo depois de sua declaração, teve uma atitude surpreendente. Com a voz embargada, começou a cantar "Parabéns a você" como se Marco Polo estivesse fazendo aniversário. Ninguém entendeu nada. Sofia o acompanhou:

– Parabéns pra você, nesta data querida, muitas felicidades, muitos anos de vida...

Marco Polo ficou fascinado, surpreso, encantado. Tão logo terminaram de cantar, disse atônito e em lágrimas:

– Filho, meu aniversário só será daqui a seis meses!

Lucas lutou para se soltar dos seus algozes de forma tão poderosa que o permitiram. Sabiam que pai e filho nunca mais se veriam. Apontaram as armas para ele e acompanharam seus movimentos. Passo a passo, se aproximou de seu pai, fitou seus olhos e lhe disse, também em lágrimas:

– Não estou cantando parabéns porque hoje é seu aniversário, mas porque todos os dias eu fui um filho privilegiado por tê-lo como meu pai. Você é insubstituível.

Marco Polo saiu das lágrimas para os soluços. Abraçou Lucas prolongadamente e o beijou. Depois, descolando o rosto de seu ombro, comentou:

– Não sou um pai perfeito, meu filho, mas sou o pai mais feliz do mundo. Muito obrigado por existir na minha história. Você é inesquecível!

Foi uma das raras vezes na história que pai e filho homenagearam um ao outro quando ambos estavam às portas da morte. Se Marco Polo tivesse mais cem anos de vida, jamais se esqueceria desse momento solene em que Lucas lhe disse que era um pai insubstituível, apesar de seus defeitos.

Os sequestradores ficaram sensibilizadíssimos ao ouvirem essas palavras. O líder Hermes também ficou abalado. Todavia, o Dr. Felpes elevou às alturas sua inveja. Teve um ataque de raiva. Por ser um pai excessivamente crítico, que gritava com os filhos, viciado em corrigir erros e que repetia as mesmas coisas, era insuportável. Observando o clima emotivo, retomou o ritual trágico e disse:

– Calem-se! Finalmente o falso cientista que denunciou que os cristãos são passíveis de adoecer mentalmente será desconstruído. Cristãos genuínos como eu são saudáveis, nunca adoecem.

Nenhum sociopata ou psicopata mapeia os próprios fantasmas mentais. As palavras de autoproclamação do Dr. Felpes e a atitude fascinante de Lucas ao homenagear Marco Polo turbinaram sua ousadia. O pensador das ciências humanas revigorou sua energia, olhou para seu pulso, virou a face para seu carrasco e, de forma segura, o questionou sobre uma das equações socioemocionais gravíssimas:

– Doutor Felpes, sei que depois de minha mensagem fecharei meus olhos para a vida. Mas todo homem às portas da morte merece dizer suas últimas palavras, ainda mais sabendo que quem colocará um ponto final em minha história é um intelectual reconhecido.

Pego de surpresa, o Dr. Felpes permitiu.

– Fale.

– Você é um homem inteligente, um respeitado ph.D. em neurociência. Certamente está sabendo das estatísticas internacionais que têm perturbado o sono dos grandes cientistas, creio que o seu também.

– Que estatísticas? – indagou, desconfiado, o algoz.

– Há uma explosão de transtornos psíquicos na humanidade. Uma em cada duas pessoas, ou seja, mais de 3 bilhões de seres humanos têm ou desenvolverão depressão, ansiedade, doenças psicossomáticas, dependência de drogas, psicoses...

– É uma estatística dramática, mas já lhe disse: os cristãos genuínos não fazem parte dela! – afirmou categoricamente o extremista. E acrescentou: – São muito mais saudáveis que islamitas, budistas, bramanistas e ateus!

Marco Polo respirou pausadamente e citou uma pesquisa:

– Mas Jesus se posicionou como o médico dos médicos. Ousou dizer que veio para os que estão doentes, pois os sãos não precisam de médicos. Ousou ensinar as ferramentas de ouro para uma humanidade infeliz.

O Dr. Felpes, apesar de ser um intelectual e de ler textos de sua especialidade, raramente lia, como todo extremista, textos que confrontavam suas crenças. Lúcido numa área, predador em outra, preservava suas verdades absolutas, tal qual os que excluem minorias. Estes se recusam a questionar o óbvio, que dois seres da mesma espécie, que produzem o mesmo espetáculo da construção de pensamentos em sua psique, jamais poderiam excluir um ao outro. O extremismo e a exclusão social nascem sempre no terreno da ignorância.

– Você é louco, Marco Polo! Éramos doentes, mas Jesus nos curou definitivamente.

– Se ele os curou, como explicar a pesquisa do Instituto Emotion Health que declara a fragmentação da saúde emocional de líderes cristãos?

– Que pesquisa é essa? – indagou Hermes, curioso, saindo das raias do controle do Dr. Felpes. – Já ouvi falar desse instituto.

– Não lhe dê ouvidos, Hermes – ordenou o Dr. Felpes.

Mas Marco Polo começou a falar da dramática estatística dos líderes que cuidavam de mais de 2 bilhões de seres humanos. Padres, pastores e outros líderes religiosos desenvolviam uma série de transtornos emocionais, mas raramente eram compreendidos, cuidados e protegidos. Solitários, não falavam para ninguém sobre seus cálidos sofrimentos. Eram tratados como heróis, sobre-humanos, como se não se deprimissem, não tivessem crises de ansiedade nem esgotassem o próprio cérebro. Marco Polo citou números que deixaram o Dr. Felpes assombrado.

– Mais ou menos 70% dos líderes religiosos travam uma terrível batalha contra a depressão.

– Não é possível! – exclamou Hermes com a voz embargada.

– É mentira! – gritou o Dr. Felpes. – Não o escute, Hermes!

Marco Polo, ousado, continuou:

– Desses, 70% dizem não ter um amigo próximo! Cerca de 80% comentam que suas atividades e trabalhos religiosos afetaram negativamente suas famílias. Esses líderes que você defende falam do Jesus divino durante toda a vida, mas desconhecem as ferramentas de proteção emocional do Jesus humano.

– Louco! Louco! Você mente – bradou o Dr. Felpes, indo à loucura.

Parecia que sua cabeça ia explodir. Esbofeteou violentamente Marco Polo, que, caído no chão e sangrando, deu-lhe o golpe emocional fatal:

– Como você acha que é saudável se não suporta a mínima contrariedade, doutor Felpes? Uma mente saudável não compra o que não lhe pertence, não tem medo de ser questionada!

Quando ia espancar Marco Polo outra vez, Hermes o impediu. Tentou ter alguma autoridade sobre o Dr. Felpes.

– Precisamos confirmar esses dados.

– Caia fora, seu fraco! – reagiu o Dr. Felpes, empurrando Hermes, que também caiu no chão. – Não sabe que esse crápula penetra em nossa mente como um vírus? Ele mente! Mente! Mente!

Os demais membros da seita extremista ficaram pasmados com o descontrole do Dr. Felpes. Não sabiam como reagir. Lucas e Sofia também estavam abalados.

Enquanto isso, Hermes, mesmo caído no chão, acessava a internet em seu celular para confirmar esses dados. E conseguiu. Ficou ofegante.

Eram reais. Ele limpou seu suor com as mãos e comentou as estatísticas que Marco Polo citara:

– Cerca de 71% dos líderes religiosos dizem que estão com o cérebro esgotado. Está aumentando o índice de suicídios entre líderes protestantes, católicos e de outras religiões. Alguns se suicidam dentro dos próprios templos...

Vendo o Dr. Felpes paralisado pela citação de Hermes, Marco Polo acrescentou:

– Sem gestão da emoção, ser um líder espiritual é uma atividade com altíssimo risco de adoecimento emocional. Assim como magistrados, médicos, executivos, eles lidam com muitos problemas, mas frequentemente são solitários, têm poucos amigos, interações, trocas.

– Mentira! Mentira! – disse o Dr. Felpes atirando na direção de Marco Polo. – Eu o mato, seu miserável.

– Espere, doutor Felpes – bradou Hermes com autoridade.

O líder mais velho da organização começou a tomar consciência de que o Dr. Felpes não estava lutando pelos Templários da Luz, mas pela sua loucura particular. Voltando-se para Marco Polo, indagou:

– Você quer dizer que, por não termos estudado a mente de Jesus, atrasamos a evolução da humanidade? Poderíamos ter extraído ferramentas para prevenir transtornos emocionais e diminuir essa massa de seres humanos doentes?

– É provável – concordou Marco Polo, meneando a cabeça e tentando se levantar.

Nesse momento Hermes olhou para o Dr. Felpes e lhe disse:

– Estou abalado. Marco Polo talvez não seja nosso inimigo. Temos de repensar nossos conceitos.

O Dr. Felpes se aproximou de Hermes, fitou bem seus olhos e lhe disse:

– É verdade, temos de repensar. – E atirou em seu peito. – Repense no cemitério, seu fraco.

Foi uma cena chocante. Depois de ter atirado em Hermes, ordenou aos criminosos que apontassem as armas para Sofia e Lucas. Em seguida mandou Marco Polo posicionar-se imediatamente diante da câmera.

– Já viu que cumpro minha palavra. Fale agora mesmo para o mundo sobre suas loucuras ou todos morrerão.

E, assim, Marco Polo começou a ler sua mensagem. Era dificílimo. Tropeçava nas palavras. Porém olhava para Sofia e Lucas e continuava...

Milhões de pessoas começaram a ouvir Marco Polo com entusiasmo. Mas, à medida que ele falava, começaram a derramar lágrimas. Chineses, japoneses, europeus, africanos, americanos ficaram atônitos, perplexos, incrédulos.

– Tudo o que declarei naquela montanha em Jerusalém foi uma estupidez! Eu delirei. Estava alcoolizado quando fiz os debates. Eu sou um ateu mentiroso, um pensador ególatra, egoísta, insano, falso... – E, embargando a voz, disse: – E vocês são uma plateia de ingênuos! Foram tolos, débeis, infantis em confiar em mim!

Marco Polo derramou algumas lágrimas enquanto transmitia, ao vivo, sua mensagem. Não era o mesmo pensador intrépido, ousado, transparente.

Eis que muito distante daquele lugar estava Oscar, que, apesar de seus surtos psicóticos, era um gênio em computação, um inteligentíssimo hacker. Ao ouvir aquelas palavras, começou a viralizar nas redes sociais: "Marco Polo corre perigo. Tudo é uma armação." Começou a neutralizar um pouco os abalos sísmicos da mensagem de Marco Polo, mas os danos eram catastróficos.

De repente, no meio da mensagem de Marco Polo, algo inesperado aconteceu. Arrombaram violentamente a porta e gritaram:

– FBI! Abaixem as armas.

O FBI, sabendo dos riscos altíssimos que Marco Polo corria, havia implantado um microchip em seu pulso para monitorar sua localização. Pediu que todos guardassem completo segredo. Por isso ele olhara algumas vezes para o pulso, mas chegara a pensar que o microchip estivesse sem bateria. Os sequestradores imediatamente abaixaram as armas, à exceção do maior inimigo de Marco Polo, o Dr. Felpes.

32

Uma carta de amor para a humanidade

As dívidas do Dr. Felpes eram enormes. Havia assassinado Anna, atirado em Hermes, liderado uma conspiração internacional. Pegaria prisão perpétua. Sem ter o que perder, apontou a arma para Marco Polo. Morreria, mas mataria quem o assombrava dia e noite. Quando ia puxar o gatilho, Lucas se jogou sobre ele e o derrubou. Mesmo caído, ele apontou a arma para Marco Polo e atirou. Imediatamente os agentes do FBI atiraram várias vezes no Dr. Felpes.

O tiro em Marco Polo pegou no pescoço, mas felizmente foi de raspão, não atingindo a importante artéria carótida. Caso contrário, teria uma hemorragia fatal. Sofia rasgou sua blusa e fez-lhe uma compressa. Em seguida um dos agentes confirmou que o Dr. Felpes estava morto. Hermes, no entanto, ainda respirava. Removeram-no para um hospital em Lake Wales.

Desse modo a seita extremista dos Templários da Luz sofreu sérias avarias. Porém, assim como muitos tipos de câncer possuem metástases, o extremismo era, no seio da humanidade, um câncer intelectual que possuía muitas ramificações. Estava presente em todos os setores da sociedade, não apenas no mundo religioso, mas também nas esferas política, empresarial, acadêmica. Era impossível exterminar o radicalismo se seus membros não aprendessem a esvaziar seu ego e a educar a própria emoção.

Antes de Marco Polo, Sofia e Lucas saírem da Casa de Josefina, se abraçaram e se consolaram. Em seguida, o cientista comentou poética e tristemente:

– Meu corpo sangra, mas minha mente sangra muito mais. Tudo o que eu falei na carta de negação deve estar causando um terremoto mundial. Milhões de seres humanos estão se sentido traídos, feridos, enganados. Tenho receio de que várias pessoas que desistiram de cometer suicídio possam precipitá-lo agora.

Marco Polo tinha razão. Antes das mídias digitais, o impacto de uma mensagem demorava meses para acontecer, hoje leva minutos, e seus efeitos podem durar décadas.

– Depois pensamos numa solução – disse Sofia. – Você precisa de cuidados agora.

– Sofia, por mais que eu me retrate posteriormente, atingiremos só uma parte dos que foram afetados – afirmou o pensador com receio.

– Movam-se, movam-se – ordenou um agente.

De repente, Lucas pegou no braço de Marco Polo e falou:

– Pai, a câmera pode ainda estar ligada.

E estava mesmo. Os internautas ficaram estarrecidos com os tiros que ouviram e algumas poucas cenas que presenciaram. Não desgrudavam das telas. Chegaram a ouvir algumas palavras. O número de internautas multiplicou-se muitíssimo ao saberem que estavam observando uma ação real do FBI ao vivo. Mas tudo era muito confuso, não entediam a dinâmica dos fatos.

– O que você quer dizer, meu filho? – indagou Marco Polo.

– Você pode enviar uma mensagem agora e neutralizar o que disse.

– Espere. Enquanto escrevia minha carta de negação, também escrevi uma carta de amor para a humanidade. Queria que um dia alguém a encontrasse.

– Cadê ela? – indagou Sofia, animada.

– Eles a rasgaram – afirmou Marco Polo.

– Mas ela está na sua cabeça, pai.

– Movam-se! Vamos! – bradou outro agente do FBI, tentando preservar a cena do crime.

Mas, intrépidos, eles se moveram em direção à câmera. Foi então que Lucas se colocou diante da câmera e disse:

– Oi, gente. Aqui é o Lucas, filho de Marco Polo. Fomos sequestrados e meu pai foi pressionado a dizer muitas mentiras, pois estávamos correndo risco de vida. Estamos livres agora, mas, mesmo sangrando, meu pai quer falar com vocês.

Lucas tirou a câmera do tripé e focou em Marco Polo. Foi assim que o homem que estava marcado para morrer fez fluir da sua mente uma carta viva para todos os povos e culturas. E o fez de forma fascinante, sem medo de suas lágrimas.

Uma carta de amor para a humanidade

No passado usávamos as florestas para fugir dos predadores, hoje os maiores predadores estão dentro de nós, como a ruminação de mágoas, a autopunição, a hipersensibilidade, o ciúme, a inveja, o sentimento de vingança, o baixo limiar para frustrações, o excesso de trabalho, a necessidade neurótica de mudar os outros e a necessidade ansiosa de poder e de estar sempre certo. Esses predadores nos transformam em escravos vivendo em sociedades livres. Não há como fugir deles, a não ser que possamos domesticá-los.

No passado, nos escondíamos nas cavernas com medo dos raios; hoje nos abrigamos em nossas cavernas psíquicas, assombrados pelos fantasmas mentais, como a ansiedade, a impulsividade, a autocobrança, o pessimismo, o conformismo, que sabotam nossa felicidade, liberdade e saúde emocional. Mas como educar nossos predadores mentais e domesticar nossos fantasmas emocionais para sermos felizes, livres e saudáveis? É necessário realizar diariamente o treinamento dos treinamentos: a gestão da emoção.

Nunca esqueça que ser feliz, livre e saudável é treinar sua emoção para ouvir o inaudível e enxergar o invisível, pois, se você perceber apenas o tangível, jamais descobrirá as lágrimas nunca choradas e as palavras nunca expressas, sejam as suas, sejam as de quem ama.

É ainda treinar pensar como adulto, mas sempre se sentir como uma criança.

Ser feliz é treinar seu Eu para questionar suas próprias verdades e se posicionar humildemente como um ser humano em construção, um eterno aprendiz, pois, se você for autossuficiente, uma pessoa completa, será estéril, deixará de inovar e de se reinventar como educador, amante, líder, profissional.

Ser feliz é treinar sua empatia e seu altruísmo e declarar que, independentemente de cultura, sexo, condição social, somos membros de uma única família: a humanidade. É descobrir que nossas diferenças estão na ponta do iceberg da nossa mente, pois, na imensa base, somos exatamente os mesmos. É ter a convicção de que ninguém pode ser chamado de ser humano se não respeitar os diferentes.

Ser feliz é treinar pacificar a própria mente, não destruindo irresponsavelmente seus recursos naturais por sofrer por antecipação, por ruminar perdas e mágoas, ter dificuldade de conviver com pessoas lentas, ser viciado em apontar falhas e elevar o tom de voz. Saiba que, antes de o planeta Terra falir, primeiro vai à falência o planeta cérebro.

Ser feliz, livre e saudável é treinar o próprio olhar para ver charme nas limitações e nos defeitos dos outros, pois você também é imperfeito, e só não erra quem está morto. É saber que você pode conviver com milhares de animais e nunca terá uma decepção, mas, se conviver com outro ser humano, haverá frustrações. É saber que você também frustrará as pessoas que mais ama.

Ser feliz é deixar de ser um predador de quem falha, pois, por trás de uma pessoa que fere há uma pessoa ferida. É saber que a maior vingança contra um inimigo é compreendê-lo e perdoá-lo; e o maior favor que se faz a ele é odiá-lo, pois ele dormirá com você e destruirá seu sono. Só é feliz quem é capaz de fazer os outros felizes.

Ser feliz é treinar o próprio Eu para saber que ciúme é saudade de si mesmo, pois quem tem ciúme exige do outro a atenção que não dá a si próprio, cobra um reconhecimento do outro que nunca teve consigo. Ser feliz é saber que, antes de namorar alguém, você precisa namorar a sua vida. Se ninguém lhe der flores, vá à floricultura e compre-as para si.

Ser feliz, livre e saudável é reconhecer que, ao longo da história, atiramos pedras na parte mais generosa da humanidade, as mulheres. É entender que ainda hoje as apedrejamos com o padrão tirânico de beleza e com salários inferiores pelas mesmas atividades. Ser feliz é saber que as mulheres são os diamantes da humanidade. Se elas dominassem o mundo, haveria menos guerras, pois não teriam coragem de enviar os próprios filhos para os campos de batalha.

Ser feliz é ter convicção de que os tesouros da humanidade não são as empresas, o petróleo, o ouro, mas nossas crianças. É ser contra o assassinato coletivo da infância delas. Elas têm tempo para tudo, menos para ter infância. É não intoxicá-las digitalmente nem com excesso de atividades, pois o gênio de hoje se tornará o adolescente ansioso amanhã. É não dar drogas da obediência para quem tem a síndrome do pensamento acelerado, mas não é hiperativo – e apenas 1% o são. É saber que o melhor medicamento é seu tempo: tempo para brincar, ser palhaço, contador de histórias, ser um herói imperfeito.

Ser feliz é treinar a sensibilidade para entender que a vida é assombrosamente breve para ser vivida e dramaticamente longa para se errar. Ser feliz não é estar alegre em todos os momentos, mas usar a ansiedade para nutrir a tranquilidade, as vaias para irrigar a coragem e as derrotas para dar musculatura à capacidade de se reinventar.

Ser feliz não é apenas festejar aniversários e datas importantes, mas festejar diariamente a existência de quem amamos. É dizer para os filhos: "Você é insubstituível, obrigado por existir!" É declarar para os pais: "Sem vocês, meu céu não teria estrelas." É expressar para quem ama: "De todas as coisas que conquistei na vida, você é a melhor delas." Ser feliz é ser um engenheiro de janelas light nos solos do inconsciente de quem amamos.

Portanto, ser feliz, livre e saudável não é uma fatalidade do destino, mas uma questão de treinamento, é aprender a perder o trivial para conquistar o essencial. É atravessar desertos fora de si, mas conseguir conquistar um oásis por dentro. É ter maturidade para perguntar: "Onde eu errei e não soube?" É ter sabedoria para dizer: "Desculpe-me, me dê mais uma chance." E, acima de tudo, é nunca desistir da vida, mesmo que desistam de você. É saber que sua paz vale ouro e que o resto é insignificante.

Que você diariamente conquiste uma felicidade sustentável e treine ser livre mentalmente e saudável emocionalmente. Se treinar, não tenha medo de falhar; se falhar, não tenha medo de chorar; se chorar, corrija suas rotas, mas não desista, dê sempre uma nova chance para si mesmo. Que nas suas primaveras emocionais você seja amante da alegria e, nos seus invernos existenciais, seja amigo da sabedoria.

Jamais desista de ser feliz. Lute sempre pelos seus sonhos. Seja profundamente apaixonado pela vida, pois, apesar de seus defeitos, a sua vida é um espetáculo único, imperdível e irrepetível.

✦

Depois de dizer todas essas palavras, Marco Polo respirou profunda e lentamente. Estava cansado, mas muito satisfeito. Milhões de pessoas emocionadas ouviram suas teses, Lucas e Sofia inclusive, bem como os agentes do FBI, que, ao ouvi-lo, ficaram paralisados. Por fim, declarou:

– Se as ferramentas do homem mais inteligente e mais feliz da história fossem aplicadas diariamente nas famílias, escolas, empresas, religiões, enfim, em todo o teatro social, os policiais teriam tempo para fazer artes plásticas, pois haveria menos crimes; os magistrados teriam tempo para escrever poesias, pois haveria menos réus; os psiquiatras teriam tempo para ir a conservatórios musicais, pois haveria menos doentes.

33

Uma conspiração internacional

A carta para a humanidade proclamada por Marco Polo continuava provocando uma reação em cadeia, gerando impacto mundial nas semanas seguintes, sensibilizando pessoas de todas as culturas. Palestinos e judeus começaram a ser mais solidários uns com os outros. Imigrantes na Europa e nos Estados Unidos começaram a se sentir mais seguros, pertencentes à família humana no país que os hospedava. Crianças, jovens e adultos que nunca fizeram higiene mental e emocional começaram a praticar o DCD e a Mesa-Redonda do Eu. Professores começaram a exaltar seus alunos em público e corrigi-los em particular. Pais começaram a entender que toda mente é um cofre; não existem filhos impenetráveis, mas chaves erradas.

Lucas estava impressionado com todo esse movimento. Ele estava jantando com o pai e Sofia num restaurante francês.

– Milhões de pessoas admiram você, papai.

– O mérito não é meu, filho, mas das ferramentas da mente brilhante que estudei. – E, depois de fazer esse comentário, disse com ar de tristeza: – Mas, infelizmente, devido aos atentados, não tive tempo de estudar alguns aspectos relevantes da personalidade de Jesus.

– O que faltou estudar? – indagou Lucas, curioso.

– Muitos aspectos. Entre eles a sua fascinante capacidade de liderança. Por exemplo, como ele, por meio dos alunos que só lhe davam dores de cabeça, mudou a história da humanidade.

– Ele não fez isso através dos códigos que estudamos? – indagou Sofia.

– Sim, mas uma coisa é conhecer os nutrientes intelectuais e emocionais, outra é saber como ele cozinhou esses nutrientes, como eles os serviu para seus alunos, como foram digeridos e assimilados por eles. Em outras palavras: como treinou a emoção e o intelecto daqueles galileus incultos, agitados, impulsivos, intolerantes e os transformou em mentes inovadoras e empreendedoras.

Lucas, ao ouvir as palavras do pai, abriu um sorriso e instigou-o:

– Poxa, pai, esse estudo deve ser interessante. Por que não retorna a Israel?

– Como assim, meu filho? – indagou o pai, surpreso.

– É importante estudar essas facetas da mente de Jesus. Dê esse presente para mim e para Sofia. Iremos com você estudar o maior educador da história, o maior líder que já existiu.

– Eu adoraria! – expressou Sofia corajosamente. – Quem sabe descobriremos ferramentas para ajudar a educação clássica, que se tornou especialista em formar repetidores de informações, não mentes pensantes.

Marco Polo olhou para os dois. Não acreditou na proposta. Deu uma leve risada e lhes disse:

– Vocês só podem estar brincando. Não é seguro!

– Vamos, doutor Marco Polo. Coragem! Agora seus inimigos estão atrás das grades.

– Mas pode haver outros extremistas que ainda não foram presos.

– Depois que se perde o chefe da matilha, os lobos se dispersam – afirmou Sofia.

Lucas sugeriu:

– Podemos ser discretos.

Marco Polo pensou. Colocou um pedaço de legume flambado na boca. Refletiu novamente e, abrindo um sorriso como há muito não fazia, sugeriu:

– Se formos os três discretamente, sem debates, alardes nem celulares, é possível.

– Excelente – disse Sofia abraçando-o, antes de completar: – Meu Indiana Jones.

– Você está diferente, Sofia! – disse Marco Polo, curioso.

– O vírus da aventura que corre em seu cérebro me infectou, meu amor – retrucou ela.

Nesse momento, apareceu o mais improvável garçom, que, com um francês arrastado, lhes disse:

– *Monsieur* Marco Polo, me disponho a acompanhá-los para protegê-los.

Marco Polo e Sofia olharam espantados e a uma só voz exclamaram:

– Oscar!

– Pois não, senhores, eis o homem que ajudou a salvá-los.

Era verdade. Oscar, como habilidoso hacker, ajudara o FBI a encontrar Marco Polo. Havia enganado o serviço de inteligência do órgão dizendo que era o principal assessor do pensador.

– Sinto muito, Oscar. É muito perigoso – disse Marco Polo.

– Mas não tenho medo!

– Além disso, o projeto exige discrição – atalhou Sofia.

– Mais discreto do que eu? Impossível!

– E por que não, papai? Oscar ficou mundialmente famoso por suas tiradas. Todos na clínica onde eu estava internado o amavam.

Marco Polo esfregou as mãos na cabeça.

– Promete que irá seguir ordens?

– Sim.

– Promete que tomará seus medicamentos?

– Sim. E, se eu tiver um surto psicótico, prometo que vou querer ser um pipoqueiro, não Einstein, nem Freud, nem você, Marco Polo. Aliás, os pipoqueiros são mais interessantes.

Todos caíram na risada.

E, assim, toparam fazer mais uma incrível e arriscada jornada. Acreditaram que dessa vez sua viagem seria tranquila. Ledo engano! Nem imaginavam que tremendas intempéries e terremotos emocionais os atingiriam. Pois, distante deles, em outro estado americano, uma reunião de emergência estava sendo realizada numa sala suntuosa. O "caso

Marco Polo" era o centro da pauta. Nas paredes da sala havia quadros caríssimos, alguns valendo dezenas de milhões de dólares. Entre eles havia um Picasso, um Rembrandt, um Rafael, um Tarsila do Amaral, um Frida Kahlo.

Dez homens engravatados estavam reunidos ao redor de uma mesa belíssima de mogno. As cadeiras eram estofadas, café, uísque, caviar e outros petiscos caros deveriam fazer os magnatas relaxar, mas não conseguiam. Todos estavam ansiosos, tensos, irritadíssimos. O líder do grupo, de cabelos grisalhos, um dos homens mais poderosos do mundo, aguardava as notícias ansiosamente.

– Senhor, essa seita de malucos não conseguiu exterminar Marco Polo!

– Esses loucos falharam! – bradou o líder bufando de raiva.

E imediatamente bateu forte na mesa, fazendo com que seu copo de uísque caísse no chão e se estilhaçasse. Um garçom entrou na sala para pegar os cacos de vidro.

– Senhor, deixe-me limpar isso.

Mas foi interrompido com estupidez:

– Saia daqui! Esta reunião é secreta.

Em seguida, num ataque de fúria, disse para seus asseclas, seus cegos assessores:

– Eu sabia que esses inquisidores eram estúpidos. Tinha convicção de que seriam ineficientes!

– Se estivéssemos à frente, nós o teríamos silenciado – disse seu chefe de segurança.

– E por que deixaram por conta desses amadores acabarem com Marco Polo?

– Porque.... porque seria melhor... para sua proteção – expressou um deles, gaguejando.

O megaempresário o sentenciou sem meias palavras:

– Para minha proteção? Você está fora!

– Mas, senhor, queríamos poupar a sua imagem, suas companhias...

– Saia desta sala! Você está fora do caso! – bradou. Enquanto o homem saía, acrescentou: – Marco Polo se fortaleceu com sua carta para a humanidade. Eu odeio esse crápula! Mas ele pagará muito caro por todas as dores que me causou.

– O senhor acha que Marco Polo vai se posicionar contra o seu projeto?

– Não tenho dúvidas! No passado, quando era um simples e anônimo psiquiatra, combateu os efeitos colaterais de um antidepressivo, me fazendo perder bilhões de dólares. Imagine agora que é um líder mundial! Qualquer opinião desse verme gerará um estrago na companhia!

E, depois de dar um suspiro prolongado, contraiu os músculos da face, socou novamente a mesa e declarou como um deus:

– Mas nada me impedirá de alçar voos mais altos que Warren Buffett e Bill Gates. – E, levantando-se, afirmou para os céus: – Serei o homem mais poderoso do mundo!

Fascinados, todos o aplaudiram entusiasticamente. Em seguida, um cientista presente nessa cúpula das trevas que recebia espantosos 500 mil dólares anuais como chefe de pesquisa colocou combustível no delírio de grandeza de seu patrão.

– A molécula da felicidade o tornará senhor do mundo!

– Dê-nos a ordem que, em 24 horas, Marco Polo será assassinado – disse outro líder da segurança.

– Não seja estúpido! Desconhece a história? A Inquisição formou mártires. Joana D'Arc, Giordano Bruno, Galileu e outros são mais conhecidos por terem sido queimados vivos ou ameaçados pela fogueira do que pelas suas ideias. Se Jesus Cristo não tivesse sido martirizado, não teria tanta fama. Marco Polo é conhecido por mais de 320 milhões de pessoas. Se o assassinarmos, será um mártir, um fantasma que nos assombrará. Seus estúpidos Códigos da Felicidade se expandirão no tecido social, colocando nosso projeto em xeque.

– Mas qual é o plano, senhor? – disse um dos executivos.

O poderoso psicopata deu uma risada irônica e explicitou de forma subliminar seu plano:

– Crucificar Marco Polo!

– Como? – disseram atônitos todos os membros.

– Perplexos? Por isso jamais conseguirão ser tão poderosos quanto eu. Não basta serem inteligentes, têm de ser gênios.

E, depois de uma pausa, fitou seus asseclas e explicou de forma draconiana:

– Há 2 mil anos os romanos crucificavam os corpos; 1.500 anos depois a Inquisição queimava os corpos. E hoje, na era digital, como eliminar um líder ou uma celebridade? Crucificando sua reputação, fazendo a inquisição de sua ética! Atiraremos o pensador, o psiquiatra e o pesquisador no lixo da história.

Os homens aplaudiram a suprema intelectualidade do megaempresário.

– Mas como fazer isso, senhor?

– A era digital constrói e destrói mitos.

– Mas essa é a tese de Marco Polo! – disse um dos presentes.

– Exato. Vamos nos apropriar de sua tese para sabotar seu cérebro.

– Mas como sabotá-lo? – inquiriu o cientista.

Ele não falou nada. Apenas pegou sua caneta de ouro cravejada de brilhantes e escreveu em poucas palavras seu terrível plano. A reação foi uma só:

– Impressionante. O senhor é o gênio dos gênios – expressou o cientista.

– Marco Polo será meu rato de laboratório. Veremos se seus Códigos da Felicidade poderão ajudá-lo... – disse, dando gargalhadas. E, com o ego superinflado, se autopromoveu: – Vocês têm razão: sou o gênio dos gênios.

O poder sempre foi viciante e asfixiante. Por poder as pessoas vendiam a própria paz, destruíam seus princípios, jogavam no lixo sua moral, corrompiam seus valores, traíam sua saúde física, assolavam a própria saúde emocional, abandonavam os filhos, o romance, os amigos. Mas agora a sede de poder chegara a patamares inimagináveis. De repente, um dos presentes, salivando sentimento de vingança, disse algo muitíssimo preocupante:

– Ah, Sofia, Sofia... Finalmente a terei de volta. Você se curvará diante de mim como uma escrava resgatada pelo seu senhor. – E também deu uma longa gargalhada. Fitando seu poderoso chefe, acrescentou: – É uma honra servi-lo, senhor.

Marco Polo não imaginava que seus piores inimigos ainda estivessem em ação. Ele continuaria a estudar as habilidades do homem que dividira a história da humanidade. Com menos de 2 anos, Jesus já era perseguido de morte. Na adolescência, trabalhou com as ferramentas que um dia iriam destruí-lo: madeira, martelo e pregos. Quando adulto, previu a própria morte de forma cirúrgica. Foi negado pelo mais forte e traído pelo mais culto. Além disso, teria de manter a lucidez e a empatia ao ser pendurado sobre o madeiro. Quem poderia sobreviver a esse caldeirão de estresse?

Marco Polo ainda estudaria a resiliência e a capacidade de superação do homem que dissera que as raposas têm seus covis, as aves dos céus têm seus ninhos, mas o filho do homem não tem onde reclinar sua cabeça. Da mesma forma, não haveria um hotel, uma casa ou um apartamento onde esse pensador das ciências humanas pudesse reclinar sua cabeça em segurança. Nenhum outro homem e cientista social foi tão perseguido e precisou aplicar as ferramentas que descobrira. Mas ele era imperfeito e frágil, e ainda tinha de cuidar da integridade de Sofia, Lucas e Oscar. Eles formavam um quarteto de rara inteligência, coragem e bom humor. Sobreviveriam?

✦

FIM

Dr. Cury reconhece que seus leitores são os grandes responsáveis por divulgar suas obras. Ele sonha que muitos façam reuniões e debates com os temas aqui discutidos. Dar o melhor de si para contribuir com a humanidade é o que deve nos motivar. Por isso, o autor e a editora autorizam os leitores a divulgar e postar em suas redes sociais a "Carta de amor para a humanidade", em sua totalidade ou em parte, e outros trechos deste livro, desde que citada a fonte.